KNAUR

Von John Friedmann ist bereits folgender Titel in der Verlagsgruppe Droemer Knaur erschienen:
Das Blaue vom Himmel

Über den Autor:
John Friedmann, 1971 in Frankfurt geboren, ist Comedian und Schauspieler. Bekannt wurde er als Teil des Comedyduos Erkan und Stefan. Seit einigen Jahren spielt Friedmann Theater und wirkt in diversen TV-Produktionen mit. Er lebt in München.

JOHN FRIEDMANN

Villa Italia

ROMAN

KNAUR

Dieser Roman erschien bereits 2012 unter dem Titel
»Flaschendrehen Furioso« im Droemer Paperback.

Besuchen Sie uns im Internet:
www.knaur.de

FSC
www.fsc.org
MIX
Papier aus verantwortungsvollen Quellen
FSC® C083411

Ein Imprint der Verlagsgruppe
Droemer Knaur GmbH & Co. KG, München

Covergestaltung: ZERO Werbeagentur, München
Coverabbildung: © Andy & Michelle Kerry /
Trevillion Images; © FinePic®, München; mauritius images /
imageBROKER / Jochen Tack
Satz: Adobe InDesign im Verlag
Druck und Bindung: CPI books GmbH, Leck
ISBN 978-3-426-51176-3

2 4 5 3 1

Für meinen Vater

Schon am smaragdgrünen Chiemsee war der verlockend warme Duft des Südens zu spüren. Trocken, leicht süß und so verführerisch sinnlich.

Carlo jubelte innerlich, endlich! Selbst, wenn man aus dem in vielerlei Hinsicht so verwöhnten München kam, und dann noch dazu aus dem selbstverliebten Schwabing, wo es fast an jeder Ecke einen cremigen Cappuccino gibt, meinte er mit jedem Kilometer, den sie sich dem Brenner näherten, den dampfenden Kaffee in der Luft schon schmecken zu können.

Und dann dieses einzigartige Licht! Die heiße Luft vibrierte. Millionenfach brachen die von der sommerlichen Trockenheit aufgewirbelten Staubteilchen die Sonnenstrahlen in satte Lichtschwerter und färbten so die Strahlen noch rötlicher ein.

Schon am frühen Nachmittag legte sich über die gesamte Szenerie ein zarter, geradezu erotischer Lichtmantel, als würde die Sonne sanft durch einen dünnen orangefarbenen Vorhang scheinen. Nur ein nackter Frauenkörper ist noch schöner, dachte er kurz.

Die Felder, die neben der Autobahn an ihnen vorbeiflogen, Weizen, Mais und viele hohe Wiesen, fügten sich zu einem verspielten Muster, entlang einer Farbpalette von Dutzenden Rottönen.

Die Bäume links und rechts setzten wie genial geschwungene Taktstöcke zu einer Symphonie des Südens ein.

Und selbst all die banalen Autos vor wie neben ihnen verschmolzen in diesem Licht-und-Schatten-Spiel mit allem anderen zu einem rötlich schimmernden Landschaftsbild.

Die Natur war mehr als gnädig und zeigte sich von ihrer großzügigen Seite.

Carlo blickte sehnsüchtig aus dem offenen Autofenster und schnaufte erleichtert durch. Er wollte diese befreiende

Luft atmen, bis in die letzte Pore seiner Lunge aufsaugen und sie dort konservieren für all die anderen verflixten Tage, die ein Jahr sonst so zu bieten hatte.
»Carlo! Das Fenster! Anna und mir fliegen ja die Haare weg!« Von der Rückbank beschwerte sich seine geliebte Schwester.
»Bitte Carlo!« Anna war von dem Fahrtwind ebenso wenig begeistert.
»Das ist der Duft des Südens«, sagte Carlo.
»Sieht mir eher nach dem Auspuff von nem alten Volvo aus«, bereicherte Elli das Bild auf ihre Art.
Und sie hatte recht, denn vor ihnen dieselte ein Volvo aus den späten Achtzigern mit seinem Anhänger ebenfalls dem Süden entgegen.
»Schon gut. Your wish is my command, die Damen.«
Der Föhn streifte alle Wolken vom Himmel ab und klatschte einem die mächtigen Alpen vor die staunende Nase, dass Carlo schlicht die Spucke wegblieb. Mächtig reihte sich ein stolzer Berggipfel neben den anderen, und zusammen rümpften sie ihre felsigen Nasen über die kleinen dummen Menschen in ihren Blechkisten.
Sie schienen zum Greifen nah, Carlo hatte gute Lust, sich in eine der sonnengesättigten Almwiesen zu legen oder sich kurz im Schatten einer silbergrünen Bergkiefer abzukühlen.
Wie konnte man nur woanders leben als in München, wo man schon nach einer halben Stunde dieses herrliche Gefühl von Reisen erleben konnte, fragte sich Carlo. Wo man schneller am Fuß der Alpen war als so manch anderer in seinem Büro. Gemütlich ließ er sich noch tiefer in den Beifahrersitz seines BMW-Oldies sinken, dankbar, vor über dreißig Jahren am richtigen Fleckchen Erde das Licht der Welt erblickt zu haben. Das weiche, durchgesessene Leder

ächzte gefällig unter seinem massigen Körper. Das war Musik in seinen Ohren. Gute alte Polstersitze.
Mit einem genüsslichen Grinsen, gerade so, als hätte er eben schon die erste Piccata Milanese und eine unverschämt gute Flasche Rotwein – vielleicht einen leichten Bardolino? – getrunken, streckte er seine Hand noch einmal hinaus, um die warme Luft und den Windwiderstand bis in seine Fingerspitzen zu spüren. Wie das kitzelte! Herrlich!
»Erde an Carlo!«, schallte es ihm von hinten wieder in die Ohren.
Elli hatte es sich mit ihren Tageszeitungen auf der großzügigen Rückbank gemütlich gemacht. Carlo erinnerte sich, dass seine Schwester die *SZ* schon mit absoluter Hingabe gelesen hatte, als er gerade seine ersten Fußballschuhe schnürte. Von ihren vielen Büchern ganz zu schweigen. Nein, dieses Gen hatten die Eltern ihm vorenthalten. Mochten Elli und er sonst auch einige Gemeinsamkeiten haben, die stattliche Statur, die bayerisch barocken Ohrläppchen, das energische Kinn und das auffallend symmetrische Gesicht – was besonders Elli eine aristokratische Schönheit verlieh –, beim Lesen, da schieden sich ihre Geister.
Obwohl Elli ihre Zeitung geschickt gefaltet hatte, flatterten ihr die neusten Nachrichten laut um die Ohren. Also kurbelte er sein Fenster hoch. Halb so schlimm, denn dort, wo sie hinfuhren, war es noch viel heißer und roch es noch sommerlicher.
Sein Magen meldete sich zu Wort. Zeit für einen kleinen Snack. Carlo wusste, er sollte eigentlich ein paar Pfunde zum Teufel jagen. Aber jedes dieser Pfunde hatte mindestens einen, wenn nicht gar zwei Sterne verdient. Im Gegensatz zu den meisten seiner bedauernswerten Mitmenschen hatte Carlo in seinem ganzen Leben nicht ein Gramm Fast

Food zu sich genommen. Alles seelenloses Zeug. Sollten sich andere freiwillig foltern lassen. Auf seinen Tisch kamen stets nur die allerbesten Zutaten, um als beglückende Gaumenfreuden zu enden. Kochen, das war für ihn pure Leidenschaft. Das war für ihn Musik.

»Na danke schön!« Anna klopfte mit beiden Händen auf das Lenkrad. »Wär ja auch ein Wunder gewesen, so ganz ohne Stau!«

Nach der letzten Kurve war der Verkehr plötzlich ins Stocken geraten, und vor ihnen verwandelte sich die Autobahn nun in einen riesigen Parkplatz.

»Diese ganzen unverbesserlichen Idioten!«, schimpfte Anna weiter. Selbst wenn sie sauer war, hatte sie dieses kompetente, energische Profil. Sie hätte jederzeit in einem dieser Heile-Welt-Werbespots mitspielen können, in denen schlanke, attraktive Frauen in Anzügen oder maßgeschneiderten Businesskostümen um die Welt flogen, maximal einen Salat ohne Dressing aßen und einfach alles im Griff hatten. Und dabei hätte sie nur sie selbst sein müssen, ohne sich groß zu verstellen. Sie war eine erfolgreiche Powerfrau. Ihr stechend grüner Blick kannte keine Ruhe, ihre schnurgerade, vielleicht etwas zu lange Nase bezeugte ihr hohes Durchsetzungsvermögen, und selbst ihr nahezu perfekter Mund stand ständig unter Spannung.

»Wir hätten fliegen sollen!«

Mit der rechten Hand strich sie ihre zu einem strengen Zopf gebundenen dunklen Haare glatt, um sich so etwas zu beruhigen. Die Haare saßen wie immer perfekt. Warum nur konnte die Welt nicht wenigstens die gleichen Maßstäbe erfüllen, die sie sich setzte? War das denn zu viel verlangt?

»Mein Spatzl, wir können da aber nicht hinfliegen«, besänftigte sie Carlo.

Dann lief gar nichts mehr. Stillstand. Von einer Sekunde auf die andere waren sie gefangen, eingekeilt zwischen all den anderen Autos.

»Freie Fahrt für freie Bürger!«, bemerkte Elli sarkastisch.

Überall öffneten sich die Autotüren, und man nutzte die Gelegenheit, um sich die Beine zu vertreten. Auch die drei Münchner stiegen aus.

Aus der Masse an Verkehrsteilnehmern, die eben noch angenehm anonym an ihnen vorbeigehuscht waren, wurden nun plötzlich unfreiwillige Nachbarn und Leidensgenossen. Anna massierte sich mit dem Daumen die Handinnenflächen und beäugte die anderen Menschen wie unerwünschte Wesen von einem anderen Stern. Dem überflüssigen Stern der deutschen Durchschnittsmenschen. Neben ihnen stand ein bronzener Mittelklasse-Mercedes mit einem Frührentnerpärchen. Der Mann trug eine Art Schirmmütze mit durchsichtigem, gelblichem Visier verkehrt herum auf seinem fast kahlen Schädel, und an seinem Hosengürtel waren mindestens fünf verschiedene elektronische Utensilien befestigt. Fast schien sich der Mann über den Stau zu freuen, denn das war die Gelegenheit, sein ausgefeiltes Überlebensspielzeug zum lang ersehnten Einsatz zu bringen.

»Bis jetzt liegen wir noch zwölf Minuten unter meiner kalkulierten Ankunftszeit. Wenn mir mein GPS keinen Streich spielt, können wir, Reservekanister eingerechnet, mindestens acht Stunden im Stau stehen«, hörte Anna den Mann, der sicher Reinhold oder Günther hieß, sagen. Solange es in Deutschland diesen Schlag von Hobbyingenieuren gab, konnte dieses Land nicht untergehen, da waren sich Anna und Elli sicher.

»Gut, Günther, ich hab uns Stullen gemacht«, lobte ihn seine Frau, die eher ein dickes Mütterchen war.

Anna und Elli schmunzelten.

Carlo stand am Kühler und befreite ihn von einer Armada an Käfern und Fliegen, denen noch keiner gesagt hatte, dass ein Überflug über die Autobahn schnell tödlich enden konnte. Er wunderte sich, wie hartnäckig die Schmierage war, als ein Ball vor seine Füße rollte. Er gehörte anscheinend einem Jungen, der nun zwei Autos weiter vorne ganz alleine dastand und Carlo unsicher anschaute.

Carlo grinste den kleinen Beckenbauer an, man wusste ja nie, welches noch unentdeckte Talent man da vor sich hatte, und trippelte den Ball an, um ihn dem Jungen zurückzuschießen. Dank seiner Erfahrung als Jahreskartenbesitzer des FC Bayern traf Carlo den Ball wie ein alter Beckenbauer, doch der Ball flog schlapp wie ein ausgelatschter Turnschuh über die Straße. Alle Luft war entwichen, und jetzt sah Carlo auch, warum. Die ganze Straße war voller Scherben. Sofort fing der Kleine an zu plärren, und es hätte sicherlich eine endlose Diskussion mit der Mutter gegeben, hätte sich nicht genau in dem Moment die Wagenkolonne wieder langsam in Bewegung gesetzt.

»Was war denn mit dem Jungen?«, fragte Anna nur mit halbem Interesse.

»Ich hab ihm seinen Ball kaputt geschossen.«

»Wieso das denn?«

»Eure armen, armen Kinder«, stichelte Elli von hinten.

»Noch haben wir keine!«

»Von mir aus sofort.« Das meinte Carlo ernst.

»Carlo«, ermahnte ihn Anna, als wäre der Gedanke, Kinder zu haben, völlig absurd. »Und du, Elli, lies doch einfach deine Zeitung weiter! Hm?« Anna war auf das Thema Kinder überhaupt nicht gut zu sprechen. Das war wirklich das Letzte, was sie jetzt brauchte.

»Wer jetzt geboren wird, hat eine Lebenserwartung von fast hundert Jahren.« Carlo fand das erstaunlich.

»Und muss auf einem Planeten ums Überleben kämpfen, der fünf Grad wärmer ist und neun Milliarden Menschen ernähren soll. Viel Spaß!«

»Schaun wir mal. Das kommt eh immer alles anders.«

»Anna hat schon recht, es wird heiß und eng in Zukunft«, sprach Elli in ihre Zeitung vertieft. »Auch in Schwabing.« Manchmal vergaß ihr Bruder, dass es außerhalb seines Kokons noch eine andere Welt gab.

»Arschloch!«, rief Anna plötzlich und setzte gereizt nach: »Typisch Audi TT! Ha! Entschuldigung, aber dieser Halbstarke, also wirklich.«

Schon war Anna ihre rüde Wortwahl etwas peinlich.

Carlo grinste und sah sich seine Anna genauer an. Was für eine schöne Frau sie doch war, besonders, wenn sie sauer war. Dann bekam ihr Gesicht eine Strenge, der man sich nicht entziehen konnte. Sie war mit Abstand die schönste Frau, mit der er jemals zusammen gewesen war. Er beobachtete sie dabei, wie sie ihre dezente Schminke im breiten, alten Rückspiegel kontrollierte. Sie sah natürlich perfekt aus. Anna sah zu jeder Zeit perfekt aus. Doch anders als Carlo war sie nicht entspannt.

»Vorsicht Freundchen!« Sie konnte sich immer noch nicht beruhigen. Jetzt war das Kennzeichen des penetranten Dränglers, der ihr trotz des zähen Verkehrs ständig an der Stoßstange hing, zu erkennen.

»Typisch Ossi! Leipzig? Pah, der hat doch noch aufm Trabant gelernt«, schimpfte sie weiter und zupfte nervös an ihrem grün schimmernden, seidenen Hermes-Tuch, das sie sich um ihren schlanken Hals gebunden hatte und ihre Augen so geschickt betonte. »Erst holpern sie mit Kartons aus Plaste und Elaste an der Mauer entlang, und dann dürfen sie sich plötzlich 200 PS unter ihren planwirtschaftlichen Hintern klemmen.«

Ohne von ihrer Zeitung aufzublicken, sagte Elli: »Ich dachte, wir sind ein Volk?«
»Ja, klar doch. Aber wir auch!« Anna war heute besonders gereizt.
Carlo brachte nichts aus der Ruhe, er war längst woanders. »Wenn wir da sind, geh ich gleich was einkaufen und mach uns zur Feier des Tages eine ...«
»Bitte, wenn es dich nicht stört, dass dir jemand deinen alten Wagen zu Schrott fährt?«, unterbrach ihn Anna.
»Der merkt das bestimmt gar nicht. Ist wahrscheinlich genauso gestresst und urlaubsreif wie ...«
»Wie wer? Ich? Was soll das heißen?« Sie umfasste das schneeweiße Lenkrad fest mit ihren schlanken Fingern, gerade so, als drohte es ihr sonst zu entgleiten. Carlo hatte mal wieder den falschen Ton getroffen.
Elli blickte zur Abwechslung von ihrer Zeitung auf. Sie drehte sich um und sah durch das bauchige Heckfenster auf den nervösen Audi. »Was für ein lächerliches Design. Spaßauto. Erinnert mich einfach ständig an ein Stück geschmolzene Butter. Wie so ein lackierter Pudding, nur mit Lichtern und vier Rädern. Schade, das andere Volk hat auch keinen besseren Geschmack.«
Carlo konnte seiner Schwester nur beipflichten. »Bevor dieses Flaggschiff der bayerischen Motorenwerke aus dem Jahre zweiundsechzig auch nur einen Kratzer hat, da wird dieses Blendwerk von einem Auto hinter uns schon wieder zu einem Verkehrsschild recycelt. Das schwör ich euch.«
»Gut gebrüllt, Löwe!«, sagte Elli.
Anna sah das anders. »Wir könnten uns auch mal einen neuen Wagen kaufen. Was Schnelles, mit Navi und vor allem mal ohne Macken!«
Doch Carlo liebte seinen seltenen alten 502er, dunkelblau

mit blinkenden Felgen. Davon gab es nur noch wenige, noch dazu in solch einem perfekten Zustand.

»Und dann?«, fragte er sie. »Sitzen wir wie alle anderen frustriert hinter zweihundert PS, ohne Gefühl dafür, was um einen herum passiert? Gleichgeschaltet vom neusten idiotischen Marketing-Furz?«

Carlo schaute aus dem Fenster auf die Berge, die ebenso unerschütterlich waren wie er. »Außerdem is der Wagen noch nie liegen geblieben. Auf den war immer Verlass.«

Anna musste lachen. »Marketing-Furz? Klingt gut! Muss ich mir merken.«

Erneut sah Elli auf, sie war eigentlich schon längst wieder in einen Artikel über die Architektur-Biennale in Venedig versunken, und fragte: »Was? Hat der Carlo etwa einen Witz gemacht?«

Auch Carlo grinste, wobei er seine warmen braunen Augen so stark zukniff, dass sie kaum noch zu sehen waren. Etwas behäbig lehnte er sich über die breite Mittelkonsole aus poliertem Wurzelholz zu seiner Anna, um ihr einen Kuss zu geben.

»Wir machen uns zwei wunderschöne Wochen! Das wird eine Schau.«

Anna fuhr ihm mit ihren perfekt manikürten Fingern über die Wange. Sie waren weich und rund. Er war zwar nur wenige Jahre älter als sie, aber er hatte bereits tiefe Lachfalten, und an seinen Augenrändern zeichnete sich deutlich eine Reihe von weiteren kleinen Fältchen ab. All das verlieh seinem warmherzigen Gesicht nur noch mehr Charakter.

Anna sah ihn sich eine Sekunde länger an als sonst. Schlechtes Gewissen überkam sie. »Wunderschöne Wochen …«, dachte sie etwas traurig bei sich. »Na ja, wir werden sehen.«

»Jetzt knutschen die auch noch rum da vorne!« Heiko rutschte nervös auf seinem ledernen Sportsitz hin und her. Er war außer sich. Schon liefen ihm die ersten Schweißperlen über sein glattrasiertes, manchmal noch jungenhaftes Gesicht. Er war gerade erst dreißig geworden. Doch nach einer peniblen Nassrasur konnte er locker das unschuldige Gesicht eines Mitte Zwanzigjährigen aufsetzen und damit den perfekten Schwiegersohn spielen. Das konnte manchmal sehr nützlich sein, vor allem, wenn man ahnungslosen Hausfrauen oder alten Damen eine nutzlose Versicherung verkaufen wollte. Was Heiko beinahe täglich tat, mit der knabenhaften Vertrauenswürdigkeit eines Messdieners.
In diesem Moment allerdings erweckte er wenig Vertrauen. Danach war ihm auch nicht zumute. Nein, er war kurz davor auszurasten. Erst der verdammte Stau, und nun tuckerte sein Vordermann gemütlich vor sich hin, so als wären sie auf einer zerschlagenen Landstraße in der tiefsten Uckermark. »Hallo? Das ist eine Autobahn! Formel-1-tauglich!«, rief er. Was war das überhaupt für eine uralte Kiste, mit der diese Ignoranten alle anderen seriösen Autofahrer gefährdeten?
Zwar glänzte auf dem buckeligen Heck ein BMW-Emblem, aber dass die jemals solche müden Kisten gebaut haben sollen, das konnte Heiko sich beim besten Willen nicht vorstellen. Wenn Heiko seit der Wende eines gelernt hatte, dann war es, dass Zeit Geld war, auch im Urlaub. Immerhin war das heute die erste Gelegenheit, seinen neuen TT auszufahren. Er hupte erneut nervös, natürlich nicht ohne wieder vor sich hin zu fluchen. »Faule Wessis! Ignoranten!«
Dann geschah das Wunder. Heikos Puls fuhr Karussell. Endlich bequemte sich der seltsame Münchner BMW dahin, wo er hingehörte: auf die rechte Spur. Na bitte! Obwohl der Standstreifen für so einen Kübelwagen noch bes-

ser gewesen wäre. Wie konnte man nur mit so einem alten Karren die Luft verpesten, wenn man zwischen so vielen PS und Hightech-Wundern wählen konnte?
»Gemeingefährlich ist das«, schimpfte er erneut vor sich hin.
Sofort drückte er das stählerne, frisch polierte Gaspedal durch und zog endlich an Carlos BMW vorbei. Jetzt erst konnte er durchatmen. Freiheit!
Kurz sah er in den BMW. Ha! Frau am Steuer. Na, was für eine Überraschung! Der offensichtlich geisteskranken Fahrerin warf er kurz einen vernichtenden Blick zu.
Erleichtert sah er zu seiner bezaubernden Freundin Sandra hinüber. Wie sie einfach nur so dasaß! Eine Wucht! Jung, schlank, blond und unter Garantie unsterblich in ihn verliebt. Er beneidete sich selbst und legte seine Hand auf die Innenseite ihrer so wunderbar kühlen, nackten Oberschenkel. Heiko lächelte sie an. Miniröcke! Was für eine geniale Erfindung. Dieser Designer hätte eigentlich einen Nobelpreis verdient. Eine Welt ohne Miniröcke konnte er sich nur schwer vorstellen. Und Sandra hatte Beine, dafür würde jede andere Frau mehrfach töten, mit Sicherheit! Die weiche Haut der Innenseiten ihrer unwiderstehlichen Schenkel elektrisierte jeden einzelnen seiner gespreizten Finger. Jedes Mal, wenn er seine rauhe Männerhand auf ihrem Körper sah, schoss sein Blut aus dem Kopf in das eigentliche Epizentrum seines Körpers.
Kurz wollte er die Augen schließen und sich ausmalen, wie er sie sich packte und sich seine Fingerspitzen in ihre blanken Pobacken gruben, als er merkte, dass er kurz davor war, mit 180 Sachen auf einen holländischen Wohnwagen zu knallen, der gerade den nächsten, noch lahmeren Hollanski samt Anhänger überholte. Heiko bremste schärfer, als er wollte, so dass er und Sandra beinahe mit den

Köpfen gegen das schwarze Armaturenbrett geknallt wären.

»Hups! Tut mir leid, Kleines.«

Sandra grinste ihn mit einem leicht strafenden Blick an und legte seine Hand wieder auf das Lenkrad.

»Ich war grad ganz woanders«, entschuldigte er sich. Wohl oder übel konzentrierte Heiko sich wieder auf den Straßenverkehr. Zwei holländische Wohnwagenfahrer lieferten sich gerade ein atemberaubendes Rennen mit geschätzten 1,5 Kilometer Tempounterschied. In circa zwanzig Minuten dürfte das rasante Überholmanöver vollzogen sein. Ging es eigentlich noch langsamer? Wieso waren die Holländer eigentlich so verrückt nach diesen bescheuerten Wohnwagen? Schon mal von dem Konzept Hotel gehört? Erst gewinnend, dann ganz der sanfte, romantische Verführer, der er nun einmal war, lächelte er Sandra ungewollt etwas dämlich an.

Sie grinste zurück. Dann senkte sie spielerisch ihren Blick wie ein böses Schulmädchen, das etwas angestellt hatte, und klimperte mit den Wimpern. Ihre neckische Verführung gipfelte gleich darauf in einem fordernden Griff zwischen Heikos Beine. Sie liebte es, mit ihm zu spielen.

Heikos Blick wechselte nervös zwischen der Straße und Sandra hin und her. Ach, dachte er sich, er konnte es kaum erwarten, sich für zwei Wochen mit ihr in der Villa einzusperren. Schon seit Tagen hatte er nichts anderes im Kopf, stellte sich vor, wie er ihr in jedem der vielen Zimmer aufs Neue beweisen würde, dass sie sich für das beste Pferd im Stall entschieden hatte. Die fünfzig Viagra-Tabletten, die er sich, natürlich unter falschem Namen, bestellt hatte, würden ihm dabei ein guter Freund und Helfer sein. Sicher ist sicher. Sandra sollte ihm zu Füßen liegen und auch im Bett wieder an ihn glauben. Endlich! Es war an der Zeit, sein kleines Formtief zu überwinden. Wer weiß, womöglich würde sie nach dem Urlaub sogar ihren vielen hübschen Freundinnen von seiner unbeugsamen Liebe zu ihr vorschwärmen und davon, wie er sie in die sexuelle Abhängigkeit getrieben hatte. Bis auf diese eine dumme Emanze, Nina, waren die Damen ja alle durchaus eine Sünde wert. Er begann sich ein kleines, versautes nachmittägliches Abenteuer mit jeder einzelnen auszumalen.

Aber halt! Ab jetzt war absolute Treue angesagt, denn so ein Schnäppchen wie Sandra, das machte man so schnell nicht wieder, das war Heiko klar. Auch wenn er ihr ebenfalls einiges zu bieten hatte: Charme, gutes Aussehen, von seinem lukrativen Job bei der Versicherung ganz zu schweigen! Keine Frage, sie beide waren ein Traumpaar. Und das wollte er sich nicht mehr nehmen lassen.

Ein bisschen unfair war es vielleicht, diese kleinen blauen Wunderpillen heimlich mit an Bord zu nehmen, aber genauso unfair war auch, dass er seit neustem selbst beim Sex diese verflixten Zahlenreihen nicht mehr aus dem Kopf bekam. Zwar machte sein Talent für Zahlen jeden neu abgeschlossenen Versicherungsvertrag für ihn zur Goldgrube. Aber wieso, verdammt noch mal, musste er an doppelte Risikoschutzpauschalen bei außerordentlichen Wertanschaffungen denken, wenn Sandra unter ihm lag und nur eines wollte: mindestens einen Orgasmus, und zwar sofort!

»Haben die auch Euro?«, fragte Sandra und riss ihn damit aus seinen Gedanken.

Heiko verstand nicht. »Wie? Was? Wer?«

»Na, die Italiener! Ob die auch Euro haben? Ich hab nämlich nich gewechselt.«

Dafür liebte Heiko seine Kleine sofort noch mehr. Diese fast kindliche Sorglosigkeit. Liebevoll versicherte er ihr: »Mach dir wegen dem Geld mal keinen Kopf.«

»Ich war ja noch nie in Italien«, gestand ihm Sandra.
Heiko auch nicht, aber jedes Mal, wenn er nach seiner Lieblingspizza »due espressi« bestellte, versicherte ihm die knackige Kellnerin aus dem »Palermo« in Leipzig, er klinge wie ein waschechter Sizilianer. Dass sie selbst Polin war, tat ihrer Expertise dabei keinen Abbruch. Tja, vielleicht hatte er ja irgendeinen römischen Feldherrn unter seinen Vorfahren oder einen charmanten Mafioso? Das würde auch erklären, warum ihm italienische Anzüge einfach besser standen als jedem anderen. Passten immer wie angegossen.
Er gab Sandra einen Kuss auf die Wange. »Deswegen zeig ich dir ja jetzt mein Italien, Schatz!«
Der spritzige Audi TT beschleunigte, und Heiko hatte, wie immer, alles im Griff.

Weiter hinten auf der Autobahn stellte sich eine ganz andere Frage.
»Bärlauchpesto und getrocknete Tomaten oder lieber Serranoschinken mit Oliven?«
Selbstverständlich hatte Carlo am Morgen ein paar unwiderstehliche Tramezzini für sie alle zubereitet. Stolz hielt er sie nun Anna und Elli unter die Nase.
Anna blickte nur kurz auf die Gourmet-Snacks, dann wieder auf die Straße. »Danke, nein. Aber wie wär's mit ner Zigarette für mich?«
Anna rauchte lieber, als zu snacken.
Elli hingegen freute sich. »Oh, Picknick von meinem Lieblings-Sternekoch! Gibt's auch Kekse?«
»Wie Kekse?«
»Na Kekse! Zum Knabbern.«
»Ich dachte, so was ist Gift? Unnötige Kohlenhydrate oder so was?«

»Ach Bruderherz, das war gestern. Ab sofort lass ich mich nicht mehr verrückt machen. Ende der Diskussion!«
»Das sind ja ganz neue Töne?« Anna war nicht weniger erstaunt als Carlo.
»Ich ess nur noch, was ich will, basta!«
Carlo steckte seiner Anna wie gewünscht eine Zigarette in den Mund. »Soso. Auch die böse, böse Pasta?«
»Von mir aus gerne. Her damit, am besten gleich mit einer satten Soße. Carbonara oder Lachs und Sahne.«
Carlo war richtig happy. Endlich war Elli vernünftig geworden.
»Mir gefällt meine neue Schwester viel besser. Ich werd euch Pasta kochen, dass ihr mit den Ohren schlackert.«
»Ohne mich! Hab eh schon zwei Kilo zu viel.« Anna war da weniger begeistert. Eine Top-Figur war in ihrem Job eine Grundvoraussetzung, und sie war stolz darauf, so gut in Form zu sein.
»Spatzl!« Carlo versuchte ihr zu schmeicheln, Liebe ginge doch durch den Magen.
»Zum Glück nicht durch meinen«, entgegnete Anna trocken.
Elli pflichtete ihr bei. »Glaub mir, Carlo, uns schmeckt es manchmal auch ohne Männer und Liebe.«
»Aber die Damen! Ich bin doch harmlos. Ich möchte euch doch nur mit meinem Kochlöffel verführen.«
»Deine eigene Schwester?«, frotzelte Elli.
Anna ließ derweil den Blick nicht von der Straße und kramte gleichzeitig in ihrer raffiniert geschnittenen Designerhandtasche herum. Das gute Stück, weiß, mit dem richtigen Logo, dezent an der Seite unter das Leder gestickt, so dass es sich nur leicht abzeichnete, anstatt wie bei anderen Prunkstücken einem sofort ins Gesicht zu springen, nahm ihren ganzen Schoß ein und war randvoll gefüllt

mit Notizzetteln, Lippenstiften, Kulis, Markern, Timern, Pillen und weiß Gott was noch allem. Aber eines fehlte mal wieder, wie bei jedem Raucher.

»Hast du bitte Feuer für mich?«, fragte sie Carlo leicht nervös.

Carlo schluckte den letzten Happen seines zweiten Tramezzini, lächelte, »Klar!«, und drückte feierlich den silbern schimmernden Knopf des Zigarettenanzünders. Das war ihm die größte Freude, dieses satte Klicken des handschmeichlerischen Chromknopfes beim Einrasten. Dieser Wagen hatte einfach noch eine Seele. Das spürte man an jedem Detail. An jedem Knopf, an all den elegant verlaufenden Metallleisten, dem edlen Wurzelholz, dem satten Leder, überall hatte sich vor über vierzig Jahren jemand verewigt. Der Designer und der Ingenieur ebenso wie der mit Sicherheit stolze Arbeiter am Montageband. Das war damals keine seelenlose Massenware, die einfach so vom Band rollte wie heutzutage irgendein Flachbildschirm oder eine Waschmaschine in irgendeinem gerade aufstrebenden asiatischen Land, das kurz davor war, vor lauter hysterischem Wachstum zu explodieren.

Wie hatte er seinen Vater damals bewundert, als der, so wie ein Kapitän einen Ozeanriesen, den 502er mit ihm und seiner Mutter zu Ausflügen an den Starnberger See oder an den Tegernsee gesteuert hatte. Mit der Würde einer Queen Mary liefen sie ab ihrer großbürgerlichen Wohnung in der Schwabinger Franz-Joseph-Straße vom Stapel. Vor ihnen teilte sich alsbald bereitwillig ein Meer von kleinen unbedeutenden Autos, um seinem Vater und dem BMW den nötigen Respekt zu gebieten.

Zu dieser Zeit war es für Carlo schier unvorstellbar gewesen, auch einmal so groß wie sein übermächtiger Vater zu werden. Mit Panamahut, beigem Mantel und diesen star-

ken, unbeugsamen Händen am Steuer, die er an seinem Vater so bewundert hatte.
Und jetzt saß er vorne in genau demselben Wagen, den er geerbt hatte und seitdem wie seinen Augapfel hütete. Fast wie damals. Eines wäre damals allerdings undenkbar gewesen: eine Frau hinter dem Lenkrad einer solchen Staatskarosse! Nicht bei seinem Vater. Aber der war schon lange tot. Carlo vermisste ihn, jeden Tag.
Elli riss ihn aus seinen Gedanken. »Bärlauchpesto mit Oliven, bitte.«
»Wie?«
»Ach, gib mir einfach beide.«
Elli schien es ernst zu meinen. Die Ernährungsphilosophien hatten sich bei Elli, die etwas fester gebaut war, im Rhythmus von sechs Monaten abgewechselt. Bis Ende ihrer Studienzeit hatte sie nicht ein Gramm Fett am Körper gehabt. Damals hatte sie noch täglich Zeit für Sport gehabt. Doch jedes einzelne Bürojahr hatte sich mit einem neuen Kilo manifestiert. Nun, eine Frau in den Vierzigern musste auch nicht unbedingt den Verdacht erwecken, an Bulimie zu leiden, oder? Endlich hatte Elli das eingesehen.
Der Zigarettenanzünder glühte auf und klickte. Doch Anna hatte ihr Feuerzeug schon längst gefunden und war nun dabei, sich ihre Marlboro selbst anzuzünden. Carlo war das von Anna gewohnt. Mit einem Schulterzucken reichte Carlo seiner Schwester zwei Tramezzini.
Halb abwesend, streckte Elli ihre rechte Hand nach vorne.
»Pah, dämliches Schloss!«
»Wo? Welches Schloss?«, wunderte sich Carlo.
»Na, in Berlin, unserer Hauptstadtmetropole. Was für ein potemkinsches, armseliges Provinzdörfchen!«, schäumte Elli.
Weder Anna noch Carlo wunderten sich noch. Das war ty-

pisch für Elli, zu lesen und dabei hin und wieder Kommentare abzugeben. Meist waren es eher Selbstgespräche, nur ab und zu für Zuhörer bestimmt. Elli schüttelte den Kopf, sie war in Fahrt. Sie lehnte sich vor und fragte: »Wieso bitte etwas wieder aufbauen, was architektonisch nie von Bedeutung war? Maximal Mittelmaß! Und dann sowieso nur die Fassade? Innen alles banaler Schuhkarton. Wie bei einer Schießbude!«

»Mei, Berlin halt«, sagte Carlo mehr oder weniger treffend.

»Was könnte man an so einem Ort alles bauen!«

»Ja was denn, Elli?«, fragte er.

Da musste sie nicht lange überlegen. »Eine begehbare Skulptur! Lebendige Architektur, keinen Sarg. Ein Juwel für die Zukunft!«

»Elli hat recht. Da gehört was Kontroverses hin. Eine Art Guggenheim, wie in New York«, schaltete sich Anna ein.

»Ganz genau!« Elli ließ sich wieder in die Sitze fallen und breitete ihre Arme aus. »Ein Museumsgebäude, das weit über die ganze Stadt strahlt.«

Berlin sei nun mal nicht New York, gab Carlo den Damen zu bedenken.

»Die hinken der Zeit hinterher, nicht nur architektonisch«, stellte Elli trocken fest. »Und München ist von der Avantgarde so weit entfernt wie ein Schweinebraten von der Molekularküche.«

»Nix gegen einen guten Schweinebraten, Schwesterherz.«

New York. Annas Gedanken fingen an zu wandern. »Wie, verdammt noch mal, bringe ich es ihm nur bei?«, dachte sie bei sich. Sollte sie es ihm in einfachen, klaren Worten, ganz sachlich und direkt, ins Gesicht sagen? War das der bessere, der ehrlichere Weg? Besser als eine Wahrheit beziehungsweise ein Schock in vielen kleinen Dosen? Geradeheraus, etwa so: Carlo, es ist aus!

Oder wäre er bereit, mit ihr nach London zu gehen? Ganz weg aus seinem, ach so geliebten Schwabing, wo er fast jeden Tag in einem anderen Biergarten oder Café saß?
Selbst wenn er mitkommen würde, was würde passieren? Mit ihr, mit ihm, mit ihnen beiden? Sicher, früher hatte sie seine unerschütterliche Gemütlichkeit und seine unbeirrbare Zuversicht besonders geliebt. Irgendwo tat sie das immer noch.
So dankbar war sie damals gewesen, endlich einen Mann zu treffen, der ihr nicht spätestens nach zehn Sekunden klarmachen wollte, dass er der eigentliche Mittelpunkt der Welt war und sie sich glücklich schätzen durfte, wenn sie bald seine Kinder austragen, seine Anzüge abholen und dann seine Geliebte trösten durfte.
Da hatte dieser Fels von einem Mann gesessen, gemütlich auf der Bank hinter ihr im Biergarten am Seehaus. Die Sonne schien und küsste alle Münchner. Nur hin und wieder wagte es eine von diesen typischen bayerischen Wattewolken, sich davorzuschieben. Es war später Nachmittag gewesen, und über den vielen halbgefüllten Bierkrügen, gegrillten Hendln, Schnittlauchbroten und sonstige Köstlichkeiten summte das Gelächter der vielen Gäste.
Und Carlo? Er hatte einfach nur die großen Kastanienbäume angeschaut, die gerade mit ihren neongrünen Blättern den Frühling einläuteten. Während ihre drei glattgebügelten Kollegen ihr wieder von dem neusten Megamerger, einer amerikanischen Lawfirm oder Riesenkanzlei vorgeschwärmt hatten. Da hatte dieser warmherzige, zufriedene Bär einfach nur vor seiner Brotzeit gesessen und mit blinzelnden Augen die zarten Sonnenstrahlen genossen. So, als hätte es in diesem Moment nichts Wichtigeres in der Welt gegeben.
Und er hatte alles gehalten, was er ihr ja eigentlich nie

wirklich versprochen hatte. Musste er gar nicht. Sie war fortan seine Prinzessin, ach was, seine Königin. Auf ihn konnte sie sich immer verlassen.

Aber in London gab es nun mal keine Biergärten. In New York, wo sie wahrscheinlich die Hälfte der Zeit auch hinmüsste, erst recht nicht. Dieser neue Job, das war die Chance ihres Lebens. Und die wollte sie nicht verpassen. Es war nicht nur das pervers viele Geld, das auf sie wartete. Mit der Zeit war ihr klargeworden, dass sie nicht einfach nur herumsitzen konnte, auf Bierbänken, Kaffeehausstühlen oder auf den großen Steinstufen der Münchner Residenz und dort dem Fluss der Zeit zusehen. Nein, sie war ein Teil dieses Flusses. Sie musste weiter voranschwimmen, ganz vorne. Als Erste, und zwar in Rekordzeit!

»Nach dem Brenner trinken wir erst mal einen Cappuccino, was meint ihr?«, fragte Carlo.

»Nur einen?« Da musste man Elli nicht zweimal fragen.

Anna dachte: Es ist Schluss. Ich muss allein weiter. Und sagte: »Klar, Carlo.«

»Wenn ein Liter Benzin doch bitte endlich über drei Euro kosten würde!«

»Wie meinste das jetzt?«, wunderte sich Sandra und lutschte an ihrem knallroten Lolli.

»Na, dann würde nicht mehr jeder Hanswurst einfach mal so mit'm Auto in Urlaub fahren!«, ärgerte sich Heiko. Erst zweimal konnte er sich mit 240 Sachen in die Kurve legen. Gleich danach musste er wieder voll abbremsen, weil beide Male ein lahmer Laster zu blöd gewesen war, einen anderen zu überholen.

»Sollen sie von mir aus fliegen!«, tat er gönnerhaft kund. »Oder noch besser, zu Hause bleiben, wer es sich nicht leisten kann. Urlaub auf Balkonien. Is besser für die Umwelt.«

Andererseits, allein die ganzen Unfälle, die bei diesem Verkehr ständig passierten, waren Musik in den Ohren eines jeden Versicherungsprofis. Und er war schließlich der Profi der Profis!

Wie oft schon hatte er seinen zukünftigen Kunden von den Reichelts, jener unglücklichen Familie aus Dresden, erzählt. Er hatte sie ja vorher noch lang und ausführlich beraten und gewarnt. Das konnte er gar nicht genug betonen. Das ganze Paket hatte er ihnen angeboten. Rundumschutz aus einer Hand. Hausrat-, Unfall-, Reiseversicherung und noch ein paar weitere besonders teure Feinheiten.

Sicher, nicht jeder baute innerhalb von einer Woche zwei Autounfälle, beide Totalschaden, bekam gleichzeitig ungebetenen Besuch von vermummten Rumänen mit einer Vorliebe für Flachbildschirme und musste dann auch noch zusehen, wie ein Kurzschluss die nagelneuen vier Wände samt Dachstuhl in Schutt und Asche legte. Die Reichelts hatten wirklich seltenes Pech gehabt. Aber wären sie versichert gewesen … Na ja, dann hätte die juristische Abteilung trotzdem einen Weg gefunden, nicht zu zahlen. Die Jungs konnten was!

Jaja, das Schicksal hatte manchmal einen ganz eigenen Humor. Aber Mitleid konnten sie nicht erwarten. Schließlich warnte er sie alle, immer wieder. Und er wünschte auch keinem Unglück. Man musste einfach nur auf ihn hören. Für alles hatte er eine Versicherung, und nur mit seinen Policen hatte man eine faire Chance gegen das Schicksal.

»Dann sind eben die Flughäfen voll«, sagte Sandra.

»Wer ist voll?«

»Na, wenn alle fliegen, dann sind die Flughäfen voll.«

»Ja is doch wunderbar! Hauptsache, die Autobahnen sind frei.«

»Aber wir wollen doch bald nach Thailand?«
Also, aufgeweckt war seine Kleine, das musste Heiko ihr lassen. Sie tat zwar manchmal naiv, aber das war sie nicht, das hatte er mit der Zeit schon kapiert.
»Na ja, bis jetzt ist das Benzin noch zu billig. Sonst wär ja kein Stau, oder?«
Sandra zog den leeren Stiel aus ihrem Mund. »Ich hab Hunger.«
»Gut, muss eh tanken. Unser Baby ist durstig.«

»Verdammt, ist das hell hier!«, beschwerte sich Lutz, der hinter dem wagenradgroßen Steuer des alten VW-Busses saß.
Das sei ganz normales Tageslicht, klärte ihn seine Freundin Tina auf und zog dabei den dünnen Träger ihres blumigen Sommerkleids zurecht, denn ihr niedlicher rechter Busen war mal wieder ziemlich neugierig und wollte kurz sehen, was da draußen so vor sich ging.
»Ne, das is hier heller, ganz sicher«, beharrte er und setzte nach. »Typisch Bayern! Damit ihnen ja nix entgeht.«
Leicht nervös kratzte er sich an seiner rechten Geheimratsecke. Nächstes Jahr würde er dreißig werden, aber von einer Nacht auf die andere hatte seine ehemals lockige Haarpracht zu einem großangelegten Rückzug geblasen. Eitelkeit kannte er nicht, er war Realist. Nicht ganz egal dagegen war ihm, dass sie im Moment durchs reaktionäre Bayern fuhren. Ein übler Überwachungsstaat sei das, schimpfte Lutz. Er sei froh, bald wieder in Berlin zu sein, das könne sie ihm glauben! Alles nur undankbare Milchbarone und Gebirgsamigos!
»Jetzt fahren wir erst mal nach Italien«, sagte Tina und rieb sich ihre olivbraunen Arme mit einem Liter Creme ein. Sie

schimmerte wie Palmöl. Seine Wahnanfälle nahm sie schon lange nicht mehr ernst. Hinter allem und jedem witterte ihr Freund mindestens eine Weltverschwörung. Für ihn war es deswegen nur noch eine Frage der Zeit, bis sie alle wieder in einer Diktatur lebten. Das versuchte er ihr ständig weiszumachen.

Und jetzt hatte natürlich der hinterhältige bayerische Polizeistaat all seine Augen nur auf ihn gerichtet. Klar, die hatten ja bestimmt nichts Besseres zu tun.

»Oh Gott, wenn die rauskriegen, dass wir einfach so zum Spaß nach Italien fahren!«

Ob sie vielleicht gerne in einem bayerischen Gefängnis den Urlaub verbringen wolle, fragte er sie.

»Mit Weißwürsten, süßem Senf und Brezeln?«, fragte Tina.

»Pah! Dann lieber nur Wasser und Brot!«

»Sag mal, wegen einem Kilo Gras kommt man doch nich gleich in den Knast, oder?«

»WAS! Spinnst du?« Er war geschockt.

Sie fing an, Gefallen daran zu finden, ihn zu verunsichern. Na, er habe ihr doch selbst gesagt, das Haus sei ziemlich abgelegen? Sie spielte die Verblüffte. Da müsse man ja wohl einen gewissen Vorrat mitbringen. Oder kenne er etwa einen guten Dealer in Italien? Habe er gar geheime Mafia-Kontakte? Oh, oh, wenn das die bayerischen Cops herausbekämen!

Er sah sie an. »Sehr witzig.«

Derweil massierte sie sich die Creme in ihre athletischen Yogabeine.

Wo war nur sein Humor geblieben? Früher hatten sie doch immer so viel zusammen gelacht. Ja, Lutz hatte mal Humor! Richtig guten sogar. Nur deswegen hatte sie sich in ihn verknallt. Aber der Humor schien sich mit der Haarpracht verabschiedet zu haben.

Sie blickte auf die vielen Glücksbringer, die vor ihr an der Windschutzscheibe und am verkratzten Rückspiegel baumelten. Ein kleiner rosa Buddha, eine bunte Glasperlenkette mit einer blauen Lilie am Ende, ein ausgeblichener, dumm grinsender Affe aus Stoff und ein dünnes Lederbändchen mit einer Muschel von ihrem Marokkotrip vor ein paar Jahren.
»Buon giorno, una Graaaas e Haschisch per favore?«, foppte sie ihn weiter.
»Was heißt eigentlich Gras auf Italienisch?«, fragte Lutz.
Na also, endlich grinste er mal wieder. Tina zupfte ihr Kleidchen erneut zurecht und streckte ihre kleinen Brüste nach vorne. Sie nahm eine Pose ein, gerade so, als wäre sie die junge Ornella Muti höchstpersönlich und würde ihm einen Teller Pasta servieren. Mit ihren vollen Lippen formte sie einen noch volleren Schmollmund.
»Prego, Signore! La Maariuaaaana!« Mit ausgestreckter Hand parlierte sie in stolzestem Italienisch.
»Ah, grazie! Con pomodoro e formaggio?«, fragte Lutz.
Ornella Muti antwortete: »No, con pesto di funghi.«
»Ah capisco, Marihuana alla Mamma?«
Sie nickte und gab ihm einen Kuss. So mochte sie ihn. So machte Reisen Spaß. Überhaupt, sie sollten viel öfter wegfahren. Das hatte sie sich schon länger vorgenommen. Diesmal war Italien dran. Das Land hatte für sie einen beinahe mystischen Klang. Ihre Mutter hatte ihr als Kind oft davon vorgeschwärmt. Mit leuchtenden Augen hatte sie Tina immer von der kurzen Zeit erzählt, die sie sich dort hatte treiben lassen. »Das waren so leichte, so unbeschwerte Jahre gewesen, mein Tinchen.« Auf Details allerdings war sie nie eingegangen. Aber Tina wusste, dass ihre Mutter damals über beide Ohren verliebt gewesen war, bis, ja bis der Mann, dessen Namen nie erwähnt worden war, ihrer Mutter das Herz gebrochen hatte.

»Meine Mutter kann Italienisch«, sagte Tina in Gedanken.
»Aber sie raucht kein Gras, oder?«
Erneut sah Tina auf die baumelnden Anhänger und dachte auf einmal an Indien. Da würde sie als Nächstes hinfahren. Verrückt, seit kurzer Zeit hatte sie einen eigenen Indienshop, aber war sie noch nie in dem Land. Wie peinlich. Wenn ihre Kunden das wüssten!
»Oh ja, Mumbay ist der absolute Wahnsinn!«, hörte sie sich ständig den bunten Subkontinent bejubeln. Aber was hatte sie bis jetzt wirklich von Indien gesehen? Ein Satellitenbild im Internet, von Mumbay, mehr nicht. Das hielt sie nicht davon ab, in den höchsten Tönen von Indien zu schwärmen. Denn genau das wollten ihre Kunden hören. Ach, ja, und dann das atemberaubende Rajastan oder der Ganges! Dazu diese über allem schwebenden Düfte! Schier unbeschreiblich sei das alles!
Keiner hatte je auch nur vermutet, dass sie in Wahrheit nicht die geringste Ahnung hatte, wovon sie da redete. Das Einzige, was sie bis dato vom Duft Indiens mitbekommen hatte, war der graue Staub der vielen Kartons, in denen Tausende Räucherstäbchen und Seidenschals verstaut gewesen waren, die sich bald schneller verkauften, als man sie überhaupt hatte auspacken können.
All das war fast wie von selbst passiert. Plötzlich war sie Besitzerin von »Pure India« geworden, der angesagten Adresse für Indienfreaks aus ganz Kreuzberg. Sie hatte gerade erst zwei Wochen dort gejobbt und sich mit Ulla, der Besitzerin und Althippiefrau der ersten Stunde, sofort prima verstanden, als Ulla einen neuen Guru kennenlernte und diesem folgen wollte, irgendwohin an den Fuß des Himalaja.
»Ich hau ab. Den Laden schenk ich dir«, hatte sie nur gesagt.

Dann hatte sie Tina die Schlüssel in die Hand gedrückt und sich ins Land der heiligen Kühe verabschiedet. Namaste!

Tina konnte ihr Glück zuerst kaum fassen und suchte täglich den Haken an der Sache, aber es gab keinen. Ab dem ersten Tag verdiente sie bestes Geld damit. Es war ihr einfach alles in den Schoß gefallen. Vielleicht, weil sie einerseits täglich meditierte und so ihr Karma flugbereit hielt, und andererseits, weil sie, wie sich herausstellte, die perfekte Verkäuferin war. Endlich hatte sie ihr wahres Talent entdeckt. Und die Gewinnspanne war nahezu unverschämt: zwanzig Räucherstäbchen zum Warenwert von fünf Cent mal locker für das Hundertfache verkauft.

Doch genauso unverschämt war es gewesen, dass sie fünf Jahre Theaterwissenschaften studiert, mit den besten Noten abgeschlossen und ihr Professor sie dann mit der netten Frage in die Welt verabschiedet hatte, wie man nur so doof und naiv sein könne, so viel Zeit ausgerechnet in dieses völlig nutzlose Studium zu investieren? Unverschämt war auch, dass sie bis vor kurzem drei Jobs hatte, nur um halbwegs über die Runden zu kommen.

Diese Tage waren nun vorbei. Danke an den Guru im Himalaja. Danke an Ulla, die sich lieber mit einem Punkt auf der Stirn und im Schneidersitz in die nächste Bewusstseinsebene vögelte. Ommm! Ommm! Um deren Karma machte sie sich keine Sorgen.

Aber was hatte ihr der liebe Lutz schon Vorträge gehalten, wenn sie abends über der Abrechnung gesessen oder neue Bestellungen aufgeschrieben hatte. Sie habe die Seiten gewechselt, sei nun selbst zur Ausbeuterin und Preistreiberin degeneriert. Gierige Unternehmerin, Kapitalistin! Als hätte sie eine ansteckende Krankheit befallen. Ob er jetzt für sie ein BWL-Studium anfangen müsse, hatte er sie doch tat-

sächlich gefragt. Wenn es wenigstens als Witz gemeint gewesen wäre. Manchmal hatte er echt einen Knall.
Dabei hatte er gar keine Ahnung, wie gut ihr Geschäft wirklich lief. Und das war nur der Anfang. Gestern Mittag erst hatte sie den Mietvertrag für den neuen, noch größeren Laden unterschrieben. Ja, und was für eine Unternehmerin sie war! Gerne, her mit der Kohle!
Lutz! Zum plötzlich prall gefüllten Kühlschrank hatte er nie »Nein« gesagt oder zu dem neuen Computer, auf dem er seine Magisterarbeit parkte, an der er schon seit knapp zweihundert Jahren schrieb.
Aber sie würde ihn schon noch aufwecken, den Herrn Weltverschwörer. Diesen Urlaub gönnte sie ihm noch, damit er sein sensationelles Opus, mit dem er die Welt wachrütteln wollte, entweder zu Ende bringen oder zu Grabe tragen konnte: »Der Turbokapitalismus aus der Sicht von Sigmund Freud«. Gab es eigentlich einen dämlicheren Titel? Wie wäre es denn mit »Das Über-Ich und der Börsencrash« oder »Pränatale Phase und Rendite«?
Ab jetzt wird Geld verdient! Das stand fest. Mit oder ohne den alten Sigi Freud. Ihre pränatale Rendite-Phase hatte gerade erst angefangen. Wie hieß noch dieser schöne Werbespruch? »Incredible India!« Ganz genau! So sah sie das auch.

Sandra hatte jetzt alles, was sie brauchte, um die nächsten Stunden glücklich zu sein. Cola, Pommes mit Ketchup und ein Eis, dazu vier Frauenzeitschriften, die irgendwie alle fast das gleiche Titelbilder hatten, knutschende Promipärchen aus Hollywood beim Urlaub mit Baby am Strand oder andere grinsende Pärchen, getrennt schwanger knutschend frisch verliebt beim Shoppen.

Außerdem hatte Sandra eine Hörspiel-CD der Drei Fragezeichen, einer Krimireihe für Kinder, gefunden. Sie sang die Musik: »Justus Jonas, Peter Shaw … Bob Andreeeews!« Sie hatte eine der wenigen Folgen gefunden, die sie noch nicht kannte.
Auch gab es einen neuen knallroten Lutscher, diesmal mit Kaugummi in der Mitte und neongrünem Brausepulver, das auf der Zunge prickelte und kitzelte.
»Die haben hier so tolle Sachen!«, jubelte Sandra im überfüllten, dampfigen Tankstellenshop kurz vor Innsbruck.
Mit auf die Reise ging des Weiteren ein dickes Kreuzworträtselbuch und ein seltsames kleines Stofftierchen namens Gipfelpoldi, das ihnen ab jetzt Glück bringen sollte.
»Der is sooo süß, kuck ma!«, sagte sie und stupste dem schrumpeligen Etwas, Made in China, die Plastiknase ein.
Heiko bezahlte die unüberschaubare Wundertütensammlung seiner Traumfrau, während die Augen des Kassierers nur zwischen der Kasse, den einzelnen Sachen und den vielen anderen Kunden in dem belebten Tankshop hin und her zuckten, ohne dabei auch nur einmal jemandem in die Augen zu sehen. Der Mann war ein Roboter und Heiko nur das Glied einer endlosen Kette von Kunden. Alle waren gleich, dumme Kühe am selben Futtertrog, kurz bevor ihnen die Milch abgezapft wurde, dachte sich Heiko. Ja, er konnte nicht anders, manchmal hatte er was Philosophisches.
»Von wegen Benzinwut und Krise, was? Sind ja doch wieder alle von zu Hause abgehauen«, sprach Heiko den Kassierer kumpelhaft an.
Heiko war anders, besonders. Er stach heraus aus der bemitleidenswerten Masse. Er reiste schließlich im teuren Anzug. Nicht so wie alle anderen Männer hier, ohne jeglichen Stil, komplett im Trainingsanzug. Dazu ihre dicken

Frauen und Mütter. Manche der Frauen setzten selbst die flexibelsten Sporthosen einer harten Belastungsprobe aus. Ohne auch nur im Ansatz auf Heiko einzugehen, fragte der Kassierer, vom steif gebügelten Shirt seines Arbeitgebers in Form gezwängt, stoisch nach der PIN-Nummer und ob Heiko irgendwelche Punkte sammle?

Heiko gab den Kassierer auf und musterte weiter unangenehm berührt das Volk um sich herum.

Wo stand eigentlich geschrieben, dass Ehefrauen in Deutschland alle die gleichen kurzen, abgefressenen Haare tragen mussten? Überall dieser »flippige« verfranste Topfschnitt. Oft wusste man von hinten gar nicht, wer die Frau und wer der Mann war. Aber da gab es einen Trick, meistens war der größere Hintern ganz klar die Frau.

Nein, wenn er und Sandra mal heirateten, dann würden sie jung und sexy bleiben, ein Leben lang. Sandra würde ihr Haar immer lang tragen und ihr Hintern immer knackig bleiben, zwei kugelrunde Wassermelonen. Am besten, er würde das in den Ehevertrag schreiben lassen.

Er verließ den Tankshop und fasste sich kurz ans glattgebügelte Revers seines bequemen blauen Sakkos. Die kleine Schatulle war noch da, er konnte sie spüren. Bei der richtigen Gelegenheit würde er Sandra in dem Ferienhaus ein Candlelight-Dinner zaubern, vor ihr auf die Knie gehen und ihr die Ringe zeigen. Sie würde sprachlos vor Rührung weinen und dann, natürlich völlig überwältigt, »Ja« sagen. Er hatte alles genau geplant. Heiko bewunderte sich.

Sandra war schon beim Wagen, und er öffnete von weitem mit dem Sensor lässig die Verriegelung. Er liebte diese Dinger.

Sein zufriedenes Grinsen gefror, denn plötzlich sah er, wie der alte BMW von zuvor auf eine Zapfsäule zurollte. Es

würde ihn nicht wundern, wenn der träge Oldtimer schlappgemacht hätte.
Heiko ging weiter zu seinem Wagen, sehr darauf bedacht, möglichst unbekümmert zu wirken. Kaum jedoch war er an seinem vollgetankten Audi angekommen, als der BMW ausgerechnet an der Zapfsäule direkt neben ihm zum Stehen kam.
Die Frau stieg aus, und jetzt klingelte es auch bei ihr.
Sie war schlank, groß gewachsen und schick, vielleicht etwas spießig gekleidet. Mit gut sitzender Jeans, grüner Bluse, dunkelgrünem Cardigan und einem Seidentuch um ihren schlanken Hals gewickelt, an dem sich die Sehnen elegant abzeichneten. Schönes langes Haar, so wie er es mochte. Anfang dreißig, nicht viel älter, schätzte er. Sie war hübsch, hatte stechend grüne Augen und eine hohe Stirn, hatte ein toll geschnittenes Gesicht, das musste er ihr lassen. Nur die Nase war vielleicht etwas zu lang oder vielmehr streng.
Während er gekonnt lässig seine Autotür öffnete und langsam einstieg, musterte sie nun auch ihn. Ihre Blicke trafen sich, wie die zweier Boxer kurz vor dem großen Kampf. Keiner durfte auch nur eine Spur von Schwäche zeigen.
Konzentriert cool setzte Heiko sich in seinen Wagen und warf den Motor an. Er lächelte Sandra an, die gerade dabei war, die Hörspiel-CD auszupacken, und schon freudig die Titelmelodie vor sich hin summte.
»Bob Andreeeews!«
Er fuhr sportlich los, natürlich nicht ohne dabei in den Rückspiegel zu sehen. Die Frau sah ihm hinterher. Na klar. Er kraulte Sandra am Nacken und sagte sanft: »Ich liebe dich, Kleines.«
Anna steckte den Tankstutzen in die Tanköffnung. »Was für ein Armleuchter!«, dachte sie. Wie groß war eigentlich

die Wahrscheinlichkeit, dass man sich so wieder begegnete?
»Soll ich dir was mitbringen?« Carlo war auf dem Weg zum Tankshop.
»Nein, danke!« Sie überlegte kurz. »Doch, Zigaretten und ein paar Wirtschaftszeitungen!«, rief sie ihm hinterher.
»Cappuccino!«, murmelte Elli, weiterhin vertieft in die *SZ*.
Eigentlich wollte Anna tatsächlich mal abschalten in Italien. Aber ein bisschen in den Eitelkeitsgazetten der Manager blättern konnte nie schaden und war immer wieder äußerst amüsant. Mit jeder Ausgabe präsentierten sich andere Gesichter als die neuen Heilsbringer mit dem großen Durchblick und der unerschütterlichen Kompetenz, auch jetzt noch nach der großen Krise. Kein Hauch von Selbstkritik oder gar schlechtem Gewissen. Es ging munter weiter wie eh und je. Zumindest nach außen. Nach dem Spiel ist vor dem Spiel. Sie kannte einige von ihnen nur zu gut. Mit manchen hatte sie sogar studiert. Andere wiederum hatten schon das eine oder andere Mal mit ihr in einem Konferenzraum gesessen. Die Glücklichen neben ihr, diejenigen aber, die Pech hatten, saßen ihr gegenüber und hatten fast immer verloren, oder es kam sie sehr teuer zu stehen.
Sie sah auf die Zapfsäule. Unglaublich, was der alte Wagen schluckte.
Wieder schaute sie dorthin, wo gerade der halbstarke Audi-Fahrer beschleunigt hatte, durch eine Gasse von blassen, sonnenhungrigen Familienkutschen und Wohnwagen hindurch. Wie lächerlich! Wenn tatsächlich jeder zweite Sportwagen eine Penisverlängerung war, dann gab es aber verdammt viele Männer, denen Mutter Natur übel mitgespielt hatte.
Das arme junge Ding, das neben ihm gesessen hatte. Sie verstand die Frauen nicht, die sich mit Profilneurotikern

einließen. Selbst im Bett versuchten diese vermeintlichen Hengste ihre eingebildeten Pferdestärken voll auszuspielen, wobei das meistens in einem einschläfernden Springreiten auf dem Ponyhof endete.
Carlo kam freudestrahlend zurück. Er war vollbepackt. Im Mund hatte er jetzt eine Zigarre.
»Tiroler Salami und Schüttelbrot. Dazu ein hervorragender Grüner Veltliner, hier aus der Region. Außerdem eine Melange to go und Manner mit Zitronenfüllung für mein Schwesterherz.«
Man hätte ihn glatt für den Weihnachtsmann halten können, so verteilte er seine Gaben.
»Du bist, glaube ich, der Einzige, der Wein nach Italien mitnimmt«, amüsierte sich Elli.
»Ich weiß schon, das ist wie mit dem Schnitzel zum Metzger.«
Es hätte Elli auch sehr gewundert, hätte Carlo nicht wieder irgendwelche Spezialitäten gefunden.
»Na, falls mia a Jausen machen woiln!«
Carlo spielte den Tiroler, das konnte er gut.
Anna schmunzelte und fragte dann mit gespielter Überraschung:
»Was hast du denn da für ein Buch?«
Es klemmte unter seinem Arm.
»Der Alpenhauptkamm, eine kulinarische Panoramareise für Genießer«, las er ihnen stolz vor. »Und für dich ein halbes Dutzend Wirtschaftsbibeln. Aber wehe, du liest auch nur eine davon!«
Schließlich war das ihr Urlaub.
Im Grunde hatte er völlig recht. Sie hatte zuletzt so viel gearbeitet wie vielleicht noch nie in ihrem Leben. Wenigstens die nächsten zwei Wochen musste sie abschalten, komplett, und sich endlich für sich Zeit nehmen. Da gab es

nämlich einiges zu klären in ihrem Kopf. Nicht nur die bevorstehende Trennung.
Sie blickte auf ihr Handy: achtzehn neue E-Mails.

»Geil, die Alpen, oder?« Tina war beeindruckt.
Mittlerweile war ihr fast vierzig Jahre alter VW-Bus dabei, sich den Brennerpass hochzukämpfen. Das arme Ding. Der klapprige Wagen hatte so seine Mühe und vibrierte bis in die letzte Schraube vor Anstrengung.
»Diese Aussicht«, jubelte Tina, »phantastisch!« Klar und deutlich reckten sich vor ihren Augen, zum Greifen nah, Millionen Jahre alte Berggipfel empor, einer neben dem anderen. Die Autobahn verlief knapp unter der Baumgrenze. Nur wenige Meter höher gab es nur noch blanken, blitzenden Fels und geduckte Latschenkiefern. An manchen Stellen glaubte Tina sogar noch Schnee vom letzten Winter zu sehen. Wie eine Spielzeugbahn schlängelte sich die niedrigste Verbindung zwischen Nord- und Südalpen vorsichtig zwischen den monströsen Bergen durch.
Lutz hatte mit der Schaltung und dem großen Lenkrad zu kämpfen, während Tina lässig einen Joint rollte. Das musste man ihr schon lassen, darin war sie flott. Ohne auch nur eine Sekunde auf ihre Hände zu achten, konnte sie fast blind, wie von Zauberhand, den Tabak zerbröseln, alles vermengen und zwei identische Dinger rollen, die so perfekt aussahen, als kämen sie vom Chef der American Tobacco Company höchstpersönlich.
»Hitler hat die Autobahn damals extra so legen lassen, dass die Deutschen auch sehen konnten, wie schön ihr Land ist. Umwege waren da völlig egal«, erklärte Lutz ungefragt.
»Wir sind doch schon längst in Österreich?«
»Ich mein vorher, beim Chiemsee.«

»Na, da hätte er sich doch selber wunderbar mit drunter planieren lassen können?«
»Ja, das wär in der Tat das Beste gewesen.«
Jetzt fuhren sie über die Europabrücke. Vielleicht hundert Meter oder mehr unter ihnen ein Tal. Die alte Brennerstraße. Tina fand das irre, dass man mittlerweile so einfach nach Lust und Laune über die Alpen fahren konnte, was früher ja ein brutaler Kraftakt gewesen sein musste. »So vorm Auto, oder nich?«
Sie zog genüsslich an ihrem Joint und ließ ihre Gedanken weiter schweifen.
Lutz gab ihr recht. Hannibal sei damals sogar mit Elefanten angerückt, erklärte er ihr.
Ja, erklären, manche würden auch sagen klugscheißen, das tat er gerne.
»Ick höre hier nur Elefanten? Wo hat er die denn hergehabt?«
»Ganz einfach aus Indien.«
»Na, die ham bestimmt gekuckt, als sie den Schnee gesehen haben!«
»Und erst beim Anblick der Deutschen!«
»Der arme Ötzi is im Schnee steckengeblieben«, sagte Tina, deren Joint wieder mal äußerst schnell zur Neige ging.
»Außerdem war es ja damals das Gleiche.«
»Ötzi und Hannibal?«, wunderte sich Tina.
»Klar. Ah, nein, Deutschland und Österreich.«
»Woher kam der eigentlich, der Herr Ötzi?«, fragte sie. Dass man ihn irgendwo in einem Ötztaler Gletscher gefunden hatte, das wusste sie. Aber wer war er, was wollte er da oben? Ski fahren sicher nicht.
»Das weiß keiner so genau. Sicher ein Vorfahr vom Reinhold Messner oder Luis Trenker.«
»Oder beiden zusammen. Deswegen das haarige Gesicht.«

Alpen-Yeti! Beide lachten los.
»Na logisch! Dass da noch keiner drauf gekommen is!«
Lutz war ausnahmsweise mal am Leben. Kein Verfolgungswahn.
Er zwang das Getriebe wieder in den zweiten Gang. Es ruckelte ordentlich. Tina wollte ihnen den nächsten Joint anzünden und hätte sich dabei beinahe ihre eh schon kurzen Haare verbrannt. Ihr Gesicht war perfekt geschnitten, geheimnisvolle Rehaugen, über denen lange Wimpern klimperten, ein sehr sinnlicher Mund und dazu ein frecher Schönheitsfleck auf der vollen Oberlippe. Die kurzen Haare standen ihr unverschämt gut. Die Frisur unterstrich ihre flippige Schönheit. Sie lachte.
»Ups! Also, Herr Schumacher, so wird das mal nix mit der Formel 1.«
»Das würd ich gern mal sehen. Schumacher am Steuer von einem VW-Bus.«
Tina grinste weiter. »Quasi der permanente Boxenstopp!«
Genüsslich nahm sie einen entspannten Zug. Sie legte ihre langen, nackten Beine auf das Armaturenbrett, zog das kurze Kleid noch höher und ließ sich noch tiefer in den Sitz sinken. Der Joint wanderte zu Lutz, und sie zündete sich sogleich einen neuen an.
»Keine Macht den Doofen!«, skandierte er.
»Wie übersetzt man eigentlich Cocktail?«
»Was? Wieso?«
Tina ließ ihren Kopf nach hinten fallen. »Na, ne Margarita, eiskalt! Das wär's jetzt!«
Aber Lutz war in Gedanken versunken.
»Wörtlich eigentlich Schwanzschwanz, oder Hahnenschwanz. Richtig?«, alberte Tina weiter.
»Ja, ja.« Lutz kämpfte mit dem Gangknüppel, mit sich, mit der Welt.

Es war die pure Farce. Alles. Das wusste Lutz mittlerweile todsicher. Immobilienkrise, Bankenkrise, Finanzkrisen, Eurokrise, Dollarkrise, Demokratiekrisen, alle Krisen, ein riesiges Geschäft. Hinter allem steckte Methode. Keine Börse crashte aus purem Zufall. Die Welt war zur Spielbank verkommen, in der Hand von skrupellosen Casinobetreibern. So sah es aus. Ihm konnte niemand mehr was vormachen. Danke an das World Wide Web! Noch stand dort alles zu lesen. Man musste sich eben nur die Mühe machen, es zu suchen. Lutz hatte großen Respekt vor dem Wikileaks-Gründer, Assange. Doch längst gab es weit bessere Foren. Er war auf eine schier unglaubliche Flut an Dokumenten gestoßen, Strategiepapiere, Protokolle, geheime Pläne, Seilschaften, Abkommen, korrupte Geschäfte, es nahm kein Ende. Und es sah leider ganz so aus, als verstünde allein er es, all diese Informationen zu verknüpfen. Nur er verstand den Masterplan, der einige wenige unvorstellbar reich und mächtig und die breite Masse arm und hilflos machen sollte. Marionetten, kinderleicht zu manipulieren.

Anfangs hatte er nur für seine Magisterarbeit recherchiert. Die allerdings war längst fertig. Schon vor vielen Monaten hätte er sie abgeben können. Aber das hatte er nicht getan, denn sie war für ihn das ideale Alibi, sich seiner eigentlichen Arbeit zu widmen, seiner großen Abrechnung, seiner allumfassenden Enthüllung. Im Urlaub würde er sein Werk vollenden.

Aber jetzt drängte die Natur, und zum Glück kündigte ein Schild einen Rastplatz an.

»Ich muss mal pinkeln.«

»Okay, Boxenstopp!«

Sie war einfach immer bester Laune. Sein Ein und Alles. Der einzige Mensch, der ihn verstand und dem er vertrauen konnte.

»Die Zeit läuft, Schumi!«, rief sie ihm hinterher.
Tinas Handy blinkte auf. Als sie auf das Display sah, erkannte sie die Nummer von diesem Pierre, einem aufgehübschten Modedesigner aus Berlin Mitte. Mein Gott, konnte er sie nicht endlich in Ruhe lassen? Nur weil sie einmal mit ihm geschlafen hatte, gab das ihm noch lange nicht das Recht, ihr ständig irgendwelche dämlichen Nachrichten zu schicken.
»Ich kann dich immer noch riechen«, hatte er geschrieben. Na, wie einfallsreich. Und das nach, wie lang war es her? Zehn Tage?
Außerdem war sie im Urlaub. Also, manche Männer kapierten wirklich gar nichts.

Ab dem Brenner hatte Elli ihre Artikel zur Seite gelegt und schaute seitdem zwischen Bewunderung und Abscheu pendelnd aus dem Fenster. Es tat ihr weh, zu sehen, wie die behutsam über Jahrhunderte sinnlich geformte Kulturlandschaft von der Idiotie der Gegenwart rücksichtslos zermürbt wurde.
Bei Rovereto hatten sie die Autobahn verlassen, seitdem glitt Anna mit dem BMW über die Landstraßen, über Felder und durch kleine Ortschaften, begleitet von bewundernden Blicken. Sie kurvten bald durch die Berge nördlich des Gardasees, und ein pittoreskes Dorf folgte dem anderen. Elli ging das Herz auf. Man fand sie noch, die unübertroffene, alte italienische Baukunst. Aber sie wurde brutal in die Enge getrieben, von den immer gleichen, unverschämt stupiden industriellen Zweckbauten und immer gleichen plumpen Wohnsilos. Infantil bunte Farben und Formen, wie man sie ebenso in Gütersloh, der ostdeutschen Aufbausteppe oder überall in der modernen Welt finden konnte. Elli empfand

Trauer beim Anblick dieser brutalen Gleichgültigkeit gegenüber dem baulichen Erbe und den Menschen an sich.
»Verdammte Legoarchitektur«, grummelte sie vor sich hin. »Die gehören alle ins Gefängnis.«
Legoarchitektur war Ellis Überbegriff für all die klobigen Bausünden, die vom kurzsichtigen Profit besoffene Bauherren und ihre sich anbiedernden Architekten in zerstörerischer Allianz überallhin würfelten. Sie alle hatten in ihrer Kindheit offensichtlich zu lange mit den bunten Plastikklötzen aus Dänemark gespielt und fanden das, was sie damals mit ihren Vorschuljahren zusammengesteckt hatten, heute immer noch »schön«. Dabei war »schön« an sich schon so ein jämmerliches, nichtssagendes Wort. Genauso wie »lecker« oder »toll«, dachte Elli. Essen war immer »lecker« und alles andere »schön« oder »toll«. Mehr fiel den Menschen nicht ein.
Diese Ignoranz war es, die ihr das Leben als Architektin von Anfang an manchmal zur unerträglichen Qual gemacht hatte. Elli liebte intelligent und raffiniert geschnittene Gebäude oder harmonisch geschwungene Landschaften. Es verschaffte ihr die höchste Befriedigung, die nahezu perfekte Form in den Dingen zu suchen und glücklicherweise manchmal auch zu finden. Oder einfach nur zu bestaunen, wie andere sich dem gleichen kreativen Abenteuer hingaben und welche Spuren sie dabei hinterließen. Schon seit Tausenden von Jahren.
Heutzutage aber war alles nur noch dummer Einheitsbrei, nivelliert und gleichgeschaltet auf dem beinahe untersten Level. Möglichst leicht verdaulich für die breite Masse. Coca-Cola, Hamburger, H&M, Ikea. Jeder aß und trank das Gleiche, wohnte identisch und hatte das Gleiche an. Mehr Planwirtschaft, als es sich die Sowjets je erträumt hatten.

Doch Elli war in Hochstimmung. Sie war gespannt und neugierig auf das, was vor ihr lag, und fest entschlossen, all die Probleme und Enttäuschungen, die sich in München über die Jahre aufgetürmt hatten, hinter sich zu lassen.

Keine Sekunde hatte Carlo gezögert, als Elli ihm gestanden hatte, dass sie alles hingeschmissen habe, Job und Lebenspartner.

»Dann kommst du eben mit uns mit«, hatte er gesagt. »Ab nach Italien!« Das Haus sei groß genug für sie drei. Anna und sie verstünden sich ja eh bestens.

»Außerdem kann ich dann für drei kochen«, hatte er gejubelt.

Die Zeichen standen gut, denn auch am frühen Abend schien die Sonne immer noch bester Laune zu sein. Satt und breit lachte sie vom Himmel, als Anna, Carlo und Elli endlich an ihrem Ziel ankamen.

Souverän rollte der BMW langsam auf die lange Kieseinfahrt des historischen Anwesens, das sich noch etwas weiter oben auf dem Hügel versteckt hielt. Links und rechts spendeten alte Pinien und Platanen etwas Schatten, doch es fiel immer noch genug Licht für die vielen Oleanderbüsche ab, die in voller Blüte den Weg zum Hügel säumten.

Carlo kaute glücklich auf seinem Zigarrenstumpf herum und grinste frech.

»Signorine, la Villa Duchessa! La mia casa se tu casa!«

Anna schmunzelte. »Dein Italienisch wird ja immer besser.«

»Und das schon nach dreißig Jahren«, sagte Elli.

Idyllisch eingebettet zwischen sanften Hügeln, die weiter im Norden zu mächtigen Bergen anwuchsen, erwartete sie ein romantisches Ferienhaus aus der Jahrhundertwende. Stilsicher vereinte es diverse historisierende Elemente unterschiedlicher Epochen zu einem ausgewogenen Ganzen.

Nur Haus zu sagen wäre eine Beleidigung gewesen. Vielmehr empfing sie eine Villa, die fast schon ein Palazzo war. Einer, den Palladio, der große Renaissancebaumeister, wohl kaum würdevoller entworfen hätte.
Die tiefstehende Sonne modellierte mit ihrem Licht-und-Schatten-Spiel die schlanken Säulen eines kleinen Portikus. Geniale Harmonie der Kräfte. Seitlich davon bespielten je zwei Reihen eleganter, beinahe raumhoher Fenster im rhythmischen Dreiklang die Fassade. Das Gebäude thronte auf einem relativ groben steinernen Sockel und wurde oben von einem zarten Gesimse eingerahmt. Über allem schwebte schließlich ein leichtes Dach, das durch eine schmale dunkle Fuge vom restlichen Baukörper losgelöst schien und der Villa eine fast fürstlich toskanische Note gab. Der Putz changierte zwischen cremefarben und einem ausgeblichenen Eigelb. Elli konnte sich gar nicht sattsehen. Das, ja, das war Architektur!
Auch Anna war sichtlich beeindruckt. So herrlich, so verwunschen, mit so viel Charakter, das hatte sie nicht erwartet. Bei so was konnte sie sich auf Carlo verlassen, das wusste sie. Die schönen Seiten des Lebens, das war sein Metier. Aber diesmal hatte er sich tatsächlich selbst übertroffen.
Der Kies knarzte unter den breiten Reifen des BMWs. Ein leichtes Lüftchen umschmeichelte sie mit dem inspirierenden Duft eines südländischen Gartens. Carlo konnte das Bouquet der vielen hervorragenden Weine, die sie sich hier gönnen würden, schon schmecken.
Dann kam der Schock.
»Was soll das denn?« Anna traute ihren Augen nicht. »Was macht der denn hier?«
»Wer?« Carlo verstand erst nicht, er war noch halb im Traum. Dann sah auch er den silbernen Audi TT aus Leip-

zig, der wenige Stunden zuvor Anna so in Rage gebracht hatte. Er parkte funkelnd frech vor ihrem Haus.
»Wir sind ein Volk«, zitierte Elli trocken.

Hätte er es nicht besser gewusst, er hätte es für einen schlechten Witz gehalten, eine üble Vision oder einen gefährlichen Trip. Heiko fragte sich, ob ihm der holländische Pharmahändler aus dem Internet womöglich aus Versehen die falschen Tabletten geschickt hatte?
Da machte er sich nichts vor, das Deutsch der Holländer war im besten Fall ein absurdes Missverständnis, aber eigentlich schlicht ein logopädischer Supergau. Sollte Heiko jemals einen Sohn mit Sprachfehler haben, dann würde er ihm den Rat geben, nach Holland zu gehen und dort einen Bestseller zu schreiben. Das würde klappen, unter Garantie.
Also was, bitte schön, hatte er da eben zu sich genommen? Wer wusste schon, was ihm der niederländische Pillendreher untergejubelt hatte? Gut möglich, dass der Mann ein gescheiterter Tulpenzüchter war und die äußerst gewinnbringende Idee hatte, alle übrig gebliebenen Säcke seines hochgiftigen Düngemittels einfach einzuweichen, zu strecken und daraus viele kleine, teure, falsche Viagra-Pillen zu backen? Diese kleinen bunten Dinger sahen doch alle gleich aus! Verflixt! Ob Rattengift oder Aphrodisiakum, beides konnte ganz unschuldig blau und verheißungsvoll daherkommen. Nur das eine Tablettchen schenkte Leben, das andere nahm es.
Zur Feier des Tages hatte Heiko sich gleich zwei Viagras gegönnt. Sicher ist sicher, hatte er sich gedacht, oder besser: wenn schon, denn schon! Der Stress, seine kleinen, heimtückischen Potenzprobleme, all das sollte in diesem Urlaub

endgültig vorbei sein. Er wollte nur noch für seine Sandra da sein, ganz exklusiv, er stand bereit für atemberaubende erotische Abenteuer. Diese Prachtvilla hier war der perfekte Ort für sein sexuelles Comeback.
Kaum angekommen, hatte es sie beide schlicht umgehauen. »Das ist ja wie im Märchen!«, hatte Sandra geträllert und ihm sofort einen langen, leidenschaftlichen Kuss gegeben. Heiko hatte das romantische Liebesnest über ein Urlaubsportal im Internet gefunden. Sicher, auch dort waren die Fotos toll, aber im Vergleich zur Realität waren die Bilder komplett untertrieben. Das war zwar ungewöhnlich, aber Heiko war nun mal ein Glücksjunge.
Sandra wollte sich nur kurz frisch machen. Sie war immer noch im Bad. Er konnte sie mit ihren Cremes und Döschen klappern hören.
Derweil hatte er die Zeit sinnvoll genutzt. In der Mitte des riesigen Wohnzimmers, das mit alten Möbeln und einer dunklen Couchgruppe noch lange nicht vollgestellt war, hatte er auf dem dunkelbraunen Holzboden eine weiche Felldecke ausgebreitet, dann eine Flasche Prosecco geköpft, damit die beiden blauen Pillen heruntergespült und sich komplett nackt ausgezogen. Bereit, Sandra wieder und wieder zu erobern und zu unterwerfen.
Er kam sich vor wie ein unwiderstehlicher Verführer, ein junger italienischer Graf in einem leidenschaftlichen Softporno. Das Zeug dazu hatte er. Nicht zuletzt dank seiner kleinen blauen Freunde.
Und die Dinger hatten ihre Wirkung! Das war nun wirklich kein Rattengift, sondern ein wahres Wunder der Natur. Sein ganzer Körper pulsierte. Er fühlte sich wieder so lebendig wie mit achtzehn, als er so starke Erektionen hatte, dass er nicht mal mehr geradeaus gehen konnte. Tagelang!

Rein zufällig hatte er dann aus dem großen Flügelfenster gesehen, das mit seinen schweren, blumig bestickten Vorhängen den Blick verschleierte und nur diffuses Sonnenlicht in den dunklen Raum lassen wollte. Als er den alten BMW wiedererkannte, der schnurstracks auf sein Liebesnest zurollte, hoffte er kurz, einen schlechten Traum oder die falschen Pille erwischt zu haben.
Heiko sprang auf. Wie angewurzelt stand er in der nächsten Sekunde nackt, immer noch mit seiner ganzen männlichen Pracht, am Fenster und fragte sich, was das zu bedeuten hatte? Wollte ihm hier jemand einen absurden Streich spielen? Oder war ihm die Frau seit der Tankstelle einfach nur gefolgt? Wollte sie mehr? Nicht selten hatte er eine erstaunliche Wirkung auf Frauen.
In diesem Moment kam Sandra die ausladende, breite Holztreppe herunter. Hektisch drehte er sich zu ihr um.
»Oh, là, là, da freut sich aber einer, mich zu sehen!«, musterte sie ihn.
Sofort war Heiko wieder mit männlichem Stolz erfüllt und baute sich in seiner natürlichen Pracht auf.
Doch da hörte auch Sandra, dass sie Besuch bekamen. Von Heikos Schauspiel relativ unbeeindruckt, ging sie zur antiken Flügeltür des Wohnzimmers und wollte sie schon öffnen, hielt dann aber kurz inne.
»Bleibst du so?«, fragte sie.
Heiko kam schlagartig wieder zu sich und schnappte sich schnell seine Hose.
Schon öffneten sich quietschend die großen Fenstertüren zum Hof, während Heiko sich gerade noch sein weißes Hemd überstreifte. Seine Lendengegend war immer noch auf Hochtouren. Das war das reinste Silvesterfest da unten, als wollte eine Rakete nach der anderen in den Himmel hochsteigen. Doch das Feuerwerk kam jetzt äußerst unge-

legen und schmerzte noch dazu fürchterlich in der momentan viel zu engen Hose.
Neugierig trat Sandra von Heiko gefolgt hinaus auf die kleinen Steinstufen, die seitlich von der Terrasse zum Hof führten. Heiko wollte schnell wieder das Kommando übernehmen, hoppelte aber eher mit ungeschickter Autorität hinterher. »Na, also jetzt bin ich aber mal gespannt!«, verkündete er dennoch wichtigtuerisch.

Das würdevolle tiefe Blubbern des BMW-Motors verstummte. Und für wenige Sekunden waren nur die vielen schmeichelnden Geräusche eines italienischen Sommers zu hören.
Zuerst stieg Carlo aus, gefolgt von Anna. Elli blieb noch kurz im Wagen, denn sie hatte eben eine SMS bekommen, die sie für einen Moment aus dem Konzept gebracht hatte. Martin, der Mann, von dem sie ein für alle Mal genug hatte, flehte sie an zurückzukommen. Er könne ohne sie nicht leben. So viel Emotion war für Martin, den coolen Ingenieur, erstaunlich. Um eine Frau zu kämpfen, das war nicht seine Sache. Doch diesmal war alles anders, das wusste auch er.
Elli schloss die Augen. Was sich außerhalb der schützenden Hülle des BMWs abspielte, war ihr im Moment wurscht. Sie dachte an früher, als sie die kleine Prinzessin Elli war. Prinzessin Elli, so hatte ihr Vater sie immer genannt, der einzige Mann, der sie je bedingungslos geliebt hatte.
Derweil gingen die beiden Pärchen, ohne ein Wort zu sagen, langsam aufeinander zu, bis sie sich gegenüberstanden.
Für diese seltsame Begegnung gab es bestimmt eine ganz simple Erklärung, da war Carlo sich sicher. So auf die Schnelle allerdings konnte auch er sich nicht zusammenrei-

men, weshalb der seltsam angespannt wirkende Mann und seine recht hübsche blonde Freundin ausgerechnet die Schlüssel zu seinem Ferienhaus hatten? Und warum hatte der denn so einen roten Kopf? Der sah aus, als hätte er gerade ein Tennismatch auf Sand verloren. Mein Gott, er war ja völlig außer Atem!
Carlo lächelte die beiden freundlich an und wollte etwas sagen, doch Anna kam ihm zuvor.
»Was macht denn Ihr frecher Leasingwagen bitte in unserer Einfahrt?«, fragte sie mit fiesem Unterton.
Damit hatte die alte Diplomatin gleich mal eine schöne Front eröffnet, dachte sich Carlo. Gut gemacht, Frau Anwältin. Er grinste leicht verlegen und überlegte erfolglos, wie er Annas provokante Frage etwas mildern konnte.
Hatte Heiko da eben richtig gehört? Wie redete diese, diese ungefickte Emanze denn bitte mit ihm. Und das auch noch vor seiner Freundin! Er musste dieser hochnäsigen Wessi-Tussi sofort gehörig eins vor den Latz knallen, damit sie kapierte, wer hier vor ihr stand. »Ihre alte Rostschüssel tropft ja wohl ranziges Öl auf meine frisch gekieste Vorfahrt!«, versuchte er zu triumphieren.
»Halt! Dieser BMW hat noch nie Öl verloren«, stellte Carlo sofort klar. Den BMW seines verstorbenen Vaters hier mit reinzuziehen, also das sollte das Bübchen lieber lassen. Es rumorte in Carlo.
»Der wird auch dann noch kein Öl verlieren, wenn Ihr Spaßauto sein trauriges Dasein schon längst wieder als Coladose in einem Automaten fristet«, polterte nun auch Carlo los. Gleichzeitig seine Anna und seinen Wagen zu beleidigen, das war eins zu viel.
Heiko schnaufte vor Wut. Dies sei ganz klar sein Ferienhaus, und sie sollten gefälligst verschwinden, sonst könne er hier für nichts garantieren, drohte er.

Carlo ging einen Schritt näher auf das ostdeutsche Möchtegern-Alphatier zu.
Zwar war Heiko immer noch einigermaßen in Form, seit neustem ließ er sich einmal die Woche an einen Sportanzug mit Elektroden anschließen. »Elektrosport«, witzelte Sandra darüber. Doch er musste sich eingestehen, er war nur ein harmloser Bürohengst im Vergleich zu dem massigen, hochgewachsenen Bayern, der wahrscheinlich schon als kleines Kind mit Knödel, Weißbier und Schweinebraten gedopt worden war. In solchen Fällen verließ sich Heiko auf seinen Intellekt und seine scharfe Zunge. Beides konnte ein gefährlicher Dolch werden, dem nichts und niemand entkam.
»Leider ist das hier kein Kurhotel für Übergewichtige, mein Lieber, sondern meine private Sommervilla.«
»Freundchen, tu dir den Gefallen. Du verschwindest jetzt aus meinem Ferienhaus, aber pronto!«
Carlo wurde langsam ungeduldig.
»Bitte sehr!« Heiko drehte sich um und ging flugs ins Haus zurück.
»Wir werden ja sehen!«, rief er aus dem Wohnzimmer, während er in einer Reisetasche herumkramte.
Für einen kurzen Moment machte sich bei den anderen eine leicht unangenehme Stille breit. Carlo zuckte entschuldigend mit den Schultern und wandte sich, wieder ganz der sanfte Schwabinger, an Sandra.
»Nix für ungut. Ist nicht persönlich.«
Sandra grinste, sie fand die ganze Situation eher komisch. So wie sie es immer komisch fand, wenn Heiko sich vor ihr profilieren wollte. Sie blinzelte zum BMW.
»Toller Oldtimer. Darf ich mal reinschauen?«
»Ähm, ja … logisch.«
»Ich bin übrigens die Sandra.«
Anna musste sich wohl oder übel auch vorstellen: »Anna.«

»Ich bin der Carlo. Servus.«
Die drei entspannten sich etwas und gingen zum BMW, aus dem sich nun auch Elli herausschälte.
»Na, wen haben wir denn da?«, fragte sie. Bei sich allerdings dachte sie, dass ihr das jetzt gerade noch gefehlt hatte, so ein naives Hübschchen, das wahrscheinlich nur wieder Unglück brachte. Ein wenig erinnerte sie sogar an Martins Praktikantin, die sich letzten Sommer zur Geliebten hocharbeiten wollte.
»Ich bin die Sandra und du?«
»Elli. Gehört euch das Haus?«
»Du bist lustig! Schön wär's! Keine Ahnung, ich glaub, mein Freund hat da irgendwas durcheinandergebracht.«
Das Mädel war anscheinend viel netter als ihr peinlicher Freund, gestand sich Anna ein. Nettes junges Ding, schnappt sich aber ausgerechnet den größten Hornochsen, der herumläuft. Auf der Palette der männlichen Paviane, die ständig mit ihren knallroten Ärschen prahlten und sich für den Höhepunkt der Schöpfung hielten, da hatte dieser Ossi mit Sicherheit einen VIP-Platz. Womöglich war sie auch noch unsterblich in ihn verliebt, wollte ihn bald heiraten, ganz in Weiß, und dann viele Kinder von ihm haben. Was war eigentlich aus der Emanzipation geworden?
Stolz öffnete Carlo der unbekümmerten Sandra die Fahrertür und bot ihr an, sich mal hineinzusetzen.
»Der Wagen hat noch eine Grandezza, das gibt es heute gar nicht mehr. Alles nur Plastik in den neuen Autos!«
In dem Moment stürmte Heiko aus dem Haus und wedelte wichtig mit einem Blatt herum. Ganz aufgedreht und siegessicher baute er sich vor Carlo auf.
»Bitte schön! Lies mal besser, bevor du hier mit Schuhplatteln und Jodeln anfängst.« Er hielt ihm das Schriftstück

hin. Und zu seiner Freundin sagte er: »Was machst du da? Komm da raus!«

Bevor Carlo allerdings das Blatt auch nur überfliegen konnte, hatte Anna es ihm aus der Hand gerissen. Immerhin war sie der Profi, Wirtschaftsanwältin, eine der besten. Anna konnte einen Text in Bruchteilen von Sekunden scannen, gleichzeitig erfassen und die wesentlichen Aussagen herausfiltern. Einer der vielen Gründe, weshalb sie für ihre Firma unentbehrlich geworden war und weshalb sie jetzt dieses unverschämt gute Angebot aus London beziehungsweise New York hatte. Sie konnte zentimeterdicke Vertragswerke killen, Topmanager an den Rand der Verzweiflung treiben und Börsenkurse aufs Eis schicken. Da war sie geradezu ein Genie.

An diesem harmlosen Blatt Papier jedoch gab es nichts zu rütteln. Selbst sie konnte das nicht ändern. Sie hielt einen stinknormalen Mietvertrag in der Hand, der alle Formalien erfüllte. Zeit, Ort, Vertragspartner und so weiter, alles wasserdicht.

Das einzige etwas delikate Problem bestand darin, dass im nächsten Moment Carlo in die Sakkotasche seines braunen Cordanzugs griff und genau den gleichen Mietvertrag hervorzauberte. Mit dem klitzekleinen Unterschied, dass dort sein Name als Mieter der Villa Duchessa vermerkt war.

»Tja, das nennt man wohl ein Patt«, meinte Sandra scherzend und kassierte dafür umgehend einen bitterbösen Blick von Heiko.

Auch Anna sah ihren Carlo strafend an, der mit seinem Latein fürs Erste am Ende war.

Das sei ja wohl ein saublöder Fehler vom Vermieter, grummelte Carlo. Doch Anna bezweifelte, dass es sich um ein schlichtes Missverständnis handelte. Nein, das roch viel zu sehr nach billigem Betrug.

Wie auf Kommando griffen Anna und Heiko in der nächsten Sekunde zu ihren Handys und wählten die Nummer des Vermieters. Wie bei einem Boxkampf zog sich jeder in eine Ecke des friedlichen Hofes zurück.
Anna seufzte. Oh Wunder! Es meldete sich nur der Anrufbeantworter. Sie war wenig überrascht, wohingegen Heiko, völlig aus dem Häuschen, es ständig weiter versuchte.
Anna gab auf und fragte Carlo leise: »Hast du schon bezahlt? Sag nein!«
»Vor zwei Wochen.«
»Man zahlt nie im Voraus, jedenfalls nicht alles!« Sie konnte es nicht fassen.
»Ach, das Geld ist doch egal. Was machen wir jetzt, was meinst du?«
Anna sah überhaupt nicht ein, warum sie auch nur einen Millimeter zurückweichen sollte. Mit strengem Blick ging sie zu Heiko.
»Tja, Sportsfreund, alles schön und gut, aber da hat Sie wohl jemand reingelegt«, erklärte sie Heiko. »Sie sollten sich Ihre Anzahlung schnellstens wieder holen, sonst sehen Sie das Geld nie wieder!«
»Oh, danke für den tollen Tipp. Aber wir haben alles schon komplett bezahlt. Also danke, ihr könnt uns gerne mal hier besuchen. Bis dahin, ciao und buon giorno!«
Anna traute ihren Ohren nicht. »Wir haben auch bezahlt, vor Wochen, und zwar mit Westmark!«
»Wie witzig! Trotzdem waren wir als Erster da.«
»Als Erster? Ha! Ich hab schon in Italien Cappuccino geschlürft, da wurde euch noch verklickert, Cappuccino sei ein kommunistischer Bruderstaat in der Karibik.«
»Ach ja? Wir haben uns am Strand von Rügen mit Cuba Libre abgekühlt und zugesehen, wie eure lahmen Sportler

unseren Goldgewinnern bei Olympia hinterhergehumpelt sind! So sieht's aus!«
In einem irren Tempo schaukelten sich die beiden gegenseitig hoch und ließen sich dabei von niemandem aufhalten. Ihr Wortgefecht nahm immer absurdere Züge an.
Carlo und Sandra hatten schon längst auf einer kleinen, ehemals weißlackierten Bank Platz genommen, deren Holz unter Carlos massigem Körper ächzte, und sie verfolgten wie Tenniszuschauer das Match der beiden.
»Der Vermieter hat euch Rentner einfach reingelegt.«
»Mich legt keiner rein. Im Gegenteil! Willkommen im Kapitalismus, Stasifreundchen!«, schlug ihm Anna gnadenlos um die Ohren.
»Du kennst wohl eure eigenen Spielregeln nicht, Madame!«
»Pass mal auf, Volksgenösschen, ich bin Wirtschaftsanwältin. Ich treibe dich gerne in den privaten Bankrott, mal so nebenbei. Free of charge!«
»Gerne! Meine Versicherung hat bis jetzt noch jeden Prozess gewonnen. Das ist nämlich ein Weltkonzern, Schätzchen.«
Carlo hätte gerne eingegriffen, denn die beiden machten sich zunehmend lächerlich. Aber Anna war in Fahrt, und da war sie nicht zu bremsen, von niemandem.
Sandra sah leicht belustigt zu Carlo. »Ich bin übrigens Krankenschwester, falls es Verletzte geben sollte. Aber du weißt ja, Hunde, die bellen, die beißen nicht.«
»Da wär ich mir nicht so sicher.«
»Na ja, Heiko hat schon so eine Gabe.«
»Und was schlägst du vor?«
»Na Urlaub machen, ganz einfach«, sagte Sandra. »Wenn sich die beiden beruhigt haben.«
Nur, danach sah es nun wirklich nicht aus.

»Du kannst deinen Soli gerne zurückhaben«, schimpfte Heiko.
»Wunderbar! Aber die gelben Bananen lass ich dir. Eure waren ja grün und aus Kuba, wenn überhaupt.«
Plötzlich verstummte der bizarre Disput, denn alle hörten ein neues Geräusch. Es klang wie ein Motor oder eine Motorsäge. Oder war es ein Traktor? Dann erschien der hellblaue VW-Bus mit Tina und Lutz hinter dem Steuer. Offenbar völlig am Ende seiner Kräfte röchelte er auf den Hof. Die Fenster waren heruntergekurbelt, so dass die lauten indischen Dancebeats, auf die Tina so stand und die sie stundenlang hören konnte, die idyllische Szenerie völlig neu untermalten. Auch die Bremse des betagten Hippiemobils pfiff aus dem letzten Loch, und so kamen sie schließlich nur ganz knapp zwischen dem alten BMW und dem nagelneuen Audi zum Stehen.

Sollten sich die anderen ruhig streiten, dachte sich Elli, während sie eine seltene Kaktusblüte, die sie gerade entdeckt hatte, genauer unter die Lupe nahm. Sie jedenfalls würde sich aus alldem heraushalten. Meinungsverschiedenheiten, Vorwürfe, böse Worte und Beleidigungen, von alldem hatte sie in den letzten Jahren wahrhaft genug gehabt. Nein, die neue Elli wollte sich so schnell nicht mehr aus der Ruhe bringen lassen.
Viel lieber schloss sie die Augen und ließ sich von den vielen fremden und doch wieder allzu vertrauten Düften umgarnen, die in der Luft lagen. Sie nahm Lavendel wahr, darunter lag eine zarte Wolke von trockenem Zedernholz und Kiefern, oder waren es Pinien? Auch Rosmarin und Thymian glaubte sie kurz zu erahnen, aber je mehr sie sich dem Rausch der Düfte hingab, umso verwirrender wurde es.

Bald konnte sie nichts mehr voneinander unterscheiden, und hätte sie jemand gefragt, sie hätte nur antworten können, sie sei eingetaucht in ein träumerisches Feuerwerk der Düfte, wie es sich nur ein später Sommernachmittag in Italien ausdenken konnte.
Dann hörte sie das bemitleidenswerte Blubbern eines alten Motors. Der Gestank von Öl und Abgasdunst machte sich breit. Elli war ärgerte sich drüber, so abrupt aus ihrer Traumwelt gerissen zu werden. Als sie das fröhliche Mädchen und den seltsamen Fahrer des heiter hellblauen Busses sah, überwog ihre Neugierde. Sie verließ den herrlichen Duftgarten und betrachtete nun mit größerem Interesse als zuvor die bunte Sechsergruppe. Carlo in seinem schlaffen Cordanzug, neben ihm Anna in spießiger Jeans und recht langweiliger Bluse, das Tuch immer noch eng am Hals, dann dieser Heiko im neureichen Italiener-Look, wie ihn nur Deutsche tragen, seine blonde Barbie im Minirock und die beiden Neuankömmlinge, er blass in schwarzen Allerweltsklamotten und sie dafür umso bunter im kurzen Blumenkleidchen.
»Na, das kann lustig werden«, sagte Elli zu sich und lächelte in sich hinein.

»Sieh sich mal einer dieses Empfangskomitee an!«, sagte Lutz verwundert, als sie auf die Villa zufuhren.
Auch Tina konnte sich keinen Reim darauf machen, warum sie die Leute hier antrafen. Davon ganz abgesehen, so eine große Luxusvilla konnte unmöglich ihr Ferienhaus sein.
»Meine Rede, Schumi, wir sind falsch«, sagte sie über die laute Musik hinweg.
Lutz war verwirrt und misstrauisch zugleich. »Das ist aber genau die Adresse.«

»Dann sind det vielleicht die Vermieter, wa?«

»Zu fünft? Und mit verschiedenen Kennzeichen?« Nein, nein, für Lutz war klar, dass hier etwas ganz anderes vor sich ging. Dafür hatte er einen Instinkt. Er war in höchster Alarmbereitschaft. Noch wusste er nicht, was hier gespielt wurde, aber das würde er schnell herausfinden. Er drehte die Musik ab, und die beiden stiegen aus. Lutz musterte die Gruppe. Zwei Männer, drei Frauen. Wie sie zueinander standen, konnte er noch nicht sagen. Sah ganz so aus, als wäre der Pseudoitaliener mit der strengen Businessfrau zusammen – hatten sie Streit? – und der kräftige Opatyp mit der jungen Schönheitskönigin? Aber irgendwie passten sie alle nicht so richtig zueinander. Sie sahen so seltsam bunt zusammengewürfelt aus, ja, wie die Überlebenden eines Flugzeugcrashs, fast wie bei seiner Lieblingsserie »Lost«. Und wer war überhaupt die Frau mit der viel zu großen Strickjacke, die ihn so seltsam angrinste? Vor der musste man sich in Acht nehmen, das war Lutz sofort klar. Oder war sie etwa mit dem Dicken zusammen? Etwas verband die beiden. Dennoch, er blieb dabei, keiner passte hier zum anderen.

»Tachchen, seid ihr die Vermieter?« Tina war offen und freundlich wie immer. Schon wieder rutschte ihr schmaler Träger die Schulter hinunter. Permanent wollte sich das Kleid von ihr lösen.

»Wie bitte? Vermieter?«, fragte der schlankere der beiden Männer unfreundlich. »Sagen Sie bitte nicht, Sie haben auch hier gemietet!« Allerdings schien er die Antwort schon zu ahnen.

Lutz mischte sich ein: »Wieso …«, er zögerte kurz, »auch?«

»Weil hier ein Betrüger am Werk ist!«

Na also! Kaum in Italien, schon hatte er es mit Betrug zu tun, womöglich sogar mit einer Verschwörung. Jetzt galt es, keine Fehler zu machen und vor allem sich ja nicht in die Karten schauen zu lassen. Je weniger diese Leute von ihnen wussten, umso besser.

»Easy, Leutchen! Erst mal Hallöchen! Icke bin die Tina und dette is der Lutz. Direkt aus dem wunderschönen Kreuzberg. Wir machen jetzt hier Ferien. Und ihr, wat macht ihr hier?«

Lutz drehte sich ungläubig zu seiner Freundin. Na vielen Dank, Tina! Unbewusst durchkreuzte Tina die argwöhnische Strategie ihres Freundes und kassierte dafür natürlich seinen missbilligenden Blick.

»Ich bin der Carlo.« Carlo hob grüßend die rechte Hand.

»Sandra. Hiii! Langsam wird hier aber der Parkplatz knapp«, sagte sie.

»Also gut, Miller, Anna Miller. Guten Tag«, stellte sich die andere Frau sichtlich entnervt vor und schirmte sich mit ihrer Sonnenbrille gegen weitere Fragen ab.

»Willkommen Kreuzberg! Ich bin die Elli.«

»Wie jetzt? Vorstellen? Wozu? Is doch … ähm, na ja, Heiko, Heiko Behlow. Also, wir haben jetzt hier ein Problem. Frau Miller und, äh, Carl wollten sich gerade ein Hotel suchen, denn anscheinend wurde dieses Haus hier mehrfach vermietet. Ich rate Ihnen das Gleiche.«

»Du bist ja en Witziger. Det letzte Mal hat mir einer kurz nach'm Mauerfall gesiezt«, sagte Tina. »War, glaub ich, nen Grenzer. Vom Osten. Biste auch von drüben?«

Heiko riss die Augen auf. Ein Witziger? Vorlaute Göre! Die Emanzipation ging endgültig zu weit, dies war nur ein weiteres Indiz dafür.

»Aber wir, wir haben schon alles bezahlt! Im Voraus!«, betonte Lutz.

»Wir ebenso«, sagte Anna trocken und sah Carlo strafend an.

»Du auch, stimmt's, Heiko?« Sandra war auffallend fröhlich.
Dann herrschte fragende Stille.
»Willkommen im Club der Angeschmierten«, scherzte Elli. »Irgendwo lacht sich gerade einer schön ins Fäustchen über uns Trottel.«
»Also bitte ja!« Das wollte Heiko nicht so stehenlassen. Er schnaufte und stemmte seine Arme in die Hüften. Aber mehr wollte ihm nicht einfallen.
In diesem Moment setzte das laute Zirpen Hunderter Grillen ein. Paarungszeit.
Elli drehte sich um und schloss die Augen. Sie war überwältigt. Kurz versuchte sie mit schnalzender Zunge in das Vibrieren der Zikaden einzustimmen.
»Spinnt die?«, wunderte sich Heiko.
»Ich brauch jetzt endlich einen Kaffee. Haben die hier eine gute Maschine?«
Carlo konnte nicht länger warten. Er war genervt. Da half nur eines: Kaffee. Außerdem musste er endlich die Küche begutachten. Wenn sie nur ansatzweise dem entsprach, was er im Internet gesehen hatte und was die alte Villa von außen hermachte, dann musste eine wahre Schatzkammer auf ihn warten. Sollten die anderen diskutieren.
»Hört hier eigentlich keiner zu?«, regte sich Heiko auf und stampfte wie ein beleidigtes Kind mit den Füßen auf. »Den Kaffee könnt ihr fünf gerne auf der nächsten Piazza trinken. Erst, Almseppl, wird das hier geklärt!«
Carlo blieb stehen. Dann drehte er sich ganz langsam wieder um.
Wie er so dastand, ähnelte ihr Bruder fast einem italienischen Großgrundbesitzer, fand Elli. Wie ein Graf zu Beginn des letzten Jahrhunderts, vererbte Autorität. Dabei war ihr Bruder eher ein liebevoller Softie. Man durfte ihn

nur nicht allzu sehr reizen, dann war er unberechenbar. Und Almseppl war zwar eher unbeholfen und komisch als beleidigend, aber Carlo verstand die Intention dahinter. Elli war gespannt, was als Nächstes passieren würde.
»Darfst ruhig Carlo zu mir sagen, Bürschchen. Und weißt du was? Dir mach ich besser einen Beruhigungstee. Sonst bekommst mir noch einen Herzkasper.«
Ein viel schönerer Schlag ins Gesicht, dachte sich Elli.

Die Küche war schnell gefunden. In der Mitte des großzügigen Raumes stand ausgestreckt ein langer einfacher Holztisch. Die Tischplatte war übersät mit kleinen Kratzern, dunklen Einkerbungen, uralten verblassenden Soßenflecken, Glas- und Tellerrändern.
An der Längsseite, gegenüber einem großen Fenster, thronte ein herrschaftlicher, zeitloser Gasherd aus schwarzem Gusseisen. Darüber hing eine ganze Armada von Kochlöffeln aus Olivenholz, Pastazangen und Schöpfern.
Am anderen Ende des großen Raumes nahm ein mächtiger Schrank mit drei großen Türen, in denen schwarze Gusseisenschlüssel steckten, die halbe Wand ein. Daneben zwei kleine Fensterchen, mit je einem einfachen Eisenkreuz in der Mitte, die ungewollten Besuch fernhielten und einen Blick in den Hof gewährten.
An den Wänden kamen teilweise helle rohe Kalksteine hervor, wieder an anderen Stellen bröckelte eine Schicht Putz ab. Ocker lag unter Weiß, oder unter einem Mintgrün, dann wieder Spuren von einem tiefen Rot. Jetzt dominierte eine zarte Schicht von weichem Eierschalen-Weiß, unter der ein Hauch von Terrakotta durchschimmerte.
Carlo wurde melancholisch. Küchen, gab es einen menschlicheren Ort? Für ihn waren Küchen Herz und Ursprung

einer jeden halbwegs erwähnenswerten Zivilisation. Seit jeher wurde in Küchen herzhaft gelacht, lebendig gestritten und sich wieder versöhnt, liebevoll geweint und leidenschaftlich geliebt.
Heutzutage, sinnierte Carlo, knipsten die meisten Menschen ihr Herz und ihren Verstand freiwillig in dem Moment aus, da sie ihre Flatscreens in Wohnzimmer einschalteten und sich einsam mit Fertiggerichten aus der Mikrowelle vergifteten. Selbst die entlegenste Reihenhaussiedlung wurde belagert, lag im Kampfgebiet zwischen sechs verschiedenen Heimlieferangeboten, die innerhalb von zehn Minuten den undefinierbaren Konsens von allen fünf Kontinenten zu sieben Köstlichkeiten zusammenpanschten, mit extra pappsüßem Gratiswein. Anstatt neue Rezepte auszuprobieren, schlugen sich die Menschen lieber mit lächerlichen Bestellnummern und frisch eingewanderten Asiaten herum, für die deutsche Zahlen alles waren, nur nicht chinesisch.
Nein, nur wer selber kochte, konnte auch schmecken. Nur zwischen Herd und Esstisch fand man das echte Leben, da spielten sich die wahren Geschichten ab. Ganze Imperien wurden in Küchen ins Leben gerufen und ebenso wieder zu Fall gebracht. Alles ging über den Herd. Leibspeisen, Liebesessen, Abendmahle, Henkersmahlzeiten, Hochzeitsessen. Alles hatte hier seinen Ursprung.
Und an dieser perfekten Feuerstelle hatte Carlo soeben sein Paradies gefunden. So schnell würde er sich von hier nicht vertreiben lassen.
Man konnte die zahllosen dampfenden Pastatöpfe, die hier über all die Jahre »al dente« vom Feuer genommen wurden, immer noch riechen. Schon lief ihm das Wasser im Mund zusammen. Diese Küche hatte Charakter, Patina. Von so einer Küche hatte er immer geträumt.

Sollten die anderen sich gerne noch ein wenig streiten, er hatte seinen Platz gefunden.

Die anderen, außer Elli, saßen mittlerweile mehr oder weniger erschöpft von der langen Fahrt und dem Streit auf der einladenden Terrasse. Diese bot ihnen einen großzügigen Blick in einen weitläufigen und verwilderten Garten, voller bunter mediterraner Blumen, Sträucher und voralpiner Bäume. Links und rechts auf den beiden Stufen, die sich über die ganze Breite zogen, standen mächtige Pflanzentöpfe mit vernachlässigten Oleandersträuchern und Zitronenbäumchen. Die rechte Seite der Terrasse wurde von wilden Rosen in Beschlag genommen, die sich um die steinerne Brüstung rankten.

Jeder hatte einen Platz gefunden, entweder auf dem Boden, den Steinstufen oder den Gartenstühlen. Man versteckte sich hinter seiner Sonnenbrille. Wobei Tinas Brille herausstach. Zwei untertassengroße, getönte Gläser, eingefasst von einem schneeweißen Gestell, weckten die Vermutung, sie hätte die Brille einer extrovertierten kalifornischen Rentnerin aus den Sixties geklaut.

Elli hatte etwas anderes im Sinn. Sie hatte bereits ihre Spiegelreflexkamera mit großem Teleobjektiv hervorgeholt und knipste wild drauflos. Das Licht war einfach phänomenal. Magic hour, dachte sie sich. Sie schoss nur nebenbei Fotos, vielmehr entzückte sie das Spiel mit den verschiedenen Schärfen. Mal fokussierte sie eine Rosenblüte und ließ die grünen Büsche dahinter verschwimmen, mal ließ sie einen Lavendelhalm unscharf durch das Bild tanzen und hob zwei Olivenbäume weit dahinter hervor.

»Is ja schon schön hier«, sagte Sandra.

In einem kurzen Moment der Eintracht wurde jeder von

der blühenden Idylle aufgesogen. Keiner konnte sich der malerischen Szenerie entziehen.
»Irre schön!«, pflichtete ihr Tina bei. »Fast wie auf unserm Balkon am Paul-Linke-Ufer, nur 'n bisschen größer und weniger Lärm.«
»Caffè?« Carlo kam mit einem Tablett voller dampfender, alter Cappuccino-Tassen, Zucker und Löffeln durch die Terrassentür. »Milch war leider keine da.«
In diesem Moment sprang Heiko von seinem kleinen mintgrünen Metallstuhl auf, warf Carlo und Anna einen bösen Blick zu und stapfte in den Garten. Hektisch zückte er sein Telefon.
Jeder nahm sich eine Tasse. Auch Elli ließ sich den verlockenden Kaffee nicht entgehen. Ihr gefiel die Villa außerordentlich. Überall spürte sie eine ganz eigene Energie. Dies war ein besonderer Ort, da war sie sich sicher. Und aus purem Zufall war sie nicht hier. Etwas lag in der Luft und wartete hier auf sie.

Lutz fing schon nach wenigen Minuten an, fürchterlich unter der Sonne zu leiden. Seine Haut brannte, und der Schweiß kitzelte ihn. Ängstlich verzog er sich mit seinem Stuhl in die einzige schattige Ecke. Sollten sich die anderen ihre letzten Gehirnzellen wegbrennen lassen, er war klüger. Nur dumme Menschen setzten sich freiwillig der Sonne aus. Wenigstens hielten alle vorerst die Klappe. So konnte er nachdenken. Er musste herausfinden, was hier vor sich ging.
Anna rutschte unruhig auf ihrem harten Holzstuhl herum. Eines war ihr klargeworden, mit vernünftigen Argumenten konnte man bei diesem verbohrten Ossi nichts erreichen. Es war jetzt besser abzuwarten, ob sich der aufgebla-

sene Pfau nicht bald selbst ins Aus schießen würde. Dynamisch, als wäre sie immer noch in ihrem Büro, stand sie auf und machte sich daran, das Haus zu begutachten. Auf dem Weg dorthin stupste sie Carlo an, er könne doch bitte schon einmal die ersten Koffer holen! »Ja, machst du das, Schatz?«

Es war eher eine Anweisung als ein Vorschlag.

Der Schwabinger Barrista nickte liebevoll, blieb aber dennoch sitzen und genoss seinen dampfenden Kaffee. Es hatte etwas Zeitloses, wie er mit seiner alten Ray-Ban-Brille und dem schlichten weißen Hemd genießerisch die Tasse zum Mund führte. Die Sonne sah das auch so und betonte zum Geschenk sein Profil.

»Ich war noch nie in Italien«, gestand Sandra. »Nur einmal als Kind am Plattensee, das war's auch schon. Wir durften am Anfang ja nicht.«

Auf der großen, von der Sonne ausgeblichenen Holzbank war noch reichlich Platz neben Carlo. Sie setzte sich zu ihm und schlug ihre Beine übereinander.

Am Plattensee sei es bestimmt auch sehr schön, meinte Carlo und lächelte sie etwas verlegen an.

»War toll. Aber Italien, na ja, is schon eine Klasse für sich.«

Von weitem beobachteten sie, gleichgültig bis amüsiert, Heiko.

Mit funkelndem Handy am Ohr und der Hand wild gestikulierend, trampelte er im wilden Zickzack durch das hohe Spätsommergras des Gartens.

»Kann dein Freund Italienisch?«, fragte Carlo Sandra.

»Ne, aber ganz gut Englisch.«

Carlo legte den Kopf abwägend zur Seite und unterdrückte dabei ein Grinsen. »Soso. Könnte spannend werden.«

Im ersten Stock stand Anna in einem schlicht, aber dennoch geschmackvoll eingerichteten Schlafzimmer. Links in der Mitte lud ein großes Jugendstilbett zu einem tiefen, traumreichen Schlaf ein. Man musste nur die schwere, mit bunten Blumen bestickte Seidendecke zur Seite werfen, und schon konnte man eintauchen in die wohlige Welt der Sorglosigkeit. Oh, ja, sobald die anderen weg waren, würde sie genau das tun. Schlaf war eine der wenigen unproduktiven Freiheiten, die sich Anna hin und wieder gönnte.
Auf der rechten Seite standen ein liebevoll verzierter Holzschrank und daneben ein aufwendig gearbeiteter kleiner Schminktisch. Der ganze Raum war in sonnentrübes Licht getaucht.
Auch wenn sie stinksauer auf diesen Vermieter war, der sie ganz offensichtlich absichtlich betrogen hatte, so musste sie ihm doch eines zugestehen, guten Geschmack hatte er. Nichtsdestotrotz würde es ihr eine große Befriedigung sein, ihn mit der vollen Wucht ihrer juristischen Erfahrung in Stücke zu reißen. Nur so als kleine Fingerübung.
Sie trat zu den schlanken Holzfenstern und schob die cremeweißen bestickten Vorhänge zur Seite. Sofort war das muntere Zwitschern der Vögel zu hören, und warme Abendluft schwappte herein.
»Ein Zimmer schöner als das andere, was?«
Anna hatte Tina gar nicht bemerkt, die plötzlich hinter ihr im Raum stand. Anna sagte nichts, sondern nickte nur unverbindlich. Die Frau war ihr nicht ganz geheuer.
»Und im Bett, Platz genug für ne ganze Fußballmannschaft, wa?«, sagte Tina.
»Wenn du mich so fragst, ich bin eher eine Tennisspielerin.«
»Wie? Ah, verstehe. Ein Platz und nur zwei Spieler.«
Wieder nickte Anna und verzog dabei leicht den rechten

Mundwinkel. Nun, ganz so dumm war die Kleine anscheinend gar nicht.

Völlig unbeeindruckt von Annas Zurückhaltung zuckte Tina mit den Schultern. »Na, so'n paar knackige Italiener, braun gebrannt?«

»Du meinst also das genaue Gegenteil von deinem, wie soll ich sagen, lichtscheuen Freund?«, erwiderte Anna kühl und lächelte überlegen. Eigentlich wollte Anna gar nicht so direkt sein, aber dieser Heiko hatte sie in Fahrt gebracht, und sie hatte immer noch einigen Dampf im Kessel. Die kleine Alternative mit ihrer lächerlichen Fransenfrisur und diesem Berliner Tonfall war ihr daher ein willkommenes Opfer. Selber schuld, wenn sie sich so naiv in die Schusslinie stellte.

Doch das Ökofräulein zeigte sich völlig unbeeindruckt. »Wie de meinst. Wir nehmen det Zimmer hinten rechts. Also auf jute Nachbarschaft!«

Keck sah sie Anna in die Augen und ließ sie dann stehen.

Anna hatte langsam genug. Nicht nur war dies höchstwahrscheinlich ihr letzter Urlaub mit Carlo, jetzt sollte sie auch noch ihre letzten gemeinsamen Tage zusammen mit anderen Leuten, noch dazu völlig fremden, verbringen? Mit einer frechen Kreuzberger Göre, ihrem lichtscheuen Freund, einem Ossi-Streber und dessen dummem blonden Püppchen? Ganz zu schweigen von Carlos manchmal anstrengender Schwester. Das alles passte ihr überhaupt nicht in den Kram. Sie hatte gute Lust, sofort wieder nach München zu fahren. Das war doch, verdammt noch mal, keine Jugendherberge!

Andererseits könnte das heillose Durcheinander auch nützlich sein. So musste sie nicht ständig mit Carlo herumturteln, ihm eine heile Welt vorspielen, die nicht mehr existierte. Vielleicht würde die Anwesenheit der anderen die anstehende Trennung von Carlo sogar leichter machen?

Im ihrem Beruf, da gab es Regeln und Gesetze, schwarz auf weiß, keine unklaren Grautöne. Daran konnte man sich halten, auch wenn es unter den Profis keiner tat. Trotzdem, sie beherrschte sie alle, die komplette Klaviatur der rechtlich abgesicherten Gemeinheiten, und sie setzte sie ohne Zögern und Zaudern und erst recht ohne schlechtes Gewissen ein. Aber privat? London war die große Chance, der richtige Schritt. Aber der Gedanke an ein Leben ohne Carlo machte ihr manchmal gehörig Angst. Vor der Einsamkeit war sie ihr ganzes Leben lang davongelaufen. Sie hatte sich daran gewöhnt, Carlo ständig mehr oder weniger an ihrer Seite zu haben. Auf ihn konnte sie sich verlassen, Carlo war immer da. Oft musste man ihn gar nicht erst rufen, wenn man ihn brauchte, denn er spürte es von sich aus. Er hatte so ein wunderbar einmaliges Einfühlungsvermögen. Manchmal legte er seinen Arm um sie, bevor sie sich selbst richtig bewusst war, dass bei ihr etwas nicht stimmte. Eigentlich war er ein Traummann. Einen wie ihn würde sie nie wieder finden. Mit Sicherheit nicht in der kranken Welt, die in Zukunft ihr Zuhause sein würde.
Ob Carlo spürte, was in ihr vorging, dass sie vorhatte, ihn zu verlassen? Oder ließ ihn sein Gefühl diesmal im Stich? Gerade jetzt, wo es für ihn darauf ankam? Oh Gott, sie war so eine beschissene Egoistin. Sie war auf dem besten Weg, genau der Mensch zu werden, der sie niemals hatte sein wollen. Aber sie konnte nicht anders, auch wenn sie sich schon jetzt dafür hasste.
Anna schaute wieder aus dem Fenster. Im Garten sah sie den ostdeutschen Möchtegern-Yuppie entnervt telefonierend auf und ab trampeln. Wie hieß er noch mal? Heiko? Was für ein wunderschöner Name! Typisch Ossi. Sein Bruder war sicher ein Ronny und seine Schwester eine Meike oder Jennifer.

Einmal war sie sogar mit einem Ossi im Bett gelandet. Ein dummes Versehen vor vielen Jahren bei einer Konferenz in Leipzig. Wie ein dämliches Karnickel auf Speed war er eine Minute auf ihr herumgezuckelt, bevor er völlig erschöpft zusammengebrochen war.
Anna ließ sich auf das verlockende Bett fallen, ohne die Decke vorher zurückzuschlagen. Das ganze Leben schien ein völlig absurdes, durchgeknalltes Karussell zu sein. Sie war so müde. Ihr fehlte der Schlaf von Monaten. Nur ganz kurz die Augen schließen und an ihre Zukunft denken, London, New York, Big Business, am großen Rad mitdrehen. Sie hörte die Stimme ihres neues Chefs: »May I introduce our new partner …«

»Was? No! For today! Friday! Nix next year!« Heiko konnte es nicht fassen. Nicht nur, dass es schon an ein Wunder grenzte, wenn man überhaupt jemanden erwischte, der Englisch sprach. Diese Italiener waren ein komplett hoffnungsloser Fall, unglaublich!
»Nix Rom! Spinnst du? Room! Zimmer! Was? Ach, ein Restaurant? Aber, sorry but Hotel La Luna!? Ach so, renovation? No, no, no, nix reservation … Hotel, Hooootel! Que Hora? Was Ora?« Er gab es auf. »Ja okay, due Pizza Romana! Und du mich auch, ciao!«
Heiko legte auf. Es war aussichtslos. Un-fucking-glaublich! War er denn hier in der Dritten Welt gelandet? Er kam nicht mehr weiter. Anscheinend war alles ausgebucht, oder es gab keine Hotels mehr in Italien. So viel hatte er in den letzten dreißig Gesprächen immerhin herausbekommen. Mein Gott, was hatte die Mafia nur aus diesem Land gemacht. Laut schimpfte er: »Danke schön, ihr Pizzabäcker!« Außerdem schwitzte er. Und das nicht wegen einer heftigen Sex-

session mit seiner Kleinen wie eigentlich geplant. Nein! Bis jetzt hatte er nur Stress mit irgendwelchen deutschen oder italienischen Vollidioten oder vorlauten ungevögelten Emanzen. Und sein teures Hemd, er hatte es sich extra für den Urlaub bei einem idiotisch überteuerten Italo-Modefuzzi gekauft, für das richtige »Italien-Feeling«, kratzte und kniff nicht nur, es war auch noch komplett durchnässt!
Er drehte sich zum Haus um und sah Sandra mit diesem dicken Bayern auf der Terrasse sitzen. Ihr schien das ganze Theater wohl nichts auszumachen? Ganz im Gegenteil, sie war bester Laune und schien sich prima mit Mr. Biergarten zu verstehen. Er spürte Eifersucht in sich aufkommen. Aber das war doch lächerlich! Heiko ballte die Faust. Es schien Stunden her, ja in einer anderen Welt gewesen zu sein, als er splitternackt kurz davorstand, sich mit Sandra zu lieben. Heiko sammelte sich. Er musste Ruhe bewahren, souverän bleiben, so wie er es in den Seminaren für kommende Führungskräfte gelernt hatte. Das war der Schlüssel zum Erfolg, zum Sieg. Von jetzt an würde er seine Gegner mit nicht zu toppender Freundlichkeit verunsichern und aus der Reserve locken. Er würde so unverschämt nett sein, dass diesem Carlo der Kragen platzt. Der kam sich wohl besonders schlau vor mit seinem Kaffee?
Heiko sah Anna am Fenster im ersten Stock stehen. Die arrogante Schnepfe! Nur weil manche Frauen einen Anzug trugen, dachten sie schon, sie hätten einen Schwanz in der Hose. Das war genau so eine. Doch er erinnerte sich wieder an seine neue Strategie: totale Freundlichkeit. Das war unschlagbar. Also lächelte er freundlicher als der beste Wetterfrosch Richtung Fenster. Er winkte sogar überschwenglich nett, doch Anna war bereits verschwunden.

»Was machst du denn hier drinnen?« Tina nahm ihre Riesenbrille ab, endlich hatte sie Lutz entdeckt. Im hintersten, dunklen Eck des Wohnzimmers auf der Couch hatte er sich verschanzt.

»Ich glaube, ich hab nen Sonnenbrand«, beschwerte er sich.

»Oh ja, bestimmt. Und woher bitte?«

»Jeder Sonnenbrand verdoppelt, ich wiederhole, verdoppelt die Gefahr von Hautkrebs!«

Tina schüttelte den Kopf. Also manchmal war Lutz echt nicht zu ertragen. Das bisschen Sonne und er verkroch sich wie ein ängstlicher Vampir. »Hast du vielleicht Angst, dass du zu Staub zerfällst?«

»Staub?«

»Mein Lieber, es ist nach sechs, und der Herr Sonnenflüchtling trägt ein langärmliges Hemd plus Hut. Ick frag mir, wie und wo willst du dir verbrennen? Von der Deckenlampe?«

»Ich bin nun mal ein heller, kaukasischer Typ!«

»Papperlapapp! Kaukasus am Hintern, du Spinner!«

»Hautkrebs ist heimtückisch und lebensgefährlich!«

Sie ging gar nicht erst darauf ein. Stattdessen deutete sie nach oben. »Ich hab ein schönes Zimmer für uns gefunden.«

»Ja wie jetzt? Ich meine, und die anderen?«

»Keine Ahnung, mal gucken. Ich bleib auf jeden Fall hier. Oder hast du noch Geld für ein Hotel?«

Lutz klappte sein Laptop zu. Da hatte Tina leider recht, was anderes konnten sie sich gar nicht leisten. Leicht missmutig erhob er sich, beinahe hätte ihn ein Sonnenstrahl durch die viel zu offene Terrassentür erwischt. Mit etwas Glück würden die anderen morgen schon die Fliege machen, und sie hatten ihre Ruhe.

»Ich hol dann mal die Taschen«, sagte er.
»Sei ja vorsichtig, da draußen lauert die Sonne!«
Auf dem Weg zum VW-Bus dämmerte Lutz plötzlich, warum sie nicht allein waren. Man hatte von seinen Recherchen Wind bekommen. Man wusste von dem Material, den vielen Beweisen, die er gesammelt hatte, und man wollte es haben. Ihn zu stoppen, das war das einzige Ziel dieser Veranstaltung hier. Das Theater diente nur dem Zweck, sich sein Vertrauen zu erschleichen. Man brauchte die Passwörter zu seinen zwei Computern. Sie spekulierten darauf, dass er sich in einem schwachen Moment einem unbeteiligten Dritten anvertraute oder gar von einer der Frauen verführen ließ. Deshalb waren sie auch alle so unterschiedliche Typen. Na klar!
In Berlin, da konnte ihm so schnell keiner was vormachen. Aber hier musste er sich erst noch zurechtfinden. Hier, mitten in der Heimat der Mafiosi und Freimaurer, war er ein leichtes Opfer.
Sollte er sich Tina anvertrauen? Sofort verwarf er den Gedanken. Jedes Mal, wenn er das nur ansatzweise getan hatte, war sie in schallendes Gelächter ausgebrochen.
Lutz beschloss vielmehr, sich nichts anmerken zu lassen. Sollten sie ruhig denken, wer auch immer sie waren, dass er dabei war, ihnen ahnungslos in die Falle zu tappen. Es gab schließlich keinen größeren Vorteil, als unterschätzt zu werden.
Der VW-Bus stand jetzt mitten in der Sonne, und darin war es glühend heiß. Mit Mühe hob er ihr weniges Gepäck aus dem Wagen, darauf bedacht, sich weder Finger noch Stirn zu verbrennen. Viel hatten Tina und er nicht mitgenommen. Alles, was sie brauchten, passte locker in die zwei nappabraunen Ledertaschen, die sie sich vor vielen Jahren bei einem Trip nach Marokko gekauft hatten. Die Dinger

waren schon ziemlich abgegriffen, aber hielten immer noch bestens. Manch einer würde sogar sagen, sie hatten Charakter. Ihm war das egal.

Zu allem Übel tauchte dieser Ossi mit seinen weißen Italo-Slippern vor ihm auf und tat so, als wolle er auch sein Gepäck holen. Aber garantiert wollte er ihn aushorchen.

»Na, auch zum Kofferschleppen verdonnert worden?«, versuchte Heiko zu scherzen, denn überwältigende Nettigkeit war ja die neue Devise.

Lutz sagte nichts, stattdessen musterte er Heiko, der plötzlich so übertrieben freundlich war.

»So weit geht deren schöne Emanzipation dann doch wieder nich, was?«, setzte Heiko gleich noch eins drauf.

»Is purer Zufall«, spielte Lutz den Kofferjob herunter.

Heiko wurde nervös. Die blöde Emanzipation, eines von Heikos Lieblingsthemen und eigentlich immer bestens geeignet zur schnellen Verbrüderung unter Männern, zündete bei diesem Weichei nicht. Er versuchte es mit einem neuen Thema: »Wow! Schicke Taschen!«

Lutz war verwirrt. Taschen? Was sollte der Quatsch nun wieder?

»Vintage Look? Klasse! Seh ich sofort. Waren bestimmt sehr teuer?«

Lutz wollte etwas sagen, aber Heiko war nicht mehr zu bremsen.

»Understatement hat mir schon immer imponiert. Das hat Stil! Einfach nicht zeigen, was man hat.«

»Materielle Dinge, Design, der ganz Mist, das bedeutet mir nicht da Geringste. Gar nichts. Für wen hältst du mich eigentlich?«, entgegnete Lutz sichtlich genervt.

Arschloch, dachte Heiko. Da ist man einmal nett, und schon bekommt man einen Vortrag von so einem Öko-Klugscheißer.

Heiko öffnete den Kofferraumdeckel des Audis und wuchtete ihr Gepäck heraus, mehrere nagelneue Koffer, allesamt knallrot mit Label-Aufdruck und nicht zu übersehen teuer. Dann sah er Lutz an und seufzte: »Tja, mir ja eigentlich auch nicht, aber leider hab ich einfach einen exklusiven Geschmack.«

Gereizt bis zum Haaransatz, nahm Lutz das Großmaul ins Visier. Für einen kurzen Moment wünschte sich Lutz an einer Klippe zum Meer und sah sich, die geschmackvollen Koffer von diesem neureichen Idioten in den Ozean pfeffern, und am besten Heiko gleich mit. Lutz riss sich zusammen. Dann sagte er trocken: »Hör mal, ich weiß doch genau, was hier gespielt wird! Du kannst aufhören, mir was vorzumachen. Außerdem bist du leider ein miserabler Schauspieler.«

Heiko verstand kein Wort.

In dieser Küche war ihr Bruderherz bestens aufgehoben, da war Elli sich ganz sicher. Amüsiert betrachtete sie Carlo, wie er glücklicher als ein kleines Kind an Weihnachten durch die umfangreiche Gewürzsammlung stöberte. Jedes Gewürz in einem tiefbraunen, dicken Kristallglas mit eingravierten blumigen Motiven aufbewahrt und allesamt fein säuberlich mit einem handgeschriebenen Etikett versehen. Das waren regelrechte Antiquitäten.

Elli konnte Carlo wunderbar sich selbst überlassen.

Sie dagegen war besonders neugierig auf den Rest des Hauses. »Villa Duchessa« hatte jemand vor vielen Jahren mit römischen Lettern unten am Tor in eine beige Kalksteinplatte gemeißelt. Elli schätzte, dass sich ein reicher Unternehmer aus Mailand die Villa noch vor dem Ersten Weltkrieg als Ferienhaus für Familie und Freunde hatte bauen lassen. Alles in dem Haus zeugte von einem sicheren Instinkt für Eleganz und Geschmack.

Im Erdgeschoss fand man, wie üblich, die Gesellschaftsräume. Ein weitläufiges Wohnzimmer, das sich L-förmig von der linken Seite fast über die ganze Rückfront erstreckte. Daran anschließend ein helles Esszimmer, mit ebenso herrlichem Blick auf den Garten wie das Wohnzimmer. Daneben Carlos neues Reich, die Küche.

Empfangen wurde man von einem kleinen Foyer, von dem aus eine große Treppe aus Stein nach oben, zu den privaten Zimmern, führte. Wie viele schöne Frauen mögen schon auf ihr hinabgeschwebt sein und hatten dabei ausgesehen wie eine anbetungswürdige Filmdiva? Und wie viele verliebte Pärchen wiederum auf ihr hinauf zu einer leidenschaftlichen Nacht?

Die drei Pärchen hier, mit denen Elli aller Voraussicht nach den Abend verbringen würde, hatten da höchstwahrscheinlich weniger Glück. Flitterwochen waren etwas anderes. Und ein gelungenes Blind-Date auch. Na ja, sie würden sich schon nicht zerfleischen.

Aber ihren ersten Urlaubsabend hatten sich sicher alle anders vorgestellt. Eine hemmungslose Nacht unter dem Dach einer italienischen Villa, fernab von der verregneten deutschen Realität. Wer würde sich da nicht gerne verführen lassen und verführen? Aber irgendjemand hat allen einen gehörigen Strich durch die Rechnung gemacht. Dreifach abzukassieren, dazu gehörte schon eine erstaunliche Chuzpe.

Elli konnte das nichts anhaben. Sie war frei, konnte sich treiben lassen und in Ruhe mit ansehen, wie die Damen und Herren diese amüsante Herausforderung nun zu meistern versuchten. Bei allen drei Pärchen hing der Haussegen schief. Das konnte man mit verbundenen Augen sehen,

auch wenn sie selbst dafür bestimmt relativ blind waren. Das war immer so, wenn man mittendrin steckte. Es war einfach schwer, zu sehen und vor allem sich einzugestehen, dass der Lack ab war. Davon konnte sie ein Lied singen.
Jetzt war sie also seit zwei Tagen Single. Wie sich das anhörte? Single. Gerade so, als wäre sie wieder Mitte zwanzig.
Im Grunde genommen war das gar nicht so schlecht. Endlich wieder Angst vor dem dreißigsten Geburtstag haben. Sich alt fühlen, obwohl man doch noch so jung war. Bei ihr lag dieses lächerliche Datum schon zwölf Jahre zurück. Und acht davon hat sie mit diesem Armleuchter Martin verbracht. Eigentlich sollte sie ihm dankbar sein. Dankbar dafür, dass er diese kleine Studentin gevögelt hatte. Vor allem dankbar dafür, dass er tatsächlich so blöd gewesen war, es in ihrem gemeinsamen Büro zu tun. Zu dem sie den Schlüssel hatte. Armleuchter!
Endlich war sie frei.

Im Obergeschoss gab es an die sechs Schlafzimmer, mehr als genug für sie alle. Anna schien sich schon entscheiden zu haben. Elli hatte gerade noch gesehen, wie sie die Tür zu dem Zimmer ganz links geschlossen hatte.
Hinter sich hörte sie die beiden Männer mit ihren Koffern und Taschen poltern. Um nicht nehmen zu müssen, was übrig blieb, sollte sie sich besser schnell für eines der Zimmer entscheiden. Hauptsache Blick auf den Garten.
Sie trat ein und fühlte sich sofort wohl. Alles war genau nach ihrem Geschmack. Ein Bett, ein Schrank, ein kleiner Sekretär mit Stuhl, an den Wänden drei Stiche mit Entwürfen von Andrea Palladio und in der Ecke neben dem Fenster ein Lesesessel mit Lampe, so aufgestellt, dass das Tages-

licht auf die Buchseiten fiel, wenn man las. Kein Schnickschnack, stattdessen durchweg wertvolle Einzelstücke und manches bestimmt hundert Jahre alt. Das feine, ausgetretene Parkett gab angenehm unter jedem ihrer Schritte nach, als sie ihren Rimowa-Koffer abstellte, die Tür hinter sich schloss und ans Fenster trat.

Was für ein herrliches Anwesen. Jetzt konnte man noch viel besser sehen, wie der Garten sich vor dem Haus ausbreitete und sich mit seinen Bäumen und Büschen, darunter einige stolze Zypressen, an den Hügel schmiegte, während der Himmel kurz davor war, der Nacht entgegenzuglühen. Was für eine Szenerie!

Wieso lebte sie eigentlich in München und nicht an einem Ort wie diesem? Sie war von seiner Magie ganz gefangen. Bereits jetzt verflüchtigte sich langsam das, was bis vor wenigen Stunden noch mit seiner schalen Niedergeschlagenheit an ihr gezogen hatte und täglich jeden Schritt schwerer machte. Der dunkle Brei aus Enttäuschung und niedergetrampelter Hoffnung, aus Verlust und Verzicht.

Die Sonne tauchte den Himmel in ein feuerrotes Farbenfest. Elli bildete sich ein, ein wenig zu schweben. Mein Gott, sie hatte ganz vergessen, wie das war.

Eine der großartigsten Szenen in »Der Pate« war die, in der der alte Don Corleone nach all den Jahren der Kämpfe und Intrigen, nachdem er alle Konkurrenten und sogar das liebe FBI ausgeschaltet hatte, schließlich in aller Ruhe durch seinen Garten schreiten und sich mit Hingabe den Tomaten widmen konnte. Das hatte etwas selten Würdevolles und Zeitloses. Der einzige Wermutstropfen war, dass der unbesiegbare Mafiaboss, der Chef des mächtigsten Clans, just in diesem Moment an einem Herzinfarkt starb. All die

Mühe umsonst. Was die Szene, und natürlich Marlon Brando, wiederum nur noch legendärer machte.
Carlo hatte bis jetzt zwar noch keine feindlichen Clans besiegt, auch war er nicht der Chef eines gefürchteten italienischen Clans, und dem FBI war er völlig unbekannt. Trotzdem spürte er einen Hauch vom Don und dem alten Brando in sich, als er durch den Gemüsegarten der Villa schritt.
Der hatte seine Erwartungen weit übertroffen. Carlo öffnete den nächsten Knopf seines Hemds, denn es war immer noch drückend heiß, und das, obwohl sich der Abend in großen Schritten ankündigte.
Dann strich er sich wie Brando mit drei Fingern über die Wange und nuschelte den Text: »Ich mache dir ein Angebot, das du nicht ablehnen wirst.« Ja, der Don wäre stolz auf ihn gewesen.
Offensichtlich hatte sich schon länger niemand mehr so richtig für diesen kleinen Garten Eden hier interessiert. Viel war verwildert und wuchs kreuz und quer durcheinander. Dafür strotzten die Pflanzen, die sich durchgesetzt hatten, umso mehr vor purer Lebenskraft und reckten sich der Sonne entgegen. Die knallroten Tomaten waren schon fast erschreckend groß. Ebenso die Zucchini. Die Auberginen erinnerten ihn an gestrandete Wale, und mit den Paprika hätte man eine ganze Armee an Gulaschkanonen bewaffnen können. Als Krönung wurde das alles umwuchert von allerlei wilden Salaten, Ruccola und Endivien in einer Pracht, dass man fast schon Vegetarier werden wollte. Und natürlich gaben sich unzählige, herrlich duftende Kräuter ein Stelldichein. Ein Meer von Basilikum, riesige Rosmarinbüsche, Thymian in Hülle und Fülle und dazu Oregano, Koriander und Minze. Über jedes der Kräuter strich Carlo mit den Fingern oder zerrieb es in den Händen, um wie ein

Trüffelschwein daran zu schnüffeln. Er konnte seine Nase gar nicht tief genug in die abgerupften, frischen kleinen Blätter und Stengel tauchen. Manchmal war es dann doch von Vorteil, einen großen Zinken zu haben.
Was für ein Fest! Carlo kam sich vor wie an seinem Lieblingsstand auf dem Münchner Viktualienmarkt. Wenn ihm jetzt noch einer ein frisch gekühltes Glas Weißwein gereicht hätte, vielleicht einen sanften Lugana, ha, ja dann …
Laute, schimpfende Stimmen drangen plötzlich zu ihm vor. Carlo drehte sich um, sah aber niemanden. Wo kam das Gepolter her? Konnte man ihn denn nicht einmal in Ruhe lustwandeln lassen durch seinen Kräutergarten mit diesem unglaublichen Atomgemüse! War das denn zu viel verlangt?
Ein Mann und eine Frau schienen sich zu streiten, wobei sie kaum zu Wort kam.
Während er näher zur Hauswand ging, von der ausgeblichener, ockerfarbener Putz in einer dicken Schicht abblätterte, erkannte Carlo schnell die Stimme von Heiko. Eines der großzügigen, ehemals wohl elfenbeinweiß gerahmten Holzfenster an der Rückseite des ersten Stocks war weit geöffnet. Offensichtlich hatten Sandra und Heiko dort ihr Zimmer bezogen.
»Ich will hier aber in Ruhe vögeln! Am besten Tag und Nacht!«, schimpfte Heiko vor sich hin. »Da brauch ich keine Zuhörer und Spanner!« Gerade so, als hätte er Carlo entdeckt.
Aber der stand mehr ratlos als neugierig, von einem schrumpeligen Kirschbaum verdeckt, an der warmen Hauswand.
»Die haben bestimmt Besseres zu tun, als uns dabei zuzusehen!«, sagte Sandra. Sie schien sich zu amüsieren.
»Ach ja, und was?«

Was für eine blöde Frage, dachte Carlo.
»Na, zum Beispiel selber vögeln!«
»Ganz genau! Bei dem Dicken und der verhungerten Anwältin läuft doch eh schon lange nix mehr!«
Hatte Carlo da eben richtig gehört? Sprach dieser Affe etwa von ihm und Anna?
»Woher willst du das wissen?« Sandra sprach genau das aus, was Carlo sich dachte.
»Weil ich von CSI Miami bin.«
Kam der Kerl sich etwa lustig vor?
»Ich find die beiden ganz nett.«
»Nett? Willst du mich verarschen?«
»Ja, nett!«
»Pah! Nett?«
Carlo hörte eine Tür knallen. Heiko schien nicht in Hochstimmung zu sein. Carlo wollte sich endlich davonstehlen, als er bemerkte, dass sich Sandra jetzt direkt über ihm aus dem Fenster lehnte. Jetzt unter dem Baum hervorzutreten und so zu tun, als hätte er nichts gehört, war ihm verdammt unangenehm. Er beschloss abzuwarten. Vielleicht würde Sandra das Fenster gleich wieder schließen. Aber was, wenn sie das nicht tat? Dann wäre es noch peinlicher, als es jetzt schon war. Und was, wenn einer der anderen sah, wie er sich dämlich unter Sandras Fenster versteckte?
Na merci! Er wollte nur nach was Essbarem sehen, und jetzt stand er hier rum wie ein Volldepp. Langsam ging ihm die Sache mit den ungebetenen Mitbewohnern ziemlich gegen den Strich.
»Hallo!«
Carlo zuckte zusammen.
»Hey Bine! … Ne, ich bin schon in Italien!«, sagte Sandra. Offensichtlich telefonierte sie. Carlo wagte nicht, nach oben zu blicken.

»Der Empfang ist hier übel. Was? Jaaa? Cool! … Das Haus? Der Wahnsinn! Das is ne richtige Villa. Ja! Aber Heiko hat da irgendwas falsch gemacht.« Sandra machte immer wieder kurze Pausen.

»Weil hier auch noch andere Leute sind. … Na, zwei Pärchen, Spießer aus München, aber vielleicht ganz nett und … irgendwie so …, so Hippies aus Berlin. Was? Ne, glaub eher Westen. Kreuzberg und so … und noch ne seltsame, eher feine Dame. Die kann ich nich einschätzen. Was? Ach, nö, ich find das schon wieder ganz lustig. Aber Heiko hat Angst, dass man ihn beim Ficken hört. Als wenn das so spannend wär. Hahaha! Ja genau, Walross!«

Sie fing an, Heikos Explosionen der Leidenschaft nachzumachen. Es hörte sich fürchterlich an. Fast hätte Carlo laut losgelacht.

»Natürlich hab ich meinen Vibrator dabei. Auf den is wenigstens Verlass.«

Endlich schloss Sandra das Fenster, und Carlo konnte das unsichere Versteck verlassen. Ha! Walross! Was für ein Bild! Geschah dem Großmaul ganz recht. Und »Verlass« war auf Heiko ja wohl auch nicht.

Der Pate nahm eine saftige Tomate und biss hinein.

Elli stand oben auf der Galerie und dachte an Martin. Plötzlich sah sie ihn vor sich. Den sehnsüchtigen Blick in seinen scheuen Augen, die tiefe Wärme darin, die einen aufsaugte und nie mehr loslassen wollte. Auch das konnte Martin sein. Verletzlich, hochsensibel, liebevoll.

Ohne es zu wollen, drängten sich Elli Erinnerungen an die schönen Stunden mit Martin auf. Sie zitterte.

Die Erinnerungen waren noch so lebendig. An den Abend, als sie mit Martin und ihren Freunden im Golden Twenties gesessen hatte. Er hatte sein schwarzes Architektenhemd getragen, mit den matten Hornknöpfen und dem breiten Siebziger-Jahre-Kragen. Er war blass und abgekämpft, aber sein Ingenieurskopf, die silbergrauen, stoppelkurzen Haare und sein alles durchdringender Blick verliehen ihm eine ganz besondere Aura, wie das lebendige Schwarzweiß-Porträt eines Denkers. Diese Augen, mit einem Blau, reiner als das Meer an der kroatischen Felsküste.

Am Tisch waren sie eine große Runde von fast zehn Leuten, zusammen mit Carlo und Anna. Damals hatten sie sich noch alle prächtig verstanden.

Das Golden Twenties war eines der wenigen italienischen Restaurants, das Carlo gelten ließ. »Jeder italienische Schuhverkäufer kann eine Pasta machen, a paar Tomaten und Gewürze reinwürfeln und dann für a bisserl Show zwanzig Euro verlangen. Zumindest bei uns in München, wo die Italiener zwar immerhin noch Italiener sind, aber für das ›echte Feeling‹ extra ihren Akzent aufsetzen, auch wenn's schon in der zehnten Generation hier sind: ›Eh Carlo, hate gesmäckte?‹ Den Schock bei der Rechnung kühlen's dann immer ganz gewitzt mit einem lausigen Grappa aufs Haus ab. Und alle fallen darauf rein.«

Wie leicht es doch war, den vom nassen Wetter versauerten Deutschen mit der richtigen Show ein Abziehbild von Italien auf den Teller zu schummeln.

Das Essen im Golden Twenties allerdings, ja, das sei dann doch jedes Mal wieder was Besonderes, frohlockte Carlo gerne.

Alle hatten sie an jenem Abend gelacht und wild gestikulierend durcheinandergeplappert. Der holzvertäfelte Gastraum, der an die wilden zwanziger Jahre erinnern sollte, wurde dominiert von einem großartigen erotischen Ölgemälde, mit einer fülligen, nackten Frau, zwischen üppigen Speisen drapiert, und einem beinah irren, lüsternen Blick.

Immer wieder hatte Martin zärtlich ihre Hand genommen, ihr liebevoll die Wange gestreichelt und ihr zum Schluss gestanden, dass er so verliebt in sie sei wie am ersten Tag. Selten hatte sie sich so glücklich gefühlt wie in diesem Moment. An diesem Abend war sie angekommen, und alles im Leben hatte endlich einen Sinn erhalten.

Was war nur passiert, wann hatten sie es verloren? War es schleichend vor sich gegangen, oder war es an einem bestimmten Tag eingetreten? Dass er die Kleine gevögelt hatte, war nur eine beiläufige Beleidigung im Vergleich zu dem, was wirklich seit Jahren zwischen ihnen geschehen war.

Elli holte tief Luft und atmete langsam wieder aus. Beherrschung. Dann ging sie in die Küche; ein Glas Wasser war das Mindeste, was sie jetzt brauchte. Besser wäre ein ganzer Eimer oder eine kalte Dusche. Sie wusste, das würde ihr noch unzählige Male passieren. Sie hatte Martin geliebt, wirklich geliebt. Gemeinsam hatten sie unglaubliche Abenteuer erlebt, die brutalsten Schlachten geschlagen und sich unbeschreibliche Träume zugeflüstert. Warum musste sie jetzt an seinen Blick denken, der so unter die Haut gehen konnte?

»Verdammte Hitze«, sagte Lutz, der anscheinend in die Küche wollte. Beinahe wäre sie mit ihm zusammengestoßen.

»Halb neun und nicht einmal der kleinste Hauch einer kühlen Brise. Kein Wunder, dass hier alle verrückt und kriminell sind.«

»Das ist nun mal Italien und nicht Travemünde. Warum bist du hier, wenn du es so schrecklich findest?«, fragte Elli verwundert.

»Warum ich hier bin? Warum willst du das wissen?« Lutz war in höchster Alarmbereitschaft. »Willst du mich etwa aushorchen?«
Elli sah sich diesen komischen Kauz genauer an. Dann wurde sie todernst. »Mist! Du hast mich erwischt. Okay, ich arbeite für die Regierung.«
Lutz sagte nichts. Vielmehr musterte er Elli argwöhnisch. Zwar hatte er genau das vermutet, aber es dann mit eigenen Ohren zu hören, das hatte noch einmal eine ganz andere Qualität.
Elli hingegen hatte Mühe, ihr Lachen zu verbergen. Endlich hatte sie Martins Augen vergessen. Dafür war sie diesem Lutz dankbar. Sie trat ganz nah an ihn heran und flüsterte ihm ins Ohr: »Aber keine Angst, ich werd dich nicht verraten!«

In der Küche ging es bald hoch her. Angelockt vom Duft der kleinen, aber feinen Sauereien, die Carlo am Herd zusammenbrutzelte, saßen Lutz, Anna, Sandra und Heiko fremdelnd locker und jeweils mit Abstand um den Tisch herum.
Elli sah auch die kurzhaarige Uschi Obermayer. Wie hieß sie noch mal? Ja, Tina. Sie stand neben der klapprigen Holztür zur Speisekammer. »Hier wird sich doch wohl ein Vino finden!«, hörte Elli sie murmeln.
Tina verschwand kurz mit dem Kopf in der Kammer, rumorte dort drinnen herum und hielt gleich darauf eine staubige Flasche mit ausgestrecktem Arm vor sich, gerade so, als wäre es die olympische Fackel.
»Tataaaa!«
Von der Spitze des Tisches kam ein unterdrücktes Grummeln. Heiko zeigte sich um einiges wortkarger als noch

zuvor. Ganz offensichtlich war er nur widerwillig hier. Aber vorerst war sein Magen stärker als sein Frust.
Um die Szenerie noch ein wenig zu beobachten, nahm Elli nicht Platz, sondern lehnte sich fürs Erste an den Türrahmen, die Arme locker verschränkt.
»Auch ein Glas? Bestimmt, oder?« Ohne lange auf eine Antwort zu warten, drückte ihr Tina ein randvolles Glas in die Hand. Rotwein. Elli wunderte sich, wie schnell die Kleine die Gläser gefunden hatte. Tina agierte beinahe wie im Blindflug, wie jemand, der schon Hunderte Male in fremden Wohnungen nach Alkohol und halbwegs tauglichen Gläsern gesucht hatte. Dieser aufgedrehte Wirbelwind erinnerte sie an ihre eigene Zeit als Studentin. Damals, als der Unterschied zwischen einem Tütenlambrusco und einer Flasche Rothschild Jahrgangswein ziemlich fließend gewesen war.
Elli nahm dankend das bauchige Kristallglas und ertappte sich dabei, wie sie Tina kurz auf den Hintern sah, als diese sich zum Tisch aufmachte. Einer von diesen Honigmelonenhintern, die sich in jedem noch so unvorteilhaften Stück Stoff knackig abzeichneten und noch dazu nie ihre Form verlieren würden. Einfach nur unfair! Wenn Elli ein Mann gewesen wäre, dann hätte sie da jetzt ordentlich reingekniffen. Aber sie war kein Mann.
»Dann lasst uns mal det Beste draus machen, wa, Leute?«, empfahl sich Tina.
»Nun gut, aber ich hoffe, man kann ihn noch trinken!« Reserviert ließ sich Anna ausnahmsweise zu einem Glas überreden. Wenigstens ein Rotwein, dachte sie.
»Kann man dieses Zeug überhaupt trinken?«
Heiko. Überrascht beobachtete Elli ihn. Jetzt spielte er den großen Weinkenner. Gerade so, als wäre er just an jenem Hügel bei Bordeaux groß geworden, den Gott am längsten

geküsst hatte, und nicht irgendwo zwischen einer Landwirtschaftlichen Produktionsgenossenschaft für Kraut und Rüben und einer LPG für Kartoffeln der Marke Erika.
»Sind wir ein rechter Sommelier, der Herr?«, fragte Carlo, ohne den Gasherd aus den Augen zu verlieren.
»Es tut mir leid, wenn ich einen gewissen Anspruch an Weine habe«, spielte sich Heiko arrogant auf.
»Bitte, dann gibt's für dich halt nur Wasser!« Tina ging der Schwätzer langsam auf die Nerven. »Schmeckt ja auch gut, oder? Bester Jahrgang, original im Wasserhahn gereift.«
»Heiko hat in seine Wohnung einen gekühlten Weinschrank von Gaggenberg oder so«, sagte Sandra.
»Gaggenau«, verbesserte er sie.
»Weine sind sein neues Hobby. Seit Weihnachten.«
»Sag ich ja, Experte«, amüsierte sich Carlo.
»Ach, ihr wohnt gar nicht zusammen?«, fragte Anna neugierig.
Heiko wiegelte sofort ab. »Also das ist doch jetzt wirklich egal. Ich meine, was hat das denn mit einem guten Rotwein zu tun?«
»Find ick doof, zwei Wohnungen? Da kann man ja gleich …«
»Wir sind fast immer bei mir. Ist doch klar. Wenn es jemand ganz genau wissen will«, unterbrach Heiko Tina.
Mittlerweile hatte jeder ein Glas.
Carlo nahm geschickt eine tiefschwarze, gusseiserne Pfanne vom Herd, drehte sich zu den anderen und erhob sein Glas. »Salute!«
»To life!«, sagte Elli.
»And absent friends!«, kam es von Tina.
Alle hielten ihr Glas in die Luft und tranken, ohne dass auch nur irgendeiner darauf einging, dass sie sich alle den ersten Abend in der Villa Duchessa mit Sicherheit ganz anders vorgestellt hatten.

»Was gibt's denn überhaupt?«, fragte Lutz.
Hey, der kann ja reden, dachte Anna.
»Ich hab nicht viel gefunden, aber immerhin, für ein ordentliches Risotto müsst es schon reichen.«
»Risotto is mit Reis und so, stimmt's?«
Alle sahen mehr oder weniger direkt Sandra an. Hatte sie das gerade wirklich gefragt? Heiko versuchte den peinlichen Moment zu retten. Absichtlich lachte er laut, so als hätte Sandra einen prima Witz gemacht. »Ja genau, und Lasagne is mit Nudeln, haha.«
Anna musterte die beiden Ossis erneut. Die waren anscheinend noch dämlicher, als es ihr schlechter Geschmack vermuten ließ. Ihr Blick fand Elli, die ihrerseits nur amüsiert mit den Achseln zuckte.
»Also, ein kleines Saltimbocca hätt ich jetzt aber schon erwartet«, frohlockte Tina. »So mit einer sämigen Limettensoße.«
»Kennt ihr so was Feines in Kreuzberg etwa auch? Ich hab gedacht, da gibt es nur Döner?«
»Ihr Münchner esst ja auch nicht nur Schweinebraten mit Klößen, oder?« Auch Lutz war jetzt für seine Verhältnisse recht munter.
»Carlo schon«, korrigierte ihn Anna.
»Knödel. Des heißt Knödel. So wie euer Berliner bei uns ein Krapfen is.«
»Und Wiener Würstel in Wien Frankfurter«, scherzte Sandra.
»Nur Hamburger, die heißen überall gleich«, Carlo jonglierte immer noch mit der Pfanne, »und sie sind überall die gleiche Zumutung.«
Tina wurde neugierig. Dieser Carlo kam ihr genau richtig. »Wann warste denn det letzte Mal in Balin?«
Anna schmunzelte, sagte aber erst mal nichts.

»Du fragst Sachen, wann war des?«
Neugierig warteten alle auf seine Antwort.
»Carlo war noch nie in Berlin«, kam ihm Anna zuvor. Sie genoss es, dass auch andere einmal in Carlos allzu offensichtlicher Bequemlichkeit herumbohrten.
»Berlin? Da müsste mein Bruderherz ja sein geliebtes München verlassen. Wo er es doch schon kaum aus Schwabing heraus schafft?«, setzte Elli süffisant eins darauf.
»Aha, und wo sind wir dann hier bitte? Die Damen? In Italien!« Immerhin sei man ganze fünfhundert Kilometer von München entfernt, verteidigte sich Carlo.
»In meinem Ferienhaus«, warf Heiko schnell ein und dachte, das hätte gesessen, bis er, leider viel zu spät, merkte, wie peinlich es war, sich bei »Damen« angesprochen zu fühlen. Das durfte jetzt wirklich nicht so weitergehen, sonst nahm ihn hier bald gar keiner mehr ernst. »Ich reise ja äußerst gerne. Geschäftlich. In Berlin hab ich natürlich schon oft vorzüglich gegessen. Auch in Kreuzberg, im ...«
Wie hieß noch mal dieser In-Laden, der in einem von Sandras Klatschblättern so bejubelt wurde?
»... im Royal. Klein, fein, Grill Royal.«
»Der is in Mitte. Du meinst det Kirk Royal, von den beiden Schauspielern«, sagte Tina.
»Jaja, genau! Da waren viele Schauspieler. Sehr bekannt. Da war einiges los!« Endlich hatte Heiko wieder Oberwasser und konnte dem Seppl eins auswischen.
Aber Tina war wenig beeindruckt. »In Berlin sind überall Schauspieler. An jeder Ecke, in jedem Laden. Ham ja sonst nix zu tun. Da brauchste nur ne Kamera aufstellen, schon haste nen Film.«
Eigentlich ne prima Idee, dachte sie, von sich selbst überrascht. Wär eigentlich was für diesen Jungregisseur gewesen, Pierre, der sie dauernd mit seinen verliebten SMS nerv-

te. Zum Glück war der Empfang hier schlecht. Tina öffnete die massive Holztür des nussbraunen Schrankes, der so dastand, als könne man ihn nie wieder von seinem angestammten Fleck wegbewegen. Wozu auch? Geschickt nahm sie einen Stapel Teller heraus.

»Berlin ist mir zu deutsch. Zu preußisch. Kalt und steif.« Auch wenn Carlo noch nie in Berlin gewesen war, so hatte er doch seine Meinung. Basta. Er wischte sich die Hände an einem karierten Tuch ab, beugte sich über die Pfanne und schmeckte mit einem kleinen Löffel das Essen ab.

Lutz hakte nach: »Ach ja? Und was ist dann bitte München? Hauptstadt der Gutmenschen? Oder einer freien bayerischen Alpenrepublik?«

»München ist ein gemütliches Dorf, schick, aber zum Einschlafen«, sagte Anna sachlich.

Mit zwei dampfenden Tellern in der Hand drehte sich Carlo zu den anderen.

»München ist die nördlichste Stadt Italiens. Monaco di Bavarese! So, wer will zuerst?«

Sofort bekam Sandra große Augen und setzte sich wie ein kleines Mädchen, das gerade aus der Schule zum Mittagessen nach Hause gekommen war, in freudiger Erwartung aufrecht hin. Und Carlo reichte ihr auch gleich einen Teller. Dann war Heiko an der Reihe, doch der wiegelte ab, sollten die anderen ruhig den Vortritt haben. Mit seiner gönnerhaften Geste wollte er den anderen unterschwellig klarmachen, wer hier der Herr im Haus war. Deshalb hatte er auch am Kopf dieses hässlichen Tisches Platz genommen und nicht irgendwie eingeklemmt zwischen den Frauen. »Eure Münchner Arroganz nervt die ganze Republik«, motzte er. »Wie war euer Spruch? Laptop und Lederhosen! Was kommt als Nächstes? iPad und Sepplhut?« Er wollte Carlo auf keinen Fall das Feld überlassen. Nur weil der sich als Chefkoch aufspielte und für sie alle so ein lächerliches Risotto zusammenpanschte. Gerade diese kleinen Gesten durfte man nicht unterschätzen. Gruppendynamik. Das hatte Heiko einmal in einem Vertriebsleiterseminar gelernt, in einem blaugrauen Konferenzraum, in einem blaugrauen Hotel, mit blaugrauer Bettwäsche, auf der er die Seminarleiterin nach allen Regeln der Kunst besinnungslos geknallt hatte. Susi Walter, ja genau! Was für ein dankbares, biegsames Geschöpf die war. Und beim Orgasmus hatte sie geschnurrt wie eine hungrige Hauskatze, die nach Essen und Streicheleinheiten bettelte. Er machte sich eine weitere mentale Notiz, er sollte mal googeln, wann das süße Susi-Kätzlein wieder einen Vortrag über Rollenverteilung hielt. Ein wenig Fortbildung konnte ja nie schaden.

Nein, wenn er wollte, dass die anderen Männer morgen freiwillig das Feld räumten, dann musste er hier seine Stellung beziehen, wie der Kaiser am Berg. Er gab sich betont großzügig: »Fangt ruhig schon mal an«, gerade so, als wäre er der Gastgeber. Selbst wenn vorerst keiner wirklich darauf einging, wusste er, dass sie bereits dabei waren, seine Rolle als Alphatier unterbewusst zu akzeptieren. Heiko klopfte sich innerlich auf die Schulter.

»Is echt ein schnuckeliger Tisch.« Sandra fuhr mit der flachen Hand über das abgenutzte Eichenholz. »So einen wollte ich immer haben.«

Was?, dachte Heiko. War das etwa schon wieder seine, beinahe hätte er »dumme« gesagt, Freundin? Konnte sie bitte einmal die Klappe halten? Immerhin war er dabei, hier eine gewisse Autorität aufzubauen. Für sie beide. Außerdem war dieser Haufen Brennholz maximal gut genug, darauf ein paar Schnitzel flach zu klopfen.

Aber »schnuckelig«? Wollte Sandra sie beide unbedingt lächerlich machen? Schnuckelig waren die feuerroten Strap-

se, die er als Überraschungsgeschenk für sie dabeihatte. Aber doch nicht diese bakterienverseuchte Werkbank.
»Ja, der is was Besonderes. Der hat eine Geschichte, eine Patina«, stimmte Carlo Sandra zu und mauserte sich damit zu Heikos persönlichem Intimfeind.
»Eigentlich unbezahlbar«, fuhr Carlo fort, »dreihundert Jahre alt, mindestens.«
»Wow! Echt?«
Sandra war so verdammt leicht zu beeindrucken. Das wurmte Heiko.
»Was meinst, wie viele nette Leute hier schon einen schönen Abend verbracht haben?« Carlo gab nun auch Heiko seinen Teller, lächelte ihn an und setzte sich hin.
Jetzt war das Maß voll! Vor den Augen aller seine Freundin anzumachen, mit billigem Geschwätz über die Geschichte eines alten Küchentisches, das war echt die Höhe! Aber Heiko hatte schon einen Plan für einen vernichtenden Gegenschlag. Die Zielkoordinaten für seinen Marschflugkörper waren bereits eingegeben: kühle, grüne Augen, schmale Lippen, hohe Wangenknochen, die jedem ukrainischen Supermodel locker die Schau stahlen, und ein strenger, straffer Körper, der sich ihm sehr bald lüstern entgegenstrecken würde, und zwar in hemmungsloser Ergebenheit: Anna.
Plötzlich war Heiko wieder in Hochlaune. »Kreuzbergchen, haste bitte noch was von dem edlen Tropfen für den Hausherrn?«
»Danke, ich hab noch«, sagte Carlo scherzend.
Feuer frei, dachte Heiko. Er lächelte. »Vielleicht sollten wir uns die Villa einfach teilen, für ein paar Tage?«
Kurz war es still.
Hatte Anna da eben richtig gehört? Hatte ausgerechnet der rechthaberische Mr. Minderwertigkeitskomplex vorgeschlagen, hier gemeinsam Urlaub zu machen?

»Platz ist ja anscheinend genug«, fügte Heiko beiläufig hinzu.
Lutz zuckte resigniert mit den Schultern. »Wir bleiben sowieso hier.«
Anna wollte das nicht wahrhaben. »Das ist nicht euer Ernst!«
»Supi, wie früher, Schulausflug!«, jubelte Sandra.
Manchmal schämte Heiko sich für seine Freundin.
»Also, ich weiß ja nicht, wo ihr im Osten früher eure Ausflüge hin gemacht habt«, holte Anna aus, »aber wir waren bestimmt nicht in einer italienischen Villa. Wo erwachsene Menschen ihre Ruhe brauchen.«
»Na ja, ich glaub, uns bleibt erst mal gar nichts anderes übrig«, mischte sich Elli ein. »Wenn keiner nachgibt und sowieso alles ausgebucht ist?«
»Ich hätte locker ein schönes Zimmer für uns gefunden.« Das musste Heiko klarstellen.
»Wenn dein kleiner Bruder weiter so gut für uns kocht?«, schmatzte Tina. Das Risotto hatte es ihr ohne Zweifel angetan.
Sandra schmeckte es mindestens genauso gut. »Das beste Risotto, das ich je gegessen hab.«
Und das erste, dachte Anna. Sie war hin- und hergerissen, und es behagte ihr überhaupt nicht, wie ihr zunehmend die Kontrolle entglitt. Das war sie nicht gewohnt. »Ich habe da starke Zweifel. Um ehrlich zu sein, wir sind ja doch alle, na ja, recht unterschiedlich.«
Das war sehr vorsichtig ausgedrückt. Anna gingen diese Berliner gehörig auf die Nerven, ganz zu schweigen von dem anstrengenden Ossi und seinem naiven Püppchen. Risotto ist was mit Reis, oder?
»Ein bisschen Abwechslung könnte ja ganz lustig werden.«

Meinte Elli das etwa ernst? Anna stand auf. »Ich brauch mal frische Luft.«
Schon während ihres Studiums hatte Anna sich nie eine Wohnung geteilt. WGs waren ihr ein Graus gewesen. Während andere sich gegenseitig sinnlosen Diskussionen hingegeben hatten und die Welt verändern wollten, hatte Anna eine eindeutig klügere Strategie entwickelt: Don't try to change the system, be the system! Keine Minute länger hielt sie es in dieser lächerlichen Urlaubs-Kommunen-Küche aus.
Heiko sprang auf. »Frische Luft. Gute Idee!«, und folgte ihr. Vielleicht sollte er sie draußen an einer empfindsamen Stelle berühren, natürlich aus Versehen. Das machte Frauen immer heiß. Vielleicht am Oberschenkel, oder gleich im Schritt?
Anna, bereit, ihn mit ihren Blicken zu töten, blieb auf der Stufe zu dem kleinen Vorraum stehen und sagte laut und deutlich: »Allein!«

Draußen war es mittlerweile komplett dunkel, und über den Horizont spannte sich eine sternenklare Nacht. Die Grillen zirpten scheinbar um ihr Leben, und über Annas Haut strich ein leichter, angenehm kühlender Lufthauch. Über den Baumkronen waren in der Ferne Lichtpunkte zu sehen, ganz klein. Was für ein einsamer Ort, und doch war sie nicht allein.
Sie füllte ihre Lungen mit einer ordentlichen Ladung Sauerstoff. Sie hätte den Urlaub schon vor Wochen absagen sollen. Dass die ganze Sache unter keinem guten Stern stand, das war mehr als offensichtlich.
»Alles in Ordnung bei dir?«, frage Elli, die plötzlich neben ihr stand.

Das war heute schon das zweite Mal, dass Anna nicht hörte, wie sich ihr jemand näherte. Mein Gott, wo war ihr Verstand? Sie war keine arme Träumerin, sondern eine Businessfrau, immer in Alarmbereitschaft. »Ja, ja, hab wohl nur gerade keinen Nerv für den kleinen Schulausflug hier«, meinte sie.
Elli hatte die Weingläser mitgebracht, ohne hinzusehen, griff Anna danach. Nach all den Jahren waren Elli und sie ein angenehm eingespieltes Team. Die Schwester und die langjährige Freundin. Die zwei Koordinatenachsen in Carlos Leben.
Mit nachdenklichen Blicken nahmen beide einen vollmundigen Schluck und ließen sich von der großartigen Sommernacht einnehmen. Keine der beiden Frauen sagte etwas. Die Stille war nicht zu überhören, befreiend und erdrückend zugleich.
»Angeblich soll man hier klarere Gedanken fassen können«, sagte Anna.
»Hier lenkt einen nichts ab.«
»Ich finde das banal. Banal und frustrierend.«
Elli holte tief Luft und griff in die Seitentasche ihrer Strickjacke. Ohne diese ebenso ausgeleierte wie kuschelig warme Jacke sah man Elli selten. Das gute Stück wurde fast nie zugeknöpft, sondern hing meistens einfach nur locker an Elli herunter. Es gab ihr eine legere, sichere Eleganz. »Als ob man nur ein paar Stunden in den Süden fahren müsste, und zack, schon erklärt sich einem die Welt.« Anna klang enttäuscht, fast verbittert.
Jetzt nahm Elli ihr perlmuttbeschlagenes Etui in die Hand und zauberte eine komplett weiße Zigarette hervor, die sie in ihr schwarzes Filterstück steckte. Es war Ellis Markenzeichen, Zigaretten nur auf diese Weise zu rauchen. »Tja, so einfach ist es wohl leider nicht.«

Als Elli genussvoll das weiße Dunhill-Feuerzeug schnalzen ließ und einen befreienden Zug nahm, konnte Anna nicht anders, als Carlos Schwester für ihre Klasse zu bewundern. Diese Frau ließ sich nicht so schnell unterkriegen. Da konnte es ihr Martin mit wer weiß wem treiben. Elli war Elli, das ließ sie sich nicht nehmen.

Schmunzelnd sagte Elli: »Ich find diese Sandra ja ganz witzig.«

»Danke, aber wenn ich mich von unreflektiertem Geplapper unterhalten lassen will, dann geh ich zum Friseur.«

Anna war sich sehr wohl bewusst, wie verkrampft und wenig souverän sie war. Anna spürte, dass Elli sich fragte, warum das so war.

Immer noch blickten beide nach vorne ins Tal, schweigend. Ein weiterer Windzug raschelte durch die Baumkronen, ansonsten hatten sich ausnahmsweise selbst die so paarungswilligen Zikaden eine Pause gegönnt. Fast absolute Stille.

»Wann verlässt du Carlo?«, fragte Elli ruhig.

»Wie bitte?« Anna war völlig überrumpelt. Woher wusste Elli Bescheid?

Drei leere Flaschen zeugten davon, dass der Tropfen so schlecht nicht sein konnte. Längst hatte der mächtige Rotwein die Zungen gelöst, und bis auf Tina, die das Geschirr wusch, saßen alle um den Holztisch herum. Selbst Heikos fachmännische Kritik war verstummt. Im Gegenteil, das Weingut, meinte er, das müsse er sich merken.

Der Raum schien dunkler zu sein als zuvor, dazu gemütlicher und sehr lebendig. Gesprächsfetzen wurden hin und her geschossen wie Kugeln auf einem Billardtisch. Keine der Kugeln jedoch wurde versenkt, vielmehr konnte man

froh sein, wenn man mit dem Queue die weiße Kugel traf, anstatt über den grünen Filz zu kratzen. Eigentlich sprachen alle meist aneinander vorbei.
Nur Lutz, der hatte sich ganz auf Heiko eingenordet. »Oho, Versicherungen! Geniales Konzept! Geld einsammeln fürs Nichtstun. Und wenn sie doch mal dran wären, finden sie garantiert eine Klausel, um nicht zahlen zu müssen. Obendrein erhöhen sie die Gebühr.«
Es sah nicht danach aus, als würden er und Heiko Blutsbrüder werden. Der verteidigte seinen Job. Man nenne das schlicht Selbstbeteiligung beziehungsweise Schicksal. Ein Leben ganz ohne Risiko und Eigenverantwortung gebe es nun mal nicht. Der Gedanke sei ja auch lächerlich.
Doch Lutz ließ nicht locker. »Risiko? Komisch, dass die immer gewinnen, oder?« In Berlin gehörten diesen Samaritern ganze Straßenzüge!
In München schon auch, da musste Carlo dem Berliner zur Abwechslung zustimmen. Mit Immobilien kannte Carlo sich aus, schließlich hatte er selbst ein paar Mietshäuser von seinem Vater geerbt.
Lutz war inzwischen zu der Überzeugung gekommen, dass die anderen doch nicht irgendwelche Agenten oder Ermittler waren, die ihm etwas vorspielten, um ihn auszuhorchen. Die waren ja alle viel zu sehr mit sich selbst beschäftigt. Daher sah Lutz auch keinen Grund mehr, sich mit seiner Meinung zurückzuhalten.
»Immer das gleiche Spiel, die Verluste werden sozialisiert und die Gewinne kapitalisiert. Geld, Macht und Gesetz, alles bald nur noch in der Hand von ein paar Mafiosi in Anzügen. Ein globaler Betrug ist das. Scheiß Gier!«
»Ich find Mafiafilme toll!« Sandra wollte auch etwas beisteuern.
»Hör doch auf mit den naiven Parolen. Ich seh schon, du

hast keine Ahnung.« Heiko fühlte sich als einer der hoffnungsvollsten Vertreter der weltweiten Finanzwelt natürlich angegriffen.

»Ich habe das studiert, mein lieber Heiko!«

»Schon seit über zehn Jahren«, scherzte Tina.

»Und wer finanziert dein Dauerstudium?« Das letzte Wort hatte Carlo bewusst betont und vorwurfsvoll in die Länge gezogen. Von so faulen Phrasendreschern wie Lutz hielt er gar nichts. Die lagen allen auf der Tasche und beschwerten sich dann auch noch lauthals.

»Mit Sicherheit nicht Heikos ach so selbstlose Versicherung. Die mit Sicherheit nicht.« Das hatte Lutz gerade noch gefehlt, sich von einem Münchner Bonzen belehren zu lassen.

»Allianz hat uns in München ein prima Stadion hingestellt«, gab Carlo halb im Spaß zu bedenken.

Heikos Hand schlug zustimmend auf den Tisch. »Na bitte!« Auch wenn er Carlo nur ungern auf seiner Seite hatte.

»Wusstet ihr, dass sich dieser italienische Stürmer von seiner Freundin, dem Model, getrennt hat? Oder genauer, sie von ihm?«, fiel Sandra dazu ein.

»Da schau her!« Für Carlo war das offensichtlich eine hochinteressante Neuigkeit. Wobei er sich fragte, ob der teuerste Einkauf des FC Bayern deswegen in letzter Zeit so schlecht traf?

Von der Ignoranz seiner Zuhörer frustriert, übertrieb es Lutz absichtlich mit seiner Begeisterung. »Mann, toll! Das ist ja ein Ding! Also wirklich!«

»Schluss? Warum? Weil er keine Tore mehr geschossen hat? Hat wohl der richtige Bumms gefehlt, wat?«, frotzelte Tina.

Sandra schüttelte den Kopf, sie war bestens informiert. »Ne, weil er nach jedem Spiel ne andere vernascht hat.«

Dann müsse sich die Freundin einen neuen Verein suchen oder ihre Handtaschen in Zukunft selbst kaufen, lästerte Tina und trocknete sich dabei die Hände ab. »Is das mein Glas, ja?«

»Keine Sorge! Die macht doch Werbung für Prada oder Chanel, oder Dior?« Sandra hatte plötzlich eine kleine Wissenslücke. Wie auch immer, die wisse bestimmt gar nicht, wohin mit ihren vielen Handtaschen.

Handtaschen? Lutz konnte nicht fassen, wie schnell man bei diesem banalen Thema gelandet war. Es schien zwecklos. Warum sollte er sich auch den Mund fusselig reden? Er hatte sein Werk, da konnte man bald alles nachlesen. Schwerfällig erhob er sich. Erst jetzt merkte er, dass er ganz schön einen sitzen hatte.

»Ich geh ins Bett.« Wie ein alter Mann nach einer Aerobic-Stunde schleppte er sich aus der Küche.

Für Tina hingegen war es noch viel zu früh, sie wurde gerade erst munter.

»Geh mal vor, Professorchen. Ick komm gleich nach«, sagte sie pro forma und schenkte sich ein weiteres Glas ein. Mit Lutz war heute sowieso nicht mehr viel anzufangen. Selbst wenn sie Lust gehabt hätte, Lutz' goldene Jahre als Liebhaber waren längst vorbei. Man konnte nur noch auf seinen zweiten Frühling hoffen oder darauf, dass ihm bitte jemand heimlich Viagra ins Mundspülwasser gab. Aber selbst dann hätte es bei ihm maximal nur noch zu einem Quickie gereicht. An einen Orgasmus-Marathon, daran war schon lange nicht mehr zu denken.

So, und jetzt hatte sie doch Lust. Plötzlich wurde ihr warm zwischen den Schenkeln. Super. Und nu? Es sich selber machen, neben einem schnarchenden Lutz? Das hatte so was Erbärmliches. Wenn sie in Berlin wären, dann hätte Pierre womöglich noch mal vorsprechen dürfen. Oder der lässige Typ, der letzte Woche bei ihr Räucherstäbchen gekauft hatte und sie dann abends überraschend zum Chinesen einlud. Das Lokal hatte dann zwar zu, aber sie hatten trotzdem noch Glückskekse aus dem Bauchnabel des anderen genascht. Lutz dagegen hatte wieder mal die ganze Nacht am Computer verbracht und gar nicht mitbekommen, dass sie so lange weg gewesen war. So wie er auch jetzt schlapp ins Bett ging, in ihrer ersten Urlaubsnacht! Na, was für ein Romantiker! Er war wirklich selbst schuld, wenn sie es sich hin und wieder woanders holte.

»Ich bin Krankenschwester«, hörte sie Sandra sagen.

»Krankenschwester?« Das überraschte Tina. »Is das nich irgendwie ganz schön sozial?«

»Hast du gedacht, ich bin Friseuse?«

»Also Schatz! Du bist manchmal echt witzig. Wieso sollte das denn einer denken?«, fragte Heiko.

»Doch. Ja so was. Irgendwie schon. Sorry!«, stellte Tina klar.

Jetzt wurde es Heiko zu bunt. »Nur weil Sandra fünfmal so lange Haare hat wie du?«

»Stehst wohl nich auf kurze Haare, was?«, forderte Tina ihn heraus.

Es gäbe nur zwei Gruppen von Frauen, die kurze Haare hatten, frustrierte Hausfrauen und Lesben, machte ihr Heiko klar. Sie könne sich aussuchen, wo sie dazugehöre.

»Ehrlich gesagt«, versuchte Carlo die Sache wieder zu entschärfen, »ich find beides gut.«

»Am besten lesbische Hausfrauen, was?«, stichelte Heiko.

»Witzbold! Nein, lange wie kurze Haare. Ich denk, Sandra, du wärst mit kurzen Haaren bestimmt genauso hübsch!«

»Spinnst du?« Heiko war entsetzt. Er solle Sandra bloß nicht auf dumme Gedanken bringen.

In diesem Moment stand Anna, ohne etwas zu sagen, wieder in der Küche. Sie machte zwar immer noch ein ernstes Gesicht, war aber trotzdem weniger angespannt. Ja, sie schien irgendwie erleichtert. Die frische Luft hatte ihr wohl gutgetan, dachte sich Carlo. Hatte sie seinen letzten Satz etwa gehört? »Du bist natürlich die Schönste von allen, Spatzl. Selbst ohne Haare.«

Die hohe Kunst der Galanterie war das auch nicht gerade.

»Ich bin müde, Carlo. Ich geh schlafen.«

Mit geschlossenen Augen streichelte sie ihm über sein leicht gewelltes, haselnussbraunes Haar und gab ihm einen kleinen Kuss auf die Stirn. Carlo genoss es außerordentlich.

Schon fast so, als wollte er ihr ins Schlafzimmer folgen, stand Heiko auf. Für ihn sei es auch Zeit, ins Bett zu gehen. Er nahm Sandras Hand und zerrte sie, ohne groß zu fragen, mit.

»Komm, Mausilein, der Abend ist noch jung«, sagte er laut. Man konnte meinen, er wollte allen zeigen, dass hier noch eine heiße Liebesnacht auf dem Programm stand. Er klopfte seiner Freundin auf den strammen Po, der sich durch den dünnen Stoff des Sommerkleids noch phantastischer anfühlte, und blickte dann erst Carlo und danach Anna vielsagend in die Augen. Die nervige kurzhaarige Tina ignorierte er.

So kam es, dass nur wenige Augenblicke später Carlo und Tina allein in der Küche saßen.

»Plötzlich sind alle müde«, stellte er fest.

»Und? Was machen wir zwei Hübschen jetzt?« Wenn er nur etwas schlanker wäre, dachte sich Tina. Wieder wurden ihre Schenkel wärmer. Was war denn mit ihr los? Lag das an dem Sommerfeeling? Sie hatte nicht die geringste Lust, schon ins Bett zu gehen. Jedenfalls nicht, um zu schlafen. Wie so oft verlangte ihr Körper von einer Sekunde auf die andere nur nach einem: Sex. Ohne Konventionen, ohne das ganze Geplapper und diese ewige Gefühlsduselei. Hör auf!, ermahnte sie sich selbst.

»Teilen wir uns noch ein Glas?«, fragte Carlo, nichts ahnend und komplett unschuldig.

Sie zögerte kurz. »Klar.«

Mit einem angeheiterten Lächeln schenkte er ihr nach. »Was machst du denn so den ganzen Tag in Berlin?«

»Wie? Ach so, Berlin, sorry, ich war grad woanders. Ja, ähm, studiert hab ich, bis vor kurzem. Theaterwissenschaften. Für die Tonne.« Sie nahm einen kräftigen Schluck. »Jetzt hab ich nen Laden. Pure India.«

»Ein kleines Reisebüro?«

»Ne, seh ich so aus? Bürotante? Ha! Ganz anders, Räucherstäbchen und so, Seidenschals, alles, was glücklich macht.«

»Soso, Indien. Warst schon da?«

Jetzt musste sie schmunzeln. Volltreffer. Sie hätte ihn locker anlügen können, wie jeden anderen. Aber sie hatte keine Lust.

»Nö. Leider nich.«

Er sagte irgendetwas, was sie nicht wirklich hörte, denn erneut drängten sich ihr diese erotischen Bilder auf. Wie sie mit einer Bewegung Gläser vom Tisch wischte, wie sie ihren Kopf nach hinten warf, wie sich plötzlich Carlos starke Hände in ihren Arsch gruben.

»... würde mich natürlich auch mal reizen ...«, hörte sie Carlo in weiter Ferne sagen.

Wie sie ihn mit ihren Unterschenkeln an sich heranzog ...

»... aber is halt auch saugroß, dieses Indien ...«

Wie er ihren Nacken packte, fest, aber gleichzeitig mit zwei Fingern sanft an den Sehnen entlangfuhr ...

»... einen eiskalten Gin Tonic auf der Veranda, englischer Kolonialbau.«

Sie war kurz davor, es zu tun.
»Hab ich gerade Gin Tonic gehört?«, fragte Elli.
Carlo und Tina hatten sie ganz vergessen.
Elli zögerte, blieb im Türrahmen stehen. »Störe ich?«
»Ah, du bist noch wach?«, fragte Carlo verwundert.
»Der Himmel ist so klar. Man sieht viel mehr Sterne als in München.«
Carlo hob entschuldigend die Schultern. »Gin gibt's leider keinen. Magst noch einen Rotwein?«
»Danke dir! Ich wollt eh schlafen gehen«, verabschiedete sich Elli.
»Träum was Süßes, Schwesterherz!«
Als hätte er etwas angestellt, kraulte er sich kurz am Nacken.
Tina nahm ihn erneut ins Visier. Seine Stirn hatte schon einige tiefe Furchen, aber nicht von irgendwelchen Sorgen, wohl eher von der vielen Sonne in München. Knuffelige Augen hatte er, wie ein junger James Dean, oder war sie angetrunken und bildete sich das jetzt ein? Reiß dich zusammen!
»Boa, ich bin auch komplett im Eimer«, gestand sie. War sie gerade kurz davor gewesen, Carlo zu vernaschen? Jetzt war sie Elli für die Störung mehr als dankbar. Dann sah sie sich diesen großen, schweren Mann noch einmal genauer an. Irgendwas hatte er.

Wenn Elli nicht komplett meschugge war, dann hatte sie die beiden eben sehr wohl gestört. In der Küche hatte es ganz seltsam geknistert. Nicht wie bei einem klassischen Flirt, doch irgendetwas hatte da in der Luft gelegen, kein Zweifel. Konnte das sein? Sollte das aufgedrehte Hauptstadt-Gör tatsächlich was an ihrem Bruder, dem lahmen

Pantoffel, finden? Auch wenn Carlo vermutlich nur ein paar Jahre älter war, könnte er sich locker als Tinas Vater vorstellen. Das waren zwei ganz unterschiedliche Welten. Andererseits hätte Elli es ihm gegönnt. Nach dem, was ihr Anna gerade gestanden hatte, sah es für die beiden nicht nach einem Happy End unterm Regenbogen aus. Ganz im Gegenteil, Anna wollte ihn verlassen, auf den Highway abbiegen und Carlo an der nächsten Ausfahrt Adieu sagen. Zwar hatte Anna es vorerst nur als eine von mehreren Optionen heruntergespielt, aber Elli wusste, dass Anna schon viel weiter war. Elli konnte in ihr genau etwas von dem Zögern und den Ängsten entdecken, die einem schmerzlich durchs Mark schossen, wenn man nicht wusste, was der richtige Weg war.

Sie hatte das alles auch durchgemacht. Aus ganz anderen Gründen, Carlo hatte Anna schließlich nie betrogen. Aber das Gefühl, einen Menschen verlassen zu müssen, auch wenn man ihn eigentlich noch liebte, ja, das kannte sie nur zu gut.

Es fiel Anna alles andere als leicht, das sah Elli ihr an. Anna kämpfte schwer mit sich, jedoch nicht über die Frage, ob sie Carlo verlassen, sondern nur noch, wie sie es ihm beibringen sollte. Die Entscheidung war längst gefallen. Da war Elli sich sicher.

Es hatte Anna wahnsinnig gutgetan, mit ihr darüber reden zu können. Carlos Schwester war fast zu ihrer engsten Freundin geworden.

Während Elli vier Zigaretten hintereinander weggeraucht hatte, konnte Anna am Ende des Gesprächs endlich wieder freier atmen. Ihr schlechtes Gewissen dem ahnungslosen Carlo gegenüber hatte ihr bisher den Hals zugeschnürt.

Elli lag im Bett, allein. Wie gern hätte sie jetzt einen warmen Körper neben sich gehabt, der sie mit müden, schwe-

ren Armen umfasste. Aber damit war es wohl für eine ganze Weile vorbei. Single.
Sie fror, obwohl die leichte Bettdecke vom Tag noch aufgeheizt war, ganz zu schweigen von den cremefarbenen Steinwänden. Man konnte beinahe sehen, wie sie die Wärme des Tages jetzt an das Zimmer zurückgaben, mit leise schwingenden Wellen.
Wie auf Kommando knackte einer der schwarzen Deckenbalken.
Warum fehlte ihr Martin so sehr? Warum konnte sie diesen Mistkerl nicht aus ihren Gedanken verbannen? Immerhin war sie extra Hunderte von Kilometern gefahren. Nicht mal der verdammte Alpenkamm konnte sie vor ihm schützen.
Sie musste wieder zu sich finden, das Leben ohne Martin entdecken.
Elli war froh, dass sie nicht allein in dem Haus war, heilfroh.

Auch wenn es nur ein beschauliches, verschlafenes Nest war, so herrschte dennoch eine rege Betriebsamkeit. Aus engen Gassen, müden Haustüren, mit klappernden Rädern und mit schlurfenden Schuhen, von überall her mäanderte das frühmorgendliche Leben auf die kleine Piazza mit der unbedeutenden Kirche und den wenigen Parkplätzen für verbeulte Kleinwagen zu. Eingefasst wurde das Herz dieses etwas unbeholfenen Ortes, der ohne viel Aufhebens eine herrliche Leichtigkeit zelebrierte, von drei typisch italienischen Cafés, in dem die polierten Kaffeemaschinen auf Hochtouren liefen. Es dampfte, ratterte und zischte. Tassen klapperten, Espressosatz wurde laut ausgeklopft, Zuckertütchen wurden durchgeschüttelt. Darüber flirrte der italienische Singsang der Frühaufsteher.

Carlo saß vor dem kleinsten der drei Cafés und löffelte glückselig den restlichen Milchschaum seines zweiten Cappuccinos. Auf dem Porzellantellerchen daneben fanden sich die letzten Krümel eines mit Vanillecreme gefüllten Hörnchens.

Hier war der Tourismus fast spurlos an allem vorübergegangen. Hier konnte er eintauchen und sich wie ein echter Italiener fühlen.

»Buon giorno«, sagte er zu sich.

Als Letzter war er ins Bett gegangen und als Erster, lange vor den anderen, schon wieder aufgestanden. Gerade als er hatte losfahren wollen, hatte er Elli gesehen und kurzerhand mit eingepackt. Sie war jetzt in einem Lädchen um die Ecke verschwunden, um für sie alle etwas für ein großes Frühstück zu besorgen.

Derweil genoss Carlo die Szenerie. Er konnte sich gar nicht sattsehen an den hellen Steinen, die im Sonnenlicht strahlten, den vereinzelten Bäumen und Topfpflanzen, die vom langen, trockenen Sommer fast in die Knie gezwungen worden waren, und dem unverschämt blauen Himmel, der einen weiteren Festtag prophezeite.

Überall in den Cafés lehnten Männer lässig am Tresen und lamentierten über einen beginnenden Tag, der für die meisten ständig frierenden Mitteleuropäer die Erfüllung all ihrer Sehnsüchte war, für sie hier aber eben nur ein Tag wie jeder andere. Die Italiener suchten eher den Schatten, während er die pralle Sonne mit jeder Pore in sich aufsog. Carlo konnte Sonnenlicht atmen.

Die Männer schimpften über ihre verrückten Frauen und die lästige Arbeit. Außerdem hatte der Titelanwärter der Serie A gestern ein miserables Spiel hingelegt. Die Mafia hatte den Schiedsrichter gekauft, das stand fest. Es war also alles in bester Ordnung.

In diesem Moment bog Elli mit zwei vollbepackten Tüten um die Ecke. Ihre offene Strickjacke schwang ihren gutgelaunten Schritten fröhlich hinterher.
Es freute ihn, dass sie mitgekommen war.
»Hab schon lange nicht mehr für so viele Leute Frühstück eingekauft. Noch dazu für so viel Fremde. Ich komme mir vor, als hätt ich eine kleine Pension.« Wenn sie mit ihrem Bruder sprach, dann hörte man manchmal eine leichte Münchner Färbung durch, so wie man es selbst in Münchens besseren Kreisen schätzte.
Einen Cappuccino sollten sie sich noch gönnen, schlug Carlo vor. »Bevor wir wieder in unsere WG zurück müssen.« Seine Stirn legte sich in Falten. Er wusste nicht, wie die Sache jetzt weitergehen sollte. Eigentlich hatte er sich auf entspannte Tage nur zu dritt gefreut. Vertraute Gesichter, mediterrane Ruhe. »Aber rausschmeißen kann ich die Leute ja auch nicht. Wie auch? Haben ja alle einen Vertrag.«
Und er selbst habe sich schon längst in das Haus verliebt.
»Ja, die Villa ist ein Traum«, lobte ihn Elli.
»Halt ohne die ganzen anderen Kasperl.«
»Mit der Tina hast dich gestern Abend aber ganz gut verstanden?«
Die sei schon nett, so anders, räumte Carlo ein, aber ihr eigenartiger Freund? »Erst sagt er fast nix, und dann wird er anstrengend.«
»Ich fand's ganz unterhaltsam, dass gestern Abend ein bisserl was los war. Is ja fast schon eine Art soziales Experiment.«
»Ach Elli, du bist auch so a Konzeptmensch. Das hier ist aber keine Architekturtheorie, sondern mein Urlaub. Ich bin ja schon froh, dass Anna Zeit hat. Bei ihrem Job! Der frisst sie noch auf. Wir sehen uns viel zu selten. Des tut uns nicht gut, verstehst?«

Elli bekam ein schlechtes Gewissen, weil sie mehr wusste als ihr Bruder, aber sie konnte es ihm schlecht sagen. Das war Annas Aufgabe. Da durfte sie sich nicht einmischen.
Laut dröhnte ein Roller an ihnen vorbei. Eine für ihre vielleicht zwanzig Jahre viel zu dicke Kellnerin stellte ihnen zwei neue bauchige Porzellantassen auf den wackeligen Tisch. Im cremigen Milchschaum ruhte jeweils ein braunes Herz.
Als sie wieder allein waren, griff Carlo in die Innentasche seines Leinensakkos und zauberte stolz ein kleines Kästchen hervor. Es war eine königsblaue Samtschatulle, die Carlo feierlich hinhielt. Elli musste sie gar nicht erst öffnen, um zu wissen, was darin war. Sie warf nur einen kurzen Blick auf den blitzenden Diamantring und spürte einen Stich im Herzen. Weniger, weil ihr selbst noch nie jemand so ein Schmuckstück geschenkt hatte, vielmehr weil ihrem Bruder höchstwahrscheinlich eine bittere Enttäuschung bevorstand.
»Und? Was sagst du?«, fragte er ungeduldig.
»Wunderschön! Der ist wirklich wunderschön, Carlo.«
»Das wird sie umwerfen!«
Sollte sie ihren Bruder warnen, ihm wenigstens einen kleinen Tipp geben? Oder würde Anna doch wieder ihre Meinung ändern, sobald sie den Ring sah? Wenn ihr erst klarwürde, wie ernst es Carlo war? Wenn sie ihn nicht warnte, hätte er später allen Grund, sauer und enttäuscht zu sein.
Schon wieder ratterte ein Roller, diesmal ganz schön knapp, an ihnen vorbei. Auf der Piazza wurde es immer lebendiger. Das alltägliche Chaos schickte sich an, die Herrschaft zu übernehmen.
»Meinst du denn, es ist der richtige Zeitpunkt?«, fragte sie ihn vorsichtig.
»Sicher nicht, solange die ganzen Hanseln bei uns rumtur-

nen.« Er tauchte einen Finger in den Milchschaum, um ihn dann genüsslich abzulutschen. »Aber denen wird bald die Puste ausgehen. Der Ossi, der reist als Erster ab, das garantier ich dir.«

Sie gab ihm den Ring zurück, und die kleine Zeitbombe wanderte wieder sorgsam in Carlos Jackett-Innentasche.

»Wusste gar nicht, dass du so an die Ehe glaubst?«, log Elli, denn natürlich war ihr Bruder bei diesem Thema ein unverbesserlicher Romantiker.

»Ganz ehrlich, Elli, ich kann mir nix Schöneres vorstellen, als mit Anna alt zu werden.« Plötzlich wurde er nachdenklich. »Auch wenn sie manchmal … irgendwie komisch is. Die letzten Wochen.«

Hat er doch eine Ahnung?, fragte sich Elli.

Aber Carlo zuckte nur mit den Schultern und war sofort wieder voller Begeisterung. »Mei, die wird schaun!«

Der italienische Wettergott meinte es wirklich gut mit ihnen. Es war schon fast unverschämt, wie die Sonne sich mit einem breiten Grinsen auch an diesem Tag zu ihrem Stammplatz aufmachte.

»Is ja fast wie im Hotel hier, wa?«, jubelte Tina laut, als sie auf die Gartenterrasse trat und von dem reichlichen Frühstücksangebot regelrecht erschlagen wurde. Mit abgeschnittener, verwaschener Jeans und einer kunterbunten, leicht durchsichtigen Bluse, die sie nur halbherzig über ihrem Bauchnabel zusammengeknotet hatte, zeigte sie ziemlich viel von ihrem beeindruckend schlanken Körper. Kein Gramm Fett. Sie strahlte eine angeborene Fitness aus. Tina war eine von den Frauen, die nie etwas für ihre Figur tun mussten und trotzdem locker als Model durchgingen. Manche nannten das Glück, andere gute Gene, Elli fand es immer schon einfach nur ungerecht. Aber so war das Leben. Sie und ihr Bruder hatten von ihren Eltern vieles mitbekommen, Liebe, Mietshäuser, Verstand und breite Schultern, aber das Schlankheits-Gen gehörte eindeutig nicht dazu. Carlo konnte sich schon seit Jahren nicht mehr von seinem netten Biergartenbauch trennen. Und sie selbst hatte der Ehrgeiz verlassen, den Kampf gegen die knapp zehn Kilo, die sie von der Idealfigur trennten, aufzunehmen. Elli würde immer »fraulich« sein. Und mittlerweile gefiel sie sich auch so.

Tina nahm Platz und stürzte sich sofort auf die größten Kalorienbomben. Croissants, Käse, Marmelade, nichts war vor ihr sicher. Auch die anderen konnten nicht widerstehen, weder dem knusprigen Weißbrot noch der hausgemachten Salami oder dem Büffelmozzarella, noch all den anderen Köstlichkeiten, die Elli zusammen mit ihrem Bruder aufgetischt hatte. Von Kaffee in all seinen Variationen ganz zu schweigen. In dem großen Zauberschrank in der Küche hatte Elli eine azurblaue Tischdecke gefunden und kurzerhand beschlossen, das Frühstück nach draußen auf die breite Gartenterrasse zu verlegen. Der ovale Teakholztisch, von den vielen Sommern ganz grau, war ideal, so wie er da stand, von der weichen Vormittagssonne und dem blaugrünen Garten in Szene gesetzt.

Zuvor, auf dem Rückweg, hätte Carlo auf dem bewaldeten Weg den Hang hinauf beinahe Sandra überfahren. Die war joggend und mit ihrem iPod bewaffnet wie aus dem Nichts aus dem Wald gekommen und hatte das Auto offensichtlich nicht gehört. Während Carlo und Elli den Beinahe-Crash erst verdauen mussten, hatte Sandra einfach nur gelacht, ihnen zugewunken und war wieder in den Wald gespurtet. Ganz schön unerschütterlich, die Kleine, dachte sich Elli.

Jetzt saß Sandra frisch geduscht und fröhlich mit ihnen am Tisch, um sich ein Glas Orangensaft nach dem anderen zu genehmigen.
Für einen Moment konnte man fast glauben, sie alle hätten ihren Urlaub genauso geplant und nicht anders. Eine Gruppe von Freunden, die sich zusammen ein Ferienhaus gemietet hatten und die kostbare Zeit zusammen genossen. Doch der Schein trog. Es herrschte lediglich ein allgemeiner Waffenstillstand. Der Schlaf, der sonnige Morgen und das herrliche Frühstück hatten sie alle kurz besänftigt. Doch eine Frage hing weiter drohend über ihnen. Wie sollte es jetzt weitergehen? Wer reiste freiwillig ab? Wer machte den ersten Schritt? Oder kam es unvermeidlich zum Eklat?
»Na, gut geträumt?«, fragte Anna in die Runde. Selbst sie schien bester Dinge zu sein, obwohl sie etwas zu förmlich oder gar streng gekleidet war. Weiße Bluse mit großem Kragen und dunkelblaue Bundfaltenhose. Immerhin trug sie keine Socken in ihren blauen Slippern. Gestern Abend hatte Elli eine ganz andere Anna erlebt. Traurig, nachdenklich, deprimiert und ratlos. Heute war sie wieder ganz die Alte, tough und kampfbereit. Sie wollte sich bestimmt keine Blöße geben, schon gar nicht vor Fremden.
»Wusstet ihr das? Was man in der ersten Nacht träumt, das geht in Erfüllung«, meldete sich Tina zu Wort.
»Wovon träumen Versicherungsmenschen?« Lutz wollte wohl genau dort weitermachen, wo er gestern aufgehört hatte. »Können die überhaupt noch schlafen?«
»Heiko träumt nicht«, erklärte Sandra freundlich. Sie meinte das nicht böse. »Das findet er doof. Nur ganz, ganz selten, und dann von Zahlen.«
»Noch einen Tag halt ich das nicht aus.« Heiko stand auf.
Anna ergriff das Wort. »Nehmt es nicht persönlich, aber

das hier, das ist doch alles ein Witz. Wir können nicht die nächsten zwei Wochen so aufeinander hocken. Ihr müsst euch endlich bewegen.«
Darauf war keiner der anderen so richtig vorbereitet. Sie waren ja alle irgendwie noch mitten im Frühstück. Carlo sah Anna an, Lutz sah zu Tina und Sandra zu Heiko.
Jetzt wird es spannend, dachte Elli. Das war sogar besser, echter als jedes dieser gruppendynamischen Experimente an der Uni. Carlo brummte vor sich hin, sagte aber vorerst nichts. Ausgerechnet Lutz ergriff das Wort: »Bewegen? So, wie es aussieht, habt ihr da ganz klar mehr Spielraum. Wir müssen hierbleiben, ob wir wollen oder nicht.«
Der Mann war Elli ein Rätsel. Allein wie er dasaß! Halb in sich verkrümmt, mit ausgeleiertem, schwarzem T-Shirt und schwarzer Jeans. Nicht gerade lebensfroh. Mit den kurzrasierten Haarstengeln gab er einen perfekten Nihilisten ab. War er eigentlich gestern genauso gekleidet? Elli konnte sich nicht erinnern. Lutz war unsichtbar.
»Sorry, aber das ist sicher nicht mein Problem.« Anna sah keinen Grund, auf diese Mitleidsnummer einzugehen.
»Nehmt euren Bus und geht irgendwo campen! Is doch auch was?«, schlug Heiko vor. »Muss ja nicht gleich ne Villa sein, hm?«
»Det entscheiden wa immer noch selber, danke!« Jetzt war auch Tina gereizt.
Seelenruhig schmierte Elli sich derweil noch ein Weißbrot mit Marmelade. In den Bäumen zwitscherten munter allerlei unbekannte Vögel. Alles um sie herum versprach einen wahrhaft majestätischen Sommertag. Elli schien die Einzige zu sein, die das wahrnahm.
»Wir haben schließlich hierfür bezahlt!«, protestierte Lutz. Insgeheim wäre er am liebsten sofort wieder nach Berlin gefahren. Hier war es quälend heiß, und es gab nicht einmal

einen Internetanschluss. Aber Tina wollte ja unbedingt Italien erleben.

»Danke, Lutz. So weit waren wir schon«, fertigte Anna ihn trocken ab.

»Hey, ich fand's nett gestern Abend. Wenn es so weitergeht? Wir könnten, also ich mein …«

»Sandra, Mausilein, bitte! So geht das nicht. Lass mich das regeln.«

Doch Sandra ließ sich diesmal nicht so leicht abwürgen. »Stellt euch vor, wir wären hier in einem netten Hotelchen gelandet und teilten uns halt die Küche. So einfach!«

»Von mir aus könnt ihr quatschen, so viel ihr wollt! Ick hol mir gleich mal nen schönen Sonnenbrand.« Tina strich sich über ihre olivbraune Haut, stand auf, schnappte sich das geflochtene Tablett und fing an, es zu beladen. In ihrer unverschämt engen Jeans wackelte sie Richtung Küche. Hatte Carlo ihr gerade auf den Hintern gesehen?

»Eine Zumutung ist das! Sich hier gegenseitig den Urlaub zu versauen«, beschwerte sich Anna. »Ich erwarte spätestens heute Nachmittag konkrete Vorschläge!«

»Ick hab nen Vorschlag. Mach doch einfach det Beste draus!«, rief Tina ihr über die Schultern zu.

»Heute Nachmittag! Es bleibt dabei. Ansonsten könnt ihr mich mal kennenlernen. Bis jetzt war ich noch nett!«

Anna war in Fahrt gekommen, das sah Elli ihr an. Auf den hohen Wangenknochen entwickelten sich einzelne rote Punkte zu großen Flecken. Doch das hier war kein Verhandlungstisch, hier ging es nicht um Bilanzen und Verträge. Hier war vor allem Menschenkenntnis gefragt.

Carlo hatte vielleicht ganz recht, wenn er auf Zeit spielte. Unter Druck setzen ließen sich die Berliner bestimmt nicht, vor allem nicht Tina. Lutz hatte in dem Zusammenhang wenig zu melden. Der traute sich maximal, Heiko zu provozieren. Andererseits hatte gerade er auch etwas Unheimliches. In der Uni hatte Elli mal so einen bei sich in der Entwurfsgruppe gehabt. Monatelang hatte der still und heimlich vor sich hin gekritzelt und dann eines schönes Tages die Häusermodelle der anderen zertrümmert und geschrien: »Das Ende ist nah! Das Ende ist nah!«

Und Heiko? Während des ganzen Frühstücks hatte er nicht aufgehört, ständig mit dem rechten Bein zu wippen. Elli hatte selten jemanden erlebt, der eine derart nervöse Energie versprühte. Auch jetzt, auf der Terrasse stehend, zuckelte er mit seinem weißen unbehaarten Bein weiter. Die helle kurze Hose und die schwarzen langen Socken machten das Bild noch komischer. Direkt rührend, wie er dennoch versuchte, den souveränen Leitwolf zu spielen.

»Komm, Mausilein, wir gehen. Mir reicht's! Ich such uns ein Hotel.« Anscheinend musste Heiko immer stehen, um etwas zu verkünden. Elli malte sich aus, wie er wichtigtuerisch eine Rede hielt und ihm keiner zuhörte.

Seine Sandra dagegen war umso entspannter. »Ne, ganz ehrlich, Mausilein wartet so lange lieber hier in der Sonne.«

Heiko schnappte kurz überrascht nach Luft. Das kam wohl nicht so oft vor, dass Sandra ihrem Götterfreund widersprach. Elli schmunzelte.

»Ähm, ja. Hast ja recht. Sonne.« Er zog sein braunes Hemd straff. »Keine Sorge. Ich, ich organisier das alles für uns.«

Um Haltung bemüht, sah er auf seine angeberische, dicke Breitling. Braunes Hemd, beige Hose und schwarze Socken in brauen Lederschuhen. Elli bezweifelte, dass Heiko allzu viel Erfolg bei der Zimmersuche haben würde.

Sie sah zu Carlo, der ihr zuzwinkerte, als wolle er sagen: Den sind wir als Erstes los. Dann versuchte er, offensichtlich

um die immer noch aufgebrachte Anna zu beruhigen, seinen Arm um sie zu legen. Doch die drehte sich erbost weg und ging wortlos ins Haus. Carlo sah ihr hinterher, kratzte sich an der Schläfe und verabschiedete sich in den Garten.
Derweil hatte sich Lutz in die hinterste, finsterste Ecke des Wohnzimmers verzogen, natürlich ohne auch nur irgendetwas vom Tisch wegzuräumen.
Sandra hingegen schnappte sich ein paar leere Teller und räumte den Tisch weiter ab. Die beiden Frauen, das blonde Dummchen und die Berliner Göre, wirbelten munter durch die Zimmer, während ihre beiden Männer, der Phlegmatiker und der Ossi-Aufsteiger, rein gar nichts im Griff hatten.
Elli wollte noch nicht aufstehen. Da war noch ein Frühstücksei, das geköpft werden wollte. Was für ein abwechslungsreicher und unterhaltsamer Morgen.

Während des restlichen Vormittags suchte sich jeder sein Plätzchen, um wenigstens so zu tun, als wäre man im Urlaub. Nur Heiko hatte sich mit seinem Angeber-Auto rasant verabschiedet, um sich auf eine Odyssee zu den nahe liegenden Hotels zu machen. Leider verpasste er so den Anblick seiner Freundin, die sich, bewaffnet mit Klatschblättern und einer Sonnenbrille, auf der das Designerlogo größer war als die Gläser selbst, im knappen Bikini im Garten räkelte.
Noch knapper bekleidet, nämlich oben ohne, saß Tina im Lotossitz am Ende der Wiese auf einer Yogamatte im hohen Gras. Daher also der perfekte Körper, dachte Elli. Von der Terrasse aus konnte man nur Tinas Rücken sehen und eine süße Blume, die sie sich ins Haar gesteckt hatte. Noch süßer war der stechende Geruch ihrer Räucherstäbchen, der quer über den Garten bis zum Haus wehte.

Ihr Freund dagegen kauerte, lichtscheu wie eine Fledermaus, mit seinem Laptop in einem kleinen Sessel in der Halle. Warum Lutz überhaupt nach Italien gefahren war, blieb Elli ein Rätsel.
Hin und wieder trug ein leichter Lufthauch ein paar Takte von Tinas Buddha-Musik herüber, die auf alles und jeden eine angenehm beruhigende Wirkung hatte.
Bis auf Anna. Sie hing ununterbrochen am Telefon und warf, halb englisch, halb deutsch, mit Begriffen um sich, die ein normaler Mensch kaum verstehen konnte. Mit einem Stapel Papieren unter dem Arm hatte sie das vom Sonnenlicht durchflutete Wohnzimmer zu ihrer neuen Kommandozentrale gemacht. Wenn das Annas Urlaub war, wie sah dann ihr Arbeitstag aus? Noch mehr Akten, noch mehr Telefone und unsinniges Deutsch-Englisch? Ehrgeiz war ja eine Tugend, aber es konnte auch eine Pest sein.
Völlig frei von dieser Krankheit war Carlo. Er hielt sich in seinem Himmelreich, der Küche, auf. Ihm war ein vergilbtes italienisches Kochbuch in die Hände gefallen, und somit hörte die Welt um ihn herum auf zu existieren.
Keiner, außer vielleicht Heiko, schien Annas Ultimatum wirklich ernst zu nehmen. Was konnte sie denn schon tun? Elli hielt es nicht für nötig, sich einzuschalten. Das sollten die drei Pärchen schön unter sich ausmachen. Zwischen Anna und Carlo stand sie bereits ausreichend in der Schusslinie. Wer wusste denn, was bei den anderen alles brodelte? Wenigstens kam keiner der anderen auf die tolle Idee, sich ihr anzuvertrauen.
Schon immer zog sie Menschen mit der Sehnsucht nach Mitleid und der Hoffnung auf gute Ratschläge an. Daran war sie gewöhnt. Jetzt aber war es für Elli höchste Zeit, auf sich selbst achtzugeben. Hier wollte sie, hier musste sie ihre Ruhe haben.

Das fehlte noch, dass ihr Heiko zum Beispiel gestand, er betrüge seine naive Freundin von hinten bis vorne. Oder Sandra bäte sie um Rat; weil sie das Gefühl habe, ihr Freund nehme sie nicht ernst. Ja, Kleines, das könnte schon sein.
Nein, Elli hatte genug am Hals und keine Energie mehr für die Probleme der anderen. Sie hielt sich raus und schaute zu. Sie klappte ihr Skizzenbuch auf. Eine blanke, gnadenlos weiße Seite sah sie herausfordernd an. Das Buch wusste ganz genau, dass Elli sich sträflich lange vor einer Zeichnung oder zumindest einer kleinen, schnellen Skizze gedrückt hatte. An der Uni, und noch viele Jahre danach, konnte ihr keiner das Wasser reichen. Wenn sie anfing, mit ihrem Rotring-Stift auf dem Papier zu tanzen, sich von dem unbeschreiblich reinen Gefühl, die richtigen Striche zu ziehen, entführen ließ, dann war sie nicht zu stoppen gewesen. Wenn sie ihren Jazz bekam, so hatte sie es immer genannt, dann wurde ihr Stift zu ihrem Saxophon, mit dem sie die ganze Nacht durchspielen konnte. In dieser Stimmung improvisierte Elli die verrücktesten Häuser und komponierte die aufregendsten Städte. Es war ihr Solo. Dann konnte es gut passieren, dass am nächsten Morgen ein Opus vor ihr lag, zu dem andere selbst nach einer Woche harter Arbeit nicht fähig waren. Mein Gott, sie hatte so ein Talent. Und was hatte sie daraus gemacht? Sie hatte sich an Martin und seine lächerlichen, kommerziellen Bürokisten verschwendet, an seine völlig bedeutungslose, ja direkt peinliche Zweckarchitektur.
Einen Strich ziehen, das passte.
Die Szenerie konnte kaum einladender sein. Hier auf der Terrasse, vor dieser aufregend lebendigen Fassade mit all ihren kleinen Details. Der erste Strich war immer der brutalste. Elli schloss träumerisch die Augen. Wenn sie zeichnete, dann war sie glücklich und mit sich im Reinen. Sie

versuchte sich zu entspannen und sich endlich wieder in die richtige Stimmung für ihren, für Ellis, Jazz zu bringen.
»Hallihallo!«, trällerte Sandra in dieser Sekunde quietschfidel.
Immer noch halbnackt, stand sie plötzlich vor Elli, die keine Ahnung hatte, was sie von ihr wollte.
»Zeichnest du, ja? Toll! Darf ich mal gucken?«
»Wollte gerade anfangen.«
Jetzt setzte sich das Bikinigirl zu ihr an den Tisch.
»Was denn? Die Bäume? Blumen?«
Elli blieb freundlich. »Eher Architekturskizzen.«
»Aha, Häuser und so?«
»Ja, Häuser und so.«
»Ich kann gar nicht zeichnen, aber mein Opa war Landschaftsmaler. Öl, Wiesen, Täler, Bäume und so.«
Was wollte sie von Elli?
»Ist dir langweilig?«, fragte Elli beinahe mütterlich.
»Och, ja vielleicht. Is ja nich viel los hier. Obwohl, wenn ich mit Heiko allein wäre, dann wär's noch langweiliger. Außerdem find ich euch alle echt nett.«
Elli fragte sich, ob sie das Kompliment jetzt erwidern musste?
»Toller Bikini«, lobte Elli und nahm einen Schluck von dem Tee, den sie sich zuvor gemacht hatte.
»Hey, danke!«, freute sich Sandra. »Ist ein tolles Orange. Aber ich bin noch zu blass.«
»Deinem Freund gefällt der sicher sehr. Auch wenn er so klein ist. Zu schade, dass er ihn jetzt nicht bewundern kann.« Elli strich sich ein Haar aus dem Gesicht. »Aber er kennt ihn ja sicherlich bestens.«
»Och, der will immer nur vögeln und bewundert werden.« Sandra kicherte leicht verschwörerisch. »Am besten genau in dieser Reihenfolge.«

»Das überrascht mich aber«, sagte Elli. Die Kleine war immer wieder für eine Überraschung gut. War das so, sprach man heute einfach mit jedem über Sex? Mal so eben nebenbei, mit Wildfremden?
»Komm schon, du durchschaust die doch alle.«
»Wen?«
»Na, die Männer. Du hast so nen Blick. Dir kann man nix vormachen.«
»So, meinst du, ja? Wenn du dich da nicht mal täuschst.«
»Hauptsache, wir Mädels halten zusammen.«
Wir Mädels? Elli könnte beinahe ihre Mutter sein, trotzdem fühlte sie sich geschmeichelt.
Aus dem Wäldchen unter ihnen näherte sich Motorengeräusch.
»Ha, wenn man vom Teufel spricht«, scherzte Sandra und stand auf.
In diesem Moment hörte man einen lauten Schlag, auf den sofort ein Schrei und dann ein »Scheiße« folgten. Es war Anna.
Elli und Sandra eilten ins Wohnzimmer.

Heiko war schon fast wieder bei der Villa angekommen, aber eine plausible Ausrede hatte er noch nicht gefunden. Diese Italiener waren wirklich einer dümmer und unfreundlicher als der andere.
Im ersten Hotel hatte man ihn einfach nur ausgelacht. Hotelzimmer? So kurzfristig? Absolut unmöglich. Impossibile! Natürlich mit einem riesigen theatralischen Tamtam. Immerhin hatte der noch Deutsch gesprochen. Die anderen hatten ihn ja nicht mal richtig verstanden. Wenn diese Verrückten vorgaben, Englisch zu sprechen, dann palaverten sie einfach in ihrer Nudelsprache weiter und fügten

nach Lust und Laune mal ein nichtssagendes englisches Wort wie »and«, »no« oder ein unsinnig langgezogenes »Eiiii« ein. Tolles Englisch! Die hatten wohl nur Mafiaunterricht in der Schule. Wie erpresse ich mein Schutzgeld richtig, oder wie viele Zeugen passen in einen Betonsockel? In einem weiteren Hotel hatte Heiko dann zum Glück einen deutschen Gast gefunden, der übersetzen konnte. Der Hotelbetreiber, diese gegelte Witzfigur hinter der Rezeption, hatte ihm doch allen Ernstes vorgeschlagen, ihm gerne in zwei Jahren etwas zu reservieren. Aber dafür müsse er im Voraus bezahlen.

Heiko hatte die Schnauze gestrichen voll. Jetzt war er schon über achtzehn Stunden in diesem Land, ohne seine eigenen vier Wände, ohne Sex, dafür aber mit einer Freundin, die ihm nicht unbedingt zu Füßen lag.

»Mausilein bleibt so lange in der Sonne«, hatte Sandra gesagt. So kannte er sie gar nicht. Kein gutes Zeichen, nein wirklich nicht. Die anderen, das Haus, die Situation, all das schien Sandra auf dumme Gedanken zu bringen.

Er war nun kurz vor der Villa. Er musste sich schnell etwas einfallen lassen. Frustriert schlug Heiko auf das Lenkrad. Es gab nur eine Lösung. Er musste so tun, als habe er sich mit einem Mal in das zauberhafte Anwesen verliebt und könne sich keinen schöneren Ort auf dieser Welt vorstellen. Vielleicht konnte er dann die anderen hinausekeln. Nur, wie realistisch war das?

Als er vorfuhr, sah er, wie Sandra, nur mit ihrem knappsten Bikini bekleidet, auf der Terrasse aufsprang. Sie hatte ihn sicher vermisst. Doch dann rannte Sandra ihm nicht mit offenen Armen entgegen, sondern lief weg, verschwand zusammen mit Elli im Haus? Himmel Arsch! Wann zeigte sich dieser verflixte Urlaub endlich von einer angenehmen Seite?

Als Carlo ins Wohnzimmer stürzte, sah er Anna am Boden liegen. Mit schmerzverzerrtem Gesicht hielt sie ihren linken Fuß und versuchte wieder aufstehen.
»Spatzl?« Carlo kniete sich neben sie und half ihr, sich auf einen Stuhl zu setzen.
»Anna?«, rief Elli, als sie zusammen mit Sandra ins Wohnzimmer gelaufen kam.
»Ist schon gut. Danke, danke!« Anna fing sich wieder. »Das Parkett da!« Sie biss die Zähne zusammen. Vorsichtig tastete sie ihren linken Fußknöchel ab.
Sandra hockte sich zu den beiden. Mit den beflissenen Händen einer Krankenschwester schob sie Annas feine Hose leicht zurück. Man sah sofort, dass der Köchel bereits ordentlich angeschwollen war.
»Eis«, sagte sie. »Bitte schnell!«
»Na hervorragend! Das wird ja immer besser!«, ärgerte sich Anna.
Auf seinem hastigen Weg in die Küche wäre Carlo beinahe mit Lutz zusammengeprallt, der auch neugierig geworden war.
Anna schimpfte weiter: »Ist ja lebensgefährlich hier! Die können sich auf was gefasst machen!«
Elli inspizierte die Stelle am Boden, an der Anna so unglücklich umgeknickt war. Im Parkettboden, ein fein verlegtes Fischgratmuster, das Elli natürlich schon gestern Abend aufgefallen war, hatte sich eine Eichenholzleiste, etwa von der Größe eines Schuhs, gelöst. Sie lag locker auf, und so musste jeder, der nur leicht darauf trat, unweigerlich den Halt verlieren. Aber irgendetwas sah komisch aus.
»Hab gute Lust abzureisen.« Anna hatte endgültig genug.
Genau diesen Satz hörte Heiko, als schließlich auch er ins Wohnzimmer kam. Abreisen? In seinem Kopf knallten die Champagnerkorken.

»In dieser Bude bricht man sich ja das Genick«, zürnte Anna.
Carlo gab Sandra eine Serviette mit Eis. »Kannst du den Fuß bitte sachte bewegen?«, bat sie Anna.
Jetzt erst bemerkte Heiko, dass hier leider ein ganz anderer Film lief.
Anna kniff die Augen zu und versuchte, was machbar war, aber den Knöchel schien es schlimmer erwischt zu haben, als sie nach den ersten Schrecksekunden angenommen hatte. Zwar konnte sie den Fuß kreisen lassen, aber viel zu wenig und nur unter großen Schmerzen.
Elli wunderte sich derweil, warum das eine Parkettstück, das sie nun in den Händen hielt, im Gegensatz zum ganzen restlichen Holzboden lediglich sporadisch geklebt war und ansonsten mit den anderen nicht verzahnt, so wie eigentlich üblich? Entweder war das Pfusch, oder da steckte ganz klar Absicht dahinter. Auch wenn die Villa einige Jahre auf dem Buckel hatte, war sie in gutem Zustand. Elli wurde misstrauisch. Es sah direkt so aus, als wollte jemand, dass man das Holzstück jederzeit lösen konnte.
»Sieht nach ner gemeinen Zerrung oder Überdehnung aus«, lautete Sandras erste Diagnose. Anna habe noch mal Glück gehabt.
»Glück gehabt? Willst du mich hochnehmen? Wer bist du überhaupt? Dr. House?« Anna war stinksauer.
»Verzeih mir«, Sandra konnte sich überraschend gewählt ausdrücken, »ich wollte damit natürlich sagen, dass keine Sehnen oder Bänder gerissen sind oder dergleichen. Dann könntest du nämlich kaum mehr was bewegen und müsstest sofort ins Krankenhaus. Aber ich versteh dich. Es tut sicher weh?«
Anna antwortete nicht, aber ihr Ärger fing an, sich zu legen.
»Sollen wir dir einen Verband machen, Spatzl?«

»Hör zu, Carlo, das ist doch kein Urlaub. Das ist ein Horrortrip!«
Während die anderen weiter darüber berieten, wie Anna am besten zu verarzten sei, krabbelte Elli mittlerweile auf allen vieren auf dem Boden herum und nahm die Unglücksstelle noch genauer unter die Lupe. Sie glaubte nicht, dass hier jemand eine bösartige Falle gebastelt hatte oder sich etwa einen bösen Scherz erlaubte. Nein, sie hatte eine ganz andere Vermutung. Dort, wo sich nun ein kleines Loch im Boden aufgetan hatte, inspizierte sie mit ihren Architektenaugen den Bodenaufbau, so wie sie es schon auf Dutzenden Baustellen getan hatte.
Lutz hatte selbst sein marginales Interesse an Annas Unfall wieder verloren. Viel bemerkenswerter fand er, was Elli da am Boden machte. »Trotzdem sollte ein Arzt drauf schauen. Man weiß ja nie. So ein verschleppter Bänderriss, das ist die Hölle.« Sandra sprach halb wie ein Chefarzt, halb wie eine gute Freundin.
Heiko sah seine Chance gekommen. »Habt ihr nicht in München diesen genialen Arzt, der eure überbezahlten Fußballer so rasend schnell wieder flottbekommt? Also, das kann ich euch sagen, wenn Sandra was hätte, dann säßen wir aber schon längst im Auto. Da würde ich keine Kosten und Mühen scheuen!«, deutete er scheinheilig an. »Keine Sekunde würde ich für mein Mausilein zögern.«
Anna legte den Kopf zur Seite und grinste ihn gequält an. »Danke, mein Lieber, das ist wirklich sehr nett von dir. Sehr mitfühlend!«
Ha, sie schien anzubeißen. Sollte er noch eins nachlegen? Konnte nicht schaden. Er formulierte im Geist den nächsten Satz. Erst denken, dann reden.
Doch Anna war schneller. »Arschloch!«
So sprach also eine erfolgreiche Juristin? Diese Frau brach-

te ihn zur Weißglut. Schließlich hatte er es nur gut gemeint mit ihr.

Als in diesem Moment Tina den Raum betrat, bot sich ihr ein seltsames Bild: Anna auf einem Stuhl sitzend, vor ihr kniend Carlo und Sandra, daneben stand Heiko schnaufend, irgendwie beleidigt, dahinter wiederum Lutz und Elli auf allen vieren, wobei Ellis Unterarm, warum auch immer, im Boden verschwand.

»Spielt ihr ein neues Gesellschaftsspiel oder so was?«, fragte sie verwundert.

»Au!«, entfuhr es Elli. Ihr Arm schnellte aus dem Boden hervor.

Sofort sahen alle zu ihr und der Unglücksstelle, aus der sich gleich darauf ein weiterer Mitbewohner meldete. Es war eine kleine Maus. Mindestens ebenso perplex wie die überraschten sieben Augenpaare, die auf sie herabstarrten, verharrte sie kurz, um sich in der nächsten Sekunde im sportlichen Zickzack aus dem Staub zu machen. Heiko war mit dem Auftauchen des gefährlichen Nagers kreischend auf den nächsten freien Stuhl gesprungen. Wild hyperventilierend wirbelten seine Arme durch die Luft, so dass er gar nicht erst die Balance fand und prompt Kopf voraus auf den Boden fiel. Um ein Haar hätte er die Maus erwischt, für welche dies ein ebenso ungerechter wie unschöner Tod gewesen wäre.

»Die Anna is umg'schnackelt«, erklärte Carlo.

»Umje wat?« Tina verstand kein Wort.

Während Elli noch ihren kleinen Mäusebiss inspizierte, war es nun der Arm von Lutz, der suchend in dem Loch herumtastete. Auf einmal war ein leises Klicken zu hören, so wie der Schnappverschluss eines Alukoffers, und Lutz klappte ein circa fünfzig mal fünfzig Zentimeter großes Viereck im Boden seitlich um.

Bis auf Carlo hatten alle Annas Fuß vergessen. Und selbst Anna wollte viel lieber wissen, was die tatsächliche Ursache für ihren gemeinen Sturz war.
Alle standen um die seltsame Öffnung im Boden herum. Lutz schien noch mehr entdeckt zu haben, denn mittlerweile fuhrwerkte sein kompletter Arm in dem Hohlraum herum.
»Das sieht mir wie ein Geheimfach aus«, meinte Elli.
»Wie bitte?« Heiko konnte nicht anders als laut loslachen.
»Klar, pass auf, Lutz, da unten ist einer verbuddelt.«
»Sehr witzig, Großmaul!«, kanzelte Tina ihn harsch ab.
Heiko konterte, er könne Madame gern mal den Hintern versohlen, als Lutz etwas aus dem Loch zog. Was war das? Eine dunkle Sporttasche oder ein Sack?
»Sieh mal einer an«, dachte Elli laut.
Die Tasche schien einiges Gewicht zu haben, denn Lutz hatte Mühe, sie ganz herauszubekommen.
Heiko beugte sich nach unten und packte mit an. Gemeinsam zerrten sie an dem widerspenstigen Ding, und nach einem letzten Ruck hielten sie eine kleine Segeltasche in den Händen, dunkelblau, mit drei Streifen und dem Aufdruck: Olympia 74. Fast ein Sammlerstück.

Vor dem Fund war alles noch relativ einfach gewesen. Die Fronten verliefen klar, ihre heikle Situation, das unangenehme Problem, das sie miteinander hatten, war zwar nervig, aber überschaubar. Jeder pochte darauf, endlich alleine seinen wohlverdienten Urlaub genießen zu wollen, ansonsten hatte man rein nichts, miteinander zu tun. Es gab eigentlich keine Schnittmenge, keine Gemeinsamkeiten, nichts was die zwei Pärchen und das Münchner Trio miteinander verband. Das war gut so und sollte auch so bleiben.

Das Schicksal hatte sie ungefragt in einer seiner unzähligen spielerischen Launen in diese Villa gewürfelt, und bis zu diesem Zeitpunkt hatte es allein an ihnen gelegen, sich mit ein wenig eigenem Geschick gegenseitig wieder aus dem Würfelbecher hinauszuschmeißen.

Doch wenige Minuten später standen alle sieben ungläubig um den großen Holztisch, auf dem sich vor ihren Augen Hunderte von Geldscheinen zu einem unerwartet großen Haufen Problemen auftürmten.

Keiner mochte es so recht glauben. Diese vielen Scheine, so nah, so bar und, vor allem eines, so herrenlos, das hatte eine ganz spezielle Wirkung, auf jeden. Von unangenehm bis berauschend. Dem konnte sich keiner entziehen.

»Wie viel das wohl genau ist?«, fragte Heiko nervös.

»Det is locker ne Mio.«

Anna wollte sich nicht länger von Carlo stützen lassen und nahm auf der Sitzbank Platz. Sie schien von dem Geld genervt. »Eine Million? Ich denke mehr«, sagte sie trocken.

Mit ungläubigem Staunen weiteten sich Heikos Augen, und man konnte seine Gedanken regelrecht vorbeirauschen hören, so wild schossen die vielen neuen Möglichkeiten durch seine glühenden Synapsen.

Sandra hatte ihre sommerliche Fröhlichkeit komplett verloren. Ihr spärlicher Bikini war ihr plötzlich peinlich. »Das is mir völlig egal, wie viel. Geht uns nichts an. Ich will das nicht sehen.« Sie drehte sich um, wollte gerade gehen, doch Heiko hielt sie auf.

»Wo gehst du hin?«

»Was soll die Frage?« Sie sah ihn erstaunt an. »Mich umziehen. Außerdem muss ich telefonieren.«

»Wie telefonieren?« Heiko sah sie eindringlich an. »Aber kein Wort von Geld!«

Mit einem Hauch von Verachtung schüttelte sie den Kopf. »Du hörst dich an wie so ein Bankräuber.«
»Auf eine Bank, genau da gehört des Geld hin. Was für ein Depp baut denn da so eine saublöde Falle in den Boden?«
Lutz zupfte sich an der Unterlippe. »Das stinkt zum Himmel.« An dem Geld klebe Blut, mit Sicherheit. An so einer Menge Geld klebte immer Blut. Noch dazu in Italien, dem Geburtsland des organisierten Verbrechens!
Ausnahmsweise mischte sich Elli ein. »Wir legen das Geld wieder dahin zurück, wo wir es herhaben, und vergessen die ganze Sache.«
Tina schaufelte mit ihren Händen durch die vielen Geldscheine. »Det kann ick aber nich vergessen. Keiner kann det!«
»Zumindest nachzählen, das können wir ja«, schlug Heiko vor.
»Zählen? Warum? Wozu?« Elli sah darin keinen Sinn. Es sei nicht ihr Geld, also sollten sie alle die Finger davon lassen.
»Immerhin haben wir es gefunden!«
»Gefunden?« Elli traute ihren Ohren nicht. »Das Geld lag aber nicht zufällig irgendwo auf der Straße oder auf einer Parkbank. Es ist versteckt worden, hier, in einem fremden Haus, absichtlich!«
»Ein Haus, das wir gemietet haben, meine Liebe.« Heiko wollte nicht lockerlassen. »Das gibt uns gewisse Rechte. Oder wie sieht das die Juristin?«
»Netter Versuch, mein Lieber«, sagte Anna eiskalt.
»Zählen müssen wir es, da führt kein Weg dran vorbei.« Sosehr Lutz Geld nach außen verabscheute, so sehr faszinierte es ihn, er konnte sich seiner bösen Magie nicht entziehen. »Ob ihr wollt oder nicht. Ich will ein für alle Mal wissen, was hier vor sich geht.« Schon fing er an, die Schei-

ne zu ordnen. Fünfziger, Zwanziger, Hunderter und sogar Fünfhunderter waren dabei. »Sonst unterstellt uns noch irgendeiner, wir hätten heimlich was abgezweigt. Ich weiß doch, wie das läuft.«

Heiko baute sich sofort misstrauisch neben ihm auf. »Das hättest du wohl gern!« Er schnappte sich ein Bündel Scheine. »Vier Augen zählen besser.«

»Spinnst du? Also das ist ja die Höhe! Denkst du vielleicht, ich? Dass ausgerechnet ich? Du meinst ernsthaft, ich lass nebenbei ein paar Scheine in die Hosentasche wandern, oder was? Ja, denkst du das? Du tust mir echt leid, ehrlich!«

»Ich denke gar nichts.« Heiko gab sich betont kühl.

»Wieso eigentlich nicht?«, schaltete sich Tina ein. »Ick finde, also so'n kleiner Finderlohn? Vielleicht hat det ja wirklich einer verloren?«

Elli musste lachen. »Verloren? Im Wohnzimmer, unter einer Geheimklappe im Boden? Na klar. Etwa so: Ach, wo hab ich noch mal meine Mio hingelegt? Du bist vielleicht eine Komikerin.«

»Ick sag mal, im Leben passieren die lustigsten Dinge, wa? Denk nur ma an unsere kleine Spaßtruppe hier.«

Für einen Moment standen sie schweigend um den Tisch herum. Anna streckte kopfschüttelnd ihr pochendes Bein auf der Sitzbank aus.

Derweil gönnte die Hitze der Villa und der hügeligen Landschaft keine Gnade. Durch das größere der beiden Küchenfenster konnte man die scheinbar glühende Luft vibrieren sehen. Ein vernünftiger Mensch hätte sich spätestens jetzt mit einem Mittagsschlaf aus der Affäre gezogen. Nur die dicken Steinmauern waren noch durchtränkt von der nächtlichen Frische. Kühlen Kopf zu bewahren war dennoch kaum möglich.

Carlo war sauer. Er stellte sich vor die Kaffeemaschine mit ihren vielen Ventilen, Düsen und Chromleitungen und drehte an einem abgegriffenen Rädchen für den Dampf. »Wieso wird eigentlich den ganzen Urlaub um mich herum diskutiert? Ha? Kann mir das einer erklären? Was soll denn der ganze Schmarrn? Ich brauch kein Geld! Ich brauch meine Ruhe.«

»Das Geld ist aber nun mal da, und wir auch. Ob dir das passt oder nicht«, sagte Heiko patzig. Sein rechtes Auge klebte derweil an Lutz, der vor sich Geldstapel wachsen ließ, fein säuberlich nach numerischem Wert geordnet.

Lutz befeuchtete seinen Zeigefinger. »Zeit wird's, dass den korrupten Kapitalisten einer auf die Finger schaut.«

»Carlo, hast du bitte ein Glas Wasser für mich?« Annas Stimme war noch immer angeschlagen.

»Ein Wasser? Klar, Spatzl, wart.« Sofort ließ Carlo von der Maschine ab und schnappte sich ein Glas.

Elli sah, dass Anna immer noch Schmerzen hatte, und setzte sich zu ihr. Die Sache mit dem Geld schien zusätzlich an Annas Nerven zu kratzen.

»Lutz, tu mir bitte einen Gefallen«, sagte Anna genervt, »und lass es gut sein mit deinem dummen Neidgefasel. Die Leier ist wirklich schon mehr als abgenutzt.«

Lutz hörte prompt auf zu zählen und sah Anna ernst an. »Geld ist wirklich das Allerletzte, was mich interessiert. Hier geht es ums Prinzip. Das System. Diesen tödlichen Mix aus Gier, Macht und Unterdrückung. Genau das kommt hier zum Vorschein. Es ist von existenzieller Bedeutung zu wissen, in welcher Situation wir uns hier befinden. Glaubt ihr etwa tatsächlich, das ist alles nur Zufall? Da steckt mehr dahinter. Methode. Eine Falle womöglich. Oder seid ihr alle blind? Wir müssen uns unbedingt einen Überblick verschaffen. Aktiv, nicht passiv.«

»Bist du irre? Was redest du da für wirres Zeug? Willst du etwa behaupten, das Geld, wir alle hier, hätte jemand geplant? Also, ich bitte dich, das ist doch absurd.« Anna konnte nicht fassen, was für einen Stuss ihr da gerade serviert wurde.

»Das könnt ihr mir glauben, es passieren Dinge, von denen wir alle nicht die leiseste Ahnung haben. Auch du nicht!«

»Ah, ich versteh, die große Weltverschwörung?« Anna drehte sich zu Tina. »Wo hast du den denn her? Auf Wikileaks gefunden?«

Carlo reichte Anna eines der feingeschliffenen Kristallgläser mit Wasser. »Das ist doch wurscht, wie viel Geld des is. Gar nix sagt des.«

»Andere würden sich das ganze Geld untern Nagel reißen.« Heiko sah prüfend in die Runde. »Durch sieben teilen, basta.«

»Dann sind wir keinen Deut besser als die miesen Betrüger an der Wall Street.«

»Manno Lutz, entspann dir endlich mal«, sagte Tina. »Heiko hat doch nur einen Witz gemacht. Oder Heiko?«

Der setzte seine unschuldigste Miene auf. »Na klar. Was denkt ihr denn?« Doch in Wirklichkeit war genau das sein Plan. Einen möglichst großen Batzen von dem Geld abzuzwacken.

Sandra kam wieder zurück und wedelte mit einem Zettel. Aus dem knappen Bikini war ein langes Sommerkleid geworden. Ihre langen blonden Haare hatte sie zu einem braven Pferdeschwanz zusammengebunden.

»Wie geht's dem Fuß?«, fragte sie Anna. »Besser?«

Für einen kurzen Augenblick war das Geld vergessen. Man sah Anna an, dass sie immer noch Schmerzen hatte.

»Ich hab eine Kollegin angerufen. Ihr Schwager ist Arzt, irgendwo ganz hier in der Nähe. Ich hatte zwar kaum Empfang ... Jedenfalls, der kommt gleich hierher.«

»Wunderbar!«, sagte Elli. Ein weiteres Mal hatte Sandra sie überrascht.
»Also, ich weiß wirklich nicht, ob das nötig ist.« Anna passte es gar nicht, dass so viel Aufhebens um ihren Fuß gemacht wurde. »Es ist natürlich sehr nett von dir! Danke! Aber extra einen Arzt?«
»Da musst du mir bitte vertrauen, es ist besser, wenn er kurz drauf schaut. Es ist zwar unwahrscheinlich, aber du willst dich bestimmt nicht die nächsten Jahre damit herumschlagen.«
»Trotzdem, extra einen Arzt kommen lassen?«
»Geld spielt natürlich keine Rolle.« Carlo nahm Sandras Hand, gerade so, als wollte er sich bedanken.
Sofort meldete sich Heiko zu Wort. »Wie bitte?«
»Ich zahl ihn natürlich sofort«, stellte Carlo klar. »Das is echt ein feiner Zug von dir. Während wir uns hier blöd herumstreiten …«
»Na, ich hab doch gesagt, ich bin Krankenschwester, oder? Außerdem liegt da ja genug Geld auf dem Tisch.« Sie deutete keck zu den Geldscheinen, die sich immer manierlicher in geordneten Stapeln auftürmten.
»Was hat das denn bitte damit zu tun?« Jetzt verstand Heiko gar nichts mehr. Wieder wippte sein Bein. Er musste Sandra stoppen.
»Ein bisschen Schmerzensgeld muss sein. Schließlich ist das doofe Geld ja auch an Annas Fuß schuld.«
Elli fiel auf, dass Sandra keinen Spaß mehr verstand, wenn es um das Leid und die Schmerzen ihrer Patienten ging.
»Schmerzensgeld? Hört, hört! Ich dachte, das ist nicht unser Geld!«, fragte Lutz extra laut, mit besserwisserischem Ton, ohne vom Zählen abzulassen.
Am Schrank stand Tina, seelenruhig damit beschäftigt, sich ein Weinglas herauszusuchen.

Die Dame fängt ja früh an, dachte sich Elli.

»Ick bleibe dabei. Ob Schmerzensgeld oder Finderlohn. Wir sollten uns jeder wat abzwacken und uns davon was Hübsches kofen.« Sie schenkte sich ein Glas ein und prostete den anderen zu. »Zur Feier des Tages, wa!«

»Ach ja? Zur Feier des Tages? Dann lasst uns alle mal schön anstoßen! Darauf, dass ich die nächsten Wochen mit geschwollenem Knöchel rumlaufen darf.« Jetzt wurde Anna langsam sauer.

Heiko sah seine Chance gekommen. »Eben! Dafür das Schmerzensgeld. Mein Mausilein hat ganz recht.« Er wollte Sandra über den Zopf streicheln, aber sie drehte sich weg.

Anna sah Heiko streng an. »Und an wie viel hast du da so gedacht? Eine feste Zahl oder einen Prozentsatz? Sollten wir womöglich auch eine kleine Abrechnung beilegen? Quittieren in unserem Namen? Absolut hirnrissig! Außerdem ist es Diebstahl.«

»Wer hat denn hier wen betrogen?« Wie ein Staatsanwalt, der ein Plädoyer für die Anklage hielt, stand Heiko nun mitten im Raum. »Wir wurden alle eiskalt abgezockt. Um unseren wohlverdienten Urlaub betrogen. Und wir sind garantiert nicht die Ersten. Das muss bestraft werden.«

Anna sagte nichts, denn dieses eine Mal hatte Heiko nicht ganz unrecht.

»Det is doch alles sonnenklar. Die Kohle gehört zwar dem Herrn Hausbesitzer, aber der hat uns alle mal so richtig verscheißert. Nur gerecht, wenn wir dem was heimzahlen.« Tina füllte ihr Glas nach.

»Jawoll! Dem Kapital dort Schmerzen zufügen, wo es am meisten weh tut. Es mit seinen eigenen Waffen schlagen. Das gefällt mir immer besser.« Lutz hatte Feuer gefangen, seine kleinen Augen leuchteten.

Zwar ging Heiko der Möchtegern-Che-Guevara weiterhin auf die Nerven, aber die Dinge fingen an, sich prächtig zu entwickeln.
Elli war erstaunt über die Dynamik, die das Geld auslöste. Erstaunt darüber, wie das wahre Ich ihrer nagelneuen Mitbewohner zum Vorschein kam. Erstaunt und zunehmend neugierig. Da war zum Beispiel Lutz. War er wirklich ein kleiner, verbohrter Klassenkämpfer? Ein blasser Massimo Leader für Arme? Oder war er schlicht und einfach nur vom Neid zerfressen? Wie würde er reagieren, wenn ihm plötzlich ein paar tausend Euro in die Hände fielen? Oder gar mehr? Ab wann war er käuflich?
»Wie viel is det denn schon?«, hörte sie Tina Lutz fragen.
»Wir zählen, aber es wird einfach nicht weniger.«
Elli sagte: »Ein Prozent, finde ich. Für jeden von uns.« Sie goss Öl ins Feuer. Völlig unnötig. Schon bereute sie es. Aber ihre Neugierde auf die Reaktionen war stärker.
Sofort drehte sich Anna ungläubig zu ihr. »Elli?«
»Ein sehr guter Vorschlag!«, lobte Heiko sie. Er rieb sich tatsächlich die Hände.
Trotz Yogamatte und Räucherstäbchen konnte Tina um einiges weltlicher und pragmatischer denken als ihr Freund. Zufrieden gönnte sich Tina den nächsten Schluck Wein. »Ein Prozent! Olé!«
»Wir dürften mittlerweile bei achthunderttausend sein«, klärte Lutz sie alle auf. »Nur eine grobe Schätzung.«
»Nach deinem mitreißenden Vortrag zur Weltfinanzlage erstaunt es mich, welche Buchhalterqualitäten du an den Tag legst.« Anna klatschte in die Hände. »Bravo!«
»Das ist doch alles ein Schmarrn!« Sichtlich erregt stampfte Carlo zum kleinen gekippten Küchenfenster, um es ganz zu öffnen. Er brauchte jetzt frische Luft. Sie alle brauchten frische Luft. »Sag, Sandra, wann kommt der Arzt?«

»In einer Stunde oder so. Der konnte sogar Deutsch.«
Wie es der Zufall wollte, schickte sich genau in diesem Moment ein warmer Hauch an, die Küche zu durchwehen, und fegte in einer spielerischen Geste die bereits mühsam geordneten Stapel wieder wild durcheinander.
»Hey! Mensch, Trampel! Fenster zu!«, schimpfte Heiko.
Aber der Münchner dachte nicht im Traum daran, Heiko diesen Wunsch zu erfüllen, sondern machte sich stattdessen wieder an die Kaffeemaschine, um sich mit einem weiteren Kaffee, es war sicher sein fünfter, zu beruhigen. »Spätestens dann muss euer Geld wieder verschwunden sein.«
Alle sahen ihn an.
»Ich mein, der muss das Geld ja nicht unbedingt sehen. Wie schaut'n das aus?«
Nach außen gefasst, aber innerlich brodelnd, blickte Lutz auf die noch immer in der Luft herumwirbelnden Reste seiner Arbeit. Er sagte nichts. Stattdessen fing er einfach wieder von vorne an zu zählen.
Der Mann war so schnell nicht aus dem Konzept zu bringen, das wurde nun Elli klar. Auch die Aussicht auf schnelles Geld schien ihn nicht sonderlich zu berühren. Interessant.
Mit vorwurfsvollem Blick schloss Heiko eilig wieder das Fenster.
Fast hätte Carlo eine kleine Weinfontäne getroffen, die Tina vor lauter Lachen ausspuckte. Sie fand es einfach zu komisch, all die Scheine über den Tisch tanzen zu sehen, während Heiko Carlo anzischte. »Wir müssen hier zu einem Konsens kommen. Das ist doch ganz offensichtlich. Keine Extrawürste. Mit gehangen, mit gefangen. Wie man so schön sagt.«
Auf Carlo hatte das keine Wirkung. »Ich brauch kein Geld, dabei bleibt's.«

Am liebsten hätte Heiko dem sturen Bayern eine verpasst. Hier waren locker Zweihunderttausend zu holen, wenn nicht mehr. Heiko brauchte ein neue Strategie und Unterstützung.

»Sag mal, liebe Anna, du bist doch Spezialistin, wie lange dauert denn in der Regel so ein Schadensersatzanspruch?«

»Nicht schlecht, Herr Versicherungsberater.« Anna lachte zynisch. »Ich denke, du weißt ganz genau, dass sich so etwas über Jahre hinziehen kann und der Aufwand bei so einer kleinen Summe in keinem Verhältnis zum Ergebnis steht.«

Darauf hatte Heiko nur gewartet. Bestätigend breitete er seine Arme aus und drehte sich langsam im Kreis. Er sah die anderen an. »Das heißt, wir gehen wahrscheinlich alle leer aus. Na, das nenn ich Gerechtigkeit.«

»Urlaub im Eimer und wir schauen in die Röhre.« Tina war ganz auf Heikos Seite.

»Eure Selbstjustiz ist und bleibt Diebstahl.«

»Verdammt noch mal, Carlo, wir sind aber im Recht. Wir sind hier die Opfer. Das ist nur ein Vorschuss auf das, was uns sowieso zusteht«, schimpfte Heiko.

Nun meldete sich Tina wieder zu Wort. »Dem Typ gehört eins ausgewischt, und zwar auf der Stelle. Der kann froh sein, dass wir uns nich die ganze Kohle aufteilen, wa? Ein Prozent is sowieso viel zu nett.«

Darauf hatte Heiko nur gewartet. »Wir sollten abstimmen. Ganz demokratisch. Wer dafür ist, den kurzen Rechtsweg einzuschlagen, der hebe bitte die Hand!« Blitzschnell zuckte seine eigene Hand in die Luft, um seiner Aufforderung Nachdruck zu verleihen.

Einerseits war Elli unwohl mit der Sache, aber es wurde langsam richtig spannend, das war nicht zu leugnen. Noch musste sie sich nicht entscheiden.

Tina zögerte nicht lange, sie war ganz auf Heikos Linie.

Carlo dagegen schlürfte lässig seinen Cappuccino und schüttelte den Kopf.
Eindringlich sah Heiko seine Freundin an. Er hob die Augenbrauen. »Mausilein!«
Mausilein war hin- und hergerissen. Ihr betrügerischer Vermieter hatte eine Lektion verdient, ja, einerseits, andererseits wollte sie mit fremdem Geld nichts zu tun haben. Schließlich fasste sie sich ein Herz und verschränkte ihre Arme.
Heiko wollte es nicht glauben.
Nun richteten sich alle Augen auf Lutz.
Gerade so, als hätte er von der ganzen Diskussion nichts mitbekommen, sah Lutz erst jetzt von seinen Geldstapeln auf. Dann schnellte auch seine Hand nach oben. Kommentarlos.
Es stand drei zu zwei.
Blieben noch Elli und Anna.
Heiko blickte erwartungsfroh zu ihr, schließlich hatte sie den Vorschlag mit dem einen Prozent gemacht.
Doch Elli fand, es war höchste Zeit, das gefährliche Spielchen zu beenden. Ihre Hand verharrte regungslos in der Tasche ihrer Strickjacke, und sie schüttelte wie ihr Bruder ablehnend den Kopf.
Das brachte Heiko komplett aus dem Konzept und um den schon sicher geglaubten Sieg. Ein Bein wippte so stark, dass sein Absatz klapperte.
Drei Stimmen waren dafür, drei dagegen. Jetzt kam es auf Anna an. Sie hatte wortwörtlich alles in der Hand. Ein Prozent des Geldes an alle verteilen oder einfach alles wieder im Wohnzimmerboden verschwinden lassen?
Sie ließ sich Zeit, atmete schwer durch und dann, ohne große Worte, hob sie die Hand. Sie war dafür. Damit hatte keiner gerechnet.

Plötzlich war es beschlossen. Heiko konnte es kaum glauben. Lutz und er würden das Geld zählen und dann jedem seine Entschädigung geben, oder Schmerzensgeld, oder was auch immer.
Verflixt! Elli beschlich ein ungutes Gefühl. Das Geld konnte in diesem bunten Haufen einigen Schaden anrichten. Wenn Geld im Spiel war, gab es immer Ärger. Und sie würde daran mit schuld sein.

Eine gute Stunde später waren die zwei neuen dicken Freunde Heiko und Lutz weiterhin damit beschäftigt, sich ein genaues Bild über ihren möglichen Reichtum zu verschaffen.
Carlo dagegen konnte die dumme Geldrechnerei keine Sekunde länger ertragen. Die beiden Erbsen zählenden Schlaumeier, sie hatten ihn, und das mit Annas Hilfe, plump überrumpelt und waren dabei, ihn in etwas hineinzuziehen, für das er nur Verachtung übrig hatte. Er musste sich jetzt erden, sonst konnte er bald für nichts mehr garantieren. Er hatte ein Donnerwetter in der Faust.
Ein Schattenplatz unter einem der gut hundert Jahre alten Olivenbäume schien ihm die einzige Rettung, um endlich auf andere Gedanken zu kommen. Da saß er auf einem halbverrosteten Metallstuhl. Der war ehrlich, kein falscher Lack. Die weiße Farbe war fast schon komplett abgesplittert. Carlo gefiel es, wie die grelle Sonne selbst dem dunkelsten Rostfleck einen tiefen Glanz verlieh. Die hüfthohen, ausgetrockneten Grashalme bildeten einen willkommenen Schutzwall gegen all die idiotischen Heikos und sonstigen Berliner dieser Welt. Carlo öffnete seine großen Nasenflügel, um möglichst alle Düfte in sich aufzunehmen, und verschränkte trotzig die Arme.

Wie in einer Bande von kleinen Räubern, so kam er sich vor. Dass er auch noch gegen seinen Willen Teil dieser Diebesrunde sein sollte, das fuchste ihn am meisten. Und dass es ausgerechnet seine Anna war, die mit ihrer Stimme den Ausschlag gegeben hatte. Zum ersten Mal seit langer Zeit war er so richtig sauer auf sie.

Eine Fliege landete auf seiner Stirn und nervte ihn zusätzlich. Selbst der weite Blick in das malerische Tal und über die letzten Ausläufer der Alpen hinweg, die sich wie die genialen Pinselstriche eines Meisterwerks Richtung Süden schwangen, vermochte es nicht, ihn aus seiner miesen Stimmung zu reißen.

Anna. Ihre stetig wachsende Distanz ihm gegenüber war leider nicht mehr zu leugnen. Dabei hatte sich Carlo von diesem Urlaub genau das Gegenteil erhofft. Hatte er nicht heute Morgen noch seiner Schwester mit stolzer Brust den Verlobungsring gezeigt? Und was machte Anna? Anstatt zu realisieren, dass Carlo für sie schier alles geben würde, anstatt mit ihm ein Team, ein Bollwerk zu bilden, half sie diesem Versicherungsfuzzi bei seinem idiotischen Händeheben. Das war es also, was man für seinen Soli bekam, einen geldgeilen Ossi-Aufsteiger, für den man die Hand heben sollte?

Carlo zündete sich seine Zigarre an, die ungefähr den Durchmesser eines Spazierstocks hatte und nicht viel kürzer als ein Baseballschläger war. Einem normal Sterblichen hätten ein oder zwei Züge des schweren Tabaks sicher stante pede das Bewusstsein geraubt, nicht Carlo. Seine erste Zigarre hatte er als Vierzehnjähriger von seinem strengen Vater ungefragt in den Mund gesteckt bekommen, nachdem der seinen Junior bei dessen erster heimlicher Zigarette auf frischer Tat ertappt hatte. Um seinem neugierigen Sohnemann das Rauchen gleich mit den ersten Zügen ein

für alle Mal wieder auszutreiben, hatte er Carlo sofort eine mächtige Havanna verpasst und so lange gewartet, bis der kleine Herr Mangold sie bis zum bitteren Ende ausgeraucht hatte.
Zum blanken Erstaunen seines Vaters hatte Carlo sich weder übergeben noch hatte sein Magen ernsthaft protestiert. Nein, der kleine Stammhalter kam wohl ganz nach dem Vater und hatte sofort Gefallen an der väterlichen Passion gefunden. Nur mit größter Mühe hatte er sein stolzes väterliches Schmunzeln verbergen können. Und so war das damals der Anfang einer langen Freundschaft zwischen Vater, Sohn und einigen der feinsten Zigarren dieser Welt gewesen.
Jetzt kam wieder einer dieser Momente, in denen Carlo seinen Vater so sehr vermisste. Manchmal kam es ihm so vor, als wäre sein Vater der Einzige, der ihn jemals verstehen würde.
Carlo nahm einen besonders tiefen Zug und gedachte der letzten gemeinsamen Zigarre, die sie geraucht hatten, er und sein Vater, an dessen Sterbebett, mitten im kahlen Krankenzimmer der Schwabinger Privatklinik, wie zwei kleine Lausbuben.
Langsam kam Carlo wieder zur Ruhe. Was war nur los mit Anna? Sosehr er sich bemühte, er kam nicht mehr an sie heran. Irgendeine Kraft schien sie auseinanderreißen zu wollen, und er war zunehmend machtlos. Selbst wenn sie ihn liebevoll ansah, hatte sie diese Traurigkeit in den Augen, als wollte sie sich für etwas entschuldigen. An ihm lag es nun, sie beide wieder zusammenzubringen. Er musste vorangehen, musste die Orientierung vorgeben, in dem dichten Nebel, der sich über ihre Beziehung gelegt hatte. Er musste der Leuchtturm sein, für Klarheit sorgen. Deshalb würden sie heiraten. Er würde seine starken Arme um

sie legen und ihr endlich wieder Halt geben. Er war schließlich der Mann, ihr Mann.

Obwohl es erst Mittag war, zirpten sich die Grillen bereits wieder in Ekstase. Langsam wurde es so heiß, dass man fürchten musste, dass selbst die Vögel jede Sekunde vom Himmel fallen würden.

Das war Carlo nur recht so. Es konnte nicht heiß genug sein.

Da hörte er, wie sich ein Auto die Kiesauffahrt hinaufarbeitete.

Carlo erhob sich mit seinem massigen Körper aus dem gebrechlichen Stuhl. Das musste der Arzt sein.

Der Mann, um die fünfzig, grau meliert mit dem typischen leicht gewellten Haar eines italienischen Lebemanns und Intellektuellen, zog beide Ärmel seines petrolgrünen Cordanzugs zurecht, nahm seine dunkle Hornsonnenbrille ab und fragte freundlich nach Signorina Anna, noch bevor er sich dann in erstaunlich gutem Deutsch als Dottore Elia Scalfa vorstellte.

Seine Stimme hätte leicht die eines Radiosprechers sein können, dachte Elli sofort. Sie war zufällig die Erste, die den Neuankömmling empfing.

Danach erst kam in schnellen Schritten Sandra hinzu und ebenso Carlo. Der bog mit großen Schritten von der anderen Seite, aus dem zweiten Garten, ein.

Hoffentlich bemerkte keiner, dass Elli den Doktor musterte, während er und Sandra sich bekannt machten, dann im Gehen über die liebe Kollegin in Leipzig plauderten und sich zu der Patientin aufmachten, die sich auf das Sofa im Wohnzimmer gelegt hatte. Seine Gesichtshaut war von der Sonne gegerbt wie die eines Seglers. Einerseits war sein

Gang etwas schwer, man spürte die vielen Leiden, Krankheiten und Schicksalsschläge, die er als Arzt schon hatte miterleben müssen, andererseits hatte alles an dem Mann immer noch eine unerschütterliche sportliche Dynamik. Sein durchtrainierter Körper federte alles ab, was an ihm zog.

Natürlich bedankte sich allen voran Carlo, dass der Doktor ihnen so schnell und spontan einen Besuch abstatten konnte. Selbst in Deutschland sei so etwas mehr als ungewöhnlich.

Dottore Scalfa blieb kurz stehen. Beinahe freundschaftlich legte er seine Hand auf Carlos Schulter. »In Deutschland ist vieles ungewöhnlich.« Schmunzelnd ging er weiter.

Der Mann gefiel Elli. Auch wenn dies wirklich das Letzte war, was sie sich momentan eingestehen wollte. Von Männern hatte sie genug, zumindest für eine lange Zeit. Er war was Besonderes, das sah ein Blinder mit Krückstock, und er hatte Elli auch eine Sekunde länger begrüßt als die anderen. Aber vielleicht war so ein junges Betthupferl wie Sandra doch eher sein Fall. Diese Lektion hatte Elli gelernt. Ältere Männer und junge Frauen. Je jünger, desto mehr Lebenselixier für die Herren »Best-Ager«. Aber Elli wollte Sandra nicht unrecht tun. Dazu hatte sie sich in den letzten Stunden viel zu wunderbar verhalten. Vor allem aber wollte sie auch nicht wie eine alte, frustrierte Jungfer denken. Also immer locker bleiben, liebe Elli. Schließlich begann jetzt das Elli-Zeitalter. Oder doch die Single-Einsamkeit?

Routiniert und zugleich mit großem Feingefühl, nahm der schöne italienische Arzt Annas Fuß in seine linke Hand und drückte mit der rechten vorsichtig diverse Stellen ab. Anna war das Ganze immer noch unangenehm, aber sie konnte ihre Erleichterung darüber, in den Händen eines Fachmannes zu sein, nicht verbergen. Neben Anna stand

Carlo und hielt ihr liebevoll die Hand. Sein Ärger über sie war längst wieder verflogen.
»Keine Angst! Nur eine, äh, wie sagt man bei Ihnen? Bänderzerrung. Kann schmerzhaft sein, ist aber halb so schlimm. Ein Riss, oh ja, das wäre orribile gewesen. Ehrlich gesagt, Sie haben großes Glück gehabt.«
Auf jeden Fall musste Dr. Scalfa der Patientin einen Verband anlegen, um das Gelenk zu stützen. Ansonsten wäre es nur eine Frage der Zeit, bis sie wieder umknickte und die Bänder endgültig rissen.
Elli hätte ihm stundenlang zuhören können. Diese weiche, tiefe Erzählerstimme, die einen sofort hinwegtrug, über alle Horizonte. Jedes seiner Worte streichelte ihre Ohren.
Carlo war von dem Bilderbuchitaliener ebenso angetan wie seine Schwester. »Sie haben uns wirklich sehr geholfen. Vielen Dank noch einmal. Ähm, darf ich Sie, also, sagen wir mal so, ich koche gerne. Dürfte ich, dürften wir Sie heute Abend zu uns zum Essen einladen? Natürlich nur, wenn Sie Zeit und Lust haben?«
Elli hätte ihren Bruder in dieser Sekunde gleichzeitig prügeln und knutschen können. Tatsächlich hatte auch sie kurz überlegt, wie sie eventuell noch ein wenig mehr Zeit mit diesem außergewöhnlichen Mann herausschlagen konnte. Er war einfach zu interessant, ob es ihr nun gefiel oder nicht. Aber das war ja genau das Problem, die Gefahr, sie wollte, und sie wollte nicht. Ja, sie wollte diesen warmen Sandelholzgeruch schnuppern, der sie eben kurz umweht hatte, als er an ihr vorbeigegangen war. Und ja, sie hätte sich auch gerne noch eine Weile von seiner tiefen, rauchigen Stimme entführen lassen wollen. Aber verdammt noch mal, ihre Wunden waren noch nicht einmal im Ansatz verheilt. Wie konnte sie sich nur dem kindlichen Glauben hingeben, dass gleich der nächstbeste Mann anders wäre?

Dass er alles wiedergutmachen würde, was Martin über all die Jahre hin kaputt gemacht hatte. Wie naiv war sie eigentlich? Noch einmal das Herz herausgerissen zu bekommen, das würde sie nicht überleben.
Elli war noch in Gedanken, als ihr potenzieller Mörder sagte: »Sì, gerne. Ich wollte schon immer einmal in diese atemberaubende Villa eingeladen werden. Dann kann ich Ihnen auch etwas über den Architekten erzählen, er war nämlich ein entfernter Verwandter.«
Das war zu viel. Elli ergriff die Flucht.

Kaum war der Doktor weg, da stieg Elli ein neuer, ein penetrant süßlicher Geruch in die Nase. Es dauerte einige Sekunden, bis ihr klarwurde, dass sich jemand offensichtlich einen Joint angezündet hatte. Elli war liberal, sollten die Menschen sich berauschen, ablenken, trösten, wie immer sie wollten. Früher an der Uni, und später ganz selten mal nach einer langen Nacht vor dem Zeichenbrett, hatte sie sich auch mal einen angezündet. Aber sie war sich immer dämlich vorgekommen mit so einem Ding in der Hand. Ein schwerer Rotwein war ihr tausendmal lieber. Wein hatte Geschmack, ein Bouquet, den konnte man genießen.
Jetzt hier, an diesem Nachmittag, dessen Hitze sie ganz kirre im Kopf machte, an dem sich unverschämt gut riechende Männer zum Abendessen ankündigten, als würde sie nicht schon genug schwitzen, da ging ihr der dümmliche Geruch dieser Tüte mächtig auf die Nerven.
Also ging sie in die Küche, um Tina freundlich zu bitten, ihren Coffeeshop woanders aufzuschlagen. Bevor man allerdings in die Küche konnte, musste man an Heiko vorbei, der anscheinend die ganze Zeit über Wache gestanden hat-

te. Man konnte fast meinen, Heiko beschützte den Tresor der Deutschen Reichsbank.

»Rühren!«, sagte sie in herrischem Ton, worauf er sie ansah wie ein saudummer Ochse, dem man gerade die binomische Formel erklärt hatte.

»Schickes Hemd, wo sind denn deine Orden?«, fügte sie noch hinzu.

Jetzt verstand er und fühlte sich sogleich völlig missverstanden.

»Das ist ein sauteurer italienischer Designer. Also bitte! Ja?«

»Glaub mir, den größten Gefallen tust du dir, wenn du dein«, das nächste Wort betonte sie mit einem besonders höhnischen Unterton, »Schmerzensgeld in deinen Kleiderschrank investierst.«

Dann stand sie in der Küche, und ihr präsentierten sich vier große, fein säuberlich aufgereihte Geldstapel.

»Eins Komma acht Millionen, auf den Cent genau«, verkündetet Lutz, der Feind des Kapitals, mit einem Klang in der Stimme, als wäre er der Europäische Kommissar für Finanzen persönlich.

Sie waren wieder alle in der Küche vereint. Tinas Joint hatte sich schnell wieder verzogen, genauso Ellis kurzer Groll auf sie. Nur Heikos Bein, das nicht aufhörte, wie ein Froschschenkel unter Strom zu zucken, raubte ihr bald den letzten Nerv.

EU-Kommissar Lutz hingegen war die Ruhe selbst, ganz der kühle Rechenschieber. Keine Spur mehr vom Frust aufs System.

»Macht also achtzehntausend pro Mann beziehungsweise Frau«, sagte er. Die sieben Stapel hatte er schon ordentlich zurechtgelegt, ganz korrekt, ja, so mochte das der Klassenkämpfer.

Heiko machte sich ans Verteilen. Zwei Bündel wanderten sofort schnurstracks in seine Hosentaschen. Dann gab er jedem seinen Anteil, zuletzt Carlo. Den musste er schon fast zwingen, es anzunehmen. Carlo schüttelte den Kopf und lachte verächtlich. »Du bist ein solcher Depp, Heiko. Schmerzensgeld. Das solltest du uns zahlen.«
Normalerweise hätte er …, aber Heiko hatte jetzt 36 000 Euro in der Tasche, steuerfrei, und da fiel es ihm ganz leicht, seine Ohren auf Durchzug zu schalten. Sollte der dicke Bonze doch meckern, soviel er wollte. Heiko hatte gewonnen, auf der ganzen Linie. Und das genoss er in vollen Zügen.
In diesem Moment stellte sich Sandra neben ihn und streckte fordernd ihre Hand aus. Wie? Was sollte denn das jetzt? Heiko lächelte unsicher. Sandra blieb einfach weiter so stehen und erwartete von Heiko, dass er ihr ihren Anteil aushändigte.
Heiko machte sich eine weitere mentale Notiz. Er musste Sandra diese Aufmüpfigkeit schnellstens wieder abgewöhnen!
»Na, wat macht ihr zwei Hübschen jetzt mit eurem kleinen Taschengeld?«, fragte Tina das Leipziger Pärchen.
Heiko wollte etwas sagen, doch Sandra war schneller.
»Wir fahren in die Stadt und gehen shoppen. Hey, wollt ihr mitkommen, alle zusammen?«, fragte Sandra begeistert.
»Hier in der Nähe, da gibt es gar keine größere Stadt, wo es sich lohnt zu shoppen.« Das fehlte Heiko noch, dass sie zu viert irgendwelche Spritztouren unternahmen. Um sicherzugehen, setzte er noch eins drauf. »Ich glaub ehrlich gesagt auch nicht, dass es hier irgendetwas gibt, was Tinas – wie soll ich sagen? – eigenwilligem Style gerecht würde.«
»Spinnst du? Mach sie doch nich so an!«, beschwerte sich Sandra umgehend.

Damit hatte Heiko überhaupt nicht gerechnet. Er wollte Sandras Hand nehmen, doch sie ließ das nicht zu. Ihm wurde schlagartig bewusst, wie gefährlich die Sache mit seiner Freundin aus dem Ruder lief.

»Style, ja? Muss ja nich jeder rumrennen wie so ein schwuler Pseudo-Mussolini!«, konterte Tina.

Das hatte gesessen.

Heiko hätte es eigentlich nicht tun sollen, aber er sah an sich herab, um sich noch einmal zu vergewissern, dass er doch eigentlich topp gekleidet war.

Zuerst fing Sandra an zu kichern, dann Elli, und selbst Anna konnte es sich nicht verkneifen, laut zu lachen. Selbstbewusst stemmte Tina die Arme in die Hüften.

Heiko wollte sich wehren, aber ihm fiel nichts ein. Außerdem wollte er keinen Streit. Er wollte alleine sein mit seiner Sandra, wollte, dass sie ihn anhimmelte, seinen Nacken streichelte, sich bumsen ließ und endlich aufhörte, ihm in den Rücken zu fallen.

»Okay, mein kurzhaariges Blumenkind, hör zu! Vorschlag! Wir fahren in die nächste Stadt, zusammen, und da such ich dir endlich mal ein ordentliches, schickes Kleidchen aus, ja?«

Tina überlegte kurz, dann grinste sie. »Und als Dankeschön darf ich dich dann einkleiden, so wie ich will. Abgemacht?«

Heiko war in der Falle. Verdammt. Er schnaufte durch. »Abgemacht.«

»Des gefällt mir!«, kommentierte Carlo.

Auch Elli schmunzelte. »Da bin ich aber gespannt.«

Tina streckte Heiko die Hand hin und schlug mit ihm auf ihren gemeinsamen Deal ein. »Wann geht's los, Mussolini?«

»Von mir aus sofort, mein Woodstock, oder willst du erst noch ein wenig in deinem Nirwana meditieren?«

Seit Giuseppe Garibaldi 1859 mit seinen Freiheitskämpfern die verhassten österreichischen Besatzer endgültig aus Brescia und damit aus Norditalien vertrieben hatte, nennt man die Stadt auch Leonessa di Italia, die Löwin Italiens. Mit dem langersehnten Befreiungsschlag setzte eine neue kulturelle Blütezeit ein, wofür ganz Brescia ihrem unvergessenen Helden bis heute dankbar ist. Das und noch viel mehr unwichtigen Stuss hatte Heiko sich vor der Abfahrt von Elli anhören müssen, bevor endlich jeder seiner eigenen Wege gehen konnte. Die Geschichte von Brescia, das war wirklich das Letzte, was Heiko interessierte. Was dachte sie, wer er war? Günther Jauch oder Jörg Pilawa, und sie Gast einer Quizsendung? Hier die Millionenfrage: Wer will endlich seine Ruhe haben und vögeln? A Heiko, B Heiko, oder C Sandras Traummann Heiko?

Es schien ihr direkt Spaß zu bereiten, ihn mit diesem nutzlosen Wissen zu foltern. Katastrophen, Brände, Erdbeben, große Versicherungsfälle, ja, das hätte ihn interessiert. Mit welchen Tricks hatten die gerissenen italienischen Versicherungen es schon damals geschafft, nicht für die Schäden aufkommen zu müssen? Vor einiger Zeit hatte ihm ein Vorgesetzter ein Buch in die Hand gedrückt, über Machiavelli, einen Fürsten. Ein genialer Geschäftsmann war der gewesen, gnadenlos, ohne Rücksicht auf Verluste. Von so einem konnte man viel über Geld und Risiken lernen.

Aber Garibaldi oder Chianti oder wer ansonsten gerade wen, wie, wo beherrscht und gefoltert hatte, das war Heiko schnuppe. Pah, die Löwin Italiens! Wenn sie volle Lippen, den Körper einer Rudelkönigin und lange Haare bis zum Steiß hätte, dann hätte er sehr gerne einen kleinen Freiheitskampf mit der Löwin gestartet.

Doch Heiko fühlte sich im Moment alles andere, nur nicht wie ein Löwe. Eher wie eine gehetzte Antilope, so war er mit dem Audi über die verstopften Landstraßen, die ebenso gemeingefährlich dunklen wie engen Tunnel am Gardasee und durch die vielen namenlosen Ortschaften gehetzt, um das, was er sich selbst eingebrockt hatte, möglichst schnell hinter sich zu bringen.

Die beiden Frauen saßen derweil hinten und quasselten in einer Tour über Handtaschen, irgendeinen knuffligen Arzt in einer amerikanischen Serie und wer weiß was sonst noch alles, während Heiko vorne neben einem Lutz litt, der in den letzten zwei Stunden ganze zwei Sätze von sich gegeben hatte. Einer davon war ein besserwisserischer Hinweis darauf, dass Heiko falsch abgebogen sei, was der Klugscheißer auch nur deshalb wusste, weil das eingebaute Navi plötzlich nicht mehr aufgehört hatte zu blinken. Und der andere, der gutgemeinte Rat, sich ein sparsameres Auto zu kaufen, denn Öl sei das Kokain der Industriegesellschaften, und die Kartelle würden den Preis sehr bald in astronomische Höhen schießen lassen, um das Volk auszuquetschen. Nur ein Tipp. Heiko hätte sich am liebsten zur Beifahrertür hinübergelehnt, sie aufgestoßen und den verhaltensgestörten Spaßverderber mit einem satten Tritt hinausbefördert. Aber es blieb ihm nichts anderes übrig, als sich weiter über Lutz zu ärgern und sich anzuschweigen. Schon zuvor in der Küche war außer Zahlen und wirres Zeug nichts von ihm zu hören gewesen. Heiko dürstete es regelrecht nach einer anspruchsvollen Unterhaltung über Titten und Sexpraktiken. Aber allein die Vorstellung, Lutz über Sex reden zu hören, war mehr als nur absurd.

Eigentlich sollte Heikos süße Sexbombe neben ihm sitzen, mit kurzem Rock, leicht angebräunten Beinen und noch erschöpft von den wilden, versauten Spielchen der letzten Nacht. Stattdessen drohten seine teuren Viagra-Tabletten in seinem Kulturbeutel zu verstauben.

Es lief Musik, irgendeine von Tinas CDs, und so konnte er immer nur Gesprächsfetzen aufnehmen. Die beiden Damen hinter ihm hatten jedenfalls ihre helle Freude. Heiko hoffte inständig, dass Sandra sich nicht auch noch mit der geschorenen Kratzbürste anfreundete. Sandra war bester Laune, das war schwer zu übersehen. Ach, sie konnte ja so entzückend grinsen. Allein, wenn sie lachte, dann neigte sie ihren Kopf immer so schüchtern zur Seite und kniff ganz kurz beide Augen zu. Seit ihm das aufgefallen war, lief Heiko jedes Mal ein warmer Schauer übers Herz. Ob ihre Kinder das auch einmal machen würden?
Das war jetzt schon das x-te Mal, dass er über Kinder nachdachte. Bis vor kurzem noch wäre Heiko spätestens beim Buchstaben »n« zur Tür hinaus geflüchtet. Gerade die letzten Tage aber kam er immer mehr ins Schwärmen, wenn er seine Kleine ansah. Sie hatte etwas geschafft, woran bis jetzt Dutzende, okay, übertrieben, aber zumindest einige Frauen gescheitert waren. Sie war dabei, ihn weichzuklopfen.
Als würde sie seine Gedanken lesen können, lehnte Sandra sich nach vorne, um ihm etwas zu sagen.
»Schatz, Tina meint, dir stehen Hawaiihemden bestimmt eins a. Weißt du, wie bei Magnum und so?«
Seine Abneigung gegenüber Kurzhaar Kreuzberg war auf dem besten Weg, in blanken Hass umzuschlagen. Aber er musste das Spiel mitspielen.
Er rief fröhlich: »Ach, bestimmt nicht so gut wie meinem Freund Lutz hier.«
Lutz warf ihm einen Haha-sehr-komisch-Blick zu. »Altrosa. Ich könnte mir sehr gut was in Altrosa für unser Versicherungsgenie vorstellen.«
Dafür kassierte er wiederum von Heiko ein fieses Lächeln. Der glaubte doch nicht etwa, hier jetzt auch Sprüche klopfen zu müssen?

»Ich frage mich, wie sich deine Tina wohl in so einem grauen, abgetragenen Kleid machen wird, so eines, wie es die alten Mütter hier immer am Sonntag in die Kirche anziehen?«, legte Heiko süffisant nach. Er gestand sich ein, dass er nicht sonderlich einfallsreich war.
»Sieht wahrscheinlich super sexy aus. Tina steht doch alles«, fiel ihm Sandra in den Rücken.
»Aha, und woher will meine kleine Modezarin das wissen?«
»Wir Frauen sehen so was! Tina is immer sexy!«
»Soso?« Heiko gefiel das Gespräch überhaupt nicht »Da wäre ich mir aber mal nicht so sicher. Nix für ungut, Liebling Kreuzberg!«
Das Schlimme war, Sandra hatte gar nicht mal so unrecht.
»Sorry, is ja nich jeder so unwiderstehlich wie unser Heiko, wa?«, hörte er Tina hinter sich feixen. Doch Heiko sah sie gerade vor sich, in einem pechschwarzen, kriminell kurzen Kleid, hochgeschlossen, am besten ohne Unterwäsche. Sie war eigentlich nicht sein Typ. Aber gerade das machte sie zu einer Herausforderung. Das konnte sehr sexy sein.
Er konnte nur noch an Sex denken. Er war völlig ausgehungert. Er musste sich endlich mal wieder mir Sandra austoben, sonst könnte das alles böse enden. Was hatte er kürzlich erst gelesen? Wer zu wenig Sex hatte, der bekam Probleme mit der Prostata. Wollte sie das etwa verantworten?
Heute war die perfekte Nacht! Erst shoppen wie noch nie, dann ein, zwei Flaschen Champagner und als Krönung vögeln, bis die Wände wackeln. Manchmal bewunderte er sich für seine guten Einfälle.
Endlich waren sie am Ortsschild von Brescia angekommen, und er fühlte sich tatsächlich wie der größte Löwe Italiens. Er hatte mehrere tausend Euro in der Tasche, Dut-

zende Viagras, und in ihm pulsierte ein hungriges Verlangen nach Leidenschaft wie schon lange nicht mehr. Roaarrr! Sandra durfte sich schon jetzt freuen! Am liebsten hätte er ihr einen kleinen Vorgeschmack gegeben, jetzt, hier, sofort. Aber Heiko hatte Klasse, er konnte warten. Auch wenn der Satz »Vorfreude ist die schönste Freude« der dümmste Satz war, den er je gehört hatte.

Glücklich wie ein kleines Kind vorm Weihnachtsbaum stand Elli mitten auf der Piazza della Loggia in Brescias Altstadt. Der Platz, so viel wusste sie, war in der Frührenaissance von den damaligen Herrschern – die Venezianer? – angelegt worden und wurde noch heute von einem Palast dominiert, der zu jener Zeit zwar begonnen, aber so richtig erst von Andrea Palladio, dem Großmeister der Renaissance, zusammen mit einem anderen Architekten, Sansovino oder so ähnlich, gut hundert Jahre später vollendet worden war. Damals gab es noch Zeit und Raum für großartige Architekten.
Das deutsche Rentnerpärchen, das mit tropfenden Eistüten haarscharf an Elli vorbeigeschlappt war, interessierte dies herzlich wenig. Vielmehr regte der Herr Pensionär sich darüber auf, dass hier keiner Deutsch sprach und sie deshalb den Weg zum Sammelpunkt am Busparkplatz selbst finden mussten.
Manchmal, gerade im Urlaub, dachte sich Elli, prallten wirklich Welten aufeinander. Um sie herum ein Festival der Architekturgeschichte, das durchkreuzt wurde von zwei ignoranten Rentnern in Wohlfühlschuhen und praktischen Rucksäcken. Sie selbst wollte nie so enden. Weder so blind für die Welt und das Leben noch so selbstgerecht.
Es war schon längst Nachmittag geworden, aber es war im-

mer noch genauso heiß wie am Mittag. Sie nahm einen großen Schluck aus der Wasserflasche, die sie sich vorher gekauft hatte, und fühlte erst jetzt, wie sehr ihr ganzer Körper danach dürstete. Diese Nacht würde anders als die letzte keine Abkühlung bringen. Gut so, denn Abkühlung hatte sie 360 Tage im Jahr. Endlich kitzelte die Sonne nicht nur die oberste Hautschicht, sondern drang tief in den Körper ein, bis auf die Knochen, und gab ihnen neues Leben.

Die großen Steinblöcke der Gebäude waren von der Sonne dermaßen aufgeladen, dass man ihre Anspannung förmlich zu spüren glaubte. Sie ruhten nicht mehr gelassen, sondern vibrierten dank der vielen Energie. Noch ein Grad mehr und sie würden explodieren. Es steigerte die Intensität der spannungsvollen Szenerie, verlieh dem Palazzo und all den anderen beeindruckenden Protzbauten der alten Herrscherfamilien noch mehr Intensität, so dass es Elli fast den Atem raubte. Während die meisten, normalen, Menschen sich in rettende Schatten oder klimatisierte Räume verzogen hatten, wandelte Elli selig umher und genoss es, dass die Sonne den Großteil der Besucher zur Seite fegte. In Gedanken zeichnete sie ein Gebäudedetail nach dem anderen ab und entwarf gleichzeitig neue dazu, leider nicht annähernd so raffinierte. Massive Fensterlaibungen, aus Kalkstein geschlagen, verspielte, marmorne Treppenstufen, mäandernde Putzleisten, reichverzierte Rahmungen, wasserspeiende Tierköpfe, geschwungene Kapitelle auf immer neuen Säulen, geschickt verdeckte Fugen und stolz zur Schau gestellte Türöffnungen.

Sie vergaß sich in Zeit und Raum, schritt als Schülerin Palladios mit ihm durch die Straßen der aufstrebenden Stadt, um mit ihm den Fortschritt an den vielen Baustellen zu begutachten. Zusammen atmeten sie den Staub der frisch ge-

hauenen Steine ein, gemeinsam lauschten sie dem Takt der Steinmeißel und Hämmer, wurden von den Handwerkern begrüßt. Wie gerne hätte sie damals gelebt, als noch in ganz anderen Maßstäben gemessen wurde. Als noch nicht alles standardisiert, vorgefertigt und rationalisiert war. Die Menschen, und nicht die Maschinen, Spuren hinterließen. Sie streichelte mit ihrer Hand bedächtig über den geriffelten, metergroßen Kalkblock eines Sockelgeschosses. Trockener Staub blieb an ihren Fingern kleben. Sie musste diese Steine fühlen, die Jahrhunderte ertasten. Dann sah sie zurück auf den Palazzo.
Überall waren dreigeteilte Proportionen zu bewundern. Die Drei! Die große magische Zahl, das erste Gebot der Architektur, ach was, fast aller Gestaltung. Besonders an der Front war es so wunderbar zur Schau gestellt worden. Ob es die drei erhabenen, auf Säulen lastenden, Steinbogen im Erdgeschoss waren oder die drei fürstlichen Fenster im Geschoss darüber oder die horizontale Unterteilung der Hauptfassade in drei große ruhende Felder. Wie hatte es ihnen ihr schrulliger Professor damals ein ums andere Mal vorgebetet, wobei er immer sein wildes silbernes Künstlerhaar absichtlich, mit dem Habitus des Genies, geschüttelt hatte?
»Gerade Zahlen brechen in der Mitte jede Fassade auseinander. Vergessen Sie das nie!«
Zum Beweis hatte er zwei Fenster nebeneinander gezeichnet und zog durch die Mitte einen Strich. Dann hatte er darunter noch eine Tür gesetzt und war jedes Mal beinahe zusammengebrochen vor Lachen über die »Gesichtsfassade«.
Anna und Carlo hatte sie in der ersten Boutique abgegeben. Man wollte sich später wieder treffen. Zur Abwechslung genoss Elli es, allein zu sein. Gab es denn eine aufre-

gendere Art, einen neuen Ort oder eine Stadt zu erkunden, als allein, zu Fuß? Sicher, wenn der nette Herr Doktor sich aufgedrängt hätte, dann hätte das wieder eine ganz andere, eine romantische Note gehabt.

Aber auch so, nur mit sich, fand es Elli unheimlich romantisch. Wenn man allein war, konnte man die zahllosen Dinge viel eher erspüren, die um einen herum geschahen.

Mit ihren geschulten Architektenaugen offenbarten sich ihr Dinge, die vielen anderen verborgen blieben. Für die Architektin Elli Mangold intonierten die Häuser, Paläste und Plätze eine Symphonie aus nie gehörten Rhythmen, Takten und Tönen. Elli ergötzte sich an diesem Kosmos der Ideen. Ein fast vergessenes Hochgefühl kam in ihr auf. Proportionen, sie richtig zu setzen, das war die große Kunst. So simpel war das und doch so hart. Das ausgeglichene Spiel zwischen den maßgeblichen Kräften. Das galt für alles und jeden. In München, in Brescia, in New York genauso wie im hintersten Winkel der Welt. Jede Kultur konnte man daran messen, wie viel sie von diesem Spiel der Kräfte verstand. Von der Architektur hatte sie es gelernt. Aber es galt schlicht und einfach für alles im Leben. Das Leben per se war Chaos. Es verlangte, ja schrie förmlich nach Ordnung. Herrschte allerdings zu viel Ordnung, machte sich sofort das andere breit, die Monotonie, die tödlich sein konnte. Zwischen diesen beiden Polen, dem Chaos und der Monotonie, wurde die Kunst lebendig und das Leben zur Kunst. Und hier, in diesem kleinen Brescia, hatte man das Wissen darüber über viele Generationen hinweg mit höchster Freude in Stein gemeißelt.

Sie war erleichtert und dankbar, wieder allein zu sein. Sie war frei und ganz bei sich. Sie wurde allmählich wieder zu Elli. Elli, die das Leben liebte und um die Liebe der anderen bangte.

Auf einmal, völlig unvorbereitet, umgab sie dieses unglaubliche Parfüm. Es war das gleiche, das der Doktor getragen hatte, als er an ihr vorbeigeschwebt war und ihr damit unwissentlich den Kopf verdreht hatte. Noch nie zuvor hatte sie es gerochen, nirgendwo, nur heute, gleich zweimal an einem Tag. War er eben etwa an ihr vorbeigelaufen, ohne dass sie es gemerkt hatte? Sie sah sich suchend um, aber da war niemand. Nicht einmal erahnen konnte sie, wo der Duft herkam. Je weniger sie verstand, desto leichter fiel es ihren Sinnen, mit ihr zu spielen. Eben noch stark wie eine Löwin, drehte sie sich jetzt schwindelnd im Kreis wie ein fallender Ikarus.
Sie legte ihre Hand an eine große Marmorsäule, um Halt zu finden. Sie hatte sich im Griff, dachte sie. Von wegen!

»So, die Damen, dann wollen wir mal«, trällerte Heiko falsch fröhlich und hoffte, die lästige Sache so schnell wie möglich hinter sich bringen zu können. Schließlich hatte er achtzehntausend stolze Europäer in der Tasche, von denen ein Teil es kaum erwarten konnte, in der nächsten Kassenschublade zu landen. Sobald dieser kindische Schaukampf mit Tina überstanden war, würde er richtig zuschlagen. Was sollte er sich Feines gönnen? Einen todschicken, sündhaft teuren Anzug, mit dem er bei der nächsten Tagung jeden einzelnen Kollegen für immer zum Schweigen bringen und Seminarleiterinnen flachlegen würde? Oder viel besser noch einen dieser schweren italienischen Chronometer. Warum nicht gleich eine kleine Rolex? Oder beides und obendrauf ein paar handgefertigte Schuhe, die jeden ruinierten, der sie nur ansah? Eigentlich waren achtzehntausend Euro viel zu wenig für einen Mann seines auserwählten Geschmacks.

»Dette probieren wa jetzt ma an!«, sagte Tina und hielt ihm einen bizarren Fetzen Stoff vor die Nase.
War die von allen guten Geistern verlassen? Das Muster auf dem Hemd war ganz offensichtlich von einem gestörten Psychopathen gemalt. Damit blamierte man sich ja selbst auf dem Christopher Street Day. Er hatte ja viel Humor, das konnte nun wirklich keiner leugnen, aber die Nummer ging zu weit.
Trotzdem stand er in der nächsten Minute in der Umkleidekabine dieses beknackten Ladens, der offensichtlich nur für Verrückte da war, und streifte sich das absurde Dschungelhemd über, von dessen Kragen ein schizophrener Papagei herabschielte. Er stand zu seinem Wort. Also trug er ein Hemd, für das man an der amerikanischen Passkontrolle sofort als Terrorverdächtiger eingestuft und stundenlang verhört worden wäre.
Tina hatte gewonnen, ein hässlicheres Kleidungsstück ließ sich in der ganzen Stadt nicht finden. Touché! Warum nicht die Niederlage eingestehen und endlich mit dem eigenen Tagesprogramm beginnen? Aber Heiko konnte dieser alternativen Hexe den Triumph nicht gönnen. Dann wäre seine Selbstachtung für immer zerstört. Er würde sich seine Revanche holen. Er würde für Madame etwas finden, was sie vor Scham im Boden versinken lassen würde. Wie Cäsar bei seiner siegreichen Rückkehr nach Rom, schritt er hinaus in den Verkaufsraum, mit dem Blick näher bei den Göttern als beim vulgären Volk.
In der nächsten Sekunde ertönte schallendes Gelächter. Nicht einmal die dickliche Verkäuferin mit ihren plump übermalten, tiefroten Lippen wollte sich zusammenreißen. Hatte die sie noch alle, empörte sich Heiko. Immerhin war das ihr Fummel, aus ihrem geschmacksverstörten Laden!

Doch es hatte auch sein Gutes. Sandra fiel ihm um den Hals und gab ihm – endlich, endlich, das wurde ja auch Zeit – einen verliebten, leidenschaftlichen Kuss. »Mein Tarzan! Brrr!«, schnurrte sie ihn an und biss ihm zur Belohnung ein Ohr ab.
Heiko grinste über beide Ohren und spannte seine Oberärmchen an wie ein Turner in den zwanziger Jahren, um sich dann mit beiden Fäusten wild auf die Brust zu hämmern. Johnny Weissmüller wäre stolz auf ihn gewesen. »Huaa! Wo Jane?« Als Belohnung bekam er noch einen Kuss! Also langsam, das musste er zugeben, fing das Hemd an, ihm zu gefallen. Er wehrte sich auch nicht gegen die »hotte« Halskette, die ihm Tina gleich noch dazu umhängte. Das Ding war purer Schrott. Ein schwarzes Kreuz, ein weißer Totenschädel, kleine bunte Schwerter und dazwischen lauter Kügelchen aus Glas, Silber und Gold, alles aufgereiht an einem dünnen Stahlseilchen. Ging es noch geschmacksloser? In jedem Kaugummiautomaten gab es besseren Schmuck. Schwer war der Kram noch dazu und baumelte fast bis zum Bauchnabel herab. Zum Glück war es nun überstanden.
»Fehlt nur noch die Hose«, frohlockte Tina.
Wie? Wo? Was? Die war immer noch nicht zufrieden? Er wollte Tina kräftig auf die Füße treten, aber ein unerwarteter erneuter Schmatzer von Sandra ermunterte ihn zu seiner eigenen Überraschung, mit größter Begeisterung weiter bei der Sache zu bleiben.
»Na klar, so ein flottes Hemd schreit doch nach einer Hose!«, jubelte er aus Versehen wie eine Tunte.
Tina schien es wichtiger, Heiko eins auszuwischen, als ihren eigenen neuen Reichtum auf den Kopf zu hauen.
Die Verkäuferin hatte schon längst die zweite Flasche Prosecco hervorgezaubert und sich auf seine Kosten mit den

anderen beiden Damen verbrüdert. Die drei waren mittlerweile dermaßen aufgedreht, dass man fast glaubte, auf einem Junggesellinnenabschied gelandet zu sein, mit Heiko als dem langersehnten Stripper, dem Höhepunkt des Abends.
Nur Lutz verharrte regungslos, halb in sich gekauert, zwischen zwei Kleiderstangen. Er schien schon wieder, oder besser immer noch, auf einem ganz anderen Trip zu sein. Was für ein Alien. Heiko musste wenigstens ihm eins auswischen. »Hey die Damen, was is mit Lutz? Wollen wir ihm nicht auch ein Hemd …«
Doch da stand Tina schon wieder vor ihm und wedelte mit einer schwarzen Jeans in Kindergröße XS, Goldnähten und einem Donald Duck mit Totenkopf.
»Spinnst du?«, sagte Heiko.
»Die strecht.«
»Hör mal, ich bin dreißig und nicht zwölf.«
»Keine Widerworte! Anziehen!«, kommandierte sie ihn herum.
Heiko konnte es nicht fassen. Er klemmte sich wieder in die Kabine und versuchte sich tatsächlich, diesen jugendgefährdenden Kinderstrumpf überzuziehen.
Das Publikum jubelte hysterisch, selbst Lutz, die miese Ratte. »Ehrlich, Heiko, ne Wucht!« Er genoss es jetzt ganz offen, Heiko leiden zu sehen.
Sandra hielt den Atem an. Sie legte beide Handflächen vor ihren offenen, staunenden Mund und riss die Augen auf. Der umwerfende Kuss, den sie ihm dann gab, der hatte es in sich, den bekam man nicht alle Tage. Vor allem nicht einfach so. Diese Leidenschaft, diese Hingabe! Heiko haute es komplett um, er war völlig von den Socken. Sandra verschlang ihn, konnte nicht genug von ihm bekommen.
»Mein Rockstar!«

In diesen Minuten liebte Sandra ihn für seinen Humor, für seinen Einsatz, dafür, dass er ihr solch einen Spaß gönnte. Endlich, Gott sei Dank, nahm er sich mal nicht so ernst. Heiko war über dieses leidenschaftliche Feedback so überrascht, dass er sich überlegte, ob er den bunten Fummel nicht einfach für den Rest des Tages tragen sollte? Wenn die Belohnung noch mehr Liebe und Hingabe sein sollte, dann konnten sie ihn seinetwegen in einen geblümten Bademantel stecken, samt Badekappe. Was machte das schon aus? Hier kannte ihn sowieso keiner. Er war im Urlaub.
Heiko machte eine lässige Drehung, pfiff durch die Zähne und schnappte sich das nächstbeste, nicht weniger dämlich gemusterte Hemd und hielt es den Damen fragend hin.
»Das würde Tarzan auch gefallen. Was sagen Jane?«
»Jane sagt: Das rockt Tarzan!«
Schon trommelte sich Tarzan wild auf die Brust und zog ein Affengesicht. Der Dschungel lag ihm zu Füßen.
Genau in dieser Sekunde machte Tina ein Foto von Tarzan.
»Oh ja! Das stell ich nachher ins Internet!«
Und Heiko gefror sein Urwaldlachen zu einer panisch verzerrten Maske. Klick.

Es lag schon eine Weile zurück, dass Elli solch eine geballte Ladung Architektur präsentiert wurde. Ganz schwindelig war ihr geworden. Die unwillkommene Doktor-Fata-Morgana hatte sich ebenso schnell wieder in Luft aufgelöst, wie sie sich verführerisch an sie herangeschlichen hatte, und Elli konnte ihre Exkursion fortsetzen. Wie ein Blatt auf einem sanft dahinfließenden Bach ließ sie sich durch die sich verengenden Gassen tragen, die zunehmend belebter wurden. Ältere Herren in sommerlichen Anzügen, überdrehte Kinder, gefolgt von verzweifelten Müttern, Ge-

schäftsleute mit zufriedener Miene und hier und da ein Pärchen. Elli grinste, als sie eine weiße Katze sah, die leichtfüßig gut sechs Meter über ihr auf einem bröckelnden Gesims entlangtanzte und dann in einem offenen Fenster verschwand. Aus dem schmalen Fenster hingen frisch gewaschene Unterhosen von Mann und Frau, und kleine, verwachsene Zimmerpflanzen badeten im grellen Licht.
Vorhin hatte sie sich neben einen Brunnen auf ein paar Steinstufen gesetzt, die über Hunderte von Jahren von Abermillionen von Fußpaaren rundum abgewetzt waren, und hatte sich an ein, zwei Skizzen gewagt. Mal versuchte sie den Raum zu erfassen, den die umliegenden Fassaden bildeten, indem sie mit einem leichten Strich nur die äußeren Kanten nachzog. Ein anderes Mal widmete sie sich dem rhythmischen Spiel der Fensteröffnungen und vernachlässigte Sachen wie Volumen oder Oberflächen. Sie verstand sich bestens darin, von ein und demselben Ort Dutzende ganz unterschiedliche Zeichnungen anzufertigen.
Selbst für sie war es jedes Mal aufs Neue erstaunlich, was es alles zu entdecken gab. Ihre Hand folgte einer seltsamen Kraft, war schneller als ihr Bewusstsein, hatte sich der lästigen, ängstlichen, verkopften Elli entledigt. Elli hatte nichts mehr zu sagen, sie ließ sich fallen. Frei und schwerelos. So wie andere Menschen in ihr Tagebuch schrieben und erst beim Ausformulieren ihrer Sätze ihre wahren Gedanken entdeckten, so machte sich Elli mit ihren Zeichenstiften auf die Suche nach sich selbst. Endlich hatte sie dieses berauschende Gefühl von früher wieder. Wie hatte sie es nur so lange vernachlässigen können? Ein Blatt Papier und ein guter Stift. Manchmal brauchte es nicht viel, um glücklich zu sein.
Wie pathetisch sie plötzlich sein konnte! Der kurze Urlaub, die neue Freiheit, die sie wagte, hatten etwas in ihr

geweckt, von dem sie sich gar nicht so sicher war, ob sie es wirklich ans Tageslicht bringen wollte. War sie schon bereit dafür? Hatte sie wenigstens einen Teil ihrer alten Stärke wieder? Oder war es ein unabdingbarer Schritt, einer der vielen, einfach nötigen Schritte, um mit der Welt wieder ins Reine zu kommen?
Jetzt wurde es auch ihr zu heiß. Vielleicht sollte sie ihren glühenden Kopf schnell mit einem Prosecco kühlen? Allein bei dem Gedanken an einen Prosecco auf Eis und einer kleinen Zitrone dazu lief ihr das Wasser im Mund zusammen. Danach würde sie sehen, was man sich für ein paar tausend Euro in dieser verlockenden Stadt kaufen konnte.

Damit hatte Madame wohl nicht gerechnet. Eins zu null für ihn. And the winner is … Heiko hatte das herrliche Gefühl, ach was, die befriedigende Gewissheit, Fräulein Frechklappe endgültig allen Wind aus den Segeln genommen zu haben. Klar, das erste Hemd war ein Schock, sollte ihn beleidigen, doch schon das zweite Hemd kam für alle herrlich unerwartet. Als Heiko schließlich mit sechs dieser kindlichen Psychohemden und genauso vielen passenden Tokio-Hotel-Hosen, von den Accessoires ganz zu schweigen, als er also vollbeladen mit den bizarrsten Klamotten, die in Italien je geschneidert wurden, stolz wie Bolle aus dem Laden trat, da hatte er gewonnen, auf ganzer Linie. Wie ein Gladiator hatte er sich der Waffen und Gegner bemächtigt, die seinen Untergang herbeiführen wollten, und trug sie nun als Trophäen seiner Freiheit vor sich her. Tina hatte ihn demütigen wollen, doch das Publikum hatte sich schon längst gegen sie und für den einzig wahren Helden entschieden. Auch wenn der gerade aussah wie eine männliche Paris Hilton.

Und als Sahne obendrauf war er jetzt am Zug. Nun durfte er bestimmen, welch lächerliches Kostüm sich Tina für den Rest des Tages überstreifen musste. Das allerdings, um ehrlich zu sein, fiel ihm alles andere als leicht. Die dumme Kuh hatte leider einen nahezu perfekten, ja einen verdammten Modelkörper, das war das Erste und Einzige, was ihm an Kurzhaar Kreuzberg aufgefallen war. Die konnte anziehen, was sie wollte, es würde ihr immer gut stehen, viel zu gut. Aus einem Müllsack ein Kleid machen, genauso eine war sie, trotz der kurzen Haare.

Die vier streiften weiter durch die quirlige Gasse, randvoll war sie mit Modegeschäften. Sandra legte verliebt ihren Arm um seine Hüften. Einerseits verwirrte sie ihn mit ihrer plötzlichen Zuneigung, andererseits wollte er einen Teufel tun und viele Fragen stellen. Nicht vor dieser Nacht, für die er sich einiges vorgenommen hatte. Selbst wenn er dabei eines seiner neuen Hemden tragen musste. Irgendwie fühlte er sich beobachtet. Bewunderten ihn die anderen Passanten gar für seinen ausgefallenen Geschmack? Ja! Er war ein Trendsetter. Lässig öffnete er den nächsten Knopf. Seine Brust sollte ruhig etwas Luft bekommen. Eines musste er den Hemdchen ja lassen, sie trugen sich verdammt angenehm.

Die Mädels entdeckten ein Sonnenbrillengeschäft und machten sich sofort über alle möglichen Modelle her.

Schon zerrte Sandra Heiko herbei. »Genau die musst du haben!«, jubelte sie aufgeregt.

Dem schmierigen Brillenverkäufer, nach hinten gegeltes Haar, braune Gesichtshaut und ein schneeweiß gebleechtes Berlusconi-Grinsen, funkelten die Eurozeichen in den Augen. »Bellissima! Madonna mia! Bellissima!«, frohlockte er und tänzelte um sie alle herum. »Swarowski!«

Das Brillengestell war unter dem ganzen glitzernden Bling-Bling komplett verschwunden.

»Wow, wie die dir steht!«, schmeichelte ihm Sandra.
Heiko war sich da allerdings nicht so sicher. Vielmehr stand zu befürchten, dass die Sonne ihrerseits verdunkelte Gläser brauchte, um sich vor den vielen Reflexionen der Brille zu schützen. Und man selbst musste nur den falschen Winkel erwischen, und sogleich wurde der eigene Sehnerv von allen möglichen Prismafarben verbrannt.
»Spezialpreis: neunhundert Euro«, flüsterte ihm der schmierige Schönling zu.
Heiko schluckte, gab sich aber geschlagen, seiner Freundin zuliebe. Er setzte das Monstrum kurz ab, um ein letztes Mal normales Tageslicht genießen zu dürfen, da man mit der Wahnsinnssonnenbrille so gut wie blind war, dann herrschte nur für ihn funkelnde Nacht.
Heiko brauchte jetzt ein wenig Genugtuung. Lutz, der immer noch nichts sagte, bot sich als dankbares Opfer an. Ohne groß zu fragen, setzte er ihm, der zum unsichtbaren Anhängsel mutiert war, eine Echtgold-verspiegelte Pilotenbrille auf. Es war zu komisch. Lutz sah aus wie ein Totengräber, der bei Top Gun mitspielen wollte. Genauso gut hätte man umgekehrt Tom Cruise eine Heinz-Erhardt-Brille aufsetzen können. Heiko hatte seine größte Freude, doch Lutz riss sich hastig die Brille vom Kopf, um sich wieder hinter seiner völlig zerkratzten, schwarzen Ray Ban zu verstecken.
Eine Viertelstunde später verließen sie den Laden und hatten fünf Brillen im Wert einer kleinen Kreuzfahrt erstanden.
Wenn sie in dem Tempo weitermachten, würde von ihrem Schmerzensgeld bald nichts mehr übrig sein, fürchtete Heiko. Er entdeckte sein Spiegelbild in einem Schaufenster. Was wäre, wenn er versuchte, in diesem Look, mit Jackson-Pollock-Dschungelhemd, arschenger Punkrockhose

und seiner Pimpdaddy-Warnblicksonnenbrille, einem Kunden eine Lebensversicherung zu verkaufen? Hm, könnte schwierig werden.

Blieb die Frage, was er Tina antun sollte? Je schneller er ihr ein neues Outfit verpasste, desto eher war er endlich, endlich mit Sandra allein.

Bald entdeckte er ein geradezu ideales Geschäft, dessen Klientel ganz klar zu umreißen war: entweder billige italienische Nutten oder neureiche Russinnen beziehungsweise russische Edelnutten oder neureiche Italienerinnen. Wo war da heute noch der Unterschied? Tina war keines von beiden, aber dank Heiko würde sie bald auf dem besten Wege dazu sein. Heiko war überrascht, wie knapp, im wahrsten Sinne des Wortes, das Angebot war. Er setzte auf den Klassiker, ein hautenges Leopardenkostüm, halb durchsichtig, mit einem Ausschnitt bis zur Poebene. Aber der Schuss ging ordentlich nach hinten los. Das millimeterkurze Wildkatzen-Kleidchen stand Tina so gefährlich gut, dass sie dafür einen Waffenschein brauchte. Selbst Lutz war plötzlich aufgewacht und machte große Augen. Der Typ, dachte sich Heiko, war so was von blind und verloren.

Damit allerdings hatte Heiko nicht gerechnet. Denn auch Sandras Puls schien bei diesem erotischen Anblick schnell zu schlagen. Sie zwinkerte Tina zu und gab ihr einen Klaps auf den wild gemusterten Po. Heiko wusste nicht, ob ihn Sandras Spielchen beunruhigen sollten oder ob sich hier gar ganz neue Möglichkeiten eröffneten? Eines war jedenfalls offensichtlich, Sandra zog Tina mit ihren Blicken genüsslich aus. Und Tina war weit entfernt davon, gedemütigt zu sein. Er versuchte es auf ein Neues, erst mit einem atmungsdichten, schwarzen Gummiüberzug, dann mit einem quietschrosa Hauch von Nichts, einem Jeans-

Strapsanzug und einer irgendwie medizinisch wirkenden Nietenkluft. Es half nichts, Tina sah in allem aus wie eine übernatürliche Sexbombe.
Entnervt entschied er sich schließlich für einen pinkfarbenen Lederrock oder besser ein Röckchen, das so knapp unter der Hüfte ansetzte, wie es nur Millimeter später wieder endete. Dazu eine goldene Bluse, die man eher als Bikinioberteil bezeichnen musste, und obendrüber, darauf war er richtig stolz, eine Art gelber Regenmantel. Leider alles eher sexy als beleidigend, aber wenigstens sehr bizarr. Bizarr teuer auf jeden Fall. Heiko hatte das Gefühl, schon wieder pleite zu sein.
Tina dagegen fühlte sich pudelwohl. Und den Vogel schoss schließlich Sandra ab. Als sie wieder auf der Straße waren, präsentierte sie ihnen verschwörerisch den Leopardenanzug. »Hab ich mir heimlich gekauft, hihi!«, gluckste sie. »Für euch!«
Für euch? Heiko war sprachlos.

Entspannter konnte Carlo kaum sein, zumindest nicht unter diesen seltsamen Umständen. Es hatte nicht allzu lange gedauert und sie hatten sich gefunden, er und dieses herrliche Café. Zwei Dutzend Stühle, gepolstert mit dem Logo einer hervorragenden Rösterei, die ihn einluden, dem von der Hitze verlangsamten Treiben als Zuschauer beizuwohnen. Er hatte die Stühle und Kaffeetassen förmlich seinen Namen rufen hören. Carlo! Wie ein Theaterzuschauer mit Jahresabo auf den besten Platz saß er im Schatten, hervorragend versorgt mit einer gerösteten Bruschetta, einem Glas eiskaltem Wasser und einer Latte macchiato. Konnte man mehr verlangen? Wohl kaum. Er hielt den Schlüssel zum Paradies in der Hand. Kein nervender Heiko, kein de-

primierender Lutz, keine Frauen, die ständig irgendwelchen Stimmungen erlagen.
Anna wollte sich alleine in den Boutiquenjahrmarkt stürzen. Das störte Carlo überhaupt nicht, das war einfach nichts für ihn. Sie hatten es oft genug probiert. Auch wenn er noch so geduldig wartete, Anna hatte immer das Gefühl, einen Außerirdischen neben sich zu haben, der sie tausendmal lieber zur nächsten Kaffeemaschine schleppen wollte, als von ihr die zehnte Handtasche präsentiert zu bekommen. Jedes Mal sagte Carlo: »Spatzl, wenn sie dir gefällt, dann kauf sie einfach!«
Aber darum ging es Anna ja gar nicht. Sicher, es war schön, zu den wenigen zu gehören, die sich fast alles leisten konnten. Für Carlo hatte Geld schlicht keine Bedeutung. Geld war zeit seines Lebens in ausreichender Fülle vorhanden gewesen. Noch dazu brauchte er nicht viel. Das meiste gab er für Essen aus. Hin und wieder kaufte er sich ein Paar klassische, handgearbeitete Schuhe oder einen robusten Anzug zum Preis eines Monatsgehalts. Aber nur, weil er sich darin wohl fühlte und dann erst wieder im nächsten Jahr ein Modegeschäft betreten musste. Für ihn war Einkaufen verlorene Zeit, die man weitaus sinnvoller verleben konnte.
Es war nur gut, wenn Anna stöbern ging. Der Trick bestand darin, ihr möglichst viel Freiraum zu lassen. Dann konnte sie durchschnaufen und kam früher oder später immer ganz von alleine. So war das mit ihr, zwingen konnte man Anna zu gar nichts. Sie pochte auf ihre hart erkämpfte Selbständigkeit. Wenn er wollte, dass sie seinen Heiratsantrag annahm, dann war diplomatisches Feingefühl gefragt. Schließlich würde sie dann einen Teil ihrer Freiheit aufgeben. Sie würde sich für den Rest ihres Lebens in seine Arme begeben. Er wusste, dass sie sich danach sehnte, heimlich.

Aber es war eine Frage des richtigen Zeitpunkts. Nur deshalb hatte er so lange gewartet. Jetzt war es so weit. Carlo atmete tief durch, wie nach einem Tausend Meter-Lauf.
Ein kleiner Spatz landete sportlich auf dem runden Tisch und forderte selbstbewusst seinen Anteil vom gerösteten Weißbrot ein. Carlo bröselte ihm etwas auf die schneeweiße Tischdecke, und der Vogel flatterte ohne ein Dankeschön, aber dafür mit vollgestopftem Schnabel genauso flink wieder davon.
In dem Maße wie sich die Sonne langsam auf zu neuen Kontinenten verabschiedete, füllten sich die Gassen mit hektischen Italienern und erschöpften Urlaubern. Wobei die zweite Gruppe angenehmerweise in der Minderheit war. Brescia lag zu weit abseits der großen Touristenströme. Zum Glück. Carlo wollte sich fühlen wie einer der Ortsansässigen, nicht wie jemand, der kurz davor war, Postkarten nach Hause zu schreiben.
Er könnte hier ohne Probleme und schlechtes Gewissen jeden einzelnen Nachmittag ausklingen lassen. Tagträumend gab er sich dem verlockenden Gedanken hin, die Zelte in München abzubrechen und fortan Abend für Abend eine weiche mediterrane Brise zu genießen. Seine Häuser könnte er mit nur geringem Mehraufwand auch von hier aus verwalten. Oder er könnte jemanden in München dafür einstellen? Wieso kam er eigentlich erst jetzt darauf? Ob Anna da mitziehen würde? Carlo schloss die Augen und sah sich an einem ganz normalen Morgen in Italien aufwachen. Morgens würde er in sein Stammcafé gehen und einen Espresso schlürfen, den Tag begrüßen, mit der Zeitung unterm Arm und ein paar Unterlagen, denn seine Arbeit würde er die meiste Zeit vom Café aus erledigen. Das Leben konnte so schön sein.
Von einer Sekunde auf die andere platzte alle herrliche

Träumerei wie ein zu praller Luftballon. Ohne groß zu fragen, nahm neben ihm ein Mann Platz. Es fiel ihm nicht leicht, sich zu setzen, seine viel zu enge Hose wollte es nicht zulassen. Was wollte der Typ? Die Sonne blendete, und der unverschämte Kerl stand im Gegenlicht, so dass Carlo ihn kaum ausmachen konnte. Ein kunterbunt flatterndes Hemd über einer unmöglichen Stretchhose und eine bizarr glitzernde Sonnenbrille halfen Carlo ebenfalls nicht, in dem Clown seinen neuen Lieblingsmitbewohner Heiko zu erkennen. Erst als sich gleich darauf ein zweiter Mann dazugesellte, dämmerte es Carlo, dass es mit der paradiesischen Ruhe ganz klar vorbei war.
»Na Sportsfreund!« Heiko ließ sich, ohne zu fragen, rechts von Carlo nieder.
Lutz links. »Verdammte Hitze! Unerträglich!«
Carlo war eingekeilt. Er musterte Heiko. »Fesch! Hast heut noch einen Auftritt?«
»Auftritt? Ach so! Ja, mein neuer Look. Super, oder?«
»Ja, super Look. Super dezent. Passt zu dir.«
»Immerhin trage ich hier exklusive italienische Designer. Frisch aus Mailand, sozusagen. Mein Dank geht an Kurzhaar Kreuzberg.«
»Was soll denn ständig das idiotische Kurzhaar Kreuzberg? Ich nenn deine Freundin ja auch nicht Leipziger Allerlei!«
Heiko fixierte Lutz böse, dann jauchzte er: »Hey Leute, Lutz hat einen Witz gemacht!«
»Du kannst mich mal!«
»Meine Herren! Was ist dir denn über die Leber gelaufen? Gibt's dich auch in einer gutgelaunten Version?«, beschwerte sich Heiko kopfschüttelnd. »Der Typ is doch echt nicht zu fassen.«
»Was soll denn das schon wieder heißen?«

»Was das heißen soll? Das will ich dir sagen! Seit zwei Tagen verbreitest du nix als schlechte Laune. Frag Carlo! Junge, du drückst ganz schön auf die Stimmung. Ich hab noch nie so einen Miesepeter erlebt wie dich. Ich weiß gar nicht, wie deine Freundin das aushält?«

»Du meinst Kurzhaar Kreuzberg?« Der Name gefiel Carlo.

»Ganz richtig. Kurzhaar, große Klappe Kreuzberg.«

»Ossi Aufschneider«, schimpfte Lutz.

»Burschen, ganz ehrlich, muss des sein? Bis vor zwei Minuten hab ich hier herrliche Ruhe gehabt«, mischte sich Carlo ein und deutete die Straße entlang. »Schaut's da drüben is auch noch ein Café!«

In diesem Moment kam der Kellner. Ohne seine neuen Gäste anzusehen, fragte er sie nach ihrer Bestellung. Während Lutz sich mit einer Cola zufriedengab, sollten es für Heiko ein Prosecco mit Aperol, eine Latte macchiato und ein Pellegrino sein. Es sah also nicht danach aus, als würden die beiden Carlo seinen Frieden gönnen.

»Und Carlo, was hast du dir Schönes gekauft?«, fragte Heiko.

»Bis jetzt nur zwei Cappuccino und eine Bruschetta.«

Heiko war versöhnlicher: »Ich sag ja nur, es hätte uns alle auch schlimmer treffen können.«

»Noch schlimmer?« Carlo wusste nicht, warum er Grund zum Jubeln haben sollte.

»Also hör mal, wir sitzen hier in der Sonne, in Itaaaalien.« Heiko zog das Wort in die Länge. »Mit ordentlich Spesengeld in der Tasche und schönen Frauen an unserer Seite. Da hab ich schon tragischere Geschichten gehört.«

»Jaja. Bei dir dreht sich immer alles nur ums Geld.« Mit Verachtung und Kopfschütteln rückte Lutz seinen Stuhl noch weiter in den Schatten. »Du verstehst gar nichts.«

»Geld regiert nun mal die Welt«, sagte Heiko fröhlich. »Und das ist auch gut so.«
»Von wegen! Das ist ihr Untergang. Solche Typen wie du, ihr seid der Untergang.«
Heiko sah Lutz cool an. »Wie ein Messias schaust du auch nicht gerade aus.«
»Hältst dich wohl für den Höhepunkt der Schöpfung, was?«
»Du etwa nicht?«
Der Kellner brachte die Getränke und sah gleichgültig durch sie hindurch. Lutz leerte seine Cola in einem Zug.
»Hör mal, Freiheitskämpfer, dass Geld allein nicht glücklich macht, also das ist ja wohl eine Binsenweisheit«, echauffierte sich Heiko. »Das haben wir im Osten zehnmal am Tag eingetrichtert bekommen, mit Megaphon, direkt ins Ohr, schon beim Frühstück. Aber kein Geld zu haben, das macht die Sache auch nicht einfacher.« Heiko lehnte sich zufrieden zurück. »Da sind wir uns doch einig, Sportsfreunde, oder?«
Schon wieder dieses »Sportsfreunde«! Carlo stellte es die Haare auf.
»Unkontrollierbare Banken, kriminelle Hedgefonds, zügellose Spekulation, eine Blase nach der anderen. Ja, Geld regiert die Welt. Aber wer regiert das Geld?«
»Sag mal«, forderte Carlo Lutz heraus, »wer war denn da vorhin in der Küche der Herr Oberbankier?«
»Ich bin eben gewissenhaft.« Lutz bestellte sich per Handzeichen die zweite Cola.
»Gewissenhaft hast du ne Schraube locker!«, sagte Heiko.
»Denk, was du willst. Ich hab meinen Ethos, ein Gewissen. Ich weiß, was meine Aufgabe ist. Die reiten alles in den Abgrund. Absichtlich! Du Heiko, du bist nur Kanonenfutter.«

Für Carlo waren das alles typische Berliner Chaotensprüche. »Wenn ich dir jetzt und hier eine Million auf dein Konto überweise. Was passiert dann? So prinzipiell?«
Lutz leerte auch die zweite Cola in einem Zug. »Würde ich sofort spenden für …«
»Ha! Spenden!«, platze es aus Heiko heraus. Er lachte höhnisch. »Wie naiv!«
Doch Lutz überhörte den Einwurf. »… für den Kampf gegen das weltweite korrupte System.«
Auch Carlo amüsierte sich hörbar. Die Gäste an den Nebentischen drehten sich um. »Weltweites System? Soso. Du bist schon a lustiger Vogel.«
Carlos brummendes Gelächter provozierte Lutz. Er fühlte sich nicht ernst genommen. Das hasste er. »Ich kenne die großen Zusammenhänge, den Masterplan!«
»Ach ja? Na, das klingt ja spannend!«, ging Heiko dazwischen. »Vielleicht hast du ja die Güte, uns aufzuklären? Über den Ma-ster-plan!« Er zog das Wort extra auseinander.
Lutz biss sich auf die Lippen. Jetzt musste er aufpassen. Er hatte sowieso schon viel zu viel gesagt. Nein, der Plan war, hier sein Enthüllungswerk zu vollenden und dann damit an die Öffentlichkeit zu gehen, anonym und über mehrere Kanäle gleichzeitig. So sollte die Bombe platzen. Nicht in einem viel zu heißen Straßencafé in Brescia, mit einem Versicherungsfuzzi aus Leipzig und einem Miethai aus München.
Heiko blieb hartnäckig. »Ich höre?«
Lutz schnaufte durch die Nase, um sich zu beruhigen. Ganz gegen seine Vorsätze beugte er sich mit leiser Stimme verschwörerisch nach vorne. »Nur so viel, eine kleine Gruppe, weltweit vernetzt, will sich die Welt untertan machen, um sie auszuquetschen. Totale Kontrolle und Ab-

hängigkeit. Mit Facebook und Google, Mobilfunkdaten und Navigationssystemen. Datenspeicherung und Kameras überall. Wer aufmuckt, der verschwindet, wird kaltgestellt. Nur eine Handvoll Clans und Familien. Die lassen uns nur atmen, essen und vögeln, weil es vorerst mehr Geld und Macht bringt, als uns vor die Hunde gehen zu lassen.«
Carlo und Heiko sahen sich an. »Sag mal, was war denn da in deiner Cola drin?«, fragte Carlo. »Verträgst du die überhaupt? Puscht dich das vielleicht zu sehr?«
Der kleine Platz füllte sich nun mit quirligem Leben. Das allabendliche Schaulaufen konnte beginnen. Frauen präsentierten ihre Kleider, Männer hielten ihre Frauen fest an der Hand, während sie gleichzeitig gekonnt auffällig unauffällig anderen Frauen auf den Hintern starrten.
Nur die drei Deutschen waren in ihren Streit vertieft. »Is doch egal, was du denkst, Carlo. Du kannst mir zuhören oder die Ohren zuklappen. Völlig irrelevant, genauso wie deine Million.«
»Du klingst wie einer von diesen kranken Freaks, die glauben, Kennedy wurde ermordet und der Anschlag auf das World Trade Center war von langer Hand geplant«, meinte Heiko, nachdem er sich wieder gesammelt hatte.
Lutz verharrte regungslos. »Kennedy wurde ermordet und der Anschlag war geplant.«
»Du weißt, was ich mein, von den eigenen Leuten und so.«
»Genau so war es.«
»Magst noch eine Cola?«, fragte Carlo ironisch spitz.
Doch Lutz blieb ganz ruhig. »Gerne! Mit Whiskey dazu.«
Der unaufmerksame Kellner reagierte nur zögerlich. Er kratzte sich unablässig an seinem verrauchten Dreitagebart, während er die Bestellung aufnahm. Whiskey-Cola und Cappuccino.
Heiko hatte keine Wünsche. Er hatte noch keines seiner

Getränke angerührt. »Aus dir soll mal einer schlau werden. Erst machst du einen auf Fidel Castro für Arme, dann zählst du unser Geld besser als jeder Bankautomat, und als Nächstes schwingst du große Reden über die Weltverschwörung!«

Aus einer der Nebenstraßen war das unangenehme Geheul von Polizeisirenen zu hören. Doch die entspannten Italiener interessierten sich nicht für den Lärm.

»Klingt doch alles sehr logisch, was Lutz da sagt«, lobte Carlo und grinste in sich hinein.

Weil Heiko die Ironie entgangen war, starrte er den Münchner fassungslos an. »Du nimmst den Schwachsinn doch nicht für bare Münze? Bin ich etwa der einzig normale Mensch an diesem Tisch?« Unbewusst zog Heiko an seinem bunten Hemd.

»Prost, auf den Weltuntergang!« Irgendwie fand Carlo Lutz immer unterhaltsamer. »Sag mal, denkst du dir das alles selber aus?«

Lutz nahm einen großen Schluck von seinem Whiskey-Cola und lehnte sich vor. »Von den vielen Billionen, die bei der ganzen Wirtschaftskrise in die Banken gepumpt wurden, was meint ihr, wo da was hängenbleibt? Bei der Kleinfamilie, die ihr Haus nicht abzahlen kann? Oder eher bei der Großbank, die ihre Konkurrenten ausgepokert hat und diese jetzt kurz vor dem Konkurs billig einkassiert, zum Spottpreis. Von uns finanziert wohlgemerkt. Wusstet ihr, dass die Federal Reserve, die amerikanische Bundesbank, zum großen Teil einer einzigen Familie gehört, den Rothschilds? Die verkaufen den Amis ihre eigenen Dollar. Und die wiederum machen dafür Schulden über Schulden.«

»Rothschild? Die machen einen hervorragenden Rotwein. Das wär's jetzt«, sagte Carlo.

»Danke Carlo«, sagte Lutz zynisch und fuhr fort, »eins

steht fest, bald gibt es Krieg, dann herrscht Ausnahmezustand. In Friedenszeiten macht man gute Geschäfte, aber es gibt kein besseres Geschäft als den Krieg oder eine ordentliche, globale Krise. Dann lässt sich das Umverteilungsspiel am besten spielen. Monopoly in seiner reinsten Form.«

Heiko schlackerten die Ohren. Als hätte ihn jemand im Vollwaschgang in die nächste Waschmaschine geschmissen, genauso fühlte er sich jetzt. Zum ersten Mal griff er nach seinem Glas Prosecco, stellte es aber gleich wieder ab, ohne davon zu trinken. Er war wie geteert. Information overload!

Carlo blieb süffisant. »Da schau her! Was du alles weißt.«

»Mach dich ruhig lustig über mich, aber das ist nur die Spitze des Eisberges, das könnt ihr mir glauben.« Lutz nahm einen Eiswürfel und lutschte daran. Plötzlich standen Sandra und Tina, mit Taschen beladen, vor ihm.

Sandra schnappte sich sofort Heikos Aperol-Prosecco, und Tina musterte fröhlich die Männerrunde. »Na Jungs, habt ihr nett gequatscht?«

»Wir haben ein bisserl Monopoly gespielt«, scherzte Carlo. »Übrigens, netter Regenmantel!«

Tina schien sich tatsächlich über das Kompliment zu freuen und präsentierte gleich auch das wenige, was sie darunter trug. Ein Bein leicht angewinkelt, auf den Zehenspitzen balancierend, klimperte sie keck mit den Wimpern. »Und wie findest du meinen Rock?«

Carlo schürzte die Lippen. »Welcher Rock?« Dann stand er auf und verabschiedete sich.

Immer noch recht kraftlos sah Heiko kurz zu Lutz, schüttelte den Kopf und stand ebenfalls auf. »Los, Mausilein, wir gehen jetzt ordentlich shoppen, vollpower.«

Leicht überfordert sah Sandra ihre Taschen an. »Aber nur, wenn du die Tüten trägst.«

Heiko legte einen Schein auf den Tisch.
»Schön die Tüten tragen, gell Rockstar!«, rief Tina ihm hinterher.
Auch Lutz meldete sich zu Wort: »Heiko! Kanonenfutter, vergiss das nicht.«
Heiko war am Ende.

Genug Architektur. Es wurde Zeit, sich anderen Dingen zu widmen. Zum Beispiel den achtzehntausend Euro, die sie als Trostpflaster mit sich führte. Trostpflaster wofür?, fragte sie sich. Bis jetzt hatte sie zwei herrliche abwechslungsreiche Tage verlebt. Was das Geld anbetraf, belogen sie sich alle selbst. Im Grunde genommen hatten sie alle das Geld gestohlen. Wie Diebe, nie um eine Ausrede verlegen, machten sie sich alle was vor. Sie hätten genauso gut alles nehmen können. Für Carlo war das alles nur Spielgeld, eine lächerliche Summe, er würde es nicht einmal anrühren. Für Anna und sie war es schon eher eine Summe, aber letztlich auch nicht wirklich von Bedeutung. Sie konnten beide nicht klagen. Elli verstand es eher als einen Wink des Schicksals, gerade jetzt in ihrer Situation, dem Neuanfang, ein wenig mit dem Geld um sich zu schmeißen. Ein wenig Unvernunft, das war das Mindeste, was sie sich leisten sollte. Also hielt sie Ausschau nach einer Boutique mit vielversprechendem Design und wenigen, dafür sehr exklusiven Kleiderstangen.
Die Sonne stand schon so tief, dass nur hier und da noch etwas Streiflicht auf die Hauswände fiel. Ansonsten war alles um sie herum in das magische Blau des Schattens gehüllt. Elli überlegte, ob sie sich nicht einen kleinen Aperitif gönnen sollte, sozusagen als Start, zum Aufwärmen? Zur Inspiration?

Genau in diesem Moment entdeckte sie einen ihrer Lieblingsdesigner: Fendi. Vor einer halben Ewigkeit hatte sie sich einmal mit einem Businesskostüm von Fendi belohnt und damit in den folgenden Jahren die Herren Bauträger beeindruckt. Es war eines dieser seltenen Kleidungsstücke, das, so schien es, nur für sie geschneidert worden war. Nur fünf Minuten später scharte sich eine halbe Dienerschaft um Elli herum. Zwei schnuckelige Verkäufer zeigten ihr abwechselnd Blusen, Kleider, Hosen, Handtaschen, eine junge Frau stellte ein Glas Prosecco für sie auf einem kleinen Ziertischchen ab, und ein anderes junges Ding war ins Lager entschwunden, um ein Paar Schuhe in der passenden Größe zu holen. Ja, Elli meinte es ernst. Das hatten die Damen und Herren Fendi schnell begriffen. Hier ging es nicht nur um eine Bluse. Nein, hier wollte jemand ein Komplett-Outfit, einmal von oben bis unten. Das ganze Menü. Verführt mich, signalisierte Elli mit ihrem mysteriösen Blick und ihren mondän belustigten Mundwinkeln.

Die Umkleidekabine war so geräumig wie ein Hotelzimmer in einem Fünf-Sterne-Haus und mindestens genauso komfortabel. Alles war mit hellbeigem Stoff ausgekleidet und mit tiefbraunen, glänzenden Edelhölzern verziert. Das ganze Interieur des Geschäftes versprühte einen Hauch der späten Siebziger. Keine grellen Farben, dafür aber mutige, utopische Formen. Damals war Zukunft noch eine Verheißung gewesen, ein Versprechen auf eine bessere Welt.

Die Geräusche, die Stimmen, alles schien gedämpft. Hektische Bewegungen ließ die Eleganz des Raumes gar nicht erst zu. Schicker ging es nicht, damals nicht wie heute.

Mittlerweile hatte Elli schon die eine oder andere Sünde für sich ausgewählt, aber sie war noch lange nicht fertig. Sie saß in einem schnörkellosen Sessel und dirigierte mit wenigen Worten ihren Hofstaat. Dann probierte sie eine nicht mehr

zu übertreffende Kombination an. Dunkelbraune flache Schuhe aus Wildleder, dazu eine äußerst elegante rostbraune Hose, darüber eine hellbeige Bluse, mit vielen kleinen Hornknöpfen – sie erinnerten Elli an die unschuldigen Augen ihres alten Teddybären Ed – und schließlich eine raffiniert bestickte Cashmereweste, die sie, das wusste sie sofort, nie wieder ablegen wollte. Als sie vor den Spiegel trat, mochte man fast meinen, die bessere Hälfte eines großen Industriellen lud zum Nachmittagstee. Nicht dass sie älter wirkte, als sie war, nein, sie sah aus wie eine Frau, eine atemberaubende Frau, eine Virtuosin der zeitlosen Eleganz. Wie eine Frau, die alles fest im Griff hatte, eine der wenigen, denen das Leben nichts anhaben konnte, weil sie immer ihren Stolz und ihre Würde zu bewahren wussten. Wie eine Frau, die man einfach bewundern musste.
Die achtzehntausend Euro waren bis auf den letzten Cent aufgebraucht. Kompletter Wahnsinn. Elli spazierte auf einer Straße des Glücks.
Während der gesamten Heimfahrt hatte Lutz geschwiegen. Kein Wort kam über seine Lippen. Heiko war mehr als froh darüber. Eine weitere Dosis Finanzweltuntergangsverschwörungs-Blabla, und sein Gehirn wäre implodiert wie ein alter Röhrenfernseher, der aus dem zehnten Stock geworfen wurde. Der Typ war eine Gefahr für die Allgemeinheit. Eine Therapie brauchte der. Wenn es dafür nicht schon zu spät war.
Umso mehr hatten sich die beiden Damen auf der Rückbank zu erzählen. Wie Hanni und Nanni vom Pferdehof gackerten sie, ohne Luft zu holen, wie zwei Schulfreundinnen, die sich die ganzen Ferien über nicht gesehen hatten und sich jetzt alles auf einmal berichten mussten.
Heikos mehr als gewagtes Designershirt kratzte, und seine viel zu enge Jeans schnürte seinem besten Stück das Blut

ab, so dass Heiko schlimmste Konsequenzen befürchtete und deswegen ständig seine Sitzposition änderte. Dafür verwandelte die neue Sonnenbrille ganz Norditalien in eine einzige leuchtend bunt eingefärbte Discolandschaft. Heiko war erledigt.

Als sie am Ende des Regenbogens, in der Villa, angekommen waren, zauberte erst der Anblick der knapp zwei Millionen wieder ein seliges Grinsen auf sein Gesicht.

Sie hatten das Geld genau dort wieder versteckt, wo sie es gefunden hatten. Heute Abend würde Heiko austesten, wie die anderen zu dem Gedanken standen, sich mehr als nur ein Prozent abzuzweigen. Warum nicht das ganze Geld untereinander aufteilen? Carlo würde unter Garantie der härteste Brocken sein, dem konnten eine Viertelmillion anscheinend ganz egal sein. Deshalb musste Heiko weiterhin ganz vorsichtig vorgehen. So viel stand für ihn fest: Er, für seinen Teil, wollte sich diesen einmaligen steuerfreien Lottogewinn unter keinen Umständen entgehen lassen. So dämlich musste man erst einmal sein, dass man Hunderttausende Euro buchstäblich vor die Füße gelegt bekommt und sie dann nicht nimmt.

Die Dämmerung kündigte sich an, doch von Abkühlung keine Spur. Nachdem die vielen überdimensionalen Tüten ins Haus geschafft waren, stellte Heiko zu seiner Überraschung fest, dass Carlo seinen ganzen Anteil für Essen ausgegeben hatte. Der Mann war ein Phänomen.

»Hallihallo! Was seh ich denn da? Das sieht ja ganz nach der feindlichen Übernahme eines örtlichen Delikatessenimperiums aus?« Heiko versuchte sich einen kurzen Überblick über all die Köstlichkeiten zu verschaffen, die nicht nur den kompletten Tisch einnahmen, sondern sich auch von den Bänken angefangen, über den Boden bis zur Speisekammer auftürmten.

Ein ganzer Serranoschinken, ein halbes Rad Käse, mehrere riesige Brocken Parmesan, unzählige Oliven, Salami, Grissini, in Hülle und Fülle Feigen, Zucchiniblüten, ganze Trüffel, Dutzende Hummer, Austern, eine Armee von Weinflaschen, diverse Grappe. Es nahm gar kein Ende.

»Sag mal, wie hast du das alles in deine alte Kiste bekommen?« Er wunderte sich ehrlich. »Und wer soll das alles essen? Nicht, dass ich mich beschweren möchte. Mir läuft das Wasser schon im Mund zusammen.«

»Du bestimmt nicht!«, scherzte Carlo.

Heiko sah ihn traurig und verständnislos an.

»War ein Witz. Ich hab mir gedacht, wenn wir unbedingt wieder alle zusammen sitzen müssen, dann sollten wir wenigstens nicht verhungern.«

»Gute Idee, so kennt man dich ja gar nicht, so freundlich?«

»Euer … dein Glück. Kochen für einen allein macht keinen Spaß. Je mehr Gäste, desto besser. Außerdem war der Markt in Brescia der pure Wahnsinn. Ein Paradies. Dagegen ist unsa Viktualienmarkt fast a Flohmarkt.«

»Wer?« Heiko verstand manchmal nur jedes zweite Wort. Schon ein Witz, dass jemand, der kaum Hochdeutsch sprach, daheim auf Millionen saß.

»Na dann, bis später.« Heiko wollte sich frisch machen gehen.

»Wart a mal, hilf mir mal kurz.«

»Also, ich bin wirklich ein miserabler Koch.«

Augenblicklich brüllte Carlo schier vor Lachen. »Meinst du etwa, ich lass dich an meinen Herd? Ha? Meinst du des? Du bist vielleicht ein Spaßvogel. Aber ein bisserl Auframa …«

Große fragende Augen bei Heiko.

»Aufräumen! Könntest mir helfen!«

Erst wollte Heiko protestieren, doch dann erkannte er die

günstige Gelegenheit. Wenn er mit Carlo allein war, konnte er ein wenig auf ihn einwirken, ihn behutsam an die Idee heranführen, das Geld aufzuteilen. Jetzt war der einfühlsame Taktiker gefragt. »Okay, Herr Schuhbeck, was soll ich machen? Wie bekomm ich meinen ersten Stern?«, grinste er.

Auch bei den anderen hatte sich allmählich herumgesprochen, dass Carlo etwas Großes für sie plante. Dass Heiko ihm dabei unfreiwillig assistierte, wussten sie nicht. Allerdings vermisste ihn auch keiner. Vor allem Sandra war viel zu sehr damit beschäftigt, ihre Einkäufe auf dem Boden auszubreiten und ausgiebig zu bestaunen, als sich zu fragen, wo denn eigentlich ihr Freund blieb. Regelrecht froh war sie, allein zu sein. Heiko wollte jetzt sicher nur wieder einen Quickie. Schnell ein paar Mal rein und raus und gesagt bekommen, er sei der größte und unwiderstehlichste Liebhaber diesseits des Äquators. Das konnte sie selbst bei dichtestem Nebel hundert Meter gegen den Wind auf seiner Stirn blinken sehen. Heiko ging ihr in den letzten Tagen ganz schön auf die Nerven. Was es genau war, konnte sie nicht sagen. Hatte er etwas Falsches gesagt? Sich irgendwie gemein verhalten oder gar generell verändert? Oder war es nicht vielmehr sie selbst, die sich, ja, die dabei war, sich von ihm zu befreien oder ihn abzulegen? Nein, befreien, das war das passendere Wort. Sie war dabei, sich zu lösen aus dem unsichtbaren Heiko-Gefängnis, seiner kleinen unsicheren Welt. Sein Mausilein war dabei, sich aus ihrem Kokon zu schälen. Und, sie grinste zufrieden, es bereitete ihr die größte Freude. Aus dem Mädchen Sandra wurde eine richtige Frau. Zwar hatte diese schon die ganze Zeit über in ihr geschlummert, aber der Alltag, ihr Job, Heiko und seine ständige Sehnsucht nach Bestätigung hatten dieser Frau die Kehle abgeschnürt, bevor sie überhaupt richtig zu atmen beginnen konnte. Aber hier in Italien, mit den anderen und in diesem außergewöhnlichen Haus, da war mit einem Mal der Raum für diese Frau, sich zu entfalten. Kurz war Sandra unheimlich vor sich selbst. Sollte sie nicht besser erst nachdenken, bevor sie handelte? Schnurzegal! Immer wenn sie zu viel nachdachte, ging das in die Hose. Sie folgte einfach ihrem Gefühl. Stolz streichelte sie sich über ihre makellose Haut zwischen Brüsten und Hüfte. Sie gefiel sich. Kein Gramm Fett und alles schön definiert. Sie war ein seltener Schmetterling. Glücklich wie lange nicht mehr, zog sie sich nackt aus und ging ins Bad.

Nur ein paar Türen weiter stand Lutz vor dem Badspiegel und wusch sich sein leidendes Gesicht. Dieser beißenden Sonne konnte man einfach nicht entkommen. Obwohl er sich wie ein Golem von einer Schattenwand zur nächsten gehangelt hatte, kam es ihm so vor, als würde sein Gesicht brennen.
»Hey, du hast ja sogar Farbe bekommen! Steht dir, der Teint.« Quietschfidel plazierte Tina ein neues teures Cremedöschen auf die Ablage und war schon wieder verschwunden. Dort baute sich bereits eine halbe Kosmetikabteilung auf. Cremes, Lotionen, Peelings, Gesichtsemulsionen und was es sonst noch alles gab. Tina liebte Kosmetik.
Teint? Machte sie sich über ihn lustig? Sah sie denn nicht, dass er Verbrennungen dritten Grades erlitten hatte? Eigentlich war er derjenige, der sich hätte cremen und vollschmieren sollen. Aber allein der Gedanke daran stellte ihm die Haare auf.
Wie egozentrisch, wie egoistisch und ignorant sie heute wieder war! Dass sie ständig halbnackt ihren, zugegeben,

perfekten Körper zur Schau stellte, das war er ja gewohnt. Aber dass sie ihn dabei behandelte, als wäre er kaum anwesend, als wären sie lediglich Bruder und Schwester, die zusammen verreisten, das war neu. Und es tat weh. So links liegengelassen hatte er sich schon lange nicht mehr gefühlt. Wie hatte sie früher immer so schön gesagt? Sie liebe seine überlegte Klugheit, seinen einfühlsamen Witz. Ach, das sei ja so ungewöhnlich für einen Mann.

Unter größten Qualen cremte Lutz sich das Gesicht dennoch ein. Vernunft und purer Überlebenswille hatten obsiegt. Aber jetzt brannte es noch mehr! Schon wieder so ein Produkt, das die Pharmaindustrie nur herstellte, um die Menschen zu quälen. Geldgierige Sadisten! Pillen machten krank. Medikamente machten krank. Ärzte machten erst recht krank. Das wusste jeder. Wieso sollte es mit teuren Cremes anders sein?

»Die Nummer mit der Asche, wa, also die is ja wohl echt lustig!«, schallte es aus dem großen Schafzimmer.

»Lustig?«, wunderte er sich.

Tina kam zu ihm ins Bad zurück, nur noch mit G-String und dünner Bluse bekleidet. »Mein Gott, nimm doch nicht immer allet so ernst. Also manchmal wirkste echt so … verbittert. Ich mein ›lustig‹, so wie ›der Hammer‹ oder halt ›Wahnsinn!‹«

Eine weitere Cremedose wurde abgestellt und er wieder allein gelassen. Was hatte er denn jetzt bitte schon wieder falsch gemacht? Er versuchte sich zu entspannen. »Ich wusste nur nicht, was genau du mit lustig meinst. Immerhin wirft das Geld auch einige Fragen und Probleme auf.« Oh Gott! Schälte sich da bereits ein Stück Haut von der Nase?

»Wat denn für Probleme? Wo ist denn bitte det Problem, wenn man ne gute Mille findet?«

Sie kam wieder zu ihm ins Bad. Jetzt war sie komplett

nackt. Unglaublich, was sie für einen Körper hatte. Null Fett, makellos. Und nicht so krankhaft abgehungert wie die meisten jungen Frauen heutzutage in Berlin. Sie konnte mit ihren dreißig Jahren jede Zwanzigjährige in die Verzweiflung treiben. Vor allem, wenn man wusste, wie wenig sie sich darum scherte, außer natürlich ihrer täglichen Yogasession. Aber das konnte eigentlich nicht der ganze Trick sein. Ihre großartigen Brüste, eine volle Hand, standen immer noch ab wie eine Eins. Wenn er sich nicht so schwach fühlen würde, dann hätte er sie jetzt liebkost und gestreichelt, da, wo sie es besonders mochte, an der Innenseite ihrer Schenkel. Sie würde die Augen schließen, und sie würden zusammen Richtung Bett tänzeln. Dann würde er zwischen ihren Schenkeln abtauchen und all die kleinen Tricks anwenden, die sie ihm über all die Jahre beigebracht hatte. Ein richtiger Profi war er geworden. Plötzlich wurde ihm klar, dass er, dass sie beide, genau das schon eine Ewigkeit nicht mehr gemacht hatten.

»Wie gesagt, das Geld lag ja nicht gerade auf der Straße.« Er versuchte ihr vorsichtig seinen Standpunkt zu erklären.

»Auch wenn der Heiko sonst ne Lachnummer is, er hat nicht unrecht. Wir haben det Haus gemietet, oder?«

»Gemietet eben! Das heißt doch nicht, dass alles darin uns gehört.«

War ihr eigentlich klar, dass sie ihn mit ihre Nacktheit völlig aus dem Konzept brachte. Er wollte sie schon fast bitten, sich wieder anzuziehen. »Kannst du dir bitte ein Handtuch umbinden?«

»Wieso? Spinnst du? Darf ich mal fragen, seit wann du so ein Spießer bist? Und seit wann verteidigst du denn bitte schön das Kapital? Det sind ja ganz neue Töne!«

»Ich hab nur keine Lust, in einem italienischen Mafiaknast zu landen, das ist alles.«

Lutz spürte, wie sein Mund immer trockener wurde. Verdammt, wieso hatte er keine Kraft mehr in der Hose? Wusste sie, dass sein Kopf wollte, aber sein Körper nicht konnte? Frauen hatten einen siebten Sinn für so etwas. Um etwas Luft zu gewinnen und Raum zwischen ihnen beiden zu schaffen, ging er ins Schlafzimmer. Doch sie folgte ihm und stellte sich breitbeinig in den weißen Türrahmen. Jetzt konnte er alles sehen, ihre ganze rasierte Schönheit. Entweder wollte sie, dass er sich jetzt auf sie stürzte, oder sie sah in ihm keinen Mann mehr.

»Ach, papperlapapp! Mafiaknast! Es ham sich nicht alle gegen dir verschworen. Manchmal hat man och einfach nur Glück. Da heißt es dann schnell zugreifen. Ich sag's doch immer wieder, man muss den positiven Kräften auch mal ne Chance geben, wa!«

Er hörte ihr schon gar nicht mehr zu, so erregt war er. Auch wenn sich in seiner verfluchten Hose immer noch nichts tat, er war kurz davor, sich die Kleider vom Leib zu reißen und sich auf sie zu stürzen.

Doch bevor er eine derart mutige Entscheidung treffen konnte, schloss sie die Tür zum Bad, und er hörte das Duschwasser laufen. Auf gewisse Weise hatte sie ihn gerettet. Die Gefahr, dass er sich blamiert hätte, war gefährlich groß gewesen. So ging das nicht weiter.

Langsam konnte selbst Anna diesem Urlaub etwas abgewinnen. Die Rückfahrt in dem alten BWM war diesmal mehr als angenehm gewesen. Carlo hatte beide Strecken am Steuer gesessen, und so hatte sie ausreichend Gelegenheit, sich die Landschaft, die Häuser, die Menschen anzusehen. Ihre Telefone hatte sie teilweise absichtlich im Haus gelassen, und selbst der Schmerz im Fuß war vergessen.

Brescia hatte sie mit seiner unentdeckten Schönheit überrascht. Anna hatte ganz vergessen, wie herrlich es sein konnte, die Zeit sinnlos und ganz alleine in Boutiquen und Shops zu verplempern. Was für ein Luxus! Nie wäre sie auf die Idee gekommen, so einen verschwenderischen Shoppingtrip einzulegen. Insofern durfte man Heiko und dem verrückten Geldfund sogar dankbar sein – was sie öffentlich natürlich nie zugeben würde.

Im Zimmer war es ungemütlich dunkel geworden. Kurz suchte sie nach dem Lichtschalter. Dann tauchte ein verstaubter, milchiger Glasteller den Raum in ein erstaunlich angenehmes Licht.

Anna musste schmunzeln. Wenn sie Heiko sagen würde, was für einen gelungenen Tag sie dank seiner Inspiration gehabt hatte, konnte es gut sein, dass er ihr um den Hals fiel. Dieser Typ war so was von leicht zu durchschauen, es hatte direkt etwas Komödiantisches. Natürlich hatte er es auf einen viel größeren Teil des Geldes, wenn nicht gar alles, abgesehen. Dazu musste man kein Hellseher sein. Es würde ihr das größte Vergnügen bereiten, heute Abend seine hilflosen Versuche zu beobachten, die anderen mit hirnrissigen Argumenten und plumpen Schmeicheleien davon zu überzeugen, besser gleich die komplette Summe untereinander aufzuteilen. Sollte sie ihn dabei womöglich Unterstützung vortäuschen und ins offene Messer laufen lassen? Durfte man so gemein sein?

Oder hatte er vielleicht gar nicht so unrecht? Gedankenspiel: Sie teilten das Geld durch sieben. Das machte knapp zweihundertfünfzigtausend pro Person. Ganz davon abgesehen, dass jeder, außer Carlo, so eine Summe gut gebrauchen konnte, was waren die Konsequenzen? Rechtlich? Moralisch? Praktisch? Rechtlich war es Diebstahl. Da gab es nichts zu rütteln. Noch dazu ein Diebstahl mit zu vielen

Zeugen. Einen Rechtsbruch konnte sie sich nicht leisten. Nicht bei ihrem Job. Andererseits hatte sie schon viel weniger geniale und dreistere Rechtsbrüche erlebt, war daran sogar indirekt beteiligt gewesen. Was ihre Herren Kollegen in wichtigen, teuer möblierten Hinterzimmern schon so ausgeheckt hatten, das hätte Zündstoff für so einige Schlagzeilen hergegeben. Allein was sie während der dauernden Finanzkrisen alles miterlebte, das war unbeschreiblich. Es herrschte globaler Finanzkrieg. Und ein paar eiskalte Spekulanten und Fondsmanager verdienten sich so dumm und dämlich wie Waffenhändler oder Drogenbosse. Es herrschte die reinste Goldgräberstimmung. Wie hatte ihr einer dieser raffgierigen Typen gestanden: Nur ein echter Weltkrieg würde mehr Profit bringen.

Das war die Welt, in der sie lebte. Ihr moralisches Zuhause. Ehre und Moral erlebte sie, wenn überhaupt, als rein theoretischen, sehr dehnbaren Salonbegriff. Inwieweit das auf sie abgefärbt hatte? Die Antwort blieb sie sich schon seit Jahren schuldig.

Das Geld wiederum, das hier im Haus versteckt lag, war mit größter Wahrscheinlichkeit Schwarzgeld, also gestohlen, ergaunert, verschleiert. Was sagte ihre »gesunde Moral« nun dazu? Ihr war es schnuppe. Sie war ausgebrannt.

Anna ging ins Bad und ließ sich in der kitschigen Emaille-Badewanne mit gusseisernen Schnabelfüßen ein beruhigendes Bad ein.

Mal sehen, was der Abend bringen würde. Mal sehen, was dieser arme Heiko so auf Lager hatte. Das versprach lustig zu werden.

Elli war erschöpft, aber zugleich auch selig. Seit ihrer Trennung, und noch weit davor, hatte sie keinen derart inspirierenden und erfüllenden Tag mehr verbracht. Die Vergangenheit, Martin, die lähmenden Enttäuschungen, all dies hinter sich zu lassen, endlich den eigenen Weg einzuschlagen, das hatte sich zumindest heute als eine ihrer klügsten Entscheidungen seit langem erwiesen.
Und ein weiteres Highlight stand bevor. Abgesehen von dem sicherlich einmaligen Festmahl, das Carlo sich für seine Gäste ausgedacht hatte, würde sie den Dottore noch einmal beschnuppern dürfen. Sie geriet ins Schwärmen und gab sich sogleich eine Ohrfeige. War sie denn meschugge? Eben sinnierte sie noch feierlich über den Glanz der neuen Freiheit, schon fieberte sie dem nächsten Henker entgegen. Andererseits: Ein kleiner Flirt war kein Verbrechen. Wer hatte denn behauptet, dass man das Spiel mit den Männern nicht auch andersherum spielen konnte? Einfach die Herren schön zappeln lassen, ihnen den Kopf verdrehen. So, wie sie es früher immer mit den armen Grünschnäbeln an der Uni, und davor an der Schule, gemacht hatte. Der schwarzgerahmte Silberspiegel über der Kommode provozierte sie unerwartet mit ihrem Ebenbild. Erst schreckte sie leicht zurück, dann aber sah Elli sich in die Augen. Sie legte ihren Kopf zur Seite und entspannte sich. Wie sie so da stand, nicht schlecht. Sie gefiel sich. Von ihr ging eine angenehme Kraft aus. Elli zwinkerte sich zu. Ein wenig selbstverliebt zu sein, das konnte gewiss nicht schaden. Leichtfüßig wie ein junges Reh wandte sie sich ihren neuen Schätzen zu, die sie an ihre Garderobe gehängt hatte, damit auch sie sich in ihrer ganzen Pracht entfalten konnten. Fendi und sie waren jetzt ein Team. Schwärmerisch streichelte sie über den feinen Stoff der federleichten Bluse. Betastete die raffiniert geschnittene Hose und träumte sich in das atem-

beraubende Abendkleid. Elli fand, dass sie ein gutes Händchen bewiesen hatte.

Im nächsten Augenblick hörte sie das tiefe, unverkennbare, brummige Lachen ihres Bruders. Eine Mischung aus kleinem Lausbuben und Bariton. Herzhaft schmeichelnd und schelmisch zugleich.

Wenn Bären plötzlich lachen könnten, dann hätten sie es sich unter Garantie vorher bei Carlo abgeschaut. Dazwischen schraubte sich zusätzlich das um vieles dünnere Kichern eines anderen. Wie das Stakkato eines hektischen Eichhörnchens oder eines Hamsters – um bei der Tierwelt zu bleiben. Heiko. Die beiden schienen zu ihrer Überraschung miteinander Spaß zu haben.

Elli bewunderte wieder ihre neue Kollektion. Welches Fendi-Stöffchen sollte es für den heutigen Abend denn nun sein?

Unwiderstehlicher Duft durchwehte die ganze Villa. Schwer zu sagen, welche verführerischen Aromen durch die Räume wirbelten. Allerlei Kräuter, warmes Olivenöl, Vanille, Zedernholz. War da ein Hauch von Anis? Die Küche hatte sich endgültig zum pulsierenden Herzen des großzügigen Hauses aufgeschwungen.

Ungläubig steckte als Erste Anna ihren Kopf durch die Tür. Das angeheiterte Gelächter der beiden ungleichen Witzbolde war nicht zu überhören. Anna hatte versucht, ein wenig zu schlafen, aber ohne Erfolg. Die beiden hatten einen Spaß, dass das ganze Haus wackelte. Schließlich hatte sie aufgegeben und sich zurechtgemacht. Jetzt trug sie einen strenggeschnittenen dunkelblauen Rock, der bis zu den Knien reichte, an der Seite aber sehr gefährlich geschlitzt war. Darunter zeigte sie nacktes Bein, das gleich unter den Knien in ihre neuen handgenähten braunen Pferdelederstiefel mündete. In das wertvolle Material der Stiefel waren in dunklerem Braun aufwendig verschlungene Ornamente geprägt. Dazu trug sie eine eng anliegende, raffiniert geschnittene hellblaue Bluse und die antike Perlenkette, die sie heute in einem verwunschenen Antiquitätenladen gefunden hatte. Ihr volles Haar war zu einem strengen Pferdeschwanz zurückgebunden. Sie war aufwendiger geschminkt als sonst in ihrer Freizeit, elegant und streng, dominant und geheimnisvoll, mit dunkelroten Lippen und fast schwarzem Lidschatten.

Noch hatte keiner der polternden Köche von Anna Notiz genommen. Während Carlo gerade mit einem etwas ungeschickten Hüftschwung eine Schublade anstupste, klopfte sich Heiko, der es sich auf einem Stuhl bequem gemacht hatte, mit beiden Händen auf die Schenkel. Er hatte gerade eine irrwitzige Geschichte zum Besten gegeben und war noch komplett von seiner Pointe gefangen.

Schon von der Treppe aus hatte Anna nur Bruchstücke über ein lüsternes Rentnerpaar aufgeschnappt, mit dem er wohl mehrere Stunden in einem Aufzug steckengeblieben war oder so ähnlich.

Genau in dem Moment fing Carlo mit seiner peinlichen Geschichte an, die sie schon so oft gehört hatte. Letzten Sommer, es war »sackrisch hoaß, also heiß …« Carlo war mit einem Spezl nach einem ausgelassenen Biergartenbesuch nachts in ein Freibad eingestiegen, um sich abzukühlen. Nur blöderweise hatte so ein »Saubazi« den beiden Herren die Kleider geklaut, und so blieb ihnen nichts anderes übrig, als sich nackt durchs nächtliche München heim zu schleichen. »Splitterfasernackt! Verstehst? Und des am Christopher Street Day!« Carlo kugelte sich. »Alle Schwulen Münchens auf der Straße und wir mittendrin, im Adamskostüm. Oh mei!«

Heiko bekam kaum noch Luft, so krampfhaft hielt er sich sein Zwerchfell. »Und? Seid ihr wenigstens kurz vernascht worden?«
»Ich vernasch dich gleich!« Auch Carlo kamen fast die Tränen. Leicht angeheitert stand er mit dem Rücken zum Spülbecken und klammerte sich mit beiden Händen an die massive Arbeitsplatte. Er legte noch eins drauf: »Mia zwei, mia wären schon ein süßes, gell Heikolein!«
Wieder schüttelte ein lautes »Haha« die ganze Küche durch.
Offensichtlich hatten die beiden schon einiges intus. Anders konnte sich Anna diese unerwartete Männerfreundschaft und das hohe Niveau der Sprüche nicht erklären.
Zwei offene Flaschen Wein, eine leer, die andere halb voll, gaben ihr recht. Und jetzt prosteten sie sich auch noch mit einem Kräuterlikör zu. Zeit, sich ins Gespräch einzuschalten.
»Ihr raucht eure Friedenspfeife ja recht dezent.«
Heiko sprang überrascht auf und machte dann einen wackligen höfischen Knicks, so wie ihn nur Besoffene hinbekamen.
»Oh, là, là, meine Verehrung, Madame.«
»Servus Spatzl, haben wir dich aufgeweckt? Magst ein Glasl Wein?«
Anna straffte ihren Rock. »Schätze, mit Kaffee allein werd ich wohl kaum mithalten können.«
Gleich darauf reichte ihr Carlo ein Glas erstaunlich kühlen Weißweins, der sofort Durst nach mehr machte.
»Hossa! Toll schaust du aus. So …, so …?«
»So rassig streng! Eine Wucht!«, bekräftigte Heiko.
»Bei so viel Sachverstand gebe ich mich geschlagen«, sagte Anna spitz. Amüsiert nahm sie auf der langen Sitzbank Platz und wollte gerade fragen, was Carlo mit seinen vielen

Pfannen und Töpfen denn so alles im Schilde führe, da tänzelte Sandra an. Wie ein kleines Mädchen, das im Sommerhaus der Großeltern zu Besuch war, flog sie in einer Leichtigkeit heran, die auch noch den letzten Rest von Ernst beiseitewischte. Ihr hellblaues, mit wilden Blumen besticktes Kleid flatterte wie ein Schmetterling jedem ihrer Schritte schwerelos hinterher. Und ihr blondes langes Haar entschied sich dabei ständig für eine neue wilde Frisur.

»Boa, riecht das hier lecker!«, frohlockte sie. »Was gibt's denn Feines?«

Schon stand sie an einem blubbernden Topf und wollte probieren, doch Carlo klopfte ihr auf die Finger. Gleichzeitig reichte ihr Heiko, ohne groß zu fragen, ein Glas Weißwein. »Lass dich überraschen, Mausilein. Nur so viel, der Chefkoch und sein neuer Assistent haben gezaubert.«

»Wow! Super! Du kochst?« Das war neu. »Wie ist der Plan? Essen wir hier in der Küche oder draußen?«, fragte sie aufgedreht.

»Ich schlage vor, wir speisen heute in unserer goldenen Schatzkammer!«, intonierte Heiko feierlich.

Anna schmunzelte. »Von mir aus. Komm Sandra, dann kümmern wir uns mal um eine angemessene Tischdekoration.«

Kaum waren die beiden Tischdamen in der Halle, da kam ihnen Tina entgegen.

Es war eine Frechheit! Sie war ein Knaller, das musste der Neid ihr lassen. Die wenigen Yogastunden in der Sonne hatten gereicht, um Tinas Haut urlaubsbraun einzufärben, was wiederum großartig zu ihrem neuen farbenfrohen Missoni-Kleid passte. Hätte sie jetzt noch einen langen Lockenschopf, man hätte sofort deren neuste Werbekampagne mit ihr schießen können. Das grob gestrickte Kleid

schmiegte sich schmeichelnd an ihren Körper, und die gestreiften Herbstfarben, die sich nacheinander jeweils zu einem V zusammenfügten, betonten ihre schlanke Weiblichkeit, dass es verlockender nicht ging. Sie war beinahe schöner als jedes Model, das Missoni je engagiert hatte.
Wenige Meter hinter ihr kam Lutz die Treppe herunter. Nicht die geringste Veränderung an ihm. Langweilige schwarze Jeans, unscheinbares schwarzes Hemd und die passende farblose Miene. Mit viel Fantasie und Wohlwollen konnte man ihn für den existenzialistischen Designer von Tinas gelungenem Kleid halten. Aber ehrlich gesagt, war es nur der gleiche blutleere Lutz, der das unverschämte Glück hatte, eine derart attraktive Freundin zu haben. Unfassbar, dachte Anna.
Sie ging mit Sandra ins Esszimmer, während Neugierde, Durst und Appetit den halbtoten Lutz und seine dafür umso lebendigere Tina in die Küche trieben.

Auch wenn Carlo schon mehr Wein getrunken hatte als sonst üblich, in der Küche, wenn er kochte, hatte er weiterhin alles im Griff. Sozusagen im Blindflug, so wie ein erfahrener Flugkapitän seinen Riesenvogel per Autopilot über die Ozeane steuerte, genauso schlafwandlerisch bediente Carlo sein Cockpit. Seine Maschinerie, Pfannen, Töpfe, Küchenwerkzeuge, scharfe Messer und Olivenholzlöffel, und seine Zutaten, fein geschnitten und exakt gewürfelt, das komplette Angebot an Gemüse und Gewürzen, Lammkeulen und Hackfleisch, all dies dirigierte er mit einer ernsthaften Leichtigkeit, die seine Zuschauer schwindelig machen konnte. Vor allem, wenn sie, wie Heiko, schon gefährlich tief ins Glas geschaut hatten.
Der große Gasherd war zu einem vielstimmigen Instru-

ment avanciert, auf dem Carlo ein abwechslungsreiches Musical orchestrierte. Unablässig regulierte er die Hitze einer der Kochstellen neu, inszenierte er eine neue Choreographie für die kupfernen Töpfe und schickte eine weitere Zutat hinauf in einen fein abgestimmten Himmel des gehobenen Geschmacks.
Nichts konnte den hervorragend gelaunten Küchenprofi aus dem Konzept bringen. Die Idee, Heiko zu seiner billigen Hilfskraft zu machen, war ihm ganz spontan gekommen. Eigentlich wollte er dem armen verwirrten Kerl damit ein wenig zur Ruhe verhelfen, ihn vielleicht sogar etwas erden, spüren lassen, worauf es im Leben wirklich ankam, zumindest in Carlos Welt. Denn war Carlo von Anfang klar, dass der Oberstratege ihn wegen des Geldes einwickeln wollte. Außer für sich selbst war Heiko für jeden ein offenes Buch, mit besonders großen Buchstaben für Kurzsichtige.
Wie die unbeholfene kleine Schwester der berühmten Schlange Ka aus dem Dschungelbuch hatte Heiko anfangs versucht, ihn einzukreisen, ohne dass Carlo darauf eingegangen wäre. Dann aber hatten sie aus heiterem Himmel angefangen, sich Witze und lustige Geschichten zu erzählen. Lag wohl am guten Wein. Wie zwei Lausbuben auf dem Schulhof hatten sie sich immer weiter angestachelt und noch eins draufgelegt. Fast war es so gewesen, als wären sie schon viele Jahre dicke Kumpel, die sich viel zu lange nicht gesehen hatten.
Wenn dieser Wirrkopf aus Leipzig sich nicht so übertrieben abmühte, seine Unsicherheit zu überspielen, sondern einfach mal lockerließ, dann konnte er ein ganz netter Kerl sein. Es bestand also durchaus Hoffnung.
Kein Wunder, dass Anna überrascht war, als sie in die Küche gekommen war. Er hätte es ihr auch erklären können,

warum er mit Heiko mit einem Mal eine solche Gaudi hatte. Er wusste, dass sie den Ossi nicht ausstehen konnte, bis vor zwei Stunden war es ihm schließlich genauso ergangen. Wie auch immer, Carlo war in seinem Element, er durfte für die ganze Bagage kochen. Das machte ihn glücklich. Und er würde ihnen ein Festmahl kredenzen, das sie so schnell nicht vergessen würden. Sie waren die Marionetten in der Hand eines heimlichen Meisterkochs. Die Dramaturgie für den Ablauf des Menüs hatte er schon Gang für Gang im Kopf durchgespielt. Er würde sie verführen, sie zappeln lassen, ihre Geschmacksnerven zur Verzweiflung treiben, sie mal in die eine, mal in die andere Richtung jagen. Für andere zu kochen, dazu noch mit solchen Zutaten und angestiftet von dieser verzauberten Küche, mehr brauchte es nicht, um seine ganze Leidenschaft zu wecken. Er war kurz davor gewesen, den Urlaub abzuschreiben. Wie im Irrenhaus hatte er sich gefühlt. Der erste versöhnliche Hoffnungsschimmer war der Cappuccino in dem verschlafenen Nest heute Morgen gewesen. Schließlich hatten ihn die südländischen Stunden in Brescia, dieser wahrhaft lässigen Löwin Italiens, für das nervenaufreibende Hick-Hack des Vortags mehr als entlohnt.
Jetzt stand er in diesem Traum von einer Küche, konnte sich austoben und seinen Gästen den Kopf verdrehen. Besonders Anna würde ihm spätestens vor der Nachspeise glücklich um den Hals fallen. Mit seinen Leckereien hatte er sie bis jetzt noch immer weichgekocht. Er schmunzelte über sein leider simples Wortspiel. Das hatte Heiko-Qualität!
Während sich hinter ihm Lutz und Tina auch mit Wein versorgten, kam ihm ein neuer Gedanke. Er fragte sich, ob vielleicht heute Abend der richtige Abend wäre, um Annas Hand anzuhalten. Mit einem Mal fand er das wahnsinnig

romantisch. Unter Umständen wäre es hier in der Villa, vor Zeugen, viel charmanter als ganz alleine, zu zweit in einem Restaurant am Gardasee. Wer wusste schon, wie viele Anträge der gesehen hatte? Plötzlich kam ihm die Szenerie am See unglaublich kitschig vor, wie in einem billigen Groschenroman. Sein Entschluss nahm weiter Gestalt an, die günstige Gelegenheit heute Abend beim Schopfe zu packen.

Da erschien ihnen Elli. Und sie war eine Erscheinung, buchstäblich. Offenbar hatten die Frauen die unausgesprochene Abmachung getroffen, sich zur Feier des Abends gehörig in Schale zu werfen. Frauen haben immer eine heimliche Konkurrenz, ob sie dazu stehen oder nicht. Das hatten sie einfach einprogrammiert, genetisch. Sicher auch Elli, denn sie hatte es ganz offensichtlich darauf angelegt, den anderen die Sprache zu verschlagen. Volltreffer. Er war stolz auf seine Schwester.

»Also jetzt fühl ich mich endgültig underdressed«, sagte Heiko, der immer noch sein schräges Hemd trug.

Elli betrachtete ihn in seinen lächerlichen Dschungelprinzen-Klamotten und wunderte sich: »Ich weiß ja nicht recht, ob ich das als Kompliment verstehen soll?«

Auch Lutz konnte sein Staunen nicht verbergen. »Da hat aber jemand seine Beute krisensicher angelegt.«

Sofort korrigierte Heiko ihn. »Also Beute? Beute is ja wohl ein bisschen übertrieben. Schön sachlich bleiben, Robin Hood.«

»Ist Lutz der Rächer der Vogelfreien?«, fragte Elli.

»Ha genau! Der neue Angstgegner der Freimaurer«, sagte Heiko und referierte kurz über das, was Lutz ihm nachmittags im Café dargelegt hatte, wobei er so ziemlich alles durcheinanderbrachte.

»Du musst wissen, Elli, es läuft eine ganz gemeine Ver-

schwörung gegen die Welt, und wenn die bösen, bösen Hintermänner nur leise husten, ja, dann müssen wir kleinen Marionetten bald alle dran glauben. Stimmt's, Genosse?«
Lutz schüttelte nur den Kopf. »Du triffst mal wieder den Nagel auf den Kopf. Kanonenfutter.«
Für einen kurzen Moment überließ Carlo den Herd sich selbst und musterte seine Schwester. So elegant herausgeputzt hatte er sie schon lange nicht mehr gesehen. Wer stand da vor ihm? Coco Chanel? Eine matt glänzende schwarze Bundfaltenhose im Stil der dreißiger Jahre, weiße Bluse mit einem Kragen, aus dem andere ein ganzes Hemd hätten schneidern können, und darüber eine dunkle, ärmellose Seidenweste. Ihr Haar war wie bei einer dieser jungen Fernsehmoderatorinnen leicht aufgeföhnt. Man mochte glauben, sie würde heute noch ausgehen, in eine edle Bar in Rom. Carlo kannte seine Schwester und wettete, dass sie sich mit einem kühlen Weißwein nichtzufrieden geben würde. Ein Cocktail, am besten einen Cosmopolitan, das war das Mindeste, was sie verdiente. Es freute ihn, mit ansehen zu dürfen, wie sie zu ihrer alten Klasse zurückfand.
Zielstrebig ging Elli zum Kühlschrank, und als sie sich vergewissert hatte, dass auf ihren Bruder Verlass war, lobte sie ihn. »Gut eingekauft!« Sie nahm sich eines der großen Kristallgläser, die eigentlich für Wasser gedacht waren, würfelte Eis hinein, presste gekonnt geviertelte Limetten darauf aus: »Oh, wir haben ja sogar an die Minze gedacht«, und füllte eine ordentliche Ladung Bombay Gin in das Glas, ohne sich dabei weiter um die anderen zu kümmern. Erst als sie ihren Longdrink mit Tonic aufgewirbelt und professionell zur Vollendung gebracht hatte, wandte Elli sich wieder den Jungs zu.
»Möchte noch jemand ein kleines Erfrischungsgetränk? Gin Tonic! Glaubt mir, das ist die einzige Chance, dieser

heißen Nacht erhobenen Hauptes entgegenzutreten. In diesem Sinne: To the Queen!«

Für diesen gelungenen Auftritt konnte man sie nur bewundern. Das hatte Elli von ihrer Mutter geerbt. Wenn es Mutter Mangold danach gewesen war, dann konnte sie mit ihrer Aura ein harmloses Schwabinger Wohnzimmer in einen Pariser Salon verwandeln. Carlo selbst war eher nach seinem Vater gekommen, Biergarten statt Salon.

»Ja, ich probier mal so einen, bitte!«, sagte Lutz.

Carlo fiel auf, dass der Berliner seinen Weißwein erstaunlich schnell geleert hatte.

»Passt zu dir nicht eher Rum aus Kuba? Schön sozialistisch?«, ärgerte Heiko seinen neuen Klassenfeind.

Heiko hatte sich also auf Lutz eingeschossen. Carlo bedauerte, dass seine Küchenhilfe wieder in seine alte Rolle verfiel. Hoffentlich wurde das nicht wieder anstrengend.

»Wir werden sehen, wem heute zuerst die Luft ausgeht«, sagte Lutz.

Anna und Sandra hatten gutes Gespür bewiesen, denn in der Tat fanden sich im Esszimmer, in einem Schrank aus massivem Kirschholz, unzählige Tischdecken, Kerzenleuchter und dazu feinstes Geschirr, dünnes Porzellan mit verblassendem Silberrand. Damit ließ sich was anfangen.

»Was kocht denn dein Carlo da Leckeres für uns?«, fragte Sandra.

»Oh, wenn der erst einmal angefangen hat, dann ist er nicht mehr zu bremsen. Mach dich auf was gefasst!«

»Gibt Schlimmeres, oder?«

»Zu Hause kocht Carlo einmal im Monat für ein paar Freunde von uns, so acht bis zehn Leute. Einer ist Koch, hat ein kleines, feines Restaurant in Bogenhausen, Geheimtipp. Jedes Mal kündigt er aufs Neue an, nie wieder zu kommen und sich einen neuen Beruf zu suchen, weil Carlo einfach zu gut sei. Und er meint es ernst. Aber dann ist die Neugierde wieder stärker.«

»Du Glückliche! Heikos Spezialität is Fertigpizza. Spinat. Zur Verfeinerung legt er dann immer noch zusätzlich gefrorenen Spinat drauf. Das ist sein Geheimrezept.«

»Dein Freund scheint viele Talente zu haben.«

»Klar«, sagte Sandra, »und Kochen ist ganz weit vorne.«

Vorsichtig vermieden sie die Stelle, an der Anna beinahe ihrer Sehne auf Wiedersehen gesagt hätte und unter der jetzt wieder das Geld verborgen lag. Trotzdem wäre Sandra schon zweimal fast in die Goldgrube gefallen.

»Wir sollten das zunageln. Ist ne richtige Bärenfalle.«

Anna gab ihr recht. Zunageln und vergessen. Allerdings sei Heiko davon sicher am wenigsten begeistert.

»Ach, der spinnt ja! Der und sein Geld!« Sicher, auch ihr habe der Ausflug nach Brescia großen Spaß gemacht. Aber dennoch, sie fühle sich ein bisschen wie eine Diebin, gestand Sandra.

»Das nervt mich. Die ganze Nummer mit dem Geld nervt mich. Heiko nervt mich. Unter uns, ich bin froh, dass ich nicht mit ihm allein sein muss. Mit euch hier im Haus, das macht mir viel mehr Spaß.«

Anna sah das immer noch ein wenig anders, aber das wollte sie Sandra nicht so direkt sagen. Außerdem war sie nach dem Ärger mit dem Fuß ihre Rettung gewesen.

»Klingt ja nach ner richtig glücklichen Beziehung.« Anna konnte sich den Spruch nicht verkneifen.

»Weißt du, Heiko is noch so jung. Wir alle, wir sind noch so jung.«

Wie sollte Anna das jetzt verstehen? Das klang reichlich seltsam aus Sandras Mund, oder?

Beide pendelten zwischen dem Tisch, der langsam Gestalt annahm, und dem Schrank, ihrer Schatzkammer, hin und her und kamen sich nicht eine Sekunde in die Quere. Man konnte meinen, sie würden das jeden Abend machen.
»Ich will nicht irgendwie altklug klingen«, fuhr Sandra fort, »passt nicht zu mir. Is mir schon klar. Trotzdem, meine Arbeit, im Krankenhaus. Da siehst du Dinge. Das verändert einfach die Perspektive, auf sehr brutale, aber ehrliche Weise.«
Anna musterte Sandra, die alles Geschirr aufmerksam zurechtrückte. Sie stellte sich die Krankenschwester Sandra vor, die sich unter größtem Stress um so viele unterschiedliche Menschen kümmern musste und sicher immer sehr gewissenhaft und hochkonzentriert bei der Sache war. Anna fing an, Respekt vor ihr zu haben, denn mit ihrem Aussehen hätte Sandra es sich sicherlich um vieles einfacher machen können. Allein Annas millionenschwere, bonusversaute Kollegen in London hätten Sandra, ohne zu zögern, eine Welt zu Füßen gelegt, von der sie nicht einmal zu träumen wagte.
»Heiko und ich, was haben wir denn schon gesehen? Was wissen wir denn schon? Wen wir noch alles kennenlernen werden! Er andere Mädels, ich andere Typen. Gott sei Dank!« Sandra grinste Anna leicht verschwörerisch an. »Du kommst doch sicher viel rum? Du weißt, was ich meine, oder? Alles ändert sich so schnell. Andauernd, ohne dass wir lang gefragt werden. Und wir? Wir klammern uns alle an irgendwelche alten Muster. Wir wissen doch alle, dass es keinen Sinn hat. Allein die Scheidungsrate! Die liegt bei fünfzig Prozent! Ich frag dich, wer tritt denn bitte eine Reise an und weiß, dass sie zu fünfzig Prozent in die Hose geht? Hallo?«
Anna hörte ihr jetzt ganz aufmerksam zu, sie mochte San-

dras klare Worte. Sandra sprach nicht mit der Stimme der Enttäuschten oder der Zynikerin. »Versteh mich nicht falsch«, sagte sie, »ich bin nur realistisch, das heißt nicht, dass ich nicht auch Träume habe. Nur, wie sollen wir überzeugt in eine Richtung laufen, wenn wir wissen, dass es gar keine Richtungen mehr gibt? Jeder Tag präsentiert uns eine neue Landkarte, und wir haben nicht mal einen Kompass.«

Während Sandra unbekümmert weiter den Tisch eindeckte, musste Anna stehen bleiben und kurz verarbeiten, was sie eben von der jungen Krankenschwester zu hören bekommen hatte. Jetzt wurde sie endgültig nicht mehr schlau aus ihr. Wenn das eben Tina gewesen wäre, okay, aber Sandra? Die Kleine war dem Anschein nach gar nicht so klein. Zumindest schien sie das Leben mit mehr Durchblick anzugehen als Anna selbst. »Ich dachte, ihr zwei seid, na ja, mehr so das klassische Traumpaar?«, hakte Anna nach.

»Wie? Er jung und dynamisch, und ich noch jünger und hübsch blond? Ja? Logisch, denkt jeder. Du und Carlo seht ja auch aus wie so ein Musterpärchen. Aber verklicker mir mal nich, da is alles Sonnenschein?«

Auf einmal war Anna nervös. War das so offensichtlich, oder fischte Sandra nur zum Spaß im Trüben?

»Sonnenschein? Das wäre wohl ein wenig naiv. Wir wissen ganz genau, in welche Richtung wir laufen, um deine blumigen Worte zu zitieren.«

Sandra nahm es locker und stellte einen zweiten silbernen Kerzenleuchter auf den blauen Läufer, der sich der Länge nach auf dem Tisch ausbreitete.

»Fragt sich nur, ob ihr in die gleiche Richtung lauft, oder?«

Anna fühlte sich ertappt, verbarg es aber. »Da mach dir keine Sorgen, meine Liebe.«

Zusammen hatten sie einen wahrhaft fürstlichen Tisch geschaffen, etwas improvisiert, dafür aber mit umso mehr verspielter Wärme. Doch anstatt stolz und zufrieden auf ihr Werk zu sehen, stand Anna verunsichert neben Sandra und fragte sich zum ersten Mal besorgt, was der Abend an Überraschungen für sie alle bereithielt. Eine seltsame Ahnung beschlich sie, ein unangenehmes Gefühl, das sich nicht mehr wegwischen lassen wollte. Es lag eine seltsame Spannung in der Luft, das wurde ihr schlagartig klar. Und Anna sollte mehr als recht behalten.

»Das ist der beste Gin Tonic, den ich seit, ach was, den ich überhaupt je getrunken hab!«, lobte Lutz sichtlich angetan und ebenso angetrunken.
»Lutz hatte früher einen Spitznamen: Gin Lutz. War mal sein Spezialgetränk«, erklärte Tina.
»Auf diese Art serviert bekommt man ihn leider viel zu selten. Hat mir mal ein Fotograf gezeigt, der überall auf der Welt entweder Architektur-Juwelen oder halbnackte Frauen fotografiert. Am liebsten beides zusammen. Limetten über Eis und Minze, nur so bleibt der Drink frisch. Heute lebt er auf Ibiza und lässt sich seinen Lieblings-Gin extra einfliegen. Der Mann hat Klasse. Außerdem ist Minze gesund.«
»Sicher, und Rotwein is gut gegen Herzinfarkt. Bier beruhigt den Magen und so weiter, wa?«, spottete Tina.
Elli wollte den Aufschlag gerne annehmen, doch sie hörte einen Wagen vorfahren, und Tina war sofort unwichtig.
»Ah, der schnieke Wunderheiler!«, trällerte es aus Berlin.
»Ich bin froh, dass er heut Nachmittag so schnell gekommen is«, stellte Carlo klar.
Elli war verunsichert, sollte sie ihn gleich als Erste willkommen heißen? Oder war es nicht besser, sich zunächst

im Hintergrund zu halten? Ihn aus sicherer Distanz zu beobachten? Wer weiß, ob sie sich nicht den Tag über, in ihrer jugendlichen Schwärmerei, in ein Traumbild hinein gesponnen hatte?
Mit einem kräftigen Schluck versuchte sie wieder Boden unter den Füßen zu gewinnen. Sie konnte hören, wie Anna und Sandra sich aufmachten, den Gast zu begrüßen. Auch Lutz war neugierig geworden und wanderte in die Halle, sein Glas fest in der Hand.
»Elli, kannst du bitte kurz schauen, dass da nix anbrennt! Ich komm sofort wieder.« Carlo freute sich wohl am meisten darüber, dass der Doktor tatsächlich gekommen war. Verständlich, vom Typ her waren sich die beiden Männer gar nicht so unähnlich. Mein Gott, Elli, bleib ruhig! Sie spürte, wie ihre Knie erneut weich wurden. Sie hatte den Mann doch erst einmal kurz gesehen! Innerlich fing alles an zu kribbeln. Sie musste schnell was essen, um wieder ruhig zu werden. Wenn sie schon so nervös anfing, dann war der Abend verloren. Von wegen zappeln lassen!
Vor ihr köchelte es in zwei großen Pfannen vor sich hin. Es roch phantastisch. Dahinter liefen zwei riesige Töpfe auf Hochtouren. Aus dem Ofen zog ein unbeschreibliches Aroma auf, und überall um sie herum standen Schalen und Tellerchen mit vorbereiteten Zutaten, die man nur noch im richtigen Moment beigeben musste. Lauter Indizien für Carlos unschlagbaren Perfektionismus beim Kochen. Sie drehte sich zum Tisch um, auf dem sich eine beeindruckende Palette an Vorspeisen Teller an Teller reihte. Das meiste davon selbst zubereitet und sicher mit einer außergewöhnlichen, persönlichen Note.
Heiko schien das Werk mit kindlichem Stolz zu bewachen, während Tina wortlos gleich mehrere Joints drehte. Die Berlinerin hatte die Ruhe weg.

Die Feigen im Speckmantel lachten Elli besonders an. Das war jetzt genau das Richtige, um die Fassung wiederzugewinnen. Sie schnappte sich eine und spülte sie mit einem kräftigen Schluck hinunter.
Aus der Halle war heiteres Lachen zu hören. Die Chemie schien zu stimmen. Der Doktor war sicher davon ausgegangen, dass sie alle Freunde waren. Was für ein wildes Panoptikum sie in seinen Augen wohl darstellen mussten?
»Ui! Gibst du mir bitte auch eine«, bat Tina, als sie Elli die Feigen picken sah. »Du siehst ja, ich hab alle Hände voll zu tun.«
»Na, na, na!«, protestierte Heiko todernst. »Nich schon alles wegfuttern.« Dann sah er schockiert zu Tina. »Sag mal, du drehst da doch nicht etwa Drogen, oder?«
»Tu mir einen Gefallen und halt die Klappe, ja!«, warf ihm Tina ziemlich unwirsch an den Kopf.
Dann kam die ganze Truppe in die Küche.
»Hier hab ich schon mal a paar kleine Sauereien vorbereitet.« Carlo sprach extra langsamer, damit ihn sein italienischer Gast auch verstand. Das klang zwar ungewohnt komisch bis niedlich, war aber nett und nur ein kleiner Teil des auffälligen Freudentanzes, den er um den Dottore machte. Der bekam flugs seinen Wein, und die anderen bat Carlo, die Antipasti-Teller bitte ins Esszimmer zu tragen.
Das Festmahl konnte beginnen.
Elli begrüßte zurückhaltend ihren Schwarm, der ihre Hand nahm und sie sogleich sanft auf beide Wangen küsste. Mistkerl! Darauf war sie nun wirklich nicht vorbereitet, dass er sie berührte, noch dazu mit seinen Lippen. Es war nur der Bruchteil einer Sekunde gewesen, aber es hatte gereicht, um aus dem Steinboden, auf dem sie stand, eine gefährlich dünne Eisscholle zu machen.
Dann sah er ihr eine Sekunde zu lang in die Augen. Machte

er das bei allen so? Zum Glück hatte Elli sich schnell wieder im Griff. Wenn es darauf ankam, dann war sie eben doch stark. Auch wenn er mindestens doppelt so anziehend war wie schon am Mittag und wieder gefährlich dicht neben ihr stand, so gewann sie doch mit jeder Minute wieder an Statur. Der kochte doch auch nur mit Wasser.
Dann sagte er: »Ich habe schon lange keine so umwerfend gekleidete Frau mehr gesehen!«
Ihre rettende Eisscholle brach entzwei. Elli verschlug es kurz die Sprache. Sie verdammte seine weiche Stimme und das, was er ihr mir seinen Worten antat. Aber sie entgegnete ganz entspannt: »Vielen Dank!«, und schnappte sich zwei Platten. Auf dem Weg ins Esszimmer bot sich ihr die Gelegenheit, in aller Ruhe den Hintern des charmanten Italieners einem kurzen Casting zu unterziehen. Der lässige Herr Mediziner hatte fast das Gleiche an wie tagsüber. Nur das Hemd hatte er gewechselt. Nun trug er ein sehr feines, in zweierlei dunklen Brauntönen dünn gestreiftes Hemd aus teurer Baumwolle mit drei kleinen Knöpfen am Kragen. Italiener und ihre Hemden, das war eine ganz besonders innige Beziehung. Und so viel besser als deutsche Männer und ihre kindische Obsession mit kleinen technischen Spielzeugen.
Der Po konnte sich sehen lassen. Auch wenn der Mann einen legeren Anzug trug, wusste das gekonnte Auge den Faltenwurf und die Ausbeulungen zu deuten. Da mündeten zwei stramme Oberschenkel in zwei knackige Backen. Sehr vielversprechend. Elli bewunderte sich für ihre eigene Schamlosigkeit.
Es dauerte nicht lang und der lange Tisch im Esszimmer drohte unter dem fast unverschämten Angebot an Antipasti zusammenzubrechen. Bis auf Carlo hatte jeder einen Platz gefunden. Und wie es der Zufall wollte, saß der Dottore neben Elli.

Sie war immer noch angenehm überrascht, dass er Carlos Einladung angenommen hatte. Immerhin kannte er sie alle gar nicht. Als sie ihm das sagte, antwortete er, dass die schönsten Dinge eben die spontanen seien. Ob sie ihm zustimme?

»Sicher, Herr …«

»Elia, nennen sie mich bitte Elia, ja?«

»Okay, Elia. Da kann ich ihnen nur zustimmen. Aber so ganz allein unter so viel fremden Germanen?«

»Ich hätte meine Frau mitbringen können«, sagte er und grinste sie wissend an.

Das war es also. Wie egoman und naiv konnte man eigentlich sein? »Aber leider hab ich keine. Noch nicht.«

Wieder dieses ungemein charmante, sanfte Gesicht.

»Wissen Sie, in Italia bevorzugen Frauen heutzutage Fußballer, nicht Ärzte. Ärzte, das war einmal.«

Er lachte freundlich. Ach was, er lachte umwerfend.

Was sollte Elli jetzt machen? Ihn küssen oder ihm eine runterhauen?

Keines von beiden, denn sie musste zuerst möglichst unauffällig einen großen Schwung seines gemeingefährlichen Parfüms einatmen. Elli benahm sich wie eine Zwanzigjährige – und fand es schön.

Ungefragt mischte sich Heiko ein. »Keine Sorge, Doc, bei den deutschen Frauen zählen nur noch die Moneten.«

Tina spuckte fast die Garnele, die sie gerade zerbiss, wieder aus.

»Und trotzdem fahr ich mit dir in den Urlaub«, kommentierte Sandra.

Aber Heiko nahm's locker. Immerhin habe er in seiner Jugend mal sehr erfolgreich Fußball gespielt. »Manche nannten mich den Pelé von Leipzig«, übertrieb er schamlos.

Jetzt war es Sandra, die die Augen verdrehte.

»Carlo, wo haben Sie das alles her? Ich wohne hier und habe noch nie so viel Köstlichkeiten auf einmal gesehen?«
»Vorschlag, sagen wir doch bitte einfach du, oder? Sonst werd ich ganz konfus im Kopf. Also, wir haben Glück gehabt. In Brescia, meine Herren, da ham die einen Wochenmarkt, eine Sensation!«
»Du Carlo, deine Jodlsprache versteht doch kein Mensch! Wie wär's zur Abwechslung mal mit Hochdeutsch?« Ob Heiko freundlich zum Gast oder unfreundlich zu Carlo sein wollte, war nicht ganz klar. Oder wollte er witzig sein?
Elia lachte. »Danke, danke, ich hab alles verstanden. Ich hab in München studiert. War eine herrliche Zeit. Bessere Italiener als bei uns!«
»Ach kiek mal, noch so'n Bayer!«
»Unser Heiko ist ein Ossi, der fremdelt noch ein bisserl, weißt, Elia. Für den ist alles noch ganz neu.«
Jetzt lachten alle, selbst Heiko. Jeder zeigte sich von seiner besten Seite. Es war allerdings auch nicht schwer, in Hochstimmung zu sein bei diesem Angebot an Delikatessen. Tina hatte zunächst nur Augen für eine große Schale Garnelenschwänze, die in einem Zitronenolivenöl mariniert waren, das man nicht mit Gold aufwiegen wollte. Den hauchdünnen Parmaschinken, der die honigsüßen Melonenwürfel, die sich an ihn schmiegten, wohl am liebsten selbst vernascht hätte, hatte sie noch nicht probiert. Die leicht frittierten Zucchiniblüten hatten es wiederum Sandra besonders angetan. Annähernd ein halbes Dutzend davon waren auf ihren Teller gewandert.
Heiko war, was niemanden wirklich überraschte, weitaus weniger bescheiden. Gerade so, als dürfte er sich nur einmal etwas auf den Teller legen, türmten sich darauf nicht die berühmten sieben, sondern mindestens zwanzig Köstlichkeiten. Angefangen bei Tomaten mit Mozzarella, über

leicht angebratene Salamischeibchen, kleine Kalbsschnitzelchen in einer samt-sämigen Limonensoße, mindestens vier an der Zahl, marinierte Pilze mit Speckwürfel, diverse seltene Fische, darunter auch ein kleiner Berg kurz angebratener Jakobsmuscheln, zu denen keiner nein sagen konnte, bis zu tellergroßer, papierdünner Mortadella und, und, und. Heiko hätte eigentlich noch zwei weitere Teller gebraucht.

Anna musste das einfach kommentieren. »Gibt wohl immer noch nix zu essen im Osten, was?«

Doch Heiko blieb cool. »Ne, wir haben gar nix, nur Wodka und Kaviar!«

»Wie wär's mal mit Neckermann-Urlaub, so alles inklusive, all you can eat?«

»Liebe Tina, das hab ich doch auch hier.«

Elia sah in die Runde und stellte eine interessante Frage: »Ihr kennt euch alle sicher schon recht lange, ja? Alte Freundschaften, seit der Schule oder der Uni?«

Für eine Sekunde waren alle still. Dann, genauso gleichzeitig, verschaffte ihnen ein beherztes Lachen wieder Luft und Entspannung.

»Klar, seit der Uni«, scherzte Anna.

»Ach wat, seid'm Kindergarten, ne Heiko?«, setzte Tina noch eins drauf.

»Nein, aus dem Heim für schwer erziehbare Kinder!«, witzelte Lutz.

»Und vorlaute Regimekritiker, gell Genosse?«

Carlo wollte Elia nicht länger verwirren, denn man sah ihm an, dass er sich langsam fragte, wo er hier gelandet war.

»Weißt du, Elia, wir alle sind hier nur zufällig im gleichen Haus. Ein saublödes Missverständnis. Wir kennen uns eigentlich gar nicht.«

»Drei Pärchen und meine vogelfreie Wenigkeit. Also, die

Pärchen kennen sich natürlich schon«, verbesserte Elli ihren Bruder.

»Ja, eine saublöde G'schicht ist des.«

»Mir macht's riesig Spaß«, gestand Sandra.

»Und wie ist das passiert?«, fragte Elia verwundert.

»Der Vermieter hat uns betrogen. Geldgier!«, sagte Lutz trocken.

»Und jetzt ham wa den Salat, wa?«, spottete Tina unbekümmert. »Apropos, ham wa noch wat von dem lecka Ruccola, mit den Pinienkernen?«

Die Vorspeisenteller boten noch immer allerlei Verlockungen.

Wie acht Menschen das alles verspeisen sollten, das war allein Carlos Geheimnis. Und es wollte einfach nicht weniger werden. Doch noch war ihr aller Appetit ungebrochen. Unersättlich wie ein kleiner Junge nach einem Fußballturnier war Heiko mit vollem Einsatz dabei. Er gab wirklich alles. Genauso große Augen und den passenden Magen bewies Lutz, der allerdings weit unauffälliger, aber nicht weniger effektiv vorging. Tina war von den Garnelen zum nächsten Proteinlieferanten, den Jakobsmuscheln, übergegangen.

Natürlich herrschte auch an guten Weinen kein Mangel. Carlo hatte den eh schon beachtlichen Weinvorrat um »ein paar sehr seltene Schmankerl« bereichert. Noch gab es mehr volle als geleerte Flaschen, aber so wie es aussah, sollte sich das bald ändern.

Carlo fiel erneut auf, dass Lutz ganz schön was wegkippte. Er schüttete den seltenen Barolo runter wie nachmittags die Whiskey-Cola. »Hast an rechten Durst, gell Lutz?«

Lutz trank einfach weiter, und das Tischgespräch gewann zunehmend an Fahrt, schoss wie eine Billardkugel von Trinksprüchen hin zur Freude über den warmen Sommer-

tag, die Hitzewelle, den Klimawandel und zum Leben in Italien. Es gab Vergleiche zu Deutschland, davon mindestens sieben Varianten. Heikos Bild von Deutschland war natürlich das kompetenteste. »Das beste Land der Welt.«
»Von wegen! Korrupt bis unter die Decke!«, nörgelte Lutz. »Aber in eurem Mafia-Berlusconi-Freimaurer-Italien ist das ja um keinen Deut besser, oder?«
»Wir sind eben alle Europäer!«, scherzte Elia.
Gespickt wurde das Ganze von so manchem Witz, der gerne auch mal unter die Gürtellinie gehen durfte. Alle waren bester Laune.
Allmählich wurden die Platten, die zum Teil noch halb belegt waren, abgeräumt, und es war Zeit, sich ein wenig die Füße zu vertreten und frische Luft zu schnappen. Zigarettenpause für die Raucher. Für Tina und Lutz sollte es ein großer Joint sein.
Da Heiko für sein Empfinden mit viel zu wenig Aufmerksamkeit von seiner Freundin bedacht wurde, nutzte er die Gelegenheit, um sich ein weiteres seiner unschlagbaren Hemden überzustreifen. Möglichst eines, das nicht so kratzte. Daran mussten die Herren Designer noch hart arbeiten, Stoffe, die einem nicht sofort die obersten beiden Hautschichten abfeilten. Heiko war ein feinfühliger Mensch.
Als er sich kurz darauf wieder seiner großen Liebe präsentieren wollte, in der Hoffnung, mit leidenschaftlichen Küssen und Umarmungen überschüttet zu werden, fand er seine Herzensdame zu seiner Überraschung bei Lutz und Tina an der Terrassentür wieder. Mit den erstaunten Augen einer, die neu in einem geheimen Club aufgenommen wurde, zog sie in vollen Zügen an einem Joint. Heiko war geschockt. Sofort wollte er sie zurechtweisen, oder zumindest protestieren, aber ihm dämmerte, dass er sich damit

nur lächerlich machen und jede Spur von Zuneigung in noch weitere Ferne rücken würde. Also bewies er erneut großes taktisches Geschick und trat kurzerhand die bewährte Flucht nach vorne an. »Ist es gestattet? Darf man sich auch einen Zug genehmigen?«, fragte er betont lässig. Leicht arrogant und mit unbeeindrucktem Grinsen reichte Tina ihm eine »Tüte«, und Tarzan tat sein Bestes, mindestens genauso lange daran zu ziehen wie seine zarte Freundin. Allerdings bewies diese eine weitaus bessere Konstitution, denn erst drehten sich Heikos Augen nach wenigen Sekunden wie Glasmurmeln nach außen, dann lief sein Kopf hochrot an, und schließlich bekam er einen so lauten und heftigen Hustenanfall, dass der Dottore herbeieilte. Elia sah seinem neusten Patienten kurz in die Pupillen, klopfte ihm dreimal ordentlich auf den Rücken und lachte.
»Profi wat?«, spottete Tina.
»Hab, hab«, Heiko räusperte sich mehrmals, »hab mich wohl verschluckt. Tsss, na hör mal, was ist das denn bitte für ein billiges, trockenes Zeug?« Er versuchte die offensichtliche Tatsache, dass dies sein erster Joint, sein erster Kontakt mit Drogen überhaupt war, zu überspielen. Er mimte den Profi, der nur beste Ware gewohnt war. Doch von den paar harmlosen leistungssteigernden Präparaten mal abgesehen, die man ihm ohne sein Wissen in seiner kurzen sportlichen Jugend damals in der DDR verabreicht hatte, machte Heiko immer einen großen Bogen um Drogen. Die Folge des naiven sozialistischen Kaderdopings war übrigens eine dicht behaarte Brust schon im zarten Alter von fünfzehn Jahren gewesen, die er sich seitdem immer noch wöchentlich enthaaren lassen musste. Nicht nur das hatte sein Verhältnis zum Arbeiter-und-Bauern-Staat schon früh getrübt.
Mit Forscherblick untersuchte Heiko seinen ersten Joint.

Denn dieses gerollte Teufelszeug hatte eine hartnäckige, nicht zu unterschätzende Wirkung auf Heikos optische Wahrnehmung. So überraschte es ihn zum Beispiel, dass seine Sandra heute Abend grünes Haar trug. So wie es ihn generell verwunderte, dass im Nu alle grünes Haar trugen. Er etwa auch? Hatte jemand Perücken verteilt? Seinen eigenen Kopf konnte er leider nicht sehen, zu schade, oder vielleicht auch besser so, denn er fühlte sich irgendwie viereckig an. Auch fand er es bedauernswert, dass alles um ihn herum plötzlich nur noch zweidimensional war. Die räumliche Komponente war weg. Alles war so, so flach. Alles, der Raum, die Menschen, die Möbel, erschien ihm so platt wie im Fernsehen. Außerdem war die Auflösung miserabel, lauter viel zu grobe Pixel. Unterstrichen wurde sein Gefühl durch das leicht verwackelte, doppelt belichtete, bunt umrandete Bild, das sich ihm bot. 3-D-Kino ohne Brille. Er hatte eine Idee! Der Joint! Sollte er vielleicht noch einen Zug nehmen, um seine Optik wieder scharf zu stellen, oder lief er dann erst recht Gefahr, nur noch schwarzweiß zu sehen? Seinem ersten Impuls folgend, hätte er sich weggedreht, aber er folgte seinem zweiten. Und der legte ihm nahe, es noch einmal zu probieren. Einmal ruhig einatmen, einen gesunden Lungenzug bitte! Sein Bewusstsein wurde durch einen Fleischwolf gedreht, und zack, da war es auch schon: das schwarzweiße Bild. Hätte Heiko gesehen, dass sich seine Pupillen kurz querstellten und zu Schlitzen verformten, so dass man ihn ohne Mühe für einen Amphibienmenschen halten konnte, dann hätte er sich wohl Sorgen gemacht. So aber fasste er den Entschluss, seine beiden Gehirnhälften mit einem ordentlichen Schluck Gavi wieder ins Gleichgewicht zu bringen. Alkohol war seit jeher die beste Medizin! Prost und scharf stellen, bitte! Ob das auch in seinem Fall so hundertprozentig zutraf, darüber ließ sich streiten. Aber noch war der Abend jung und unschuldig, wie es so schön und trügerisch hieß. Im Vergleich zu Heiko, dem unschuldigen Novizen in der so endlosen Welt der Rauschmittel, stellten sich Elli und der Dottore weitaus professioneller an. In Erinnerung an die guten alten Tage gönnten sich die beiden ebenfalls ein, zwei Züge und schmunzelten sich dabei zu. Man konnte auf die gewachsene Erfahrung der Studientage zurückgreifen und machte eine bessere Figur als der dauergrinsende ostdeutsche Vertreter eines westdeutschen Versicherungskonzerns. In einem Punkt allerdings mussten sie Heiko zustimmen. Mit dem harmlosen Nachtschattengewächs, das man in den leider nur halb so wilden Achtzigern zu rauchen pflegte, hatte diese hochgezüchtete, bis ans genetische Limit manipulierte Pflanzenbombe rein gar nichts zu tun. So wie Tee heute nach zig verschiedenen Kaugummiaromen schmeckte, nur eben nicht mehr nach Tee, so war dieser Pharmahammer näher an gewachsenem LSD dran als an allem, was damals in Marokkos Gärten oder auf dem Dachboden der unwissenden Großeltern gezüchtet worden war.

Auch Elli schlackerten die Ohren. Das war ihr erster Joint nach sehr langer Zeit. Sie lachte, denn ihrem Schwarm schien es kaum anders zu ergehen. Sie konnte schwören, dass auch seine Erde zu einer Scheibe und dann wieder eine Kugel wurde.

Er fasste sie bei der Hand, um gemeinsam weiter raus auf die Terrasse, an die tatsächlich frische Luft zu gehen. Ob, er ihre Hand hielt, weil er ihr Halt geben wollte, oder ob er eher selbst welchen suchte, war schwer zu sagen.

Als Tina das frische Pärchen davonwanken sah, hatte sie ihren Spaß.

»Wie wär's mit Musik?« Und schon verschwand sie im Haus.

Dort wäre sie beinahe mit ihrem Lieblingsopfer zusammengestoßen. Mit seinem ausgeprägten Talent, sich das Leben nicht immer wirklich einfacher zu machen, hatte Heiko beziehungsweise das, was noch von ihm übrig war, es sich partout in den Kopf gesetzt, Anna beim Abräumen zu helfen. Zu seinem Glück warteten nur noch wenige Teller auf den Abtransport in die Spülmaschine. Doch auch die waren hilflose rohe Eier in Heikos psychodelischen Händen, die es nur mit Mühe schafften, der Schwerkraft ein Schnippchen zu schlagen. Heiko tänzelte wie ein arbeitsloser Zirkusclown mit waghalsigem Glück durch die Zimmer und faselte irgendetwas von einem holländischen Tulpenzüchter mit blauen Wunderpillen.
Derweil hatten sich draußen auf den untersten Stufen der Terrasse die zwei glucksenden Turteltauben niedergelassen. Turteln, das war genau das, was Carlos Schwester mit ihrem charmanten Mediziner hier im Garten der verträumten Villa machte. Auch wenn ihr erwachsenes Turteln ständig von beinah kindlichem Kichern unterbrochen wurde.
Die Spuren des gnadenlos heißen Tages verharrten weiterhin wie ein träger, staubiger alter Wattebausch in der Luft. Doch von den Bergen her kämpften sich dunkle Wolkentürme langsam über die Gipfel, als wollten sie die bleischwere Saharaluft wieder in ihre Schranken weisen. Ob es ihnen gelingen würde, war schwer vorherzusehen. Konnte gut sein, dass das, was sich eben noch so mächtig aufblähte, bald wieder entmutigt in sich zusammenfiel.
Genauso gut war es möglich, dass Ellis zarter Flirt sich gleich wieder in die Sommernacht verflüchtigte. Doch zu ihrer Überraschung legte Elia sich ins Zeug und sagte unbeholfen: »Elli und Elia, wir haben die gleichen Namen. Wenn das kein Zeichen ist.«
»Fast die gleichen Namen. Und ja, ich glaube, es ist reiner

Zufall.« Zu leicht sollte er es nicht haben. Als Nächstes fragte er sie womöglich nach ihrem Sternzeichen.

»Liebe, schöne Elli, da wäre ich mir nicht so sicher. Ich kenne mein Leben, es ist eine einzige Vorbestimmung.«

Vorbestimmung, fragte sie sich. Was ging in dem attraktiven Italiener vor? War er etwa schon einige, entscheidende Schritte weiter als sie?

»Was ist dein Sternzeichen, schöne Münchnerin?«

Elli lachte herzhaft. Das war alles nicht wahr. Wenn ihr Carlo gestern Morgen gesagt hätte, dass sie an diesem Abend stoned mit einem attraktiven Arzt über Sternzeichen flirten würde, sie hätte ihn auf der Stelle entmündigt. So charmant sie die Frage jetzt doch fand, vor allem die Absicht dahinter, sie würde darauf nicht antworten. »Widder«, sagte sie. Ihr Herz war schneller als ihr Verstand und umgekehrt.

»Ha!« Elia sprang auf wie von einer Wespe gestochen, vollführte eine Pirouette und setzte sich wieder.

»Ich bin Schütze! You are my perfect match! Wir sind quasi füreinander geschaffen«, jubelte er.

Hatte da eben der Mann, den sie, wenn es hochkam, vielleicht drei Stunden kannte, von »wir« gesprochen, vom »perfect match«? Er wurde ihr unheimlich. »Wir? Das geht aber schnell!«

»Sicher! Mit der Tür ins Haus fallen, das ist meine Spezialität. So bin ich. Italiener schwärmen eben gerne. Und wir verlieren keine Zeit. Außerdem, meine Liebe, und das ist als Kompliment gemeint, wir beide sind auch keine zwanzig mehr. Um den heißen Brei tanzen, das sollen die anderen. Ein Mann in meinem Alter, der weiß ziemlich genau, was er will.«

»Ziemlich?«

»Ganz genau.«

»Elia, Sie, du, du kennst mich gar nicht?«
»Dann werd ich dich jetzt kennenlernen!«
Zart streichelte er ihre Schläfe und sah ihr dabei in die Augen. Das gab ihr Zeit, sein Gesicht genauer zu betrachten. Es war gezeichnet von Müdigkeit und Ernüchterungen, davon erzählte seine faltige Stirn, die sich wie ein Vorhang auch über seine Augen legen wollte, aber die buschigen, grauen Augenbrauen stemmten sich dem wie Borstenpinsel tapfer und mit einer spitzbübischen Hoffnung entgegen. Auch die Falten in seinen Augenwinkeln verrieten ihr, dass Elia lieber lachte als trauerte. Er hatte eine seltene und angenehme Mischung aus Tiefe und Leichtigkeit.
Für einen Kuss war es nun wirklich zu früh, aber er lag in der trockenen Luft, die allem den letzten Tropfen Wasser entzog und somit auch sie beide ganz wirr machte.
Bis in die letzte Kammer ihres verschlossenen Herzens schlich sich Elias Wärme und riss alle mühsam aufgerichteten Dämme und Barrieren ein. Plötzlich war er ihr ganz nah. Er roch an ihr, ohne sich um ihre Erlaubnis zu scheren, an ihrem Hals und an ihrem Nacken. Elli wurde von einer nebeligen Wolke aus Sandelholz eingehüllt und drohte sich darin zu verlieren. Ganz kurz. Für immer. Sie wollte nicht erwachen.

Den ganzen Weg bis in die Küche hatte Heiko den großen, reichverzierten Porzellanteller balanciert, wie auf einem Drahtseil, durch einen wirren Klang- und Lichttunnel. Dann jedoch siegte die Schwerkraft, er stolperte direkt vor Annas Füßen, und der Teller zerbrach in tausend Einzelteile. Anna war nicht einmal erschrocken, dafür war der kleine Unfall einfach zu vorhersehbar gewesen.
Heiko zuckte kurz, dann kicherte er vor sich hin, wie ein

Teenager bei seinem ersten Rausch. Er gluckste: »Uuups!«, und entschwebte in eine andere Welt. Er fand sich mit einem Mal in New York wieder, in einem Hotelzimmer mit zwei Frauen, beide jung. Die eine war dick und hübsch und die andere dünn und dafür weniger ansehnlich. Wahnsinn, selbst seine Träume waren schwarzweiß! Aber das war kein Traum, sondern eine Erinnerung an seinen ersten und einzigen Kurztrip zum Big Apple. Ein Tombola-Gewinn. Damals gab's noch keine Sandra.

Heiko sagte so etwas Ähnliches wie »Biihk Ebbel« und sah kurz, sogar in Farbe, Anna vor sich stehen, aber was meckerte sie? Spesen? Scherben? Meine Güte, sprach die undeutlich! Die lallte ja. Hatte wohl zu viel erwischt. »Inga eg om Alokol!«, riet er ihr. Ein fürsorglicher Tipp, die Finger von der Flasche zu lassen.

Plötzlich sah er wieder alles scharf, aber längst nicht in Farbe. Und da war auch wieder Annas Stimme. »Heiko! Erde an Heiko! Wie lang willst du da noch stehen bleiben? Oder dürfte ich mal vorbei?«

Für einen kurzen Moment kam Heiko wieder zu sich. Er realisierte, dass er schwitzte. Ihm war heiß, heiß wie in einer Sauna. Er musste sich hinsetzen und Wasser trinken. Dieses Zeug! Nie wieder werd ich einen Joint rauchen, schwor er sich und nahm auf seinem angestammten Stuhl Platz.

Eine Pfanne mit schwitzendem Knoblauch in der linken und eine Schale mit gewürfelten Karotten in der rechten Hand schenkte Carlo seinem etwas ungeschickten, ehemaligen Kochgehilfen keine Aufmerksamkeit. Er war hochkonzentriert, das sah man ihm an.

Aus dem Esszimmer schallte nun laute Musik. Tina hatte ganz offensichtlich die Anlage gefunden und sich unter den Nagel gerissen. Irgendein Guru beschwor in einer faszinierenden Mischung aus Englisch und Indisch, Hindu und Kauderwelsch eine banalen Lebensweisheit, die ein hochnervöser DJ mit Beats im wohligen Rhythmus eines Presslufthammers unterlegt hatte. Peace and Harmony. And Harmony and Peace. Bumm, Bumm, Lärm!

»Will die uns foltern?«, fragte Heiko.

Carlo war gestresst. »Bitte, bitte macht die Musik leiser, sonst brennt mir hier alles an!«, schimpfte er unüberhörbar durch das ganze Haus.

Anscheinend hatte diese Drohung Gewicht, denn Tina und der Guru erbarmten sich, und kurz darauf erklang ein Klassiker von Eros Ramazzotti.

Das gefiel Carlo schon viel besser. Und nicht nur ihm. Die komplette Küche wollte sich mit einem Mal in ein schnulziges Ramazzotti-Video verwandeln. Dampfende Töpfe, Pasta, Wein und die Stimme von Eros. Während Carlo nur locker mit den Hüften wackelte und sogar Anna einen sehnsüchtigen Blick bekam, schwang sich Heiko, dessen Optik sich allmählich wieder komplett zurückmeldete, dazu auf, mit Kochlöffeln als Drumsticks bewaffnet, Eros und seiner Band ein wenig Unterstützung zu leisten. Was für ein Ereignis. Noch nie hatte Ramazotti so einen begeisterten Trommler in der Band. Anfangs bewies Heiko sogar etwas Talent und Taktgefühl, sehr schnell aber hob er, berauscht von den ersten Erfolgen und weiterhin von Tinas Joint, ab und gab eine Performance, die das Tier der Muppetshow, die ausgeflippte Schlagzeugpuppe, vor Neid hätte grün werden lassen. Aus dem schnulzigen Ramazzotti-Video drohte ein schnulziges Metallica-Video zu werden, so dass Carlo kurz alle Töpfe sich selbst überließ und dem neuen Stern am Schlagzeugerhimmel die Kochlöffel entriss. Heiko, gerade mitten im Solo, plumpste jäh zu Boden.

»Aus is, Heiko Ramazzotti!«, sagte Carlo.

Große Kunst hatte es noch nie einfach gehabt, diese harte Wahrheit musste an diesem Abend auch Heiko lernen. Mit seinen Fingern weiter schnippend, verabschiedete er sich flugs ins Esszimmer. Er wurde von Lutz abgelöst, der als Nächster den Weg in die Küche fand.
»Der hat wohl ein bisschen zu viel erwischt?« Dabei deutete er in Heikos Richtung. »Haben wir eigentlich Ramazzotti im Haus?«
»Was raucht's ihr da für einen Mist?«, brummte Carlo.
Doch Lutz ging gar nicht auf die Frage ein. »So ist er eigentlich viel netter. Nicht so verkrampft.«
»Weißt du, Lutz, ist eben nicht jeder so irre ›locker‹ wie du.« Anna war hinter ihm aufgetaucht. Sie nahm zwei kalte Flaschen Weißwein aus dem Kühlschrank und verschwand damit auf die Terrasse.
Auch darauf reagierte Lutz nicht, vielmehr wandte er sich an Carlo.
»Ramazzotti?«
»In der Kammer.«
»Kompliment. Die Antipasti. Hat irre gut geschmeckt. Brauchst du Hilfe?« Lutz war fündig geworden und füllte zwei Glas randvoll.
»Meinst du, weil mein anderer Küchenjunge grade im Nirwana schwebt?«
»Keine Ahnung, wo der schwebt. Nirwana? Das bezweifle ich.«
Lutz möge die Teller in den Ofen stellen, bat Carlo.
Eros Ramazzotti legte einen neuen Song nach, und Sandra schwebte herein. Auch sie lobte Carlo, jetzt schon zum zehnten Mal. Carlo gab nur ihr eine Löffelspitze einer der Soßen zu probieren, die er auf seinem magischen Herd ständig weiter verfeinerte. Sandra riss ihre leuchtenden Augen auf und bettelte sofort um mehr, aber Carlo ließ sich

nicht erweichen. Bis zum Hauptgang müsse er sie noch »a bisserl« auf die Folter spannen.

»Aber kein zu großes bisserl!«, forderte Sandra, die, im Gegensatz zu ihrem enthemmten Freund, Carlos bayerischen Akzent süß fand. So wie sie vieles an ihm süß fand. Was manchmal gar nichts und manchmal so einiges heißen konnte. Sie gab dem Süßen einen Stupser in den Bauch und entschwand schon wieder wie eine kleine Fee ins Wohnzimmer zum trällernden Eros.

Was seine Motivation, Carlo unter die Arme zu greifen, anging, hatte Lutz seine Schmerzgrenze schon längst wieder überschritten. Ohne daraus gleich eine Schlagzeile zu machen, wollte Lutz sich heimlich und leise wieder aus der Affäre ziehen.

»Bist schon erschöpft?«, fragte Carlo.

Lutz fühlte sich unangenehm ertappt. Küchenarbeit sei irgendwie nicht sein Ding. Das müsse Carlo ihm bitte verzeihen. Er sei mehr ein geistiger Arbeiter.

»Aha! Geistig? So, so. Ich bin eben mehr so der Handwerker.«

»So hab ich das natürlich nicht gemeint.«

»Ich tät sagen, du bist einfach faul, oder?«

»Also, ich bitte dich. Alles andere als das. Ich bin ruhelos. Das kann ein Fluch sein. Faul? Ach, das wäre ich gerne.«

»Dann eben ruhelos faul.« Carlo amüsierte sich, ohne sein Essen auch nur eine Sekunde aus den Augen zu lassen. Was er denn so ruhelos arbeite, hakte Carlo nach.

»Ich finalisiere momentan meine Magisterarbeit.«

»Also studieren. Klingt sehr anstrengend.«

Eros legte eine wohlverdiente Pause ein und machte den Platz frei für neue Musik. Von ihrem misslungenen Start abgesehen, mauserte sich Tina allmählich, denn nun machte sich der große Paolo Conte am Klavier zum Clown und

sang herrlich abgedreht »Come di«, was sich anhörte wie »Comedy«. Das war genau nach dem Gusto des Chefkochs.
»Und was is das Thema von deiner Arbeit? Die Ausbeutung der Weltverschwörer? Oder Heikos Ausweg aus dem Hamsterrad?«
Carlo konnte nicht wissen, wie sehr er ins Schwarze getroffen hatte. Lutz ärgerte sich, denn er hatte am Nachmittag viel zu viel geredet. Aber was sollte Carlo schon anrichten? Außerdem war Lutz mit seiner Enthüllungsgeschichte so gut wie fertig. Lediglich ein paar Fakten und, na ja, die Sprache verlangte noch nach ein wenig Feinschliff.
In der Küche war es viel zu heiß für Lutz. Unerträglich. Tinas Joint hatte selbst ihn nicht ganz unbeeindruckt gelassen. Er war ja einiges gewohnt, aber bei diesem Kraut war Respekt angebracht, sonst konnte es einen leicht in die Knie zwingen. Kurz malte er sich aus, was wohl in Heikos jungfräulichem Kopf abgehen mochte. Das war bestimmt eine lustige Achterbahnfahrt, denn Heiko war unter Garantie ein Greenhorn. Lutz sehnte sich nach einem großen Schwall frischer Luft, aber er wollte Carlo nicht das letzte Wort lassen. »Wenn du's genau wissen willst. Gewisse, verdunkelte Machtverhältnisse streife ich thematisch, ja.«
»Hast du das heute Nachmittag alles ernst gemeint, oder wolltest nur den Heiko ein bisserl ärgern?«
Sicher hatte Lutz es ernst gemeint. Todernst. Warum sollte er bitte Heiko ärgern? Der ärgerte sich doch selbst ausreichend. Schweiß perlte auf Lutzens Stirn. Jetzt sah Carlo, dass der Kerl ganz schön ins Schwitzen kam. Unter seinen Achseln drohten sich zwei große, feuchte Flecken durch das schwarze, ausgewaschene Hemd zu fressen.
»Die bösen reichen Leut, ja?« Carlo nahm keine Rücksicht auf den Berliner.
»Das ist äußerst vereinfacht«, korrigierte Lutz, »trifft es al-

lerdings doch sehr auf den Punkt. Eine relativ kleine, unfassbar reiche Gruppe von Menschen ist von einer derart diabolischen Gier getrieben …« Lutz kam wieder in Fahrt. Mit einer hastigen Bewegung wischte er sich den Schweiß von der Stirn, »… diese Gier, diesen Machthunger, das können wir uns gar nicht vorstellen. Du und ich. Das spielt sich in einer politischen Dimension ab, die unser aller Leben, ja den ganzen Planeten, unsere Zukunft ultimativ bedroht. Wenn du denkst, die hätten ein Gewissen, dann täuschst du dich gewaltig.«

»Und?« Mehr hatte Carlo nicht zu sagen.

»Wie? Und?«

»Ja, was machst du dagegen?«

»Auf der privaten Ebene bin ich da komplett machtlos.«

Carlo wollte auf etwas anderes hinaus. Er fragte Lutz, ob er denn anders wäre? Ob er frei von der Gier nach Geld und Macht wäre und ob er wüsste, wann Schluss sei? Ob er die große Ausnahme sei, einer, der Genügsamkeit verstehen und wirklich fühlen könne?

»Pah, was denkst du denn? Ich, mein Lieber, ich habe ein Gewissen. Und das lass ich mir auch von keinem nehmen. Von niemandem! Das schwöre ich dir!«

»Und das Geld hier? Der lächerliche Finderlohn oder«, das nächste Wort betonte Carlo besonders, »das Schmerzensgeld?«

Lutz war ihm in die Falle gegangen, das wurde ihm schnell klar. Hinter der Fassade des gemütlichen Bayern verbarg sich also doch ein heller Kopf.

»Hier kreuzen sich die private und die politische Dimension.«

»Sieh mal einer an. So einfach ist das?«

»Ja, so einfach ist das«, sagte Lutz trotzig und floh. Jetzt war es ihm endgültig zu heiß geworden.

Mit einem Kopfschütteln wandte sich Carlo wieder seinem zweiten Gang zu. Dieser Lutz hatte sich nicht nur in was verrannt, sondern belog sich dazu noch schön selbst. Carlo genoss es, endlich allein in der Küche zu sein. Doch leider freute er sich zu früh. Langsam kam er sich vor wie im Theater oder einer Praxis, denn als Nächste machte ihm Tina ihre Aufwartung, gerade so, als hätte sie eine Nummer gezogen.

»Hi, Maître de cuisine! Det riecht ja schon wieder hammerartig!«

»Wir sind hier übrigens in Italien.«

»Si maestro di cucina. Besser? Wat haste denn mit meim Lutz gemacht, der sieht ja ganz verstört aus?«

»Liegt wohl an deinen Heilkräutern.« Auf keinen Fall wollte Carlo das Zeug in seiner Küche haben.

»Nö, det isser doch gewöhnt?«

»Vielleicht liegt's an der allgemeinen Weltverschwörung?«

Tina verstand sofort. Halb genervt, halb belustigt nahm sie sich eine Wasserflasche aus dem Kühlschrank. »Oweija, hat dir Lutz erklärt, wie die Dinge laufen, ja?« Sie schenkte sich ein großes Glas ein und nahm einen ordentlichen Schluck. Carlo gefiel ihre Selbstsicherheit. Jede ihrer Bewegungen strahlte eine bewundernswerte Gelassenheit aus. Man konnte gut meinen, sie wohnte hier seit Jahren und alle anderen waren nur ihre Gäste. Sie war das absolute Gegenteil von Lutz, der oft nur wie ein Schatten wirkte und dessen Gesten manchmal nur schemenhaft waren. Lutz hatte die Gabe, sich selbst so ins Nichts zu filtern, dass man ihn leicht übersehen oder vergessen konnte. Vielleicht war das ja seine Absicht, damit er den Verschwörern entwischen konnte? Carlo wunderte sich, was diese lebensfrohe und selbstbewusste Frau an so einem deprimierenden Mann wie Lutz fand?

Als hätte sie Carlos Gedanken gelesen, sagte Tina: »Früher, da war Lutz anders. Viel lustiger, nich immer so verkopft, weste. Aber vor zwei Jahren hat er erst mit Sport aufgehört, dann mit dem Lachen und zum Schluss mit dem Sex. Oder war's andersrum? Haha! Liegt wohl an seiner Magistersache. Hat sich irgendwie reingegraben und kommt nich mehr raus, wa? Det darfste allet nich ernst nehmen.«

So viel wollte Carlo überhaupt nicht wissen. Er war verunsichert. Aber Tina stand neben ihm und schaute zu, was er da so zusammenkochte. »Det machste aba fein!«

»Also Entwarnung, keine Weltverschwörung?«, witzelte Carlo.

»Natürlich läuft da ne Riesen-Verarsche. Aber det war ja wohl schon immer so. Da muss man nich viel studieren für. Und so schlecht geht's uns ja auch wieder nich, wa? Vor allem nich heute Abend, stimmt's Paule Boküse?«

Carlo musste grinsen, diese Tina war manchmal einfach lustig. Ihre Klappe, so was gab es in München selten. »Du bist vielleicht eine Spezialistin!«, sagte Carlo. Aus seiner Wortschatzkiste war das eine Art Kompliment. Er wusste, dass er mit Worten nicht einmal im Ansatz so locker jonglieren konnte wie mit allem, was er hier in der Küche vor sich hatte.

Ohne Vorwarnung gab Tina ihm einfach einen Kuss auf die Wange, so wie man seinen Onkel oder einen guten Freund küsste, und sagte unverschämt keck im Weggehen: »Und nich vergessen wa, Liebe geht durch den Magen.«

Carlo sah ihr verwundert hinterher. Wie sollte er denn das nun wieder verstehen?

Die Nacht flirrte sommerlich, und all die Vögel, die tagsüber vor der grellen Hitze geflohen waren, verwandelten das dunkle Firmament in einen wilden Konzertsaal. Nur die Fledermäuse flatterten hin und wieder geräuschlos über Elli und Elia hinweg.
Zusätzlich gab Paolo Conte hinter ihnen ein Wunschkonzert, wie es das Leben leider viel zu selten war. Heute Abend allerdings konnte sich Elli nicht beschweren. In den letzten Stunden gab sich der große Drehbuchschreiber ihres Lebens ausnahmsweise mal so richtig Mühe. Er wollte sich mit ihr versöhnen, indem er ihr diesen bezaubernden Elia schenkte. Hätte sie sich selbst einen Traummann entwerfen dürfen, sie wäre nicht auf so viele schöne und interessante Details gekommen. Elia war nicht nur solo, er war dazu auch nicht geschieden, kein Ex-Häftling oder latent schwul. Er war einfach nur lange Jahre im Ausland unterwegs gewesen, als Arzt ohne Grenzen, und hatte deswegen nie richtig sesshaft werden können. Dass er sich von so manch bezaubernder Frau die einsamen Stunden hatte versüßen lassen, das stand außer Frage. Aber er hatte niemanden, keinen Schatten, der sein Leben terrorisierte. Keine verhaltensgestörte Tochter wie Martin, die ihren Vater ständig mit schlecht gespielten Depressionen, dem bald bevorstehenden Drogentod oder ihrem privaten Staatsbankrott um ihre schrill lackierten Finger wickelte. All die Jahre hatte dieses Biest auch in Ellis Leben reingefunkt, hatte, nachdem sie kein Blut saugen konnte, umso mehr Gift und Galle gespuckt und verbrannte Erde hinterlassen.
Elia kam anscheinend fast ohne Gepäck aus der Vergangenheit, nur mit einem leichten Koffer unterm Arm, fertig für eine neue Reise. Diesmal aber war ein richtiges Zuhause sein Ziel, denn, so fand er, es war Zeit geworden für ihn, anzukommen. Seit einem Jahr sei er wieder in Italien. Er

habe auf der ganzen Welt genug Menschen geheilt, nun seien zur Abwechslung die Italiener dran. Auch wenn er bezweifle, dass die therapierbar, geschweige denn noch heilbar waren, scherzte er. Das Italien seiner Jugend und seiner Studienzeit, das gab es meiner Meinung nach nicht mehr. Die Kultur, die Klasse, die lässige und gewitzte Lebensart, die sein Land in aller Welt so berühmt gemacht habe, all das sei einer grotesken Maskerade gewichen. Innerlich wie äußerlich sei das zwischenmenschliche Feingefühl verlorengegangen, die Wärme, die Liebe zum Detail und zum Charakter, dem Wesen der Dinge. Es zähle nur noch das Geld und die große Show. Wer zum Beispiel heute die Grandezza einer Sophia Loren suche, der Traumfrau jedes Mannes in seiner Jugend, der sei verloren. Stattdessen stellten sich einem überall Frauen in den Weg, die einem zuerst ans Geld und dann an die Gurgel wollten. Sein ganzes Land sei dabei, sich zu verkaufen und zu verraten.

Er war sehr offen. Wie sie beide überhaupt sehr offen miteinander waren. Es hätte auch gar keinen Sinn gehabt, sich etwas vorzumachen. Sie waren sich schon viel zu nah. Bereits nach wenigen Sätzen waren sie sich vertraut, wie es sich andere erst nach Jahren, und manche nie, waren. Elli konnte sich nicht erinnern, dieses Gefühl jemals gehabt zu haben, nicht in dieser Klarheit. Die plötzliche, starke Anziehung, die sie beide in ihren Bann gezogen hatte, war genau das, was die Menschen seit Jahrhunderten versuchten in Worte zu fassen und es doch nie würden erklären können. Sie nahm sein Gesicht in ihre Hände und küsste ihn auf seine vollen Lippen, lange und intensiv. Unter ihren Fingern an seinem Hals fühlte sie, wie sich sein Puls beschleunigte. Am liebsten hätte sie auch seinen Herzschlag ertastet und den Pulsschlag seiner Männlichkeit. Sie wollte sich ganz gehenlassen, ohne Rücksicht, ohne Angst, sich

einfach nur hingeben und erobert werden, von dem Mann, der ihr so fremd und so vertraut war.
Gleichzeitig fürchtete sie, dass irgendwo ein bösartiger Hinterhalt auf sie wartete. Doch ihr Pessimismus konnte sie mal kreuzweise. Vielleicht war sie ja dieses Mal schneller. Elia zumindest gab ihr die sichere Gewissheit, genau das Richtige zu machen.
Sie wollten beide gar nicht mehr aufhören, sich zu küssen, doch von drinnen rief Tina schrill zum nächsten Gang.
Elli hoffte, dass keiner das knutschende Pärchen gesehen hatte, als sie wieder zur Terrassentür gingen, so, als wäre nichts passiert, und Elia noch einmal kurz ihre Hand nahm. Verschwörerisch zwinkerte er ihr zu.
Dann kam er, der zweite Gang, primo piatto, der den Antipasti in nichts nachstand. Es gab zwei Gerichte zur Auswahl. »Gnocchi mortadella e ricotta con spinaci aus der Emilia-Romagna für potenzielle Vegetarier und aus dem Friaul Polpo con fagioli«, verkündete Carlo festlich.
»Sieht jut aus!«
»Und was ist das genau?«, fragte Sandra.
Die Gelegenheit für Heiko, der seine Musikerkarriere zur Seite gelegt hatte und wieder klarer denken konnte, seine frisch angelernte Küchenmeisterschaft unter Beweis zu stellen.
»Gnocchi, also Kartoffelbällchen, mit Ricottakäse, Mortadellawurst und Spinat zum einen, und Oktopus mit …« er musste überlegen, wollte dies mit einem Grinsen und der Suche nach der Weinflasche überspielen, »mit Bohnenpüree zum anderen. Stimmt's, Chef?«
Das waren ja ganz neue Töne, staunte Anna. Chef? Heiko wollte also unterwürfig auf gut Freund machen, um an das Geld heranzukommen?
Bis auf Lutz, dem der Tintenfisch suspekt war, probierte

jeder von beiden Gerichten. Und alle waren hin und weg. Auch Elia, der sich die ganze Zeit mit Carlo über die italienische Küche unterhalten hatte, musste ohne Umschweife zugeben, dass er selten so gut gegessen hatte, nicht mal in seinem eigenen Land.

Carlos Wangen wurden rot vor Stolz und Zufriedenheit. Eigentlich war er nicht der Typ, der es auf das Lob anderer abgesehen hatte. Doch von einem Italiener, den er schätzte, Anerkennung fürs Kochen zu kassieren, das war schon was Besonderes.

Es war schon reichlich spät, und sie waren noch nicht einmal beim Hauptgang angelangt. Doch von Müdigkeit keine Spur. Ganz im Gegenteil, alle waren aufgedreht vom Wein und dem wilden Geplapper am Tisch.

Im Hintergrund melancholierte leise Chet Baker vor sich hin. Tinas I-Pod war voller Überraschungen.

Schon war Carlo wieder in die Küche abgetaucht, um den nächsten Gang zu vollenden. Diesmal leistete ihm Elia Gesellschaft, denn er wollte sich für die Einladung bedanken. Aber vor allem wollte er den Bruder dieser umwerfenden Frau näher kennenlernen.

Elli ließ die beiden Männer lieber allein. Zwar hätte sie ihren Dottore nur zu gern wieder in den Armen gehalten, aber sie hatten heute schon genug überstürzt. Eine kleine Verschnaufpause konnte nicht schaden.

Kaum war der Gast in der Küche verschwunden, da versuchte Heiko das Thema wieder auf das Geld zu lenken.

»Da sitzen wir also auf zwei Mios und hauen uns die Bäuche voll. Wer hätte das gedacht!«

»Verschon uns bitte mit dem Geld! Ja? Wenigstens heute Abend!«, versuchte Anna ihn zu stoppen.

Doch Heiko ließ nicht locker. Immerhin hätten sie das fürstliche Essen dem Geldfund zu verdanken, oder etwa nicht? Er habe ja Verständnis für ihren Fuß, aber deswegen das Geld zu verdammen? Das sei nicht fair.

»Das hat nichts mit Fairness, sondern mit Gier zu tun«, konterte Anna.

»Das sind aber ganz schöne Geschütze«, parlierte Heiko. Ein leichtes Lallen nahm seinen Worten jede Kraft.

Er solle ihnen doch bitte nicht die Stimmung vermiesen, ermahnte ihn Sandra streng und etwas angesäuert. Langsam fingen die beiden an, die Rollen zu tauschen, das war erstaunlich. Elli ging zu Tinas iPod, um zu sehen, was sie sonst noch alles in ihrer handlichen Jukebox mitgebracht hatte.

Lutz meldete sich, betont sachlich, zu Wort. Es gäbe viele triftige Gründe, das Geld untereinander aufzuteilen, persönliche Bereicherung allerdings sei, was ihn beträfe, die letzte Motivation. Selbst mit dem ganzen Wein im Blut konnte Lutz noch solche Sätze formulieren, wunderte sich Elli.

Schon wieder dieser Freak, dachte sich dagegen Heiko. Das höre sich ja toll an, aber er glaube ihm kein Wort.

»Wenn ich das sage, dann kannst du mir das sehr wohl glauben.«

»Soso? Schöne Uhr!«, bemerkte Heiko betont beiläufig. Schon vorher war Heiko aufgefallen, worin Genosse Lutz sein Schmerzensgeld investiert hatte. Nur hin und wieder kam die bescheidene Rolex zum Vorschein, die Lutz unter Garantie keinem Straßenhändler abgeluchst hatte. Die Uhr war zwar ein eher unauffälliges Exemplar der bekannten Weckerschmiede, aber Heiko kannte ihren Preis. Er glaubte Lutz kein Wort.

Und er verfehlte sein Ziel nicht, denn in der Sekunde lief Lutz knallrot an, gerade so, als hätte man ihn auf frischer Tat ertappt.

Alle anderen mussten lachen, nur Lutz machte einen wortlosen Abgang in den Garten.

Ob er seinem Ziel wirklich näher gekommen war, konnte Heiko nicht einschätzen, aber er genoss seinen kleinen Sieg über den Schwätzer.
Die secondi piatti waren schneller fertig als erwartet. Wieder standen zwei Gerichte zur Auswahl. Pasta alla menta con frutti di mare, eine Spezialität aus Apulien. Und für alle, die es lieber etwas weniger fischiger hatten, aus der Toskana Coniglio alla etrusca, zu Deutsch Kaninchen mit Oliven und Pinienkernen.
Das fulminante Essen brachte sie alle wieder an einen Tisch und wob ein unsichtbares Band um die bunte Truppe.
Von den anderen noch unbemerkt, sendete Elia unentwegt zarte Liebkosungen an Elli. Ob er beiläufig ihre Hand streifte, wenn er sie um etwas Brot bat, oder ihr Knie streichelte, wenn ihm ganz aus Versehen seine Serviette zu Boden fiel. Sein Spiel steigerte bei beiden das Verlangen nacheinander noch mehr, wie bei einem heimlichen Pärchen am Tisch der Eltern.
Nur mit dem Wein hielt sich Elia auffällig zurück. Das wunderte Elli. Fast kam es ihr so vor, als hätte er als Einziger so gut wie keinen Schluck getrunken. Das passte gar nicht zu ihm. Die Erklärung war eine simple Wendung, mit der sie nicht gerechnet hatte und die ihrem schönen ersten Abend ein abruptes Ende bereiten sollte. Kaum hatte ihr Date begonnen, da war es auch schon wieder beendet. Aus der Zauber. Sein Handy vibrierte. Er stand auf, ging in die Halle und sprach in ernstem Italienisch.
»Wahrscheinlich seine Frau«, sagte Heiko und genehmigte sich noch eine Portion von der Meerespasta mit Minze.
In diesem Moment hätte Elli dem impertinenten Wichtigmacher gerne eine Ohrfeige verpasst. Vielleicht tat ihm genau das mal ganz gut?
Heiko schien zu ahnen, was Elli gerade durch den Kopf

ging, und versteckte sich vorsichtshalber hinter einer Gabel mit Pasta und einem Glas Wein.
Als Elia wiederkam, sah er besorgt aus. Seine Stirn legte sich in tiefe Falten, aber genau das machte ihn nur noch unwiderstehlicher. »Scusa ragazzi, es tut mir wahnsinnig leid, aber ich muss dringend weg. Probleme bei einer Geburt. Frühgeburt.« Er sah entschuldigend zu Elli, selbst ebenso traurig, und zuckte mit den Schultern.
Elli und er hatten gerade noch Zeit, sich vor seinem Auto zu verabschieden. Sie gaben sich einen Kuss, den Elli nie wieder vergessen wollte, und vertrösteten sich auf den morgigen Tag. Der würde ganz allein ihnen gehören. Diese bezaubernde Aussicht versöhnte Elli wieder ein wenig mit der Welt.
Zurück bei den anderen, fand sie den Tisch nach wie vor in bester Laune. Carlo war noch dabei, sich ein, zwei Gabeln seines wunderbaren Essens genüsslich einzuverleiben, während Heiko weiterhin in doppelter Geschwindigkeit die dreifache Menge eines normalen erwachsenen Mannes verschlang. Die Frauen ihrerseits waren mit dem Essen längst fertig. Anna sah tröstend zu Elli und schien instinktiv zu fühlen, was mit Elli und Dr. Scalfa passiert war.
Tina und Sandra hingegen hatten ein anderes Thema gefunden. Es ging um Intimrasur. Und da gab es einiges zu besprechen, von der Kunstfertigkeit afrikanischer Völker bis hin zum neusten Trend aus Hollywood. Natürlich war Heiko ganz Ohr. Kurzhaar Kreuzberg war unter Garantie blitzblank, blank wie zum Glück auch sein Mausilein. Da war sich Heiko sicher.
Die beiden Damen waren sich einig, eine Kosmetikerin des Vertrauens zu finden, die ihren Job mit dem nötigen Sachverstand erledigte, darin bestand die eigentliche Herausforderung. Tina vertraute seit Jahren nur einer Freundin, die viel Talent und Einfühlungsvermögen bewies.

»Det is schon fast ne Massage«, sagte sie vieldeutig.
»Ich sag dir, wenn ich so eine in Leipzig hätte, puh, was wär ich dankbar«, bedauerte Sandra.
»Dann kommste einfach nach Balin und besuchst mir. Und die Alex macht ne Doppelsession«, schlug Tina kurzerhand vor.
Die beiden Frauen kicherten, und Anna konnte nicht glauben, dass die beiden eben einen Termin für eine gemeinsame Intimhaarbehandlung ausgemacht hatten, beim Abendessen, hier in Italien. Die hatten Nerven. Was für ein Urlaub! »Soll ich auch kommen?«, fragte sie.
Heiko hätte sich beinahe verschluckt.
»Klar, wenn du in Balin bist.« An Tina sollte es nicht liegen. »Alex is für alle da.«
Elli füllte sich ihr Rotweinglas und nahm auf der Armlehne einer der Sessel Platz, die in der anderen Ecke des Zimmers locker um einen flachen Tisch gruppiert waren. Sie wollte sich an keinem Gespräch beteiligen, sie lauschte lieber. »Stört es jemand, wenn ich hier rauche?«, fragte sie.
»Nur zu«, sagte Carlo, und auch den anderen schien es nichts auszumachen. Also zündete sie sich ihre Zigarettenspitze an und ließ sich von ihren Gedanken zu Elia tragen.
»Ich könnte auch eine professionelle Rasur vertragen«, verkündete Heiko.
»Danke, dass wir das wissen, danke Heiko!«, lobte ihn Anna. Dieser Typ hatte echt einen ganz besonderen Schlag, aber er amüsierte sie immer wieder, wenn auch sicher nicht mit Absicht.
»Ich hab da eine gute Adresse«, scherzte Carlo plötzlich.
Anna musterte ihn überrascht. »Wie? Das wüsste ich aber!«
»Aha!« Das war ein gefundenes Fressen für Heiko. »Na, wie jetzt? Das wollen wir aber genau wissen!«

Lutz war als Einziger leicht genervt. »Könnten wir mal das Thema wechseln, ja? Ist das möglich?«

»Lutzilein, du wolltest mir früher doch immer janz persönlich rasieren. Erst nur an den Seiten und dann Tabula rasa. Er hat sogar Muster probiert. Einmal mit ner Schablone!«, gab Tina freimütig preis.

Lutz war das äußerst unangenehm, was es für die anderen selbstverständlich umso witziger machte.

Dankbar schlug Heiko sofort in die Kerbe. »Hab dich gar nicht für so kreativ gehalten. Was war's denn? Hammer und Sichel?«

»Ein Herz. Etwas mehr Einfallsreichtum würde dir sicher auch nicht schaden«, motzte Lutz trotzig.

»Da mach dir mal keine Sorgen. Während du in deinem dunklen Kämmerchen den Untergang der Welt beschwörst, genieß ich sie.« Heiko stand auf, wieder ganz der römische Senator, allerdings mit Tarzan-Hemd, und verkündete stolz: »Ich tob mich aus. Ohne Tabu! In vollen Zügen, das kannste mir glauben!«

»Soso, du tobst dich aus? Und Sandra, was sagst du dazu, zu deinem tobsüchtigen Mann?« Anna machte es Spaß, Heiko unentwegt in die Ecke zu treiben.

Heikos Mausilein kicherte. Sie war, wie alle anderen, schon mächtig angeheitert. »Och, ein bisschen kreativer könntest du schon sein. Beim Austoben. Zumindest bei mir.« Sandra kullerte mit den Augen.

Heiko sackte in seinen Stuhl, als hätte ihm Brutus persönlich einen Dolch in den Rücken gerammt.

»Ich find es toll, dass es noch so romantische und treue Männer gibt wie unseren Heiko«, scherzte Anna munter weiter.

Ach, dieser Humbug mit der Treue, stellte Tina lapidar fest, das sei doch alles Käse aus dem vorletzten Jahrhundert.

»Ja genau, freie Liebe für alle, richtig? Warte, hab ich irgendwo schon einmal gehört«, mischte Carlo sich ein, schüttelte den Kopf und holte eine Zigarre hervor. »Vor vierzig Jahr. Alle wollten sie in die Kommune. Hat aber irgendwie nicht so ganz funktioniert. Der Mensch ist eben doch kein Theorem.«

Endlich wachte auch Lutz auf, der Wein zeigte deutlich seine Wirkung, und der Berliner setzte ein direkt schelmisches Grinsen auf. Er fing an, nicht mehr alles so ernst zu nehmen. »Ach, wenn ich mir den Carlo so anschaue«, er schmunzelte in die Runde, »kann ich mir ihn schon als neuen Rainer Langhans vorstellen. Der kam doch auch aus eurem München.«

»Jaaa! Carlo startet eine neue sexuelle Revolution, und unser Haus hier wird sein Harem«, jubelte Sandra zur großen Überraschung aller.

»Spinnst du?«, platzte es aus Heiko heraus.

»Also, mit so kindlicher Eifersucht und so kommste nich mehr weit, dette kann ick dir verklickern«, warf Tina Heiko sofort vor die Füße.

»Icke«, Heiko versuchte Tina nachzuäffen, »bin null eifersüchtig. Icke bin da völlig entspannt. Sorry, aber da muss ich dich enttäuschen.«

»Soso! Und wenn ich der Sandra jetzt nen saftigen Kuss gebe, dann is dir das ganz egal? Ja? Und wenn's ihr gefällt, und ich ihr noch ein hübsches Zungenküsschen obendrauf gebe, dann is dir das auch völlig wurscht, ja? Oder macht der Herr hier vielleicht doch nur Sprüche?« Plötzlich konnte Tina fast Hochdeutsch.

Für ein paar Sekunden war es still. Eine gute Gelegenheit für Phil Collins zu zeigen, was er draufhatte. »One more night, give just one more night.« Passte ja irgendwie.

Alle warteten auf Heikos Reaktion.

»Wieso willst du denn bitte Sandra küssen?«, fragte er etwas kleinlaut.

»Det war kene Antwort.«

Sandra kicherte nur. Auch sie war schon mehr als beschwipst.

Da gewann Heiko neue Kraft. »Solange dein süßer Freund sich nicht einschaltet und plötzlich ›kreativ‹ wird, könnt ihr zwei so viel Spaß haben, wie ihr wollt. Bitte sehr!«

Sofort brachen alle, selbst Lutz, in schallendes Gelächter aus.

»Danke! Mal sehen, was der Abend noch so bringt«, meinte Tina vieldeutig.

»Und mich fragt wohl keiner. Hab ich da nich auch noch ein Wörtchen mitzureden?«, fragte Sandra. Aber ihre Empörung war viel zu sehr gespielt.

Bevor die Mädels sich busselten, witzelte Carlo, werde er mal sehen, ob sich nicht ein Dessert in seine Küche verirrt habe. Das sei ja vielleicht auch eine Sünde wert.

Die vieldeutige Spannung löste sich wieder. Man stand auf, half Carlo oder widmete sich, wie Tina, der Musik. Lutz war nicht nach Mithelfen zumute, er drehte lieber einen neuen Joint. Schon stand Heiko neben ihm. Als hätte er sich seine Finger noch nicht genug verbrannt. »Das Zeug fördert auch die Kreativität, oder?«

Wollte Heiko eine Friedenspfeife rauchen? Lutz entspannte sich. »Manche ja, die werden kreativer, aber die meisten rauchen was und sind eigentlich nur noch passiver als vorher.«

»Ganz ehrlich, mir hat's vorhin ganz schön die Optik verzerrt«, gestand Heiko.

»Kommt vor. Aber ich fand dich dafür vorhin ausnahmsweise mal ganz angenehm.«

»Wie viel von dem Zeug bekommt man denn für sagen wir mal zweihunderttausend?«

Lutz prustete los. »Du lässt auch nicht locker, was?«
Die Musik wurde lauter. Tina hatte ihre Tanzmusik gefunden und drehte sich bereits wild hüpfend im Kreis.
»Deine Uhr. Hut ab! Is wirklich nicht schlecht.«
»Danke, deine Hemden sind auch ›nicht schlecht‹.«
»Ja klar!« Heiko wusste, dass es als Witz gemeint war. »Macht doch Spaß, die Kapitalisten mit ihren eigenen Mitteln zu schlagen, oder?« Auch wenn er noch so benebelt war, Heiko ließ in der Tat nicht locker.
Der Joint war fertig, und Lutz nahm einen ersten Zug. »Pass auf, Heiko, von mir aus können wir das Geld aufteilen, ich bin da gar nicht so weit von dir entfernt.«
Das war Musik in Heikos Ohren. Im Augenblick war Lutz im Vergleich zu seiner Freundin der weitaus bessere DJ, zumindest für Heikos Geschmack. Er nahm sich den Glimmstengel und wagte erneut einen selbstbewussten Zug. Diesmal wusste er zumindest, was ihn erwartete.
»Ich werd das Geld allerdings nicht sinnlos rausschmeißen«, fuhr Lutz fort.
»Ach ja? Keine neue Uhr? Die Dinger kann man sammeln. Gute Wertanlage.«
Lutz schüttelte den Kopf und erklärte: »Ich werde es spenden. Den Hungernden was zu essen und Bildung geben, damit sie sich ihre Macht holen können. So kann man das System noch immer am einfachsten untergraben, ganz legal.«
Bei so viel Rittertum wurde Heiko schlecht, er hustete. Diesem Lutz war wirklich nicht mehr zu helfen. »Bitte, wenn du meinst? Is ja dann dein Geld. Wenn ihr zwei aber irgendwann später mit ein paar Bälgern in eurer kleinen Kreuzberger Küche hockt und euer Kühlschrank so leer is wie euer Konto, dann komm bitte nicht zu mir, denn ich hab dich gewarnt! Gut möglich, dass sich dein kurzgescho-

rener Feger dann die Haare wieder wachsen lässt und mit einem abzieht, der deiner Weltverschwörung mit seinem Porsche lässig davonrast.« Heiko riss die Augen auf und hob die Brauen. »Könnt ja sein, oder? Denk lieber noch mal nach, Robin Hood!«

Dann ließ er Lutz mit seiner Tüte alleine.

Mit seiner kurzen Rede hatte Heiko dem Berliner tatsächlich ordentlich den Wind aus den Segeln genommen. Lutz schloss die Augen, ließ den Kopf nach hinten fallen und nahm einen besonders langen, tiefen Zug.

Tina wirbelte heran, der Joint wanderte in ihre tanzenden Hände und für zwei kräftige Züge auch zu Sandra.

Am Rande der kleinen Tanzfläche rollte sich Lutz gleich den nächsten. Er bewunderte Tinas Hintern. Wie eine verrückt gewordene Antilope sprang sie auf und ab, und jedes Mal federten ihre beiden festen, durchtrainierten Pobacken nach, dass einem schwindelig werden konnte. Schwer zu sagen, was Heikos Worte am Ende bei ihm bewirkten, auf jeden Fall ließen sie ihn nicht mehr los.

Zu Heikos Überraschung wagte sich auch Anna auf den improvisierten Dancefloor und wippte mit. Sie hatte einen ganz anderen Tanzstil als Sandra, die eine eigenwillige Mischung aus Gummiball, Karneval und Striptease darbot. Anna machte diese typischen gehemmten Bewegungen von Frauen, die sich ja nicht zu sehr gehenlassen wollen, für die Tanzen nur eine etwas lockere Form von Händeschütteln ist, mehr nicht. Heiko überlegte, ob er sie an den Hüften packen und ihr mal ein paar Schritte, ein paar leidenschaftliche Beckenbewegungen beibringen sollte? Schließlich war Tanzen die Vorstufe zum Sex und nicht zu Kaffee und Kuchen! Er machte schon einen Schritt in ihre Richtung, doch jetzt änderte Tina ihren Stil und wirbelte wie eine Voodoo-Beschwörerin kurz vor der ersehnten Trance um

Heiko herum, dass ihm ganz schwindelig wurde. Heiko zog sich aus der Affäre, indem er Lutz um einen weiteren Zug seines Joints bat. Er wollte den drei Damen lieber nur zuschauen, vorerst. Aber wie hatte Tina es so schön gesagt? Der Abend war ja noch jung. Olé!

Elli saß sehr gemütlich in ihrem Ledersessel und beobachtete mit einem Auge die Tanzenden, während sie sich vor dem zweiten Auge den morgigen Tag ausmalte.
Die drei Frauen waren vom Discofieber gepackt, ABBA sang »Money, Money, Money, it's a rich man's world«, selbst Anna fühlte sich zunehmend in die Musik ein und machte jetzt auch ohne Heikos Hilfe mutigere Beckenbewegungen. Sie folgte dem Vorbild der anderen beiden, und schon segelten ihre Schuhe in die Ecke. Barfuß lautete die Devise.
Draußen war es windiger geworden, ein paar der grauen Wolken hatten es geschafft, sich über ihre Köpfe hinweg unbemerkt zum Gardasee vorzuarbeiten. Noch war drinnen wie draußen die Luft viel zu warm, als dass man groß von einer Abkühlung hätte sprechen können.
Dabei hätte das allen ganz gutgetan, dachte Elli. Es lag eine aufgeladene Spannung im Raum, wie bei einem wild züngelnden Lagerfeuer, an das sich jeder gefährlich nah heranpirschte. Tina und Sandra tanzten nun eng miteinander und wollten Anna in ihre Mitte nehmen. Zu Ellis Erstaunen ließ sich Anna den spielerischen Annäherungsversuch gefallen. Und gerade so, als wolle sie den beiden anderen mal zeigen, was eine Businessfrau so draufhatte, legte sie sich zusätzlich ins Zeug. Eines war klar, das war keine Premiere für Anna. Das enthemmte Objekt der weiblichen Begierden warf ihren Kopf nach hinten und ließ sich von den anderen blind auffangen.

Carlo kam gerade mit zwei großen Platten voller süßen Schweinereien durch die große Flügeltür und machte abrupt halt, als er die drei Gespielinnen sich gegenseitig verführen sah.
Die beiden anderen Männer schauten sich den erotischen Tanz ebenfalls an. Keiner von beiden sagte etwas. Sie standen beisammen und teilten sich wieder einen Joint. Schließlich stellte Carlo seine süßen Köstlichkeiten auf den Tisch, sah kurz zu seiner Anna und machte sich wieder zur Kaffeemaschine auf. Elli erhob sich aus ihrem bequemen Sessel, um ihm zu helfen.
In der Küche waren schon mehrere Tassen aufgereiht, sie warteten nur noch auf die Füllung, das dampfende, braune Öl.
»Wer kann schon von sich behaupten, dass seine Gäste bereits vor dem Dessert quasi auf den Tischen tanzen?«
»Bis dato tanzen nur die Frauen«, grummelte Carlo.
Offensichtlich gefiel ihm Annas Version vom Tanz der Sabinerinnen nicht. »Ist doch nett, wenn sich alle mal ein bisschen gehenlassen.« Elli versuchte ihn zu beschwichtigen.
»Soll doch jeder machen, was er will. Aber die Anna is …« er zögerte, »… seltsam. So kenn ich sie nicht. Da ist was im Busch.«
Elli war kurz davor, eine kleine Andeutung zu machen, damit ihr Bruderherz, sollte Anna ihn wirklich verlassen, nicht so hart fiel. »Was soll ich sagen? Für sie ist vielleicht auch nicht immer alles so einfach.«
Carlo wurde hellhörig, konzentrierte sich aber gleichzeitig auf die Kaffeemaschine.
Elli suchte nach Worten. »Man weiß doch nie, was man will. Wir alle. Ständig fragen wir, ob wir uns verändern sollen? Wir wollen es besser machen. Während sich um uns

herum alles immer schneller dreht.« Verdammt, sie hatte schon viel zu viel gesagt, aber der Wein hatte auch ihre Zunge gelöst.

Carlo drehte sich um und sah ihr tief in die Augen. Er kannte seine Schwester und wusste genau, wann sie ihm etwas durch die Blume sagen wollte. Er wurde nachdenklich.

Aber er schien nicht unvorbereitet, nein, Carlo ahnte mehr, als es bis jetzt den Anschein gemacht hatte. Es war merkwürdig. Alles um sie herum war ins Wanken geraten. Die Villa, das Geld, ihre seltsame Zusammenkunft, ein Katalysator der Gefühle, ein Brandbeschleuniger, der alles, was mühsam von der Oberfläche verdrängt wurde, nun umso stärker nach oben jagte. Die Situation hatte ihre ganz eigene explosive Dynamik, die sich immer freier entfalten wollte.

Elli ging kurz aus der Küche und kam gleich darauf mit einem etwas klapprigen Servierwagen zurück.

»Schau mal, den hab ich im Esszimmer gefunden, hat sich neben dem Schrank in der Ecke versteckt.«

Während Carlo halb abwesend ein paar Espressi und zwei Cappuccini daraufstellte, ergänzte Elli die Auswahl um eine Flasche Grappa und den obligatorischen Ramazzotti.

Die Musik im Esszimmer wurde wieder etwas heruntergedreht. Den Damen ging wohl die Puste aus. Gemeinsam schoben die beiden Geschwister den gut bestückten Servierwagen durch die Halle, um den Nachtisch einzuläuten.

Allerdings fanden sie die anderen nicht etwa wieder am Tisch vor, sondern in einem Kreis am Boden sitzend. Was sollte das nun wieder? Es hatte was von einem Kindergeburtstag oder einer Yogaklasse. Auch für Carlo und Elli war bereits ein Platz vorgesehen.

»Kommt, setzt euch her! Tina hat ne super Idee. Wir spielen Flaschendrehen!«, verkündete Sandra voller Begeisterung.

»Flaschendrehen? Ich bitt euch! Und was is mit dem Espresso?«, wollte Carlo wissen.
Tina winkte die beiden grinsend zu sich. »Den könn wa doch aufm Boden trinken! Jetzt keine faulen Ausreden!«
Langsam verstand Carlo gar nichts mehr, am wenigsten, dass Anna lässig bei den anderen saß und nun auch einen Joint im Mund hatte. Das hatte er bei ihr noch nie gesehen. Was war nur los mit ihr? Sie schien meilenweit entfernt von ihm, und sie drohte noch weiter abzudriften. Wie sollte Carlo sie halten? Kurz spürte er im Sakko die kleine Schmuckschatulle mit dem Verlobungsring. Zum ersten Mal drückte sie unangenehm auf seine Brust. Als wollte sie ihn warnen. Er war verunsichert. Das war ihm fremd. Widerwillig setzte er sich dazu. Seine Schwester hockte bereits im Schneidersitz am Boden, im Mund ihre qualmende Zigarettenspitze.
Eric Clapton sang von seiner Leila, und Tina beschloss, dass Lutz als Erster die Flasche drehen sollte. »Also, Wahrheit oder Pflicht meets Flaschendrehen. Lutz dreht und wenn dann die Flasche zum Beispiel auf'n Heiko zeigt«, Tina gluckste, »Bingo, dann kann er sich's aussuchen. Entweder er antwortet ehrlich auf ne Frage, wa. Oooder! Tataah! Er muss was machen, was sich Lutz ausdenkt. Simpel, aber schön gemein. Hey, und ehrlich sein, sonst könn wa's gleich lassen!«, betonte sie mit erhobenem Finger.
»Von mir aus gern. Dann lassen wir's halt!« Carlo unternahm noch einmal einen Versuch, dem Spiel zu entkommen.
Sandra, die neben ihm saß, stupste ihn an. »Komm schon! Ist doch irre witzig!«
Es ging los. Lutz fing an, und die Flasche kreiselte zum ersten Mal. Vom Zusehen allein konnte einem schwindelig werden. Alle sahen gebannt in die Mitte, in der Hoffnung,

bloß nicht der Star der Premiere zu werden, während Mister Clapton immer noch um seine Leila trauerte. Schließlich ging der Flasche der Schwung aus, und sie suchte sich ihr erstes Opfer. Heiko.

»Na super!«, beschwerte er sich, nichts Gutes ahnend.

Sandra kreischte los und klatschte aufgeregt in die Hände. Auch die anderen amüsierten sich lauthals, weil es ausgerechnet Großmaul Heiko erwischt hatte. Plötzlich wurde ihm bewusst, wie viele Fans er wirklich hatte. Böswilliges Volk, dachte er sich.

»Und? Wahrheit oder Pflicht?«, drängte ihn seine Freundin.

Lutz blieb still, in seinem Gesicht machte sich ein fieses Grinsen breit. Was es denn nun sein dürfe?

Heiko kämpfte mit sich. Beides könnte übel enden. Andererseits, wer wollte ihm denn beweisen, dass er log, wenn es zu unangenehm wurde? Er setzte sein Pokerface auf, das er sich schon vor langer Zeit vor einem Spiegel genau für solche Momente antrainiert hatte, und sagte ganz cool: »Wahrheit.«

»Hervorragend! Dann möchte ich Folgendes fragen: Würdest du dir auch das gesamte Geld unter den Nagel reißen, wenn wir alle dagegen stimmten?«

Mistkerl, dachte Heiko. Er wusste doch, dass diese Berliner Zecke die Situation schamlos ausnützen würde. Na klar, hatte Heiko das schon längst in Betracht gezogen. Logisch. Wenn die anderen nichts von dem Geld wollten, gerne, umso besser!

»Nein, natürlich nicht«, log er. Zum Teufel mit der Wahrheit.

»Du musst das Spiel schon ernst nehmen, Heiko!«, ermahnte ihn Anna.

Doch der spielte die Unschuld in Person. »Hey, was denkt

ihr bitte von mir?«, und frohlockte innerlich, denn jetzt war er am Zug. Er gab der Flasche einen ordentlichen Schubs und gönnte sich einen satten Schluck Rotwein. Inständig hoffte er, die Flasche möge bei Anna oder Tina zum Halten kommen, damit er sie richtig ärgern konnte. Doch die Flasche folgte ihren eigenen Regeln und zeigte auf Elli. Ausgerechnet die! Die war irgendwie so unnahbar, schwebte so über allem. Was sollte er die denn fragen? Welche Körbchengröße sie hatte? Oder entschied sie sich für Pflicht? Das würde die Sache auch nicht einfacher machen. Nun, Elli fand die Wahrheit spannender.
Heiko kam in der Sekunde eine Idee, und kaltschnäuzig fragte er sie: »Du und der italienische Doc, läuft da was?«
Schau einer an, dachte Elli, die nicht verhindern konnte, dass sie rot anlief. Offensichtlich hatte Heiko eine weitaus schärfere Beobachtungsgabe als der Rest. Oder wussten sie auch Bescheid?
Gespannt sahen die anderen sie an.
»Nicht schlecht, Herr Vertreter«, lobte Anna ausnahmsweise.
»Na ja, sagen wir so, vielleicht ein klitzekleiner Flirt«, gestand Elli.
Genau das Richtige, um die Runde weiter aufzuheizen. »Love is in the air!«, jubelte Tina. Zeltlagerstimmung machte sich breit.
»Da schau her! Elli und Elia! Meinen Segen habt's! Der gefällt mir.« Jetzt konnte auch Carlo dem Spiel was abgewinnen.
»Danke Bruderherz!«, sagte Elli und prostete allen zu. »Dann drückt mir mal die Daumen!« Sie ließ die verhängnisvolle Weinflasche ihrerseits wirbeln.
Diese fand als Nächstes Tina, die, so hatte es den Anschein, es kaum erwarten konnte, endlich am Zug zu sein.

»Pflicht!«, stieß sie hervor, noch bevor die Flasche stillstand.
Elli fand es war an der Zeit, Heiko eins auszuwischen.
»Du wolltest doch vorhin unbedingt Sandra küssen. Ich würde sagen, jetzt ist die Gelegenheit, meinst du nicht? Natürlich mit der nötigen Leidenschaft! Wenn ich bitten darf!«
Was Heiko betraf, hatte Elli ihr Ziel erreicht. Er warf ihr einen bösen Blick zu, sie ihm ein freundliches Lächeln. Tina hingegen konnte man anscheinend keinen größeren Gefallen tun. Wie eine Wildkatze schlich sie sich langsam an ihr Opfer heran. Und Sandra? War ihre Schüchternheit nur gespielt, oder freute sie sich auf den kleinen Tabubruch?
Als wäre Sandras Kopf eine seltene, zerbrechliche Büste, nahm Tina ihn zärtlich zwischen ihre Hände und küsste sie langsam und innig auf den Mund, so wie man es auch von jenem legendären Liebespaar Kleopatra und Mark Anton erwartet hätte. Tina sah Sandra in die Augen, und Sandra gab sich ihr erwartungsvoll hin. Sicher, die Damen schauspielerten, aber dennoch, da steckte mehr dahinter. Das entging auch Heiko nicht, der nervös darauf drängte, schnell weiterzuspielen. Doch es half wenig, erst mussten die anderen fertig applaudieren, während sich Tina mit der Zunge über ihre Lippen fuhr. Jetzt war sie an der Reihe. Carlo war das Opfer.
Weil er wusste, was für ein miserabler Lügner er war, zögerte er nicht lange und wählte Pflicht. Das wiederum hatte zur Folge, dass er kurz darauf um ein Kleidungsstück leichter auf seinem roten Samtkissen sitzen musste. Noch relativ harmlos, aber ab jetzt galt es aufzupassen. Bis jetzt hatte er nur das Sakko ablegen müssen. Der Verlobungsring lag jetzt auf den Boden. Carlo fand es gut so.

»Beim nächsten Mal bin ich nich so gnädig, da kannste Gift drauf nehmen!«, frohlockte Tina.
Gleichzeitig griff er nach der leeren Flasche und seinem vollen Glas. Wer sollte es werden, fragte er sich. Wieder Tina? Oder Anna? Für sie hätte er viele Fragen, die er ihr aber nicht in der Öffentlichkeit stellen wollte. Es wurde Lutz, der sich vorsichtshalber für die Wahrheit entschied, denn er wollte sich nicht auch noch ausziehen müssen.
Ob Lutz als Millionär ein anderes Leben leben würde, wollte Carlo wissen.
»Auf keinen Fall«, antwortete Lutz, ohne zu zögern.
»Red kein Stuss, Lutz«, ermahnte ihn Tina.
»Keine große Wohnung, ein gescheites Auto?«, hakte Carlo nach.
Tina unterbrach ihn: »Das is ne neue Frage!«
Wieder drehte sich die Flasche wild im Kreis. Sandra sollte es sein. »Wahrheit«, sagte sie zu Ellis Überraschung, denn sie hätte sich nicht gewundert, wenn Sandra wieder auf einen Kuss spekuliert hätte.
»Okay Sandra, hast du Heiko …, also meine Frage: Hast du den lieben Heiko schon mal betrogen?«
Ein Raunen machte sich breit. Ging die Frage nicht ein wenig zu weit? Heiko war alles andere als begeistert. Genau das wollte Lutz erreichen. Machte nicht genau das den Reiz dieses Spiels aus? Unter dem vermeintlich heiteren Deckmantel des beschwingten Abends, mit dem Vorwand, dass ja alles nur ein Spaß sei, Dinge zu fragen, zu sagen und zu machen, die sonst im Verborgenen blieben. Das war der ganze Kitzel.
»Hui, wie spannend!«, jauchzte Tina deshalb.
Sandra überlegte. Viel zu lange für Heikos Geschmack.
»Natürlich nicht!«, sprang er für sie ein.
Doch sie schwieg, und je länger sie mit der Antwort warte-

te, desto mehr verschaffte sich eine unangenehme Wahrheit Raum. Das spürten alle. Oder schauspielerte sie wieder?
»Ja.« Mehr hatte sie nicht zu sagen.
Heiko war wie paralysiert. Hatte er da gerade richtig gehört? Sie, seine unschuldige, ach so brave, kleine, harmlose Freundin hatte ihn betrogen? Ihn, der nicht immer, aber zumindest oft genug, »nein« gesagt hatte? Und was hatte er schon für Gelegenheiten gehabt! Er hätte aufspringen und schreien, Sandra packen und zur Rede stellen können. Er hätte auch das Auto nehmen und davonbrausen können, für immer. Aber er tat nichts von alledem. Cool bleiben, das war jetzt oberstes Gebot. Zur Strafe ignorierte er seine Freundin.
Sandra entschuldigte sich nicht einmal bei ihm. Warum sie plötzlich so ehrlich war und diese Bombe ohne Grund platzen ließ, war ihr selber nicht ganz klar, aber sie wusste, dass es richtig war. Sie spürte keine Reue.
»Saublödes Spiel!« Es war Carlo, der aufstand.
Doch die anderen blieben sitzen. Was gesagt war, war gesagt, dachte Elli. Sie waren alle alt genug und wussten, auf was sie sich eingelassen hatten. Den Moralapostel spielen, das war nun wirklich blödsinnig.
Sandra fuhr mit dem Spiel fort. Immerhin war alles nur ein harmloser Spaß. Währenddessen ging Carlo unruhig am Esstisch auf und ab und zündete sich eine neue Zigarre an. Zum allerersten Mal verspürte Anna leichte Sympathie für Heiko. Der hatte alles andere als eine Glückssträhne. Eigentlich ein armer Kerl. Um die etwas beklemmende Stimmung wieder etwas aufzulockern, zog sie den Servierwagen zu sich und schenkte ihnen allen einen Grappa ein, auch Carlo. Er solle sich mal nicht so haben. Während sich die Flasche diesmal besonders lange drehte, lockerten sich alle wieder ein wenig. Nur Heiko blieb verdächtig still.

Nach diesem ersten kleinen Schock wurden die Fragen und Aufgaben wieder etwas harmloser. Bis auf Heiko hatten wieder alle ihren Spaß, selbst Carlo, der nicht als feige gelten wollte, wie es ihm Tina unterstellt hatte. Das teuflische Spiel gewann schnell wieder an Fahrt. Dabei kam einiges ans Licht. Lutz zum Beispiel wünschte sich ganz klar keine Kinder, nicht in dieser, dem Untergang geweihten, Welt. Eine überraschende Neuigkeit selbst für Tina. Und ja, Lutz war auch schon einmal bei einer Hure gewesen, mehrmals. Was Elli noch mehr erstaunte. Der Mann war voller Widersprüche. Interessant war auch, dass Tina als Teenager mal eine Nacht im Knast verbringen musste. Drogenbesitz. Was Wunder! Ein Schicksal, das sie auf gewisse Weise mit Anna teilte, die erst vor wenigen Monaten als Terrorverdächtige von US-Beamten stundenlang festgehalten wurde. Fälschlicherweise, wie sie bedauerte. Die anderen lachten. Ob Anna mit Carlo alt werden wolle, wurde sie von Lutz gefragt. Worauf sie nur mit einem vielsagenden bis verräterischen »Vielleicht« antwortete. Carlo war allmählich auf alles vorbereitet und verabschiedete sich, was Anna betraf, von seinem letzten Funken Optimismus.

Heiko musste weiter seinen Schock verarbeiten. Ab sofort fühlte er sich Sandra gegenüber moralisch überlegen. Sie stand in seiner Schuld. So sah zumindest er die Angelegenheit.

Währenddessen gestand seine Traumfrau ihren Mitspielern freimütig, dass sie sich natürlich ihren Busen machen lassen würde, wenn es denn mal nötig werden würde. Noch allerdings sei sie mit den schönsten Brüsten Leipzigs gesegnet, was, wie sich bald herausstellte, alles andere als eine Lüge war, als Sandra gezwungen war, ihr Kleidungsstück abzulegen. Keinen der anwesenden Herren konnte dieser Anblick kaltlassen. Carlo sah etwas verunsichert zur Seite, Lutz

hingegen starrte sekundenlang auf Sandras blanken Busen, und Heiko starte Lutz an.
»Luuutz!«, riefen die anderen, denn längst hatte die Flasche ihn ausgewählt.
Pflicht, und somit entweder fünfzig Liegestützen oder einen Kuss für Carlo. Zu dumm für Carlo, denn der Berliner war leider keine Sportskanone mehr, und so kassierte Carlo den ersten männlichen Kuss in seinem Leben. Er sprang auf, um sich den Mund zu waschen. Die Runde kugelte sich vor Lachen.
Dann musste Elli unter schüchternem Schmunzeln gestehen: Ja, sie sei während der Uni mal mit zwei Mädels aufgewacht, nackt und »den Rest könnt ihr euch denken …« Sei übrigens gar nicht so übel gewesen. Nur zehn Minuten später saß Pechvogel Carlo oberkörperfrei und ohne Socken, dafür mit respektablem Zacken in der Krone auf seinem Kissen. Widerstand zwecklos. Außerdem hatte er einen Lippenstiftabdruck auf der Backe, denn Tina musste unbedingt noch schnell ihren Freund schminken, bevor der mit seinem zweiten Kuss losgelegt hatte.
»Magst du dich wieder anziehen?«, bat Heiko seine Freundin kleinlaut.
»Nö.« Sandra fühlte sich frei und glücklich.
Und wieder Tina. Wahrheit. Mit wem aus der Runde Tina denn gerne mal schlafen würde, stachelte Elli die aufgedrehte Göre an. »Außer Sandra!«, stellte sie klar.
Tina machte es spannend, dann aber fiel ihre Wahl auf Carlo.
»Aber nur, wenn er och ne Lederhose mit Lack trägt!«
Carlo wäre beinahe seine Zigarre in den Schoß gefallen. Nicht die geringste Spur von Eifersucht bei Anna. Leider. Carlo fing sich wieder, und als er später an der Reihe war, nutzte er die Gelegenheit, sich bei Tina zu revanchieren. Er

wollte sie bloßstellen, aber auf seine Weise. »Würdest du mit Heiko ins Bett gehen, sagen wir für zwanzigtausend?« Schwer zu sagen, wessen Empörung größer war.
»Tina ist nicht käuflich!«, schimpfte Lutz.
»Wieso denn zwanzigtausend?«, beschwerte sich Heiko.
Tina blieb cool. Sie ließ sich Zeit, dann klopfte sie auf den Boden unter sich. »Ich sitz ja hier auf gut zwei Millionen. Da mach ich's auch nur für'n schlappen Tausender.«
Das war brisant in mehrerlei Hinsicht. Zum einen warf es die Frage nach dem Geldfund wieder auf, zum anderen motivierte es Sandra, eine weitere Grenze auszureizen. »Bitte sehr!« Sie legte Heiko tausend Euro hin. »Endlich kann ich mit meinem Finderlohn was Vernünftiges anfangen.«
Heiko rührte das Geld nicht an. Er verstand die Welt nicht mehr. Die Spannung löste sich erst, als Anna die Scheine nahm und sie in die Flasche steckte. Tina war am Zug. Sie ließ die Flasche kreiseln und zog unaufgefordert ihr Oberteil aus. »Mir is heiß.«
Das Spiel ging weiter, keiner wollte davon lassen. Die Neugierde war nun um vieles größer als jede Angst vor der Wahrheit und dem möglichen Schmerz, der folgen konnte. Über allem schwebte der Tabubruch. Elli fühlte sich wieder wie mit zwanzig zu ihrer Studienzeit.
Tina traf auf Anna, die sich der Pflicht stellen wollte. Die bestand darin, eine von Sandras Brüsten zu küssen. Welche, konnte sie sich gerne aussuchen. Die Brüste waren wohl gerade Thema Nummer eins. Anna räusperte sich verlegen, aber wollte jetzt keinen Rückzieher machen. Sandra streckte Anna ihre beiden Schönheiten entgegen, und Anna schenkte beiden einen satten Schmatzer.
Heiko schüttelte verständnislos den Kopf, was die Stimmung nur weiter anheizte. Da traf es wieder ihn. Es schien

fast, als hätte er nur darauf gewartet. Er fragte sich, sollte er Wahrheit wählen und Sandra auf dem goldenen Tablett servieren, dass er sie selbstverständlich auch schon Dutzende Male betrogen hatte, dass sie sich auf ihren kleinen Seitensprung ja nichts einzubilden brauchte und sich ihre tausend Euro sonst wo hinstecken konnte? Zeit, seiner ebenso untreuen wie undankbaren Freundin eins auszuwischen.
»Wahrheit.«
Doch Heiko hatte sich verschätzt. Anna interessierte sich nicht für irgendwelche Affären. Sie steckte den Finger in die offene Wunde. »Die zwei Mios für dich allein oder Sandra? Wofür entscheidest du dich?«
Sofort fing Heiko an zu schwitzen. Innerlich verfluchte er Anna, denn durch sein auffälliges Zögern war jedes Bekenntnis zu Sandra längst unglaubwürdig geworden. Das blieb auch seiner Freundin nicht verborgen. »Selbstverständlich Sandra!« Er versuchte es trotzdem.
»Von mir aus kannst du ruhig das ganze Geld nehmen«, sagte Sandra kühl.
Und Heikos Gewissensbisse, beim ersten Sonnenstrahl tatsächlich heimlich und ganz allein, ohne Sandra, dafür mit fast zwei Mios auf dem Beifahrersitz, auf Nimmerwiedersehen davonzubrausen, näherten sich rapide gen null.
Der Gott des Zufalls zeigte Humor, denn schon deutete der Flaschenhals umgekehrt wieder auf Anna. Die machte den Fehler, sich für Pflicht auszusprechen. Heiko ließ Milde walten, er verlangte nicht mehr und nicht weniger, als dass Anna nun ihm einen leidenschaftlichen Zungenkuss geben möge, mindestens eine Minute lang.
Da musste Anna durch. Um die Sache besser zu überstehen, verlangte sie nach einem ordentlichen Schluck Grappa. Mit Bauchschmerzen lehnte sie sich störrisch zu ihm hinüber und wollte ihn mit einem harmlosen Gutenachtkuss abspei-

sen. Doch das konnte Heiko beim besten Willen nicht gelten lassen. Natürlich gaben ihm die anderen ausnahmsweise mal recht. Also ging es für Anna in die zweite Runde. Wie zum Trotz legte sie sich diesmal mächtig ins Zeug. Ja, sie küsste den armen Kerl fast in Grund und Boden. Es sollte ihm ein für alle Mal eine Lehre sein. Das angeheiterte Publikum riss erstaunt die Augen auf. Sandra jubelte am meisten. Elli konnte über diese Verrückten nur noch amüsiert den Kopf schütteln. Heiko wollte sich den Schneid nicht so einfach abkaufen lassen. Ihren Kuss heftig erwidernd, fasste er Anna am Nacken, so heftig, dass schwer zu sagen war, wer hier eigentlich gerade wen küsste. Und dann hörten sie nicht auf. Sie küssten sich wie ein echtes Liebespaar. Die Minute war schon lange überschritten. Bis Anna ihren neuen Lover von sich schubste und nach Luft schnappte. Sie war völlig von den Socken. War das die Möglichkeit! Dieser unsympathische Mistkerl küsste so verdammt gut wie selten einer zuvor. Mit einem Mal sah sie ihn mit anderen Augen. Hatten sie etwa mehr gemein, als sie wahrhaben wollte? Verwundert rief sie sich zur Räson, ohne Erfolg. Alles war ihr zu Kopf gestiegen, der Alkohol, der Joint, das Tanzen, das Spiel. Und das Schlimmste war, sie hatte noch lange nicht genug, sie wollte mehr.

Jeder neutrale Beobachter hätte sofort gesehen, was alle sich nicht eingestehen wollten: Sie hatten alle längst Gefallen am Rausch und am Tabubruch gefunden. Es war unglaublich befreiend, langsam jedes moralische Korsett abzulegen.

Das Spiel ging weiter, und Anna wollte von Elli wissen, ob sie mit dem schönen Doktor schon heute Nacht ins Bett gegangen wäre? Bevor Elli nachdenken konnte, hatte sie sich schon verraten. »Ja, klar.« Was die anderen weitaus harmloser fanden als sie selbst.

Auf Elli folgte Tina. »Angenommen, wir schicken Lutz morgen los, mit dem ganzen Geld, um es zu spenden. Können wir ihm vertrauen?« Elli wusste, dass die Frage es in sich hatte.

Stille.

Tina und Lutz sahen sich in die Augen. »Ich denke, nein«, gestand Tina schließlich.

»Ha!«, rief Heiko. »Alles nur Sprüche! Sag ich doch!«

»Dir, Heiko, dir vertraut sowieso keiner«, sagte Tina.

Heiko blieb die Spucke weg. Er hoffte auf Unterstützung von seiner Freundin. Doch das war illusorisch. Ohne es zu wollen, saß er mit Lutz in einem Boot. Und als hätte es noch eines Beweises bedurft, sprangen sie beide, völlig unabgesprochen, gleichzeitig auf. »Scheißspiel!«

Der teuflische Zeigefinger in ihrer Mitte hatte Pause. Zwischen Tina und Sandra hingegen nahm ein ganz anderes Spiel gerade seinen Anfang. Sie küssten sich erneut. Wahrheit.

Heiko versuchte es zu ignorieren und bat mit kullernden Pupillen und knallroten Augen Lutz um einen weiteren Joint, weil der schmeckte und weil er nachdenken musste.

»Mann, Heiko, ich weiß ja nicht, ob der dir nicht endgültig die Lichter ausdreht?«, gab Lutz, der selber ordentlich bedient war, zu bedenken.

»Dein Genörgel dreht mir die Lichter aus! Her mit der kleinen Wunderkerze!«

Mindestens ebenso benommen wie der Rest der Truppe, versuchte Carlo sich zu erheben, was kläglich scheiterte. Einen zweiten Versuch wagte er vorerst lieber nicht und krabbelte stattdessen zum Sofa, um sich dort auszustrecken.

Während Anna die Musik wieder lauter drehte, schoben – anders konnte man es nicht sagen – die beiden Nymphen mittlerweile heftig miteinander rum und genierten sich nicht im Geringsten vor ihren erstaunten Zuschauern. Hätte es sich nicht um seine Freundin gehandelt oder wäre er wenigstens irgendwie in das Spiel der beiden mit einbezogen worden, dann hätte Heiko der Lesbenummer sogar was abgewinnen können. Doch Phantasie und Wirklichkeit waren zwei Paar Schuhe, die passten nicht zusammen, und beide zwickten. Sandra? Die konnte ihn mal kreuzbergweise. Sollte sie doch nach »Balin« ziehen!

Hopsa, diesmal schien es selbst den alten Haschisch-Hasen Lutz erwischt zu haben, denn ohne ersichtlichen Grund, immerhin gab die Flasche ihm keinen Fingerzeig, eröffnete er wieder die Tanzfläche und begann sich langsam, auffallend unpassend, zur Musik zu entkleiden. Auch das noch, dachte Heiko. Wenigstens zwang der leichenblasse, verhinderte California Dream Boy mit seinem raumgreifenden Strip die liebestollen Lesben dazu, sich ein neues Kuschelnest zu suchen. Und siehe da, die Girls gönnten sich in der Tat eine Verschnaufpause!

»Is wohl doch nich alles Gold, was glänzt«, nuschelte Heiko fast unhörbar vor sich hin. Das hätte er ihnen gleich sagen können. Keine Frau kann je einen echten Mann ersetzen!

Tina verzog sich in eine etwas dunklere Ecke des weitläufigen Esszimmers, das fließend in das Wohnzimmer überging, wo die anderen, auch Elli hatte wieder zu bescheidenen neuen Kräften gefunden, fröhlich herumwippten. In Tina brodelte es heftig. Selbst ihr war alles ein wenig zu Kopf gestiegen. Eben noch federleicht, fühlte sich ihr ganzer Körper in der nächsten Sekunde wie ein Pottwal an und schrumpfte in der nächsten Sekunde wieder zu einem grünen Gummibärchen zusammen. Das nervte sie ungemein. Ihr Schädel brauchte einen Frühjahrsputz, und der wartete in Form eines kleinen Tütchens mit weißem Pulver auf sie.

Sie nahm das Zeug nur hin und wieder. Lutz fand, zu oft. Aber der war ein Spaßverderber. Jetzt jedenfalls würde es ihre Rettung sein.
Abseits vom Geschehen wollte sie gerade ein Line ziehen, als sie eine Stimme hörte.
»Soso, wir haben wohl immer noch nicht genug?«, sagte Anna.
»Det is ja wohl meine Sache.«
Dann tat Anna etwas, womit sie Tina komplett sprachlos machte. Anna senkte ihren Kopf über den pulverigen Strich und zog ihn sich ansatzlos in die Nase. Kurz schloss sie genießerisch die Augen und konfrontierte Tina dann mit einem eiskalten Blick. »Hut ab, gutes Zeug«, bemerkte sie lakonisch und ging wieder.
Tina blieb nur, ihr sprachlos hinterherzusehen.
Für Anna war Koks längst nichts Besonderes mehr. Keiner von ihren Kollegen oder Verhandlungspartnern konnte heutzutage noch ohne das allgegenwärtige weiße Pulver lang genug wach bleiben und pausenlos die geforderte Leistung abrufen. Sie war eine der wenigen, der das mehr oder weniger gelang. So war eben die Realität da draußen. Genau das brauchte sie jetzt. Zweihundert Volt jagten durch ihr Gehirn. Sie war wieder so hellwach, dass sie beinahe in Carlo hineingelaufen wäre.
Der wollte nicht glauben, was er eben zufällig beobachtet hatte. »Sag, spinnst du völlig! Wenn du einmal mit dem Zeug anfängst, dann, dann hörst nimmer auf. Das frisst sich wie Gift in deinen Körper!«
»Ach Carlo, lass es gut sein.«
»Lass gut sein? Anna?!«
Kolumbien schlug mächtig ein, und in Annas vorderem Hirnlappen gingen alle Lichter an, gerade so, als hätte jemand eine gewaltige Flutlichtanlage angeschaltet. Sie spür-

te Power, einen geilen Stolz. Sie war unbesiegbar. Doch es war nichts anderes als die übliche, weiß gepulverte Überheblichkeit und schweißgetriebene Arroganz.

»Carlo, ich sag dir was, es gibt so viele Dinge, die du nicht weißt. Keine Ahnung hast du.«

»Was soll denn das bitte heißen? Kannst du mir das mal erklären?«

»Nein, jetzt nicht, später vielleicht. Jetzt will ich tanzen.«

Carlo wurde einfach stehen gelassen. Er verstand die Welt nicht mehr. Das war nicht mehr seine Anna. War? Ihm dämmerte, dass schon die ganze Zeit über eine zweite Anna existiert hatte, von der er nicht die leiseste Ahnung gehabt hatte.

Lutz für seinen Teil drehte mittlerweile seine Kreise, splitterfasernackt. Eine Tatsache, der Anna keine Aufmerksamkeit schenkte und mit der sich selbst Heiko abgefunden hatte.

Anna, absolut high, schnappte sich ein Weinglas und stand plötzlich vor Heiko. »War kein schlechter Kuss vorhin. War das Zufall?«

Heiko verstand zwar nur die Hälfte, aber begriff, was gerade passierte. Anna hatte ihn sich gepackt, am Hintern genauer, und wollte jetzt mit ihm eine heiße Sohle aufs Parkett legen. Puh, die Frau hatte nicht nur einen ungedrosselten Ferrari im Hintern, sondern kam ihm viel nüchterner vor, als er es von sich behaupten konnte. Wie machte sie das nur? Es war ihm ein komplettes Rätsel. Nur bei einem war er sich erstaunlich sicher, sie wollte was von ihm. Sie stand auf ihn, das hatte er schon an der Raststätte gewusst. Raststätte? Er hatte keine Ahnung, wie lange das her war. Anna, vom Teufel geritten, zog Heiko in einen der Sessel. Heiko konnte sich kaum wehren, selbst wenn er gewollt hätte. Mit einem schielenden Auge erhaschte er einen Blick auf

Carlo, dem aber schien es absolut egal zu sein, was seine Freundin hier veranstaltete. Ohne nennenswerten Widerstand gab sich Heiko seinem Schicksal hin.
Elli durfte zu ihrer Rechten bewundern, wie ihre Ex-Schwägerin in spe sich mit einem Typen verausgabte, der weder ihre Klasse, ihre Liga noch ihr Geschmack war, und gleichzeitig boten sich ihr zu ihrer Linken die verschlungenen, nackten Körper von Sandra und Tina. In Ellis Welt kam das einer kleinen Orgie verdammt nahe. Vor allem, wenn sie den durchgeknallten Lutz mit dazuzählte. Der war, wie lange nicht mehr, im Reinen mit sich selbst und eierte glücklich wie ein Seepferdchen eine Acht nach der anderen in den Tanzboden.
Schließlich rundeten die beiden Gespielinnen mit ihrer nächsten Aktion das sündige Bild endgültig ab. Sie zogen den willenlosen Carlo zu sich und überschütteten ihn mit Zärtlichkeit.
Alle waren alt genug, beruhigte sich Elli erneut, denn sie schwankte zwischen Fassungslosigkeit und der Gewissheit, einer ganz besonderen Nacht beizuwohnen. Und selbst wenn sie hätte einschreiten wollen, sie konnte nicht, denn auch ihr Körper und ihr Geist folgten längst ganz anderen Befehlen.
Die Realität löste sich zunehmend in ihre Einzelbilder auf. Keiner der sieben lebte noch in der Echtzeit.
Aus sieben Lieben wurden sieben Leben.
Es gab kein Licht und keinen Schatten, keinen Anfang und kein Ende. Doch die Welt um sie alle herum drohte sich keineswegs in einem breiigen, nichtssagenden Grau zu banalisieren. Dazu vibrierte der Raum viel zu sehr. Er vibrierte unter Heikos unterwürfigem Stöhnen, denn Anna fickte ihn wortwörtlich in Grund und Boden. Er erzitterte unter der Hingabe, mit der Carlo kopflos zwischen Tinas

Schenkeln eingetaucht war. Er bebte unter der puren Lust, mit der Tina ihrerseits Sandra in den Wahnsinn trieb. Er pulsierte unter den Herzschlägen der Frauen, die keine Grenzen mehr kannten, und der Männer, die sich ihnen ergaben.
Und er gab sich dem warmen Auf und Ab hin, mit dem Elli an ihren Elia dachte und sich endgültig in die Hände der tiefen Nacht begab.
Bis wieder Stille herrschte, dauerte es noch sehr lange.

Es war einer dieser Morgen, an denen die winzig kleinen Beine einer Fliege auf dem Holzboden einen ohrenbetäubenden Lärm verursachten. An dem sich das Knarren einer einzelnen Holzfaser für Stunden tief in die letzte Windung des menschlichen Gehirns einfraß und man froh sein konnte, wenn einem kein bleibender Schaden blieb. Heikos Ohr lag flach auf dem Boden, und das verschüchterte Niesen des Holzwurms, der sich durch die alten Bretter fraß, dröhnte schmerzvoll in seinem Gehörgang.
Selbst der erfahrene italienische Sommer hatte einen Kater. Er verstand ja eigentlich was vom Feiern und Trinken, der Sommer, aber er hatte es mit dem Gelage übertrieben und hatte sich nun machtlos ergeben. Nur die Bäume, Zedern, Platanen und Pinien, reckten sich wie immer stramm in den Himmel, denn sie waren zu alt für solche Späßchen. Alles andere, ja beinahe die gesamte Natur lag matt und erschlagen am Boden. Alles war ausgezehrt und entkräftet von der gnadenlosen Hitze der letzten Tage und wurde nun niedergestreckt von bleiernen Wolken. Das Tief aus dem Norden hatte obsiegt. Das gotische Grau war gnadenlos in das Reich der römischen Sonne eingefallen wie seinerzeit die Barbaren. Es war merklich kühler geworden.

Kein guter Tag für eine Anreise.
Der Bote der unwillkommenen Zeitenwende war ein alter Mann, dessen blank polierte Lederstiefel Heiko mit den lärmenden, tapsigen Füßen eines lästigen Käfers verwechselt hatte. Der scheintote Leipziger sollte bald erfahren, wie sehr er sich getäuscht hatte.
In seinen siebenundsechzig Jahren hatte sich Frieder Saalfeld noch kein derart erschreckendes, kein solch beschämendes Bild geboten.
Bereits die seltsame Ansammlung von Autos in der Auffahrt kündigte eine unangenehme Überraschung an. Doch das hier übertraf wirklich alles. Es war das erste Mal, dass er die Villa durch die Terrassentür betrat, aber sie stand weit offen, und der Gestank von schwerem Alkohol und süßlichen Zigaretten verlangte nach sofortiger Aufklärung. Als er das Esszimmer betrat, traute er seinen Augen nicht. Erschöpft lagen diverse Männer- und Frauenkörper im Raum verteilt, drapiert wie in einer Malstudie zu Sodom und Gomorrha. Ein kräftiger, dicklicher Mann, nackt zwischen zwei ebenso unbekleideten Frauen. Weiter hinten der leblose, bleiche Körper eines anderen Mannes, ebenfalls nackt. Auf dem Sofa eine elegante Frau, neben ihr, am Boden, ein halbleeres Rotweinglas. Dann noch eine halbnackte Frau, immerhin mit einer Wolldecke bedeckt. Sie alle waren eingerahmt von unzähligen leeren Flaschen, vollen Aschenbechern, Kissen, verschmierten Desserttellern, dreckigen Gläsern. Einer seiner Lieblingsstühle lag umgekippt in der Ecke, neben dem Sofatisch war Rotwein in das Parkett eingetrocknet. Der modrige süßliche Geruch von Haschisch schlug ihm ins Gesicht. Und schließlich zu seinen Füßen diese erbärmliche Resthülle von einem Menschen. Saalfeld war zutiefst angewidert.
Heiko startete einen zweiten Versuch, seine verklebten

Augenlider zu öffnen, denn dieser Käfer hatte erschreckend riesige Füße, noch dazu aus Schweinsleder. Was war das für ein monströser Mutant? Plötzlich dämmerte ihm, dass ein edler Stiefel sich in seine Nase zu bohren drohte. Er wollte sich bewegen, aber er blieb kleben wie ein platt gefahrener Frosch. Ein letztes Mal nahm Heiko all seine Kraft zusammen, und unter größter Anstrengung gelang es ihm, seinen Kopf so zur Seite zu drehen, dass er an dem Stiefel entlang einem unendlich langen Bein folgend seinen Blick zentimeterweise nach oben wandern lassen konnte. Ein Gulliver mit Hut fokussierte ihn mit seinen forschen Brillengläsern. Heiko erschrak bis ins Mark. Wenigstens gab dies seinem Bewusstsein einen ordentlichen Schub, so dass aus den wabernden Vokalen, die sich in sein Gehör schlängelten, sich langsam Worte und bald sogar ein ganzer Satz formten.

»Aufstehen! Sofort! Was machen Sie hier?«, schimpfte der schweinslederne Gulliver-Käfer.

Heiko suchte die stabile Seitenlage, aber fand sie nicht.

»Ich habe Sie etwas gefragt!«

Der Insektenmutant könne Heiko mal kreuzweise, wollte er ihm sagen, konnte er aber nicht.

»Ich verlange sofortige Aufklärung! Sonst rufe ich die Polizei!«, schrie Saalfeld nun, und es klang so, als sei man auf einem deutschen Kasernenhof gelandet, nicht in einer italienischen Villa. Dabei stampfte er mit seinem Reiterstiefel laut auf das Parkett.

So laut, dass Heikos Kopf, der sich in nächster Nähe befand, in tausend Einzelteile zersplitterte. Ihm war speiübel. Sein Kopf war zerborsten, auch der Rest seines Körpers war unauffindbar.

Der Lärm riss auch die anderen aus ihrem Koma. Als Erste setzte sich Elli aufrecht hin und begutachtete den Neuankömmling, langsam, so gut es ihre nebligen Augen zuließen. Er war groß gewachsen, schlank, trug eine leichte Tweedkombi, Brille und eine Art Baskenmütze. Der passte besser auf eine schottische Jagd als hierher. Allerdings schien auch das Wetter eher schottisch.

Oh Gott! Plötzlich wurde ihr klar, wo sie war und was vergangene Nacht alles passiert war.

Unweit von ihr lag Anna. Nackt! Nur mit einer kleinen Wolldecke bekleidet. Elli sah, wie Anna erschrocken die Augen aufriss und zusammenzuckte. Wie ein geschlagenes Kind robbte sie hinter einen Sessel, um dort in Deckung zu gehen. In einer anderen Ecke versuchte sich Lutz einen Überblick zu verschaffen. Seine Unterhose hatte er zum Glück schon gefunden. Da die anderen noch im Halbschlaf waren, reagierte keiner so wirklich auf den Störenfried.

Splitternackt löffelte Sandra mit Carlo, der sie, das konnten leider alle sehen, wie seinen Schatz in den Armen hielt. Unschuldig schlummerten sie weiter friedlich in ihrem vermeintlichen Paradies. Immerhin war Tina schon wieder unter den Lebenden, wobei lebend für sie alle eine mutige Übertreibung war.

Wieder polterte der bestiefelte alte Mann im Offizierston: »Ich gebe Ihnen fünf Minuten, dann erwarte ich Sie auf der Terrasse. Angezogen!« Er ging voraus.

Keiner von ihnen wagte es, den anderen anzusehen. Schlechtes Gewissen, Angst und verletzter Stolz zogen ihre Köpfe schwer zu Boden. Elli hatte sich eigentlich nichts vorzuwerfen, aber sie fühlte mit.

Tina war schon wieder komplett bekleidet, was insofern leicht war, da sie schon gestern Abend nicht viel anhatte. Sie hielt ihren Fuß vor Carlos Nase und kitzelte seinen Nasenflügel mit ihrem rechten kleinen Zeh. Davon wurde Carlo schließlich doch wach. Erst grummelte er noch, dann

stand Panik in seinen Augen geschrieben. Vorsichtig zog er seinen Arm unter der schlummernden Sandra heraus. Er hielt sich ein Kissen vor den Schritt und hielt Ausschau nach seiner Hose. Währenddessen weckte Tina Sandra.
»Aufstehen, Kleines! Die Party is vorbei. Zeit für den Kater und die bitteren Pillen«, flüsterte sie ihr ins Ohr.

Kurz darauf trat Lutz als Erster zu dem unfreundlichen alten Mann auf die Terrasse.
»Sieh an, ein neuer Gast!« Lutz schien sich wieder gesammelt zu haben.
»Was reden Sie da? Gast? Das ist mein Haus«, stellte Saalfeld klar. »Sie erklären mir jetzt, wie und warum Sie in meine Villa eingedrungen sind, dann verschwinden Sie alle. Ich werde Sie wissen lassen, wie ich Sie belange.«
»Das ist ja mal interessant.« Auch wenn Lutz sich wie ein abgewrackter Frachter fühlte, diese Neuigkeit rüttelte ihn ordentlich wach. Vor ihm plusterte sich also ganz ungeniert der Mann auf, der sie alle so frech reingelegt hatte.
»Ihre Chuzpe muss man ja schon fast bewundern«, sagte Lutz.
»Meine Chuzpe? Sind Sie noch angetrunken? Natürlich! Von Ihrem Saufgelage in meinem Haus! Mein Gott, Sie stinken ja!«
»Auf die Tour brauchst du mir nicht zu kommen, Opachen!«, sagte Lutz patzig.
»Passen Sie gut auf, was Sie sagen, junger Freund. Sonst werden Sie es noch bitter bereuen!«
Das war ja nicht zu fassen, dachte Lutz. Diese lächerliche Offiziershaltung, auf ihn machte das wenig Eindruck. Im Gegenteil, er hasste ihn, diesen reaktionären Ton. »Was werde ich bereuen? Dass Sie mich betrogen haben?«

»Also hören Sie mal! Ich kenne Sie gar nicht! Was reden Sie da für einen Unsinn?«
Nun kam Elli dazu und stellte sich vor.
»Entschuldigen Sie. Elli Mangold, grüß Gott!«, sagte sie freundlich.
Die Anwesenheit einer Frau nahm etwas Spannung aus der Luft.
»Ja, ja, guten Tag.« Er musterte sie. »Können Sie mir endlich erklären, was Sie hier machen, auf meinem Anwesen? Warum sind Sie eingebrochen?«
Elli blieb ruhig. »Mit wem?«
Mit ihrer besonnenen Art nahm sie dem Mann etwas den Wind aus den Segeln. Er erinnerte sich an seine Manieren.
»Saalfeld, mein Name, verzeihen Sie. Dennoch, ich würde gerne endlich wissen, was hier vor sich geht?«
»Ganz einfach, wir versuchen hier Urlaub zu machen, Herr Saalfeld«, sagte Carlo, der zu ihnen auf die Terrasse getreten war.
Der Hausherr stieß ein bitteres Lachen aus. »Soso! Urlaub! Das können Sie ja gerne. Aber nicht in meiner Villa! Oder ist hier plötzlich der Kommunismus ausgebrochen?«
Da erinnerte sich Lutz mit einem Mal wieder an das Schwarzgeld unter den Holzdielen. Ganz offensichtlich stand in diesem Moment der Besitzer, der Betrüger besser gesagt, vor ihm. Lutz war elektrisiert. So sah also ein Steuerhinterzieher aus. Nur zu gerne hätte Lutz dem Schmarotzer einen Vortrag gehalten, der sich gewaschen hätte.
»Am Telefon klang Ihre Stimme jünger«, wunderte sich Carlo.
»Wie bitte?« Saalfeld wurde die Sache langsam zu bunt.
»Als ich das Haus gemietet habe, vor zwei Monaten«, sagte Carlo ruhig, aber vorwurfsvoll.
Saalfeld fegte mit der Hand durch die Luft, als wollte er alle

einfach wegwischen. »Von mir hat niemand ein Haus gemietet.«
»Dann hab ich auch niemandem die Miete überwiesen, was?« Lutz schaltete auf Offensive um. »Und Carlo und Heiko auch nicht, ja?« Er deutete auf den sichtlich erschöpften Carlo, der letzte Nacht von seiner Freundin verführt worden war, was Lutz jetzt wieder einfiel. Plötzlich war alle Luft aus seinem Vorwurf entwichen, und Lutz starrte blind in die Ferne, ins Nirgendwo. Auch Carlo fiel die Nacht wieder ein, er lief hochrot an und schaute reumütig zu Lutz.
Saalfeld spürte die Anspannung und wurde das erste Mal eine Spur versöhnlicher im Ton. »Hier scheint es sich wohl um ein Missverständnis zu handeln …«
»Nein, ist eigentlich alles ganz klar«, unterbrach ihn Lutz. Er sah Carlo an und ging wieder ins Haus. Saalfeld interessierte ihn nicht mehr.
Carlo folgte ihm mit seinem Blick und fragte sich, ob Lutz dem Mann das Geld jetzt vor die Füße knallen würde? Oder ob er Tina eine Szene machen würde. Beides schien naheliegend.
»Sie sind doch Philip Saalfeld aus Hamburg?«, fragte Carlo, blutleer, mit trockenem Mund.
Der Himmel trug einen dichten, grauen Mantel, wie er eher der Norddeutschen Tiefebene gestanden hätte. Und aus den Bergen kündigten dunkle Wolken schweren Regen an. Die Natur schien sich bereits darauf einzustellen, denn die Schwalben flatterten tief und aufgeregt umher. Vom sanften Italien verlor sich zusehends jede Spur, als hätte jemand alle Milde in der letzten Nacht weggefegt. Der abrupte Wetterumschwung machte Mensch und Natur schon jetzt zu schaffen.
Der Tag hatte erst begonnen, aber sie waren alle erschlagen.

Die Partylöwen von der extremen Nacht und der Neuankömmling, der weit unten aus der Lunge heraus hustete, von der langen Anreise.
»Sie haben von Philip, Philip Saalfeld, dieses Haus gemietet?« Saalfeld war ruhiger geworden. »Und ihn dafür bezahlt?« Jetzt schien er sogar frustriert und erschöpft.
Carlo nickte, war aber in Gedanken ganz woanders. Er wollte weg, aber er wusste nicht, wohin. Er war heute in einer neuen Welt aufgewacht, in einer Welt, in der es womöglich keine Anna mehr gab. Sie hatten beide etwas getan, was nicht mehr rückgängig zu machen war.
»Philip, das ist mein Neffe aus Hamburg. Ich bin Frieder Saalfeld. Leider ist er mein Neffe. Denn er ist leider ein Betrüger und Hochstapler.«

Obwohl sie nun zu acht im Haus waren, herrschte gespenstische Ruhe.
Nachdem klargeworden war, dass die Sachlage sich etwas komplizierter gestaltete, als zunächst von Frieder Saalfeld angenommen, hatte man sich darauf geeinigt, sich kurz frischzumachen und dann das Problem in Ruhe gemeinsam zu lösen.
Das Haus, die Miete, die Mehrfachbelegung, all das war längst unwichtig geworden.
Während in der Villa vorerst etwas Ruhe einkehrte, erwachten die Naturgewalten endgültig. Überall donnerte es ohne Unterlass, und die ersten dicken Regentropfen platzten hart auf den verkrusteten Boden.
Während Carlo sich in seine Küche verkrochen hatte, war Anna auf ihr Zimmer gegangen, deprimiert und enttäuscht von sich und ihren Entgleisungen der Nacht. Sie hatte ihre dunkle Seite offenbart, hemmungslos und ohne Rücksicht

auf Verluste. Sie hatte vor Carlos Augen gekokst und es dann mit diesem Heiko getrieben. Sie war fassungslos. Die Wahrheit war brutaler und deutlicher ans Licht gekommen, als sie es jemals, selbst in ihren finstersten Träumen, für möglich gehalten hätte. Anna stand unter der Dusche und ließ unentwegt heißes Wasser über sich laufen, unfähig, auch nur einen klaren Gedanken zu fassen. Sie wollte sich reinwaschen. Aber so einfach war das nicht, das wusste sie.
Auch Carlo hatte sich gehenlassen, hatte sich sogar mit Tina und Sandra herumgewälzt, wahrscheinlich hatte er mit ihnen geschlafen. Aber das machte ihr Verhalten um keinen Deut besser. Seit über einer Stunde war sie schon im Bad und fühlte sich keine Spur reiner. Ihr Körper, ihre Seele waren vergiftet. Letzte Nacht war es ihr so egal gewesen, irgendwie hatte es sie sogar angestachelt, Carlo so zwischen den beiden anderen Frauen zu sehen. Sie verspürte weder Liebe noch Moral, nur die pure Lust am Tabubruch. Dieser verfluchte Urlaub, dieses Haus, die anderen, alles hatte sich verändert. Sie hätte nie mitkommen sollen.
Anna war nicht die Einzige, die schwer von sich enttäuscht war.
Im Zimmer von Tina und Lutz herrschte ebenfalls Sprachlosigkeit. So lebendig Tina letzte Nacht noch umhergeschwirrt war, so still saß sie jetzt im Schneidersitz in dem Lesesessel, rauchte zur Abwechslung einen Joint und starrte aus dem Fenster. Der Garten war kaum noch zu erkennen, er drohte in dem heftigen Regen zu ertrinken. Die Fenster waren beschlagen. Es war kalt geworden. Sie fror wie an einem Kreuzberger Wintertag.
Lutz lag auf dem Bett und fixierte hochkonzentriert die Decke. Zwar war er die Eskapaden seiner liebestollen Freundin schon gewohnt, aber auch er spürte, dass sie alle letzte Nacht sehr weit gegangen waren. Manche sehr wahr-

scheinlich weiter, als sie es würden ertragen können. Aber das war nicht wirklich seine Sorge, die anderen waren die anderen. Und Tina? Sie war auch nur noch Tina. Sie hatte ihn gestern eher genervt, wie sie das in letzter Zeit überhaupt immer öfter tat. Er brauchte sie nicht mehr, denn sie verstand ihn nicht. Er interessierte sie nicht. Sie wollte ihn nicht. Längst hatten sie sich meilenweit voneinander entfernt. Sie interessierte sich immer mehr für Spielereien mit anderen Frauen oder, noch banaler, nur für materiellen Quatsch. Ihn beschäftigten ganz andere Dinge. Sein Kopf drohte manchmal zu explodieren, so viel ging darin vor. Umso mehr hatte er es gestern genossen, frei zu sein. Diese unbeschreibliche Freiheit! Er war immer noch ganz aufgeladen von der Energie, die er beim Tanzen in sich aufgesogen hatte, nackt und entfesselt.
Den anderen mochte die letzte Nacht Angst machen, für ihn war sie ein einziger Befreiungsschlag gewesen. Lutz schmunzelte, denn er konnte Heikos Schritte hören, die nervös und ziellos auf und ab tippelten.
Und in der Tat, Heiko war noch nie so orientierungslos gewesen wie an diesem Vormittag. Nervös zu sein, eine gewisse innere Unruhe zu verspüren, das war für Heiko kein neuer Zustand. Es war ein Teil seines Grundbefindens. Was er allerdings jetzt verspürte oder vielmehr durchmachte, das hatte damit nichts zu tun. Nein, das war eine verdammte Premiere. Er hatte komplett den Boden unter den Füßen verloren, ihm war, als hätte er ein halbes Jahr keinen Schlaf gefunden, sein Ich bestand nur noch aus einer dünnen Hülle ohne Inhalt, wie ein ausgelöffeltes Frühstücksei, ja genau das war er.
Eine einzige Nacht hatte endgültig alles in Frage gestellt. Ohne Vorwarnung war er, waren sie alle, gestern in eine Orgie hineingeschlittert, hatten fast querbeet miteinander

geschlafen, Sandra mit Tina, dann beide mit dem dicken Carlo, und er selbst war urplötzlich von Anna beinahe vergewaltigt worden. Zugegeben, seine Proteste waren leise ausgefallen. Das gestand er sich ein, und es verursachte ihm schwere Depressionen. Zum ersten Mal war ihm das Geld egal. Was konnte es ihm schon helfen? Nichts. Zwei Millionen gedruckte, schallende Ohrfeigen.

Noch vor weniger als zwei Tagen war seine Welt das perfekte Paradies gewesen. Alles hatte er im Griff gehabt. Davon war nichts mehr übrig, ihm war alles entglitten, innerhalb von wenigen Stunden.

Sandra kam, nur mit einem roten Handtuch bekleidet, pfeifend aus dem Bad. War das zu fassen? Pfiff die dumme Kuh tatsächlich?

Totale Unruhe trieb ihn mal im Zickzack, mal in Schlangenlinien durch den viel zu engen Raum. Er stand still und rannte zugleich. Die Macht über seinen Körper hatte er längst verloren.

»Du machst einen ganz verrückt mit deiner komischen Rumrennerei«, beschwerte sich Sandra fröhlich.

Sie pfiff! Er hatte sich nicht getäuscht. Innerlich zitternd blieb er stehen. Er zeigte mit dem Finger auf sie, suchte erst nach Worten, dann platzte es aus ihm heraus: »Du kotzt mich so was von, also du kotzt mich wirklich an.« Er musste weg, weg von diesem gescheiterten Traum. Von nun an konnte sie pfeifen, so viel sie wollte.

Elli machte sich Sorgen um ihren Bruder. Carlo war nicht der Typ für sexuelle Abenteuer. Auch wenn er die vergangene Nacht mit den beiden nackten Frauen genossen hatte. Nein, Carlo träumte von einem sorgenfreien, gemütlichen Leben auf seiner Schwabinger Dachterrasse. Einer Welt, in der man abends in vertrauter Zweisamkeit so einschlief, wie man morgens aufwachte. Tag um Tag, Woche um Woche und so weiter. Das konnte er Anna bieten. »Wunderbar«, würden viele sagen. Nicht Anna, und das war auch ihr Recht. Aber die Art und Weise, wie er es erfahren hatte, war herzlos. In Elli baute sich Wut auf. Carlo mochte geahnt haben, dass Anna ihm entglitt, höchstwahrscheinlich für immer. Aber Annas Verhalten gestern Nacht, das hatte er nicht verdient.

Es überraschte sie nicht im Geringsten, Carlo in der Küche zu finden. Sie legte ihm einen Arm auf die Schulter. »Na Großer!«, sagte sie möglichst neutral, seine Gefühlslage ertastend.

Carlo stand am Herd und lenkte sich offensichtlich mit irgendwelchen Handgriffen ab. Es roch nach angebrannten Spiegeleiern. Bei Carlo eigentlich ein Ding der Unmöglichkeit und deshalb ein alarmierendes Zeichen.

»Das Wetter hat umgeschlagen«, sagte Elli.

»Ja.«

Jetzt erst fiel Elli auf, dass es draußen in Strömen goss. Das passte wenigstens zur Stimmung. Elli holte Luft, sie wollte etwas sagen, doch ihr Bruder kam ihr zuvor.

»Ja, ich fühl mich, ich weiß gar nicht, wie ich mich fühl? Vielleicht wie die verbrannten Rühreier hier, matschig in der Pfanne, zu lang auf der falschen Herdplatte, zu nah am Feuer.«

Carlo war wirklich nicht gerade gut mit Worten. Dafür umso deutlicher mit Taten, denn in der nächsten Sekunde pfefferte er mit Wucht die Pfanne samt Rühreiern an die Wand.

Erneut holte Elli tief Luft und atmete sprachlos wieder aus. Ihr Bruder konnte ihr nicht in die Augen sehen, so sehr schämte er sich.

»Ihr müsst reden, Carlo! Unbedingt!«
»Reden, reden. Das hätten wir vorher machen sollen, viel früher, jetzt ist es zu spät.«
»Ach geh, so ein Quatsch. Es ist nie zu spät!«, versuchte Elli ihn zu besänftigen.
Er saß in sich zusammengesunken auf einem Stuhl.
»Magst an Kaffee?«, fragte sie ihn. Sie wusste nicht, wie sie ihm sonst helfen sollte.
»Kruzefix!«, fluchte er. »So blind. Ich war die ganze Zeit dermaßen blind. Hab ich mir das alles nur eingebildet? Sag, Elli, bin ich so ein naiver Depp?«
»Carlo, schau mich an. Meinst, ich weiß, wie es geht? Das Leben? Wir machen uns doch alle was vor. Wenn die Anna einen anderen Weg gehen will als du, dann kann es keiner ändern. So traurig es ist.«
»Aber das kann sie mir doch verdammt noch mal sagen. Mit mir kann man doch reden!«
»Weiß ich nicht, ob man das immer kann, Carlo.«
Er war kurz davor, den Tisch mit seiner Faust zu zertrümmern, und gleichzeitig hatte er nicht einmal die Kraft, seinen Arm zu heben.
Da zuckte Elli zusammen, denn wie ein Geist stand urplötzlich ihr hübscher Doktor in der Küche.
»Buon giorno! Ich habe gerufen, aber keiner hat geantwortet. Habt ihr noch schön gefeiert, si?«
Die Geschwister tauschten kurz vielsagende Blicke aus, dann sammelte sich Elli wieder und ging auf Elia zu.
»Ja, das kann man so sagen.« Sie wollte ihm einen freundschaftlichen Kuss auf die Wange geben, doch er drehte blitzschnell seinen Kopf, und so berührten sich ihre Lippen. Nur kurz. Wie gut das tut, dachte Elli sofort.
»Ups, scusa!«, scherzte er.
Erleichtert nahm Elli ihren Schwarm bei der Hand, um ihn

aus der Küche zu führen. Sie hatte gar keine Zeit, sich zu sorgen, dass es gestern zwischen ihnen beiden nur zu einer verrückten Ausnahme gekommen war, so ungewollt wie das meiste, was gestern passiert war. In der Halle streichelte Elia ihre Wange und sah sie ein wenig traurig mit seinen Labradoraugen an. Elli ahnte nichts Gutes. Sie sollte recht behalten, denn Elia musste ihr gestehen, dass er leider nur sehr wenig Zeit hatte. Er musste schon wieder einen Kollegen vertreten. Dabei hatte er sich so sehr auf den Tag mit Elli gefreut.

»Wenn wir Glück haben, ist das Wetter morgen wieder besser«, versuchte er sie zu trösten und gab ihr gleich wieder einen Kuss. »Glaub mir, meine Schöne, manchmal verfluche ich meinen Beruf«, dem dann gleich noch einer und noch einer folgte.

Elli schmolz trotz der kleinen Enttäuschung dahin. Langsam, aber sicher verlor sie den Überblick. Das war ja die reinste Achterbahnfahrt. Während links und rechts die Beziehungen implodierten, fing sie also an, sich zu verlieben. Sie küssten sich noch mehrmals so, als würden sie sich nie wiedersehen, und dann war Elia genauso schnell wieder verschwunden, wie er gekommen war. Fast glaubte Elli, Opfer eines Tagtraums geworden zu sein.

Erst als sie Elias hupenden Wagen hinterhersah, bemerkte sie Heiko. Der saß in seinem Audi wie eine ausgemusterte Crashtest-Puppe.

Kein Tag für große Sprüche, dachte sich Elli und ging wieder hinein, denn es war richtig kalt geworden. Es roch feucht und morastig, überall bildeten sich kleine widerliche Pfützen, und der Himmel öffnete weiter unablässig seine Schleusentore.

Heiko fror. Er saß in seinem Auto, in Italien, im Sommer, und er fror. Aber selbst wenn die Sonne sich von ihrer besten

Seite gezeigt hätte, Heiko hätte trotzdem gefroren. Ihm war kalt, wie einem nur kalt sein konnte, wenn man plötzlich ohne Vorwarnung alleine war. Am liebsten wäre Heiko von einem riesigen Eisblock erschlagen worden. Kurz und schmerzlos, ohne so zu leiden. Das wäre eine faire Sache gewesen. Heiko schloss die Augen und wünschte sich einen zentnerschweren Eisklotz herbei. Aber es passierte nichts, es blieb bei dem fiesen Gemisch aus Hagel und Regen. Die Scheiben um ihn herum waren so beschlagen, sein Rücken schmerzte, wahrscheinlich hatte er sich schon die Nieren entzündet. Aber das war ihm genauso egal wie die klamme Nässe, die sich unaufhaltsam unter sein Hemd schlich. Er fühlte sich misshandelt, benutzt, getreten. Er war ein Nichts. Seine Freundin hatte ihm den Rücken gekehrt und in seiner Anwesenheit völlig ungeniert mit einem anderen gevögelt. Er hatte ihr leises vertrautes Stöhnen gehört.

Heiko dachte an die vielen schönen Abende zurück, die sie gemeinsam verbracht hatten. Wie sie gemeinsam gelacht hatten, Sandra ihn gleichzeitig bewundert und bemuttert hatte. Sie war die perfekte Frau gewesen und er ihr perfekter Mann. Aber ein, zwei Tage mit diesen kaputten Leuten hatten gereicht, um all das zu zerstören, um aus Sandra ein Monster zu machen. Eine Frau, mit der Heiko nichts mehr anfangen konnte. Eine Frau, die es mit Frauen trieb, die sich auf andere Männer stürzte.

Was für ein mieses Spiel! Wenn er bei einer anderen Frau gewesen war, dann hatte das auch sein Gutes gehabt, war heilsam gewesen, denn dann hatte er ja nur noch mehr verstanden, wie sehr er seine Sandra liebte. Dank seiner harmlosen Seitensprünge war seine Liebe zu ihr ständig gewachsen. Sie hatten ihrer Beziehung letztendlich gutgetan. Sandras gleichgültige und brutale Vorgehensweise dagegen war einfach nur billig.

Sein Kopf fiel auf das Lenkrad und blieb dort. Das penetrante Dröhnen der Hupe tat erstaunlich gut. Es reinigte regelrecht den Kopf. Heiko genoss den physischen Schmerz. Die Zeit der leisen Töne war vorbei. Die ganze Turtelei, das lächerliche Liebesgesäusel, Streicheln, Kosenamen, Mausilein, alles hatte ein Ende, ein für alle Mal. Hinter ihm auf dem Rücksitz lag seine kleine Aktentasche. Er nahm sie hervor, holte etwas heraus und schmiss die Tasche wieder nach hinten. In seiner Hand hielt er ein marineblau schimmerndes Seidentuch, und darin funkelte ein kleiner Verlobungsring, ohne Diamant. Diamanten waren reine Geschäftemacherei. Liebe konnte man sich nicht erkaufen. Mit Abscheu betrachtete er ein letztes Mal das polierte Silberstück und ließ es dann in den Aschenbecher fallen. Was für ein Narr er war. Nie wieder im Leben würde er so einen Ring kaufen, so viel stand fest.

Plötzlich schlug sein Herz schneller, es raste, denn jemand kam zum Auto gerannt, schemenhaft, und riss die Beifahrertür auf. Sandra?

»Toller Lärm!«, sagte Lutz zynisch und stieg, ohne zu fragen, ein.

»Spinnst du? Was willst du hier?«

»Jetzt spiel mal nicht die Drama Queen, ja?«

In dem Maße, wie aus Heiko die Lebensfreude entwichen war, schien sie in Lutz ein prächtiges Zuhause gefunden zu haben.

»Wir sitzen in einem Boot!«, erklärte Lutz und machte es sich auf dem Beifahrersitz bequem.

»Boot? Du sitzt in meinem Auto. Raus! Verschwinde!«, zischte Heiko.

»Is ja gut. Immerhin hat deine Frau mit meiner ne Nummer geschoben. Das verbindet, findest du nicht?« Lutz lächelte ihn lässig an, so als wären sie alte Kumpels.

»Du bist echt krank!« Heiko erkannte ihn nicht wieder. Der Typ war in einer Laune, als wäre er gerade Weltmeister geworden.

»Meine Güte, du bist ein Spießer. Wundert mich aber nicht. Hey, schon mal was von Sex and the City gehört? Danach leben die jetzt alle. Willkommen im 21. Jahrhundert! Darfst du nicht persönlich nehmen.«

Das war das Letzte, was Heiko jetzt hören wollte.

»Und Carlo? Die lesbische Nummer ist das eine, damit könnte ich vielleicht noch leben. Aber Carlo? Mit dem Fettsack. Sag mal, hast du sie noch alle?«

»Das nennt man Emanzipation. Schon mal davon gehört? Also, wie war sie denn, die wilde Anna, Frau Vorstand?«

Jetzt erst rief sich Heiko den Sex mit Anna wieder ins Gedächtnis, oder besser ihren Sex mit ihm, denn viel hatte er da nicht zu sagen gehabt. Sandra, Anna – Heiko war völlig überfordert. »Deine Sprüche, das ist das Allerletzte, was ich jetzt brauche!«

»Das hatte ganz schön Feuer, was ihr da veranstaltet habt.« Heiko drohte ihm hilflos mit der Faust. »Halt einfach die Klappe sonst …«

»Sonst? Das, also das, Gewalt ja, die macht dich auch nicht freier. Bitte! Kannst mir gerne eine zimmern. Ist mir schon öfter passiert. Aber nachher fühlst du dich genauso beschissen wie vorher. Das garantier ich dir.«

»Mann, du redest echt so viel Müll. Ich fass es nicht.« Heiko rieb sich die Stirn. »Und dass Tina es mit Carlo getrieben hat, das ist dir ganz schnurz, ja? Weil, das macht ihr ja immer so. Ganz normal in Berlin, da bumst ja jeder jeden. Wilde zwanziger Jahre und so. Mann, verarsch mich doch nicht!«

Heiko war wirklich mitgenommen, das kapierte Lutz langsam.

Der Regen wurde noch einmal eine Spur heftiger, rasselte mit tosendem Lärm auf das Blechdach. Lutz beugte sich vor und wischte mit seinem Hemdsärmel ein Loch in die Nebelwand. Im selben Moment klatschte der Wind einen Ast gegen die Scheibe, und die beiden Männer schreckten zusammen.

Lutz schlug einen versöhnlicheren Ton an: »Scheiß Verlustängste. Vergiss das. Je mehr du dich an Frauen klammerst, desto weniger bekommst du sie.«

»Pass mal auf, Sportsfreund«, unterbrach ihn Heiko.

Doch Lutz war noch nicht fertig. »Jetzt lass mal die blöde Sportsfreundnummer und hör mir ausnahmsweise mal zu! Was du brauchst, Bestätigung, Liebe und so, Mann, das musst du dir zuerst mal selber gönnen. Sei zur Abwechslung mal ehrlich zu dir. Schließ zuerst Frieden mit dir selbst. Alles andere, die Liebe von Sandra, oder ner anderen, die kommt später dazu. Als Sahne obendrauf. Verstehst du, was ich meine?«

Normalerweise stellte es Heiko bei solchen Sätzen die Haare auf. Frauengefasel. Umso überraschender war deshalb, dass er nachdenklich wurde.

Lutz fuhr fort: »Klingt abgedroschen, aber es ist nun mal wahr. Erst musst du dich selber lieben! Das ist die Grundvoraussetzung. Dann erst hast du überhaupt die Kraft, den Wahnsinn da draußen mitzumachen.«

Zum ersten Mal wurde Heiko klar, dass es Lutz wahrscheinlich auch nicht viel anders ging als ihm selbst. Er verstand ihn. Lutz war mit einem Mal kein lästiges Hindernis mehr, kein Freak von einem anderen Planeten, sondern ein Kumpel, der im gleichen leckgeschlagenen Boot saß wie er. Nur, dass Lutz plötzlich viel stärker zu sein schien.

Mit immer noch einfühlsamer Stimme sagte Lutz: »Okay, deine große Liebe hat gestern ein bisschen herumexperi-

mentiert. Aber, was hat das mit dir zu tun? Ich sag's dir: gar nichts.«
Heiko rutschte unruhig in seinem Sitz hin und her und sagte: »Also, das sind ja nun wirklich keine großen Neuigkeiten. Was erzählst du mir denn da?«
Aber beide Männer wussten, dass Heiko es nur herunterspielte, um nicht komplett ahnungslos zu erscheinen.
Lutz rieb sich die Handflächen, um sich zu wärmen, als sein Blick auf den Aschenbecher fiel.
»Was is'n das fürn Ring? Is der echt?«
Heiko erschrak. »Echt?« Dann lachte er laut los. »Spinnst du? Der war bei so Kaugummis mit dabei. Echt? Also wirklich, du bist vielleicht ein Witzbold! Der ist doch nicht echt!«

Um wieder Boden unter den Füßen zu bekommen, irgendwie zur Ruhe zu kommen, den Kopf frei zu kriegen, oder wie auch immer man es nennen wollte, gingen die einen stundenlang laufen, die anderen lasen tonnenweise Bücher, wieder andere schliefen einfach nur tagelang oder nahmen nicht enden wollende Wohlfühlbäder, ertränkten ihren Frust und Kummer in Alkohol, gingen einkaufen, bis die Kreditkarte brannte, bauten den Kölner Dom aus Streichhölzern nach, sprangen an Gummiseilen von hohen Brücken, spielten endlos traurige Klaviersonaten, qualmten kiloweise Joints, waren unablässig auf Reisen, nur nie zu Hause, malten Blumensträuße mit Aquarellfarben, wachten jeden Morgen mit einer anderen auf, strickten kilometerlange Schals, ließen sich auspeitschen oder weigerten sich schlicht, mehr als ein Salatblatt zu essen. Nicht selten war es auch die Kombination mehrerer dieser Hilfsmanöver. Nicht selten endete es in einer Form von Sucht, und oft

fingen die Probleme dann erst richtig an. Die Lösung allerdings lag fast immer woanders.
Carlos Weg, seinem Schmerz zu begegnen, bestand entweder darin, sich mit einem Weißbier in einen Biergarten zu setzen, dies bei nur leichtem Missmut, oder aber, bei wirklichen Krisen, zu kochen.
Aber selbst wenn er für die gesamte Belegschaft von BMW hätte kochen müssen, es hätte ihm in dieser Situation nicht viel geholfen. Im Moment gab es keine Lösung, nur einen Scherbenhaufen. Und gegen den kochte er mit all seiner verbliebenen Kraft an.
Elli beobachtete ihn dabei und sparte sich jeden Kommentar.
Komplett durchnässt kamen Lutz und Heiko in die Küche.
Was für eine seltsame Situation. Drei gehörnte Männer, die sich gleichzeitig, bis auf Lutz, schuldig gemacht hatten. Sie waren Betrogene und Betrüger, Opfer und Täter zugleich.
Elli sah den inneren Kampf, den Carlo und Heiko ausfochten. Nur Lutz war erstaunlich normal.
»Draußen bricht die Hölle los«, sorgte er sich. »Also so was hab ich noch nicht erlebt. Der reinste Weltuntergang.«
»Sieht nach einer Verschwörung aus«, sagte Heiko resigniert und brachte zumindest Elli damit zum Lachen. Zynismus! Siehe da! Stand Heiko gar nicht so schlecht.
»Das ist schon ein Ding!«, verlautbarte Lutz stehend. Er war überhaupt der Einzige, der laut war. Ansonsten beherrschte eine fürchterliche Stille den Raum. Selbst Carlos therapeutisches Zwiebelhacken verlief beinahe geräuschlos. Es war geradezu gespenstisch.
Lutz beschwerte sich: »Hört mir einer zu? Oder bin ich ein Geist?«
»Was ist schon ein Ding?«, fragte Elli stellvertretend für die anderen. Sie hoffte, er möge nicht den letzten Abend ansprechen.

»Dieser Saalfeld! Kreuzt hier einfach auf. Das muss man sich mal vergegenwärtigen. Wir landen alle in seinem Haus, und er weiß nichts davon. Bizarr! Und dieser Neffe, entweder ist der sträflich dumm oder äußerst gerissen. Dazwischen ist nicht viel Platz. Bleibt allerdings eine Frage: das Geld. Wem gehört es? Ihm? Dem italienischen Staat? Dem Deutschen? Dem Neffen? Der großen Unbekannten? Mafia? Berlusconi persönlich? Den Freimaurern?«
»Sicher nicht uns«, hakte Elli ein. Unglaublich, Lutz und Heiko hatten die Rollen getauscht. Hatte gestern noch Heiko groß und breit seine Reden gehalten und Lutz wortkarg auf seiner Bank gekauert, so war es heute genau umgekehrt. Was war los mit Lutz? War er neugeboren, nur weil er sich letzte Nacht stundenlang nackt im Kreis gedreht hatte? Es schien, als hätte der Abend neue, oder lange verschüttete, Kräfte in ihm freigesetzt.
»Da gebe ich dir recht, liebe Elli. Aber gehört es denn dem alten Mann? Oder hat er es nicht seinerseits geklaut?«
»Ach Unsinn! Geklaut! Von wem denn?«, schaltete sich Carlo laut ein. »Kann uns doch egal sein. Was geht uns das an? Mir ist das so was von … scheißwurscht!« Das Schneidemesser knallte in die Spüle, und das unangenehme Geräusch von Metall, das über Metall kratzte, schnitt warnend durch die Luft.
Elli wollte aufstehen und ihn beruhigen, doch Carlo beruhigte sich ganz von alleine wieder. Er ging zum Kühlschrank und nahm sich ein Bier. Allein der Gedanke an Alkohol verursachte bei Elli schon Übelkeit.
»Von wem? Geklaut von der Allgemeinheit. Ganz klar. Der Mann tritt die Solidargemeinschaft mit Füßen, sonst würde er das Geld ja wohl kaum verstecken.«
Carlo platzte endgültig der Kragen. »Hast du keine andern Sorgen? Sag? Ist dir der Schmarrn so wichtig? Das bisserl

Geld? Was bringt dir das? Solidargemeinschaft. Ich hab vor ein paar Stunden mit deiner Freundin geschlafen. Ist dir des egal, oder was? Macht dir des nix aus? Du Spinner, du armseliger!«

Hilflose Wut lag in der Luft. Heiko blickte auf, und in seinem Gesicht stand die Furcht, dass es ihn als Nächsten treffen könnte. Umso erstaunlicher war es, wie ruhig und gelassen Lutz blieb.

»Mann, Mann, Mann, seid ihr alle konventionell und reaktionär. Du mit Tina, ja und? Da bist du nicht der Erste. Und sicher nicht der Letzte. Ich besitze Tina doch nicht. Im Gegenteil. Ist doch total wichtig, dass sie ihre Erfahrungen macht und ihre Libido nicht unterdrückt. Was soll denn immer nur dieser ganze Druck? Das hält doch kein Mensch aus.«

Damit nahm er Carlo den Wind aus den Segeln. Keine Spur von Verletzung und Eifersucht. Wer konnte ahnen, dass Lutz die Sache so locker nahm. Auch Elli war perplex.

Carlo ballte die Faust und ging wieder an sein Schneidebrett, mit dem Rücken zu den anderen.

Lutz machte weiter: »Aggression. Aggression statt Liebe. Das ist doch das einzige Ergebnis von Zwang, Frust und Gewalt. Ne, dafür lieb ich Tina viel zu sehr.«

Kopfschüttelnd rührte Carlo in dem großen silbernen Topf. Elli tippte auf eine deftige Kartoffelsuppe.

»Das ist nun wirklich nicht das siebte Weltwunder, das ich hier verkünde. Damit sind schon ganz andere vor uns glücklich geworden.«

Carlo drehte sich wieder, mit dem Messer in der Hand, zu Lutz. »Und du? Du bist also glücklich?«

»Ja, Carlo, ich bin glücklich!«

Carlo schlug die Hände über dem Kopf zusammen und sagte zu Elli: »Hörst du des? Ich bums seine Freundin, und er ist glücklich.«

Carlo verstand die Welt nicht mehr.
»Bleibt die Frage, wie wir mit dem Geld und unserem neuen Vermieter verfahren?« Lutz war das Geld eindeutig wichtiger.
Wo war Saalfeld eigentlich, fragte sich Elli verwundert. Dafür, dass er anfangs so resolut aufgetreten war, war es nun seltsam still um ihn.
»Ich bin dafür, wir behalten es und spenden es für einen guten Zweck. Als ausgleichende Gerechtigkeit sozusagen.«
Elli lehnte sich amüsiert zurück. Dieser Lutz war ein Knaller.
»Eine schöne Idee! Muss ich schon sagen. Aber wenn, sollten wir mit Saalfeld reden. Er sollte es freiwillig tun. Meinst du nicht?« Elli war sogar erleichtert, dass es erneut um das Geld ging. »Mal ehrlich, wer einen Dieb beklaut, ist immer noch ein Dieb. Außerdem spekulierst du nur.«
Im Hintergrund sah Elli Anna vorbeihuschen. Als sie in die Halle kam, stand Anna dort mit gepackten Koffern.
»Anna, wo willst du hin?«
Sie sah relativ gefasst aus, aber Elli kannte sie zu gut. Auch Anna schämte sich.
»Fast wollt ich sagen, nach Hause. Aber zu Hause? Wo ist das schon?« Anna stellte die Koffer ab und holte Luft. »Keine Ahnung, Elli. Irgendwohin. Hauptsache weg von hier. Vielleicht flieg ich direkt nach London.«
Die beiden Frauen standen sich gegenüber. Es hätte keinen Zweck gehabt, Anna aufzuhalten. Das war Elli sofort klar. Trotzdem versuchte sie es. »Meine Liebe, die Dinge zu überstürzen, das hat noch nie was gebracht. Ihr müsst reden. Das weißt du!«
Ja, Anna wusste, dass Elli recht hatte, aber ihr fehlte schlicht und einfach die Kraft. Reden. Reden. Ihr ganzes Leben

lang musste sie immer nur reden. Wer sagte ihr eigentlich, dass Taten nicht besser waren? Anna sprach leise. »Weißt du, letzte Nacht …«
Doch Elli unterbrach sie. »Letzte Nacht waren alle verrückt. Mit dem wirklichen Leben? Damit hat das nix zu tun.«
»Hör mir zu! Letzte Nacht, vielleicht war es sogar gut so. Auf irgendeine perverse Weise. Vielleicht waren es gerade unsere Taten und nicht das ständige Palavern, die uns allen die Augen geöffnet haben.«
»Na klar, wir schmeißen alle ein paar Drogen ein, schon kommt die Wahrheit auf den Tisch! Super! So einfach ist das. Ein großer Rausch, und alles regelt sich von selbst.« Elli war auf hundertachtzig und hatte nicht mitbekommen, dass Herr Saalfeld die Treppe herunterkam.
Auch wenn Saalfeld um eine tadellose Haltung bemüht war, konnte man deutlich sehen, dass er geschwächt war. Nach jedem zweiten Schritt musste er stehen bleiben, entweder weil er hustete oder weil ihm der Atem ausging. Doch er schenkte dem keine Beachtung, also sollten sie es auch nicht. Das bedeutete er ihnen mit seinem strengen Blick.
»Aha, ich sehe, Sie packen bereits. Sehr vernünftig«, lobte er Anna schon fast schulmeisterlich, was ihr, der Businessfrau, sauer aufstieß. »Ich bin mir sicher, Sie finden ein schönes Zimmer in einem der vielen Hotels am Gardasee.« Ohne ein Antwort abzuwarten, ging er weiter zur Küche. Dort war es still, denn die drei Männer hatten sich gerade nicht sonderlich viel zu sagen.
»Meine Herren! Ich darf feststellen, man hat sich erstaunlich gut eingelebt. In meiner Küche! Auch wenn es köstlich riecht, so trifft dies keinesfalls auf meine Zustimmung.«
An Saalfeld war ein preußischer Offizier verlorengegan-

gen, er lebte in einer anderen Zeit. Zumindest tat er so. Lutz kicherte.

Elli kam dazu, sie hatte Anna an der Hand mitgezogen.

»Ah, der nette Herr Hausherr«, grüßte Lutz frech. Ihn konnte man mit dieser aufgesetzten militärischen Art am wenigsten beeindrucken, ganz im Gegenteil, er forderte ihn geradezu heraus.

Heiko, immer noch halb in Trance, nickte Saalfeld kurz zu. Auch Carlos Gruß fiel bescheiden aus.

»Ich habe ihnen folgenden Vorschlag zu machen.« Saalfeld vergewisserte sich, dass ihm alle zuhörten. Der Reihe nach sah er ihnen in die Augen. »Mir ist bewusst, dass Philip einen Fehler begangen hat. Deshalb zahle ich Ihnen die bereits geleistete Miete zurück, und Sie alle setzen Ihren Urlaub an einem anderen Ort fort. Und dies, darauf bestehe ich weiterhin, sofort. Wir wollen doch alle keine Zeit verschwenden. Zeit ist das kostbarste Gut, das wir haben.«

Wie ein getretener Dackel wagte Carlo einen Blick zu Anna. Beide schämten sich unendlich, doch das war das Einzige, was sie verband.

»Ihr Geld ist mir wurscht«, sagte Carlo entmutigt.

Wortlos stand Heiko auf, um aus dem Fenster zu sehen. Er schien um Jahre gealtert.

Lutz verschränkte die Arme und sagte zu Saalfeld: »So einfach ist die Sache leider nicht. Schließlich kann man sich für Geld nicht alles kaufen.«

Saalfeld sah prüfend in die Runde, ob die anderen ungebetenen Gäste sich ihm ebenso entgegenstellen wollten. Doch seltsamerweise schienen sie alle irgendwie abwesend. Was genau war vorgefallen? Er meinte sogar eine Art von Trauer zu spüren. Ihm fiel auf, dass die Gruppe seltsam heterogen war. Verwundert fragte er sich, was sie alle verband? Wenn sie auch wie Freunde wirkten, Saalfeld waren die Di-

stanz und die Anspannung zwischen ihnen nicht verborgen geblieben. Wer, ob, und wenn, mit wem zusammen war, konnte er nicht sagen. Er rief sich das unfassbare Bild des Festes wieder in Erinnerung. Das Chaos und die nackten Körper in seinem Wohnzimmer. Er schüttelte den Kopf. Und dennoch, was manche von ihnen förmlich zu Boden warf, war sicher mehr als nur ein simpler Kater. Dann fiel ihm wieder ein, dass sie seine Villa unabhängig voneinander gemietet hatten. Also alles nur ein Zufall? Saalfeld war verwirrt. Es fiel ihm zunehmend schwer, sich zu konzentrieren. Diese Leute hier sollten nicht seine Sorge sein. Er wollte nur seine Ruhe haben, deshalb war er hierhergefahren, um absolut alleine und ungestört zu sein. Saalfeld korrigierte den vorlauten jungen Mann mit den kurzen Haaren. »Nicht im Geringsten beabsichtige ich, mir etwas zu kaufen. Eine faire Rückerstattung. Das ist alles, was ich Ihnen angeboten habe. Denn ich gestehe Ihnen zu, dass man Sie betrogen hat. Allerdings ohne mein Wissen oder gar Zutun. Was die Tatsache unterstreicht, dass diese Villa normalerweise nie vermietet wird. In der Vergangenheit nicht und auch jetzt nicht.«
»Das ist eine sehr schöne Villa, Herr Saalfeld«, bemerkte Elli. Sie war eine Art Ruhepol in dieser verlorenen, orientierungslosen Gemeinschaft. »Darf ich fragen, wie lange Sie schon hier Ihre Ferien verbringen?«
Auf so eine ebenso harmlose wie nette Frage war der alte Herr nicht vorbereitet. Was sollte diese Frage jetzt? Interessierte sie das wirklich, oder wollte sie ihn lediglich aus dem Konzept bringen? »Entschuldigung, Sie waren noch einmal?«, fragte er gezwungen freundlich.
»Ach ja, verzeihen Sie, mein Fehler, Elli, Elisabeth Mangold«, sie deutete auf Carlo, »und das ist mein Bruder, Carlo Mangold.«

»Na gut, Frau Mangold, es ist ja kein Geheimnis. Vor gut dreißig Jahren, da habe ich dieses Anwesen erworben.«
Tatsächlich wollte Elli mehr von dem außergewöhnlichen Haus und dem Mann erfahren, der so viel Geschmack bewiesen hatte.
»War bestimmt nicht billig«, patzte Lutz dazwischen. »Was machen Sie denn so? Beruflich? Halt! Lassen Sie mich raten! Vorstand? Chemie oder Rüstung?«
Saalfeld fertigte Lutz mit einem kühlen Blick ab. »Ich wüsste nicht, was Sie das angeht?«
»Is doch ne ganz normale Frage. Warum machen Sie denn da so ein Staatsgeheimnis draus? Meine Güte, was glauben Sie eigentlich, wer Sie sind? So ätzend arrogant? Allein der Ton. Was soll das? Wir sind doch nicht Ihre Angestellten.«
Den anderen war es eher unangenehm, dass Lutz so angriffslustig war. Überhaupt war alles unangenehm. Die Situation wurde immer verfahrener.
Anna zog es wieder zu ihren Koffern, aber sie blieb wie angewurzelt stehen, all ihrer Willenskraft von zuvor beraubt.
Da ihn keiner stoppte, machte Lutz weiter. »Wer sagt uns denn, dass Sie uns nicht einfach reingelegt haben? Von wegen böser, böser Neffe! Da lach ich ja!«
Saalfeld war außer sich. »Sie haben sich mir auch noch nicht vorgestellt. Trotzdem will ich Ihnen eine Antwort auf Ihre lächerliche und unverschämte Unterstellung geben. Wissen Sie, junger Mann, ich habe es schlicht und einfach nicht nötig, Sie um ein paar tausend Euro zu prellen. Genügt Ihnen das?« Der Puls des alten Mannes hatte gefährlich an Fahrt gewonnen, dazu musste man ihn nicht groß messen. »Herr im Himmel, glauben Sie wirklich, ein paar lächerliche Tausender haben hier irgendeine Bedeutung?«
Jetzt hatte Saalfeld die Aufmerksamkeit der anderen wie-

der, schließlich war sein Geld das Thema. Schließlich hatten sie ein paar von seinen Scheinen gestern mit vollen Händen auf den Kopf gehauen.
Heiko schnappte die neue Information auf. Es war der zarte Rest des geschäftstüchtigen Heikos, der wusste, dass das Leben auch ohne Sandra irgendwann weiterging und bestimmt nicht umsonst zu haben war. Konnte gut sein, dass dem alten Unsympath nie auffallen würde, dass sie sich bei seinem Schwarzgeld bedient hatten.
Für Lutz hingegen war es wichtig, dass dieser Sozialschmarotzer, der in seinen Augen obendrein ein Steuerbetrüger war, den Verlust seiner erschlichenen Reichtümer sehr wohl spürte. Innerlich fing er an zu glühen. Am liebsten hätte er hier und jetzt das ganze Geld verbrannt, vor den Augen dieses miesen Blutsaugers. Das wäre eine Aktion!
»Da seid ihr ja wieder alle!« Tina betrat die Küche. Nach außen unbeeindruckt von den zerstörerischen Ausschweifungen der Nacht, schenkte sie der Runde ein Lächeln und wandelte leichtfüßig zum Gläserschrank. Dennoch vermied sie es, irgendjemanden, besonders Anna oder Carlo, mehr als nur beiläufig anzusehen.
Saalfeld beobachtete sie aufmerksam.
»Der Herr hier«, informierte Lutz seine Freundin lauthals, »nun, er ist so großzügig und möchte uns unsere Miete zurückzahlen. Geld hat er nämlich genug.«
»Gut!«, antwortete Tina prompt und knapp. Dann nahm sie sich eine Flasche Rotwein und machte sich daran, sie zu öffnen. Ein Glas hatte sie bereits auf den Tisch gestellt.
»Allerdings sollen wir dann sofort abreisen«, fügte Lutz an.
Als wäre das ein netter Witz, sah Tina auf und sagte: »Icke fahr nirgendwohin. Wie soll det geh'n bitte? Hat schon mal einer rausgesehen? Det ist die reine Sintflut. Bin doch nich lebensmüde!«

Die anderen sahen prüfend aus dem Fenster, und Elli sprach aus, was jeder zugeben musste. »Tja, da hat Tina nicht ganz unrecht. Das sieht sehr ungemütlich aus.«
Seit Tina die Küche betreten hatte, war Saalfeld ihr mit seinem Blick gefolgt. Das war ihr nicht verborgen geblieben. Sie zog ihren Ausschnitt zurecht. »Gefällt Ihnen wohl?«
»Wie bitte?«
»Na, Sie starren mich an.«
Es war Saalfeld offensichtlich peinlich. »Entschuldigen Sie bitte! Tina, richtig? Sie haben mich nur an jemanden erinnert.«
»Ja, Tina, ganz genau. Versteh schon. Sugardaddy! Wie heißt denn die Glückliche?«
»Nein, nicht, was Sie denken. Vergessen Sie's!« Saalfeld schüttelte den Kopf, dann sprach er wieder zu den anderen. »Das klart bald wieder auf. Hier in den Hügeln dreht sich das Wetter schnell. In ein, maximal zwei Stunden, wird es sich beruhigt haben.«
»Mit dem BMW, das hat keinen Sinn. Selbst, wenn ich wollte. Des machen die Bremsen nicht mehr mit. Ich muss warten«, brach Carlo sein Schweigen.
»Diese blöde alte Karre!«, fluchte Anna plötzlich. Sie schnaufte überfordert auf und verzog sich ins Wohnzimmer.
War denn das die Möglichkeit? Saalfeld verlor langsam die Geduld. Das Atmen fiel ihm plötzlich wieder schwerer, und die wenige Kraft verließ seinen Körper. Dafür setzten die Schmerzen wieder ein. Auf der Suche nach den rettenden Tabletten tastete er sein Sakko ab. Er versuchte seine Atmung wieder unter Kontrolle zu bekommen. Erleichtert spürte er, dass es ihm gelang. Dennoch schauten ihn seine ungebetenen Gäste besorgt an.
»Herr Saalfeld! Ist alles in Ordnung?«, fragte Elli, denn sie

sah, dass der Mann mit sich und mit seinem Körper kämpfte.
»Was? Wie?« Saalfeld schaute sie fragend an. »Ja, ja. Was soll die Frage?«
»Meine Meinung? Det hat sich so richtig eingeregnet. Det kann dauern.« Tina nahm einen Schluck Rotwein, nachdem sie symbolisch in die Runde geprostet hatte.
Es hatte etwas von Galgenhumor. Elli war erstaunt darüber, dass Tina schon wieder fröhlich trank.
In diesem Moment schloss Saalfeld die Augen, schwankte und wäre kopfüber auf den Steinboden geknallt, hätte ihn Carlo nicht in allerletzter Sekunde aufgefangen.

»Hallo! Herr Saalfeld! Hören Sie mich?«, fragte Sandra.
Während die Böen dicke Regentropfen gegen die Fenster peitschten, die vor der ungewöhnlichen Kraft der Natur erzitterten, hielt Sandra Saalfelds Kopf in der einen und ein nasses Tuch in der anderen Hand. Draußen lieferten sich die entfesselten Gewalten einen gnadenlosen Kampf. Hier drinnen, in Saalfelds Zimmer, lag der alte Mann beinahe leblos auf dem Bett und atmete schwer und mit viel zu langen Pausen. Keine Spur von Kampf. Sandra machte sich Sorgen. Elli solle noch einmal versuchen, den Dottore zu erreichen. Doch das hatte sie bereits mehrmals erfolglos getan. Sie bekam kein Netz. Kein Empfang. Sie hatten keine Verbindung mehr zur Außenwelt. Nur ein kleiner Weltempfänger, den Lutz in Saalfelds Zimmer, das er neugierig unter die Lupe genommen hatte, gefunden hatte, gab ihnen das Gefühl von Kontakt zum Rest der Menschheit.
Heiko hatte mit seinem Auto Hilfe holen wollen, doch dann hatten sie bemerkt, dass nicht nur die gesamte Auffahrt von einem gefährlichen Sturzbach um- und unter-

spült wurde, sondern dass eine große Kiefer oder Pinie umgestürzt war und quer über der Straße lag.
»Was hat er denn?«, fragte Lutz nervös.
Heiko war mindestens genauso beunruhigt, aber er brachte es nicht fertig, Sandra direkt anzusprechen.
Die drei Männer standen, aufgereiht wie die Orgelpfeifen, unschlüssig an der anderen Seite des Betts. Sie wussten nicht, was man in so einer Lage am besten tun sollte.
Elli stand neben Sandra und reichte ihr zwei neue kalte Lappen. Sie legte ihre Hand auf Sandras Rücken, um ihr wenigstens irgendeine Form von Beistand zu geben. Ein Haus bauen und wieder in seine Einzelteile zerlegen, das konnte sie, aber einen kranken, schwachen Menschen verarzten, das überstieg schon im Ansatz ihre Fähigkeiten. Sie war Ingenieurin, keine Ärztin. Zahlen und physikalische Kräfte, Maßstab und Proportionen, Material und Ästhetik, Wegeführung und Raumaufteilung, bei all dem war sie fast unschlagbar. Der menschliche Körper dagegen mit all seinen unglaublichen Abläufen, seiner natürlichen Perfektion, seiner Verletzlichkeit, seinen Krankheiten, Bakterien, Viren, Infektionen, Flüssigkeiten, das war für Elli ein absolut fremdes Universum, eher abschreckend als faszinierend. Allein der Gedanke, mit einem Skalpell die Haut eines Menschen einzuritzen, war für Elli unvorstellbar. Elli war hilflos, und daher bewunderte sie umso mehr Sandra und die Ruhe, die diese bewahrte. Der Dottore kam ihr wieder in den Sinn. Schlagartig wurde ihr warm ums Herz. Er war einer von denen, die allein durch ihre Präsenz dazu beitrugen, dass man wieder gesund wurde. Hatte das Unwetter auch ihn abgeschnitten? Elli ermahnte sich, nicht unnötig in Panik zu geraten. Mit bangem Blick sah sie wieder zu Sandra, die immer noch vergeblich gegen Saalfelds Bewusstlosigkeit ankämpfte.

Tina blieb cool. Sie war in der Küche geblieben. »Der wird det schon schaffen. Wenn icke daneben steh, dann wird det och nich besser.« Nein, sie zog es vor, zu ihrem vollmundigen Rotwein einen beinahe ebenso ausgereiften Joint zu rauchen. Zu viele Köche verdarben den Brei.
Anna hingegen saß im Wohnzimmer vor ihrem nutzlosen Handy und blickte abwesend aus dem Fenster. Ihr war nicht bewusst, dass sie auf das Blatt vor sich sinnlose Kreise kritzelte. Ein Kreis über dem anderen. So wie sich all ihre Gedanken im Kreis drehten und sie einfach keinen Schritt weiterkam.
Wenn sie einer ihrer Kollegen jetzt so sähe, er würde sie nicht wiedererkennen. Die dynamische Powerfrau? Wie weggeblasen. Wie zu ihrer schlimmsten Londoner Zeit hatte sie sich gestern aufgeführt.
In London war das nichts Besonderes, ganz im Gegenteil, da gehörte das zum guten Ton. Business is business, but the night is the night. Geschäfte, Alkohol, Sex und Koks. Ihr war sehr schnell klargeworden: Das Zeug war genau ihr Ding. Sie fühlte sich dann noch unbesiegbarer, härter und hatte einen noch klareren Blick auf die Dinge. Bis zum jeweils nächsten Morgen.
Anna schloss die Augen. Wie sollte sie Carlo das jemals erklären? Von dieser Londoner Anna hatte er nicht die geringste Ahnung gehabt. Bis gestern.
Oben in Saalfelds Zimmer fragte Elli, was es wohl sein könnte, das Saalfeld so plötzlich niedergestreckt hatte? Sandra hatte keine Antwort.
»Vielleicht ein Virus? Oder etwas Schlimmeres? Eine verschleppte Lungenentzündung?«
»Ich kann es nicht sagen. Ich bin kein Arzt. Aber ich denke nicht, dass es nur ein Virus ist. Er hat kein Fieber oder Schüttelfrost. Er schwitzt zwar und kämpft mit dem Luft-

holen, aber nein, das kommt irgendwie von tiefer drinnen.«

Elli hatte immer mehr Achtung vor dieser zarten jungen Frau, die im Moment so viel mehr Kraft hatte als sie selbst. In ein paar Jahren würde Sandra eine beeindruckende Frau sein. Es war gut, dass sie sich von Heiko abnabelte, dachte Elli, denn er würde ihr bald nicht mehr gewachsen sein. Wenn das nicht schon jetzt der Fall war.

Noch immer hatte Saalfeld die Augen geschlossen. Sein Kopf lag starr da, wie bei einem Toten. Das schlechte Licht im Zimmer zeichnete einen bedrohlichen Schattenstrich über sein eingefallenes Gesicht. Während die linke Hälfte beinahe im Dunkeln verschwand, wurde die andere Seite in einen grellen, kranken Schein getaucht. Es machte Elli Angst, den Mann, der eben noch so forsch aufgetreten war, nun so hilflos vor sich liegen zu sehen. Sie fühlte sich grausam an ihren Vater erinnert, der wochenlang in seinem Krankenbett vor sich hin vegetiert war, bevor er endlich erlöst worden war. Sie, Carlo, ihre Mutter und die besten Ärzte, alle waren hilflos gewesen. Völlig machtlos dem gegenüber, was sich so gnadenlos ankündigte. Ihr Vater war keinen schönen Tod gestorben. Wenn es das überhaupt gab, einen schönen Tod. Elli! Hör auf! Sie war über sich selbst entsetzt. Wie konnte sie nur neben diesem armen Mann über den Tod nachdenken? Wie konnte sie an seinem Bett stehen, seine Hand halten und geistig schon sein Schicksal besiegeln?

Carlo hielt ihr ein Glas Wasser hin. Derweil inspizierte Lutz Saalfelds Sakko, das sie dem Mann zuvor ausgezogen hatten. Mit einem »Aha!« zauberte er eine kleine Pillendose hervor. Offensichtlich war sie schon mehrfach verwendet worden, denn die Beschriftung war abgewetzt, so dass er nicht lesen konnte, was für Pillen es waren. Noch weni-

ger ließ sich sagen, welchen Zweck sie hatten. Lutz hoffte, dass Saalfeld schnell wieder zu sich kommen würde.
Just in diesem Moment hustete Saalfeld erneut und schlug die Augen auf. Er schien sofort zu wissen, was geschehen war, denn sein Blick verriet weniger fragende Orientierungslosigkeit als vielmehr Ärger und Scham. Anscheinend war Saalfelds plötzliche Bewusstlosigkeit keine Premiere.
»Herr Saalfeld!«, sagte Sandra.
»Bitte gehen Sie! Lassen Sie mich alleine!«
Lutz hielt die Pillen hoch. »Brauchen Sie vielleicht ein paar hiervon?«
Schon reichte Elli ihm ein Glas Wasser. »Wir wollten einen Arzt rufen, aber das Netz ist zusammengebrochen.« Wie zur Bestätigung donnerte es wieder gewaltig.
»Ich brauche keinen Arzt! Und jetzt, bitte! Meine Ruhe, allein das ist es, was ich brauche.«
Es war unglaublich, wie unfreundlich Saalfeld war und sie noch dazu in diesem Zustand einfach wegschickte, dachte sich Elli.
»Spätestens in einer halben Stunde komme ich und sehe, wie es Ihnen geht, ob Sie wollen oder nicht.« Sandra ließ sich nicht abwimmeln.
Ganz die resolute Krankenschwester, schmunzelte Elli.
»Danke, aber das brauchen Sie nicht. Machen Sie sich lieber für die Abreise fertig. Damit helfen Sie mir weit mehr.« Saalfeld gab nicht nach.
»Wir werden ja sehen«, entgegnete Sandra, wenig beeindruckt von Saalfelds unverständlich rauhem Ton.
Es war später Nachmittag geworden und dunkel wie an einem drückenden Wintertag. Wie besessen wütete das Unwetter weiter. Es zeigte nicht die geringste Spur von Müdigkeit. Als hätte es sich mit den Jahreszeiten angelegt und eigenhändig beschlossen, dass ein gnadenloser Herbst die

Herrschaft übernehmen sollte. Kein goldener Herbst, der alles Blattwerk in leuchtende Farben tauchte und mit seinem kristallklaren blauen Himmel und seiner frischen, mineralisierten Luft dem ausgebrannten Sommer einen prächtigen Showdown bereitete. Vielmehr einer, der einem das nasskalte Blut in den Adern gefrieren ließ und in Minutenschnelle die Blätter von den Bäumen riss, ganze Wälder entlaubte, Farben und Glanz wie zwischen Handflächen zerrieb. Es schien, dem tödlichen Winter sollte mit schlagenden Pauken und donnernden Trompeten der tintenschwarze Vorhang geöffnet und eine dunkle, sehr dunkle Bühne bereitet werden. Und das Schauspiel, das aufgeführt werden sollte, kündete nicht vom lebendigen Wechselspiel der Jahreszeiten, sondern von der Vergänglichkeit, vom Tod.

So war es auch um die Stimmung im Haus bestellt. Keine Spur mehr von italienischer Lebensfreude und wärmenden, blutroten Sommerabenden.

Nein, sie alle waren gefangen genommen worden, Geiseln einer Wetterkatastrophe.

Elli hatte es den anderen übersetzt, als Lutz den italienischen Radiosender gefunden hatte. Für den gesamten Norden Italiens war der Notstand ausgerufen worden. Innerhalb weniger Stunden war mehr Regen gefallen als sonst in mehreren Monaten. Und es regnete unablässig weiter. Hunderte von Ortschaften waren komplett von der Außenwelt abgeschnitten. Überall gingen Muren und Schlammlawinen herunter, Tausende von umgestürzten Bäumen versperrten die Straßen.

Und eine Wetterbesserung war nicht in Sicht. Der Bevölkerung wurde dringend geraten, die Häuser nicht zu verlassen.

Es blieb ihnen nichts anderes übrig, als sich mit ihrem Schicksal abzufinden. Zumindest diese Nacht mussten sie

alle noch unter einem Dach verbringen. Ob sie nun wollten oder nicht.
Zum ersten Mal stand nicht Carlo am Herd, sondern Sandra. Sie kochte einen Tee für Saalfeld, denn sie befürchtete, dass sein geschwächter Köper zusätzlich noch das Opfer von Viren werden konnte. Aus Erfahrung wusste sie, oft waren es nicht die eigentlichen Krankheiten, die den Patienten zu schaffen machten, sondern die heimtückischen Entzündungen, zum Beispiel in der Lunge, die als Trittbrettfahrer einer leichten Grippe dem Körper die letzte Widerstandskraft rauben konnten. Zwar konnte sie nur wenig gegen Saalfelds eigentliches Leiden ausrichten, aber sie konnte wenigstens versuchen, weiteres zu verhindern. Von Tina hatte sie ein paar Heilkräuter bekommen. Ausnahmsweise nicht zum Rauchen, angeblich waren sie sogar sehr gesund. Als Dreingabe hatte Tina sie mit einem versuchten Zungenkuss überrascht. Was Sandra unangenehm war.
Sandra wartete, bis das Wasser kochte, und ging auf Carlo zu, mit dem sie allein in der Küche war. Alle anderen hatten sich in ihre Zimmer oder andere Ecken des Hauses verzogen. »Wie geht's dir?«, fragte sie.
»Mir? Wie's mir geht? Wer will schon auf so eine Frage eine ehrliche Antwort? Gut geht es mir, wie immer.« Er war fast abweisend.
»Ich, ich will eine ehrliche Antwort!« Sie sah ihn an, lange, direkt, selbstsicher und doch verletzlich.
»So, ehrlich? Wer ist denn hier noch ehrlich? Alles Lüge. Bitte, wenn du es genau wissen willst. Ich fühl mich elend, hundselend. Ich bin nicht der Typ für so was. Ich bin treu. Ich brauch solche riskanten Spielereien nicht. Gefährliche Abenteuer, da war ich noch nie der Typ für. Und dann noch vor allen anderen. Vor ihr! Gleich mit zwei Frauen. Da ist man sein Leben treu …«

»Vielleicht waren wir gestern alle zu ehrlich? Vielleicht ist einfach nur die Wahrheit ans Licht gekommen? Alles, was wir verdrängt haben.«
»Was für eine Wahrheit? Wie meinst du das? Wie soll ich des jetzt wieder verstehen?«
»Ich fand es sehr schön mit dir. Aber das wusste ich vorher schon. Dass es schön werden wird.«
Wie konnte sie ihm einfach so sagen, dass sie es schön fand? Und dass sie es vorher schon wusste! Was war überhaupt »es« und was sollte bitte »schön« heißen? Ihr Duft kroch ihm unter die Haut. Er ertappte sich dabei, wie er sie betrachtete. Wahrscheinlich hatte er noch nie in seinem Leben so einen süßen, knackigen Hintern in den Händen gehalten. War er bescheuert? Alles zerfiel, und er schaute ihr auf den Hintern. Dieser Urlaub brachte ihn noch um den Verstand.
Sie hatte ihm wieder den Rücken zugedreht, fast so als wollte sie, dass er ihren perfekten schlanken Körper von oben bis unten begutachtete.
»Und du?«, fragte sie weiter. »Hat's dir nicht gefallen?«
Carlos Puls beschleunigte sich. Er konnte regelrecht spüren, wie ihm die Röte ins Gesicht stieg. Er steckte seine Hände in die Hosentaschen, weil er plötzlich nicht mehr wusste, wohin mit ihnen.
»Na sag schon!« Sie ließ nicht locker.
»Ja«, druckste er herum, »sicher war das Wahnsinn. Vor allem mit dir. So was hab ich lange nicht, also noch nie, erlebt. Aber du bist doch gar nicht meine Liga. Das ganze Chaos. Versteh mich nicht falsch, aber ich hab meine Anna. Also, wir sind seit Jahren. Waren so viele Jahre. Sorry, ich kann das einfach nicht beantworten. Ich hab keine Antwort. Auf nix.«
Carlo war derart ermattet, als hätte er versucht, einen Berg

zu erklimmen, einen viel zu hohen Berg, ohne die geringste Aussicht auf das Gipfelkreuz. Solche Situationen war er nicht gewohnt. Sein Leben war immer geradlinig verlaufen, vorhersehbar.
Der Duft des heißen Kräutertees zog durch die Küche. Sandra richtete ein Tablett her, doch dann stellte sie sich vor Carlo, der die ganze Zeit an dem kleinen Fenster gestanden hatte.
Manchmal wussten Frauen viel mehr über das Leben, manchmal hatten Frauen ein viel besseres Gespür dafür, die verwobenen Fäden, die vom Schicksal gesponnen wurden, aufzugreifen. Mit ihrem angeborenen Instinkt konnten sie den Knäuel in ihre filigranen Hände nehmen und dem undurchsichtigen Chaos, das sich den Männern unablässig darbot, einen Sinn geben. Und dann sagten sie Sätze wie nun Sandra. »Mein lieber, großer, starker Carlo, das ist nur dieser Moment. Du spürst nur den unvermeidlichen Schmerz der Gegenwart. Ich versteh dich. Aber wenn wir bald darauf zurückblicken, wird es alles einen Sinn ergeben. Und wir werden glücklich sein. Vertrau mir.«
Sie gab ihm einen unbeschreiblich liebevollen Kuss, dann nahm sie das Tablett mit dem Tee, um es zu Saalfeld zu bringen.
Carlo, der Bär, fühlte sich wie ein kleiner Junge. Er verstand nicht, wovon diese kleine, wunderschöne Frau sprach.
Während Elli sich auf ihr Bett gelegt hatte, um zu lesen, endlich, in Ruhe, und dann doch schon nach der dritten Seite eingeschlafen war, versuchte auch Anna im Wohnzimmer zur Ruhe zu kommen. Doch offensichtlich wollte Tina sie ihr nicht gönnen. Ausgerechnet Tina. Als wäre Anna Luft oder unwichtig, breitete Tina ihre Yogamatte aus und begann, mit Kopfhörern im Ohr, ihre spastischen fernöstlichen Dehnungsübungen. Als hätte sie sich letzte Nacht

nicht schon genug gedehnt. Anna fühlte sich absichtlich provoziert, jeder hätte das. Konnte man noch taktloser, noch unverschämter sein? Sie schob ihre Wolldecke zur Seite und sprang auf. In der nächsten Sekunde stand sie hinter Tina und zog ihr die Stöpsel aus den Ohren.

»Könntest du mich bitte alleine lassen?«

Als hätte Tina nur darauf gewartet, spielte sie dennoch die Überraschte. »Wieso?«

»Tu nicht so unschuldig. Lass mich einfach allein, ja. Wärest du so freundlich?«

»Entschuldige bitte, aber icke mach hier doch nur mein Yoga? Was stört dich daran?«

»Du bist echt die Höhe! Ich wollte hier ungestört entspannen. Das bitte ich dich zu respektieren. Ist das denn zu viel verlangt?«

»Vielleicht bist du nur sauer, weil ich deinen süßen Carlo verführt hab? Vielleicht bist du so egoistisch, dass du damit nicht klarkommst? Hm, was meinst du? Obwohl du selber ja auch nichts anbrennen lässt.« Tina blieb betont lässig. »Dabei hat er's verdient, dass sich mal jemand um ihn kümmert.«

»Sag mal, hast du sie noch alle?« Ohne zu zögern, holte Anna aus und knallte Tina eine.

Man hätte nun eigentlich erwarten können, dass Tina ausflippte, die Beherrschung verlor und wie eine Kratzbürste über Anna herfiel. Aber da täuschte man sich, denn sie blieb absolut ruhig, ihre Überlegenheit, ihren Sieg genießend. Mochte ihre Wange auch noch so glühen, Tina schenkte der Ohrfeige einfach keine Beachtung. Sie blieb dabei, ihre Worte als Waffe zu nutzen.

Aber warum war Anna jetzt so ausgeflippt? Auch wenn Anna wirklich Grund genug gehabt hätte, sich Tina vorzuknöpfen, hatte sie die Berlinerin den ganzen Morgen kaum beachtet. Anna war viel zu intelligent, um nicht zu wissen, dass Tina nur ein Fass zum Überlaufen gebracht hatte, das schon längst randvoll war. Ihr gab sie keine große Schuld. Dass Anna die Kontrolle über sich verloren hatte, war ihr eigenes Problem, hausgemacht sozusagen. Auch wenn Tina die verfluchten Drogen ins Haus gebracht hatte. Die Schuld lag einzig und allein bei Anna selbst. Den ganzen Morgen über hatte sie sich nur mit sich beschäftigt. Nur um ihre eigenen seelischen Abgründe waren ihre Gedanken gekreist. Um ihre Zukunft, ihren immer stärkeren Drang nach gefährlichen Spielchen, um die zerstörerische Anziehungskraft, die das Verbotene auf sie ausübte. Um die Sehnsucht nach dem Abgrund, nach dem Sprung über die Klippen. Dem musste sie sich stellen. Ein für alle Mal.

Wieso sie dennoch so plump von Tina in den Boxring gerufen wurde, wollte ihr nicht in den Sinn. Wollte sich Tina mit ihr messen? War die alternative Hippiefrau im Grunde genauso ehrgeizig wie Anna selbst. War Tina neidisch auf das, was Anna darstellte, was sie erreicht hatte? Oder ging es nur um die Rollenverteilung, darum, wer die beste Stellung in der Gruppe hatte? Was es so simpel?

»Pass auf, dass dein Frust dich nich noch auffrisst«, sagte Tina jetzt ganz ruhig.

»Wenn ich dich unsicher mache, dann liegt das an dir. Mich zu provozieren ist verschwendete Zeit.«

Jeder Satz der beiden Frauen hatte gesessen. Da Tina aufgestanden war, standen sie sich nun gegenüber, Kinn an Kinn.

»Weißt du, Anna, so eine wie du ist deshalb so gefährlich, weil du selbst nicht mehr weißt, wer du bist. Du spielst mit den Menschen. Ich sag ja nicht, absichtlich. Aber verletzen, verletzen tust du die Menschen trotzdem. Nach außen gibst du die brave Anwältin, aber eigentlich schlummert in dir was ganz anderes. Ich seh so was sofort. Aber jemand wie Carlo bleibt da über Jahre blind. Um den tut's mir echt leid.«

Wieder kribbelte es in Annas Hand. Woher nahm diese Kreuzberger Verliererin die ungeheuerliche Frechheit, sich derart einzumischen?

»Glaubst du wirklich, ich nehme solche lächerlichen Banalitäten ernst?« Jetzt äffte Anna Tina nach. »Oh! Anna, lass dir sagen, du hast zwei Seiten!« Anna drehte sich ab und machte einen Schritt zur Seite, um Tina auch damit zu zeigen, dass sie nicht auf einer Augenhöhe waren. »Ich hätte dich wirklich für klüger gehalten. Da hab ich wohl jemanden überschätzt. Weißt du, Schätzchen, alle haben wir unsere zwei, ach was, drei Seiten in uns. Wo ist denn da bitte deine große Erkenntnis? Wer gibt dir überhaupt das Recht, dich einzumischen? Das würde mich mal interessieren? Denkst du, nur weil du dir ständig die Birne zudröhnst und dein verhaltensgestörter, paranoider Freund dir alle Freiheiten lässt? Flaschendrehen? Also, ich bitte dich – kindliche Manipulationen! Spielchen. Deswegen kannst du dich in andere Leben einmischen? Wer, bitte schön, ist denn hier die Skrupellose mit der gestörten Persönlichkeit? Denkst du, du bist besser? Du bist sogar noch hemmungsloser! Kindchen, bist du naiv! Du hast nicht mal die geringste Ahnung, wen du vor dir hast.«

Als letzten Dolchstoß gab Anna der verdutzten Tina noch einen Kuss auf die Stirn, wie einem kleinen Mädchen, das man zu Bett brachte. Dann warf sie die plüschige Wolldecke über ihre Schulter und ging in ihr Zimmer.

Die Ohrfeige hatte Tina nichts ausgemacht, dieser Kuss schon. Der tat richtig weh. Der war der eigentliche Schlag ins Gesicht.

Vorsichtig klopfte Sandra an Saalfelds Tür. »Herr Saalfeld?«, fragte sie und wartete.
Als nach einer weiteren Minute immer noch nichts zu hören war, drückte sie sachte die Klinke herunter. Dabei machte sie einen leichten Knicks, um das Tablett gerade zu halten.
Saalfeld lag im Bett und atmete schwer, aber gleichmäßig. Er starrte an die Decke wie jemand, der seine Augen nie wieder schließen würde. Sandra erschrak innerlich, dann aber drehte er seinen Kopf leicht in ihre Richtung und durchdrang sie mit seinem Blick.
Sie erschrak erneut. Gekonnt schloss sie leise hinter sich die Tür und trat mit dem Tablett an sein Bett. »Ich dachte mir, ein heißer Tee kann nicht schaden. Ist Ihnen warm genug? Haben Sie genug Decken?«
Im gesamten Haus war es klamm und unangenehm kalt geworden. Es gab keine Heizung, zumindest keine, die funktionierte, und das vormals noch von der Sonne aufgeheizte Gemäuer hatte bereits all seine Wärme abgegeben. Ein Winter in so einem alten Haus war sicherlich eine Tortur, dachte sich Sandra. »Wie fühlen Sie sich?«
Das Tablett fand auf dem feinen, leicht beschädigten, alten Beistelltischchen neben dem Bett Platz. Saalfeld schwieg weiter. Sandra kannte dieses Verhalten. Nicht jeder Patient war froh, wenn man ihm half. Es gehörte einiges dazu, sich die eigene Schwäche einzugestehen. Jemand wie Saalfeld, der wahrscheinlich sein Leben lang stark gewesen war und sich auch nie einen klitzekleinen Moment der Unzulänglichkeit gegönnt hatte, geschweige denn jemals auf andere angewiesen war, für so jemanden war dies immer eine neue, oft entwürdigende Erfahrung, manchmal sogar schlimmer als die eigentliche Krankheit.
Sie goss ihm eine Tasse Tee ein. »Zucker?«

»Sind Ihre Freunde mittlerweile abgereist? Ich hoffe, ja!« Er tat so, als stünde er immer noch in seinem altmodischen Aufzug und seinem herrischen Ton vor ihnen im Esszimmer. Doch seine Stimme war jetzt leer, nur ein dünner Hauch von dem, was am Vormittag so Eindruck gemacht hatte.
»Auch wenn Sie das ungern hören. Selbst, wenn wir wollten, wir können gar nicht abreisen. Das Unwetter. Wir sind von der Außenwelt abgeschnitten.«
»Was soll das heißen?« Sein Ärger gab ihm neue Kraft.
»Wir werden wohl noch eine Nacht hier zusammen verbringen. Darf ich fragen, was das für Tabletten sind?«
»Nein, das dürfen Sie nicht.«
»Es wäre nur gut zu wissen. Falls Sie noch einmal … tja, falls Sie uns noch mal umkippen, wissen Sie?«
»Was reden Sie da? Ich komme sehr gut allein zurecht. Ich brauche Ihre unprofessionelle Hilfe nicht.« Er zögerte und änderte dann seinen Ton. »Vielen Dank, wirklich! Meine Müdigkeit, das Wetter. Ich hätte wohl unterwegs etwas essen sollen.«
»Mein lieber Herr Saalfeld, Sie müssen, Sie dürfen mir hier nichts vorspielen. Ich bin Krankenschwester. Und ich sehe, wann jemand zu wenig gegessen hat und wann jemand ein ernstes Leiden hat. Also bitte, helfen Sie uns beiden. Ich möchte nicht in die Lage kommen, dass ich Ihnen nicht mehr helfen kann. Nicht bei diesem Wetter, nicht in meinem Urlaub. Tun Sie uns beide den Gefallen, ja? Bitte!«
Zum ersten Mal sah sich Saalfeld die junge Frau genauer an. Scheinbar wusste sie, was sie sagte und was sie tat. Und hartnäckig war sie noch dazu. Anstatt ihr zu antworten, stellte er ihr eine Frage: »Sind Sie verheiratet? Kinder?«
»Sie wollen also ablenken?« Aber immerhin fing er an sich zu öffnen, dachte Sandra.

»Nein, es interessiert mich wirklich.«
»Soso?« Sie zögerte. »Nein, ledig und, haha, keine Kinder. Das kann alles noch lange warten.«
»Warten Sie nicht zu lange!« Saalfeld wurde ernst. »Ich habe zu lange gewartet. Lange habe ich nicht die Richtige gefunden, dann wiederum waren es die Umstände. Geschäftsreisen, die Karriere. Und plötzlich, ja, entfernt man sich immer mehr von dem Gedanken, aus dem Verschieben wird ein Aufschieben, daraus wird dann Verdrängen, und dann zeigt die Zeit ihr wahres Gesicht. Sie ist gnadenlos, die Zeit. Man bekommt es immer wieder gesagt, aber erst, wenn man es selber erfährt, dann, wenn es zu spät ist, dann erst versteht man es.«
Seltsamer Mann. Erst diese Mauer und dann fängt er an zu philosophieren. Nachdenklich nahm Sandra seine Hand. »Vielen Dank! Ich denke, ich verstehe Sie. In meinem Beruf hat man die Chance, das sehr früh zu lernen.« Jetzt gönnte sie sich auch eine Tasse Tee. »Wir sind uns also einig? Wir sollten keine Zeit verschwenden. Sehen Sie, es würde uns beiden sehr helfen, wenn Sie mir vertrauen würden!«
»Ich brauche aber keine Hilfe. Ich möchte nur allein sein, allein in meinem Haus.« Saalfeld blieb bei seinem weichen, aber wieder schwachen Ton.
»Das respektieren wir alle. Und das werden Sie auch. Wir brauchen nur alle ein kleines bisschen Geduld.« Sandra hielt ihm die halbgefüllte Teetasse vorsichtig an den Mund, und Saalfeld nippte mehrmals. Er musterte sie immer noch, aber mit ihrer liebevollen, entwaffnenden Art schaffte sie Vertrauen.
»Wissen Sie, auch wenn es Ihnen nicht gefällt, ich bin Ihnen sehr dankbar dafür, dass ich hier sein kann. Ihr Haus, ich habe hier etwas verstanden, es hat mir etwas gezeigt. Es ist irgendwie magisch.«

Saalfeld entspannte sich ein wenig. Er bat um mehr Tee.
»Ich weiß, es ist ein besonderer Ort. Er kann Menschen verändern, manchmal gefährlich schnell. Aber was ist schon wirklich gefährlich?«
Es war ungewöhnlich, ihn so reden zu hören. Knallharte Fakten, das schien eher seine Welt zu sein. Nun sprach er über die Villa, beinahe so, als wäre es ein verwunschener Ort. Seltsam daran war, dass genau dieses Gefühl Sandra schon die ganze Zeit beschlichen hatte.
»Wie hat er Sie verändert?«, fragte er vorsichtig, neugierig.
»Die Weite, diese zeitlose Schönheit, es hat mich sofort aufgesogen, von der ersten Sekunde an. Mein Blick auf meine Umgebung, auf mich, auf mein Leben, alles hat sich geändert.«
»Das ist einer der Gründe, weshalb ich immer wieder hierherkomme.« Langsam entstand zwischen den beiden Nähe, sie verstanden einander. Normalerweise ließ Sandra einen Patienten nie so nah an sich heran. Das war eine alte Regel. So was konnte schnell ein böses Ende nehmen. Aber hier in diesem Haus, am Bett dieses geheimnisvollen Mannes, war alles anders.
Seit Jahren hatte Frieder Saalfeld nicht mehr so ein Gespräch geführt, vor allem nicht mit einer so jungen Frau. Die Villa veränderte auch ihn wieder. Aber das wollte er ja, nicht zuletzt deswegen war er wieder hierher zurückgekommen, weil eine große Veränderung bevorstand.

Dass es Abend geworden war, konnte man nur der Uhrzeit entnehmen, denn das dunkle Inferno, das ganz Norditalien in Geiselhaft genommen hatte, hatte jede Spur von Tageslicht schon seit Stunden verjagt. Im Haus brannten dieselben Lichter wie am Abend zuvor, doch die Stimmung war eine komplett andere. Wenn gesprochen wurde, dann nur leise. Selbst die schwer zu entmutigende Tina wagte es nicht, ihre Musik zu spielen, zu groß war ausnahmsweise ihre Sorge, den falschen Ton zu treffen. Draußen kämpften die Naturgewalten, drinnen herrschte beinahe Totenstille. Während gestern noch die Korken geknallt hatten, ging man sich heute möglichst aus dem Weg. Die Chancen für ein weiteres rauschendes Fest standen demnach äußerst schlecht. Nicht im Traum hätte jemand daran gedacht.

Aber eigentlich konnte man sich nicht aus dem Weg gehen. Selbst der Rückzug ins eigene Zimmer war keine wirkliche Option.

Das hieß, sicher war es eine Möglichkeit. So hätte sich Carlo natürlich zu Anna ins Bett legen können. Aber allein der Gedanke daran verkrampfte ihm den Magen. Und er wusste, ihr würde es nicht besser gehen. Obwohl sie jahrelang das Bett miteinander geteilt hatten, schien das heute undenkbar. Die Wahrheit, dass sie ohne ihn sein wollte, war mit einer solch knallharten Endgültigkeit ans Licht geschossen, wie aus einem Vulkan, in dem es jahrzehntelang brodelte, aber dennoch keiner an einen Ausbruch glaubte. Doch dann kam es zur Eruption, die jede Hoffnung mit sich riss und für immer unter der kalten Asche begrub. Gnadenlos wurde eine neue Realität geschaffen, und man konnte froh sein, wenn man überhaupt überlebt hatte.

Außerdem war Carlo in seinem Stolz gekränkt wie nie in seinem Leben zuvor. Was kindisch war. Aber so war es nun einmal. Gefühle waren selten das Ergebnis einer reifen Überlegung.

Da er also weder in sein Zimmer konnte noch wollte und es jetzt nur eine Sache gab, die ihm eine klitzekleine Chance auf Seelenfrieden gab, stand er wieder mit einem scharfen Messer in der Hand vor einem Olivenholzbrett.

Heiko saß ungewöhnlich stumm für sich alleine im Wohnzimmer, fast genau an der Stelle, an der er es die Nacht zuvor mit Anna getrieben hatte. Er konnte es immer noch nicht fassen, obwohl die Nacht mit Anna alles verändert hatte. Sandra, Tina und Lutz leisteten Carlo in der Küche Gesellschaft. Es wurde nur wenig geredet. Wenn, dann war es Lutz, der Mann, der sie alle auf der rechten Spur überholt hatte.

»Wer hätte gedacht, dass wir den Herrn Betrüger persönlich kennenlernen! Typisch skrupelloser Manager, genau einer von den Typen, die die Welt in den Abgrund reiten. Und wir hocken in seiner Bude«, schwadronierte er begeistert.

»Ach Lutz, hör doch auf!« Tina war genervt. »So wie's aussieht, geht die Welt heute ganz von alleine unter. Ohne deine bösen Spekulanten. Die ham jetzt mal Feierabend. Schon mal rausgeschaut?« Tina deutete zum Fenster, und an ihren Worten gab es nichts zu rütteln. Auch ihre Stimmung tendierte eher Richtung Keller als Richtung Wolke sieben. Mehrmals schon hatte sie Sandra ein liebevolles Lächeln zugeworfen, doch die erwiderte nicht einmal das harmloseste Zeichen der Zuneigung. Tina konnte es selbst kaum glauben, aber sie fing unfreiwillig an, mehr für die schöne junge Leipzigerin zu empfinden. Bis jetzt war es ihr nie in den Sinn gekommen, eine Frau tatsächlich zu lieben. Körperlich, klar, das war nichts Neues. Jetzt aber spürte sie die Chance auf eine grundlegend andere Art von Liebe. Die Unschuld, gepaart mit der Erfahrung in Sandras Lachen, die weichen Augen, die einem eine Ahnung davon gaben, wie aufgehoben man sich fühlen konnte, all das hatte sie noch nie so gesehen und gefühlt, vor allem nicht bei einer Frau. Sandra verunsicherte Tina. Und obwohl sie sich gestern so nahe gewesen waren, war davon heute nicht das

Geringste zu spüren. Sandra wich ihr aus, und das schmerzte Tina.

Carlo war genervt von Lutz. »Ganz gleichgültig, was der alte Mann macht oder gemacht hat, jetzt ist er krank, und wir müssen ihm helfen.«

»Carlo hat recht!«, sagte Sandra.

»Okay, er hat eine kleine Grippe«, spielte Lutz es herunter. »Aber trotzdem, so einer geht über Leichen. Meint ihr, der hat saubere Hände? Big Business, Schwarzgeld? Der hat Hunderte Existenzen auf dem Gewissen. Da ist so eine Grippe eine milde Strafe.«

Jetzt hatte auch Tina die Nase endgültig gestrichen voll. »Woher willst du das denn alles wissen? Du gehst zu weit, Mann.« Wenn sie ernst wurde, sprach sie oft in reinstem Hochdeutsch. »Unterstellst ihm da deine bescheuerten Theorien. Du bist echt lächerlich. Zeig lieber mal ein bisschen Mitgefühl. Der hat nich nur ne blöde Grippe! Das weißt du ganz genau!«

»Ich hab seine Visitenkarte gefunden!« Lutz genoss die Überraschung der anderen. »Global Currancy Fund. Euch sagt das natürlich nichts, mir aber. Ein ganz großer Player. Die schicken Währungen in den Keller, erpressen ganze Staaten, treiben ganze Völker in den Ruin. Spekulieren mit dem Verfall und spielen mit dem Konkurs. Dabei verdienen sie sich dumm und dämlich. Das allein ist deren Geschäft. Der Untergang der anderen. Na, wie findet ihr das? Die Bankenkrise, globales Finanzchaos? Euro-Kollaps. Alles das Werk von so einem Typen. Scheißegal, wer dabei draufgeht. Na, was sagt ihr nun? Hm, Carlo, wie findest du so was?«

»Warum erzählst du das? Was willst du?«, fragte Sandra ihn nervös.

»Ich will nur, dass ihr wisst, mit wem ihr es wirklich zu tun habt. Der Typ ist nicht nur ein billiger Steuerhinterzieher, sondern einer von denen, die mit uns allen spielen, versteht ihr mich? Einer, der dafür sorgt, dass uns allen das Wasser irgendwann bis zum Hals steht. Im wahrsten Sinne des Wortes. Dafür, dass Millionen von Menschen, Familien, Kinder nie eine Chance haben.«

Carlo stellte die mächtige gusseiserne Pfanne, in der er dem Geruch zufolge mindestens eine halbe Stange Knoblauch angedünstet hatte, zur Seite und sah auf Lutz hinab. Der saß am Tisch wie in einer Studentenkneipe und hielt fast die gleichen selbstherrlichen Reden.

»Und jetzt willst du das alles ändern, oder was? Oder meinst etwa, wir dürfen ihm nicht helfen? Wir sollen seine Richter sein. Über einen Fremden urteilen, hilflos noch dazu. Deine Ethik ist wirklich vom Feinsten.« Carlo schüttelte verächtlich den Kopf. »Vielleicht würde dir das ja passen? Vielleicht willst du ja nur sein Geld? Vielleicht ist dein Geschwätz alles nur Tarnung?« Ohne auf eine Antwort zu warten, widmete sich Carlo wieder seiner Pfanne.

Auch Tina war empört. »Dette is mir Jacke wie Hose, womit er sein Geld macht. Es is unsere gottverdammte Pflicht, ihm zu helfen. Was is denn bitte, wenn der uns hier unter den Fingern wegstirbt?«

Relativ unbeeindruckt nahm Lutz einen Schluck Bier. Er setzte sein Glas ab und sagte todernst: »Wenn ihr mich fragt, dann sollten wir ihn seinem Schicksal überlassen. So einer braucht keine Samariter. Hat er's denn besser verdient?«

»Sag mal, spinnst du? Bist du high? Was ist denn mit dir los? Du hast sie doch nicht alle!« Tina war außer sich. »Wie kannst du so was sagen? Du kennst den Mann nicht im Geringsten! Und würdest ihn verrecken lassen!«

»Du widerst mich an!« Sandra stellte sich vor Lutz und

verpasste ihm eine Ohrfeige. Sie konnte Lutz nicht länger ertragen, geschweige denn zulassen, dass er sagte, was er sagte. Für sie war ihre Arbeit nicht irgendein Job, sondern ihre Berufung. Sie fing an zu weinen, worauf Carlo sie sofort in die Arme nahm.

Tina schickte ihren Noch-Freund Lutz aus der Küche. »Verschwinde!«, schrie sie. »Und werd endlich wieder normal! Sonst will ich dich nie wiedersehen! Das schwöre ich dir.«

An ein gemeinsames Essen war an diesem Abend nicht zu denken. Jeder war mit sich beschäftigt und dem, was passiert war. Das beinahe biblische Unwetter, ihre seltsame Zusammenkunft, das Beziehungschaos, Saalfelds Krankheit, das Geld, all das waberte durch ihre Köpfe, ihre Gedanken und schnitt durch ihre Herzen.

Nur Elli schlief, glücklich wie selten zuvor.

Lag es an dem Glücksgefühl, das sie bei jedem Gedanken an Elia überkam? Einmal war sie kurz aufgewacht. Sie blickte auf ihre kleine Uhr. Es war noch nicht Nacht. Elli sah sich um. Während sie geborgen in diesem großen weichen Bett lag, wurde ihr endgültig bewusst, wie gern sie dieses Haus hatte, wie wohl sie sich unter seinem Dach mit seinen vielen Terrakotta-Ziegeln, mit seinen Rissen und abgebrochenen Ecken fühlte. Die Villa war ihr wohlgesinnt, dessen war sie sich sicher. Endlich ein Ort, der gut zu ihr war.

Der verführerische Duft von Risotto, er schlich sich in ihr Zimmer. Carlo schien weiterhin keine Ruhe zu finden. Sie litt mit ihm, aber sie konnte ihm nicht helfen. Sie blieb liegen und erlaubte es ihren schweren Augenlidern, sie wieder in die unendliche Zwischenwelt der Träume zu entführen.

Nur durch eine Wand getrennt, aber in einem ganz anderen Universum verloren, lag Heiko zusammengekauert auf dem Bett und fixierte ohne ersichtlichen Grund hochkonzentriert die Badezimmertür. Seine Gedanken waren woanders. Mal in Leipzig, mit Sandra im Bett, mal in der verlorenen gemeinsamen Zukunft, plötzlich wieder bei seinem Lieblingstraum mit den vielen liebeshungrigen Frauen. Seine Phantasie spielte ihm bittere Streiche. Er schwor sich, nie wieder in fremden Betten zu träumen.

Jemand war an der Tür. In der nächsten Sekunde stand Sandra im Raum.

»Ich hab Risotto für dich.«

Heiko schüttelte den Kopf.

»Komm schon, iss was!« Sandra überlegte. »Möchtest du alleine sein?«

Verdammt, war sie schön! Heiko war von ihrer Präsenz überwältigt. Aber zwischen ihnen beiden war alles zerstört. Seine Sandra gab es nicht mehr, und diese neue war zwar noch umwerfender, aber nicht mehr seine Liga. Dazu musste man kein Einstein sein, um so viel von der Welt zu verstehen. Er fragte sich, wann ihm wieder so eine hübsche Frau über den Weg laufen würde.

»Danke, ich hab keinen Hunger. Und ja, ich möchte allein sein.«

Sandra war auf diese Antwort vorbereitet. »Gut, dann stell ich's dir hier hin. Nur für den Fall.«

Eine Minute später war es in dem Zimmer wieder so unmenschlich still wie zuvor. Nur der dampfende Teller und ein Glas Rotwein warteten vorwurfsvoll auf ihn.

Konsequent und kompromisslos, wie Heiko nun mal war, befreite er sich von der viel zu großen, verknoteten und schweren Decke und setzte sich trotzig vor den Teller. Mit einem kalten Risotto war niemandem geholfen, sagte er sich und schöpfte schon nach dem ersten Bissen wieder Hoffnung.

Auch wenn dieser Carlo seine Sandra gevögelt hatte, kochen konnte er. Heiko wurde bewusst, was er gerade gedacht hatte, und verschluckte sich sofort. Der Appetit war ihm wieder vergangen. Er schnappte sich das Glas Wein, ging kurz im Raum auf und ab, bis er sich schließlich neben die Balkontür auf den Boden setzte und über die Lektion nachdachte, die ihm das Leben ganz offensichtlich erteilen wollte.

Dieses Haus! Er verfluchte es.

In Saalfelds Zimmer hatte sich derweil jemand eingefunden, dem das Befinden des alten Mannes herzlich egal war.

»Na, wie geht's uns heute?«, fragte Lutz zynisch.

Saalfeld sah keine Veranlassung, diesem Mann, der ihm so feindlich gesinnt war, zu antworten.

Das hielt Lutz nicht auf. »Sie sind nicht mehr der Jüngste. Ein langes erfülltes Leben, Glückwunsch! Manche müssen sich viel früher verabschieden. Was meinen Sie? Wer weiß, ob ich es so weit schaffe? Is ne berechtigte Frage.« Lutz hatte einen Stuhl herangezogen und saß nun am Kopfende von Saalfelds Bett. Er war selbst überrascht über die Aggression, die dieser Mann in ihm hervorrief. All die vielen Jahre, die Lutz Informationen gesammelt und bewertet hatte, Beweise für das weltweite Netzwerk von gewissenlosen Spekulanten und geldgierigen Profiteuren. Noch nie war er seinem Feind so nah gekommen.

»Was wollen Sie?«, fragte Saalfeld trocken.

»Ich will Sie kennenlernen. Jemanden wie Sie.«

»Jemanden wie mich?«

»Hier!« Lutz hielt dem müden Saalfeld ein Foto hin. »Das

ist mein Patenkind in Ruanda. Ja, ja, ich weiß, es ist pathetisch. Klingt lächerlich, Patenkind. Haben Sie eines?«
»Was soll die Frage?« Saalfeld wurde misstrauisch. Geschwächt war er, aber sein Geist war noch voll da. »Ich habe weder eigene Kinder noch fremde in Afrika. Ich spende, jährlich, einen großen Betrag.«
»Ich hab mich immer gefragt, wie ist so ein Typ in natura, einer, dem die Welt scheißegal ist, um ihre Zukunft pokert, nur um sich selber zu bereichern? Und jetzt liegt einer vor mir.« Lutz atmete schneller. »Und er spendet jedes Jahr. Beeindruckend. Kaufen Sie sich damit von Ihrem Gewissen frei? Ein Scheck und man ist wieder mit der Welt im Reinen? Ist das so einfach?«
»Sie gehen mir auf die Nerven, verschwinden Sie!«
Mit ruhigen, überlegten Worten sagte Lutz: »Was sind Sie für ein Mensch?«
»Was geht Sie das an? Schleichen sich hier in mein Zimmer, in mein Haus und wollen wissen, was für ein Mensch ich bin? Was für eine lächerlich naive Frage. Sie und Ihr Alibi-Patenkind!« Saalfeld würdigte Lutz kaum eines Blickes.
»Kein besonders guter. Aber ich versuch's zumindest. Ich hab ne viel zu hübsche Freundin, die ich früher oder später verlieren werde, da mach ich mir nix vor. Aber ich hab gelernt, dass alles vergänglich ist. Ich versuch, mich zufriedenzugeben, zu lernen, mit dem wenigen, das man braucht, glücklich zu werden. Vor allem will ich nicht auf Kosten anderer zu leben. Ich will eine bessere Welt, ohne euren Raubtierkapitalismus. Ist hart genug, und ich drohe daran zu scheitern.« Er nippte an seinem Weinglas, das er sich mitgebracht hatte. »Jetzt sind Sie dran!«
Saalfelds skeptische Adleraugen nahmen Lutz genauer unter die Lupe. Saalfeld richtete sich etwas auf, so dass er

nicht länger in dieser unwürdigen Haltung liegen musste. Zumindest hatte dieser Lutz einen halbwegs wachen Geist. »Wissen Sie, junger Mann, in jeder Gruppe gibt es die Starken und die Schwachen, die Künstlerseelen, die Nesthocker und die Jäger, Verwalter, vorausdenkende Strategen, Muskelpakete mit einem engen Horizont und Visionäre mit etwas weniger Testosteron, dafür mit einem weiten Blick. Nun, Sie mögen sich wundern, aber ich bin kein Muskelpaket. Ich habe andere Talente. Ich kann mit Geld umgehen, ich habe einen sicheren Instinkt. Wollen Sie mir das vorwerfen? Das ist doch lächerlich. Ich hielt Sie für gescheiter. Sie geben mir die Schuld, dass die Welt kein Paradies ist? Dass sich die Menschen immerzu streiten und die Köpfe einschlagen, Kriege führen, sich vor Unschuldigen in die Luft sprengen? Nur weil ich meine Muskeln im Kopf habe, weil ich mit Zahlen, Formeln und Potenzialen spiele, wie andere einen Fußball treten oder am menschlichen Körper operieren? Da machen Sie es sich weiß Gott zu einfach, und das wissen Sie auch.«

Unruhig rutschte Lutz auf dem unbequemen Holzstuhl hin und her.

»Sie könnten Ihre Talente für die gute Sache einsetzen, nicht nur für Ihr Schweizer Bankkonto.«

»Ersparen Sie uns bitte Ihre Sonntagsreden.«

»Ich versuch's wenigstens.«

»Sie, junger Mann, Sie machen gar nichts, Sie sind keiner, der handelt. Sie reden nur. Sie geben allen anderen die Schuld und verstecken sich in einer dunklen Ecke. Ihre Faulheit ist sträflich.« Noch immer gönnte Saalfeld seinem Gesprächspartner nur wenige Blicke aus den Augenwinkeln. »Haben Sie ein Glas Wasser für mich? Wären Sie so nett?«

Lutz fühlte sich durchschaut, obwohl er nicht sagen konn-

te, warum. Er stand wortlos auf und ging mit einem Glas zu dem kleinen Bad, um Saalfelds Bitte nachzukommen. Oder war es ein Befehl? Der Mann konnte Menschen beeinflussen, manipulieren, in die Ecke drängen. Davon hatte Lutz einen kleinen Vorgeschmack bekommen. Doch Lutz sammelte sich wieder. Sein Gewissen war rein. Mit neuem Schwung und einem vollen Glas kam er zurück.
Saalfeld trank das frische, kühle Wasser, als gäbe es nichts Besseres in dieser Welt.
»Und Ihre Talente, die nützen Sie voll? Ohne Rücksicht auf Moral?«, fragte Lutz eher hypothetisch.
»Wäre es nicht eine Sünde, seine Talente nicht zu entfalten?«
»Entfalten? So kann man es auch nennen. Sie entfalten sich also. Sie jonglieren mit dem Schicksal anderer, weil Sie Ihr Talent entfalten müssen? Weil Sie Angst haben, sich ansonsten zu versündigen? Was für eine billige Ausrede!«
Lutz spürte seine Aggression wieder aufkeimen.
»Handeln Sie, oder seien Sie still. Machen Sie es besser! Nur eines sag ich Ihnen, Lutz, wenn Sie nicht handeln, dann machen Sie sich genauso schuldig. Das sollte Ihnen klar sein. Ich bin bereit, Verantwortung zu übernehmen, das war ich immer. Aber nicht vor Ihnen, dazu habe ich zu wenig Respekt vor Ihnen. Überzeugen Sie mich eines Besseren. Bis dahin, tun Sie uns allen den Gefallen und steigen Sie von Ihrem hohen moralischen Ross herunter. Es lahmt!«
Lutz wusste nicht, was er sagen sollte.
»Lutz?« Sandra kam plötzlich zur Tür herein. »Was machst du hier?«
Was wollte die denn jetzt schon wieder? Ihr Diskurs war zerstört, das wusste er. Sie hatten beide ihr Visier geöffnet und fingen an, Klartext miteinander zu reden. Zu gerne hät-

te er den Spekulanten weiter aus der Reserve gelockt, auch wenn bis jetzt er die größeren Treffer abbekommen hatte.
»Ich leiste …, ich leiste Herrn Saalfeld etwas Gesellschaft. Das wird doch wohl erlaubt sein.« Nun stand er auf. »Gute Nacht, schlafen Sie gut.« Dann war er auch schon verschwunden.
Nur kurz sah Sandra Lutz hinterher und schüttelte den Kopf. »Sie sehen besser aus. Zum Glück, Sie haben uns einen ganz schönen Schrecken eingejagt.«
»So, hab ich das? Ich habe Ihnen von Anfang an gesagt, dass ich nur etwas übermüdet war.« Schon zeigte er sich wieder von seiner patzigen Seite.
Aber das war sie von ihrer Arbeit gewohnt. Sie versuchte sich ein Bild zu verschaffen. Auf den ersten Eindruck schien Saalfeld wieder etwas lebendiger, aber seine Augen waren immer noch gelb und seine Haut großporig und aschfahl. Ein Schweißfilm hatte seinen ganzen Körper überzogen. Sein Körper kämpfte, gegen was auch immer. Und so sicher, wie Saalfeld es ihr vorspielte, war der Ausgang des Abwehrkampfes nicht. Ob er das selbst wusste? Auf jeden Fall verheimlichte er ihnen etwas.
»Nehmen Sie Lutz nicht ernst. Ich kenn ihn zwar erst seit kurzem, aber der ist, wie soll ich sagen, speziell bis komisch bis verrückt. Und oft unfreundlich. Aber eigentlich, so seltsam es klingt, ist er ganz okay. Ach, er tut mir einfach nur leid.«
»Ist er Ihr Freund?« Saalfeld schlug einen netteren Ton an.
»Lutz?« Sandra lachte laut los. »Das ist wirklich gut! Lutz mein Freund! Ha!« Sie schüttelte den Kopf und stopfte ihm ein frisches Kissen unter den Kopf, das sie in dem Kirschholzschrank gefunden hatte. Dort war auch eine frische Decke, aber damit wollte sie bis morgen warten. »Verstehen Sie mich nicht falsch, aber Menschenkenntnis is

nich grad Ihre Stärke, was? Ihre Talente, die liegen wohl woanders?«

»Nun, einer der Herren wird sicher Ihr Freund sein. Schwer vorstellbar, dass Sie niemanden an Ihrer Seite haben. Sie sind keine Frau, die lang allein ist, ob Sie wollen oder nicht.«

Sandra setzte sich. »Haben Sie Hunger? Carlo hat uns allen ein super Risotto gezaubert?«

»Nein, danke, ich habe keinen Hunger, wirklich nicht.«

Diesmal glaubte sie ihm.

»Sie haben meine Frage noch nicht beantwortet, Schwester.«

Sandra holte tief Luft. Sie fragte sich, welche unsichtbare Kraft in diesem Haus die Fäden zog. »Wissen Sie, manchmal frage ich mich, ob nicht genau da der Hund begraben liegt. Allein.« Sie zuckte mit ihren grazilen Schultern, die sich durch den leichten Wollpulli abzeichneten. »Ich war noch nie allein. Immer schon, seit ich denken kann, hab ich jemanden, der irgendwie mein Freund ist. Mal mehr, mal weniger ernst. Je älter man wird, desto ernster vielleicht. Aber ich hatte noch nie Zeit für mich. Nur wenn ich arbeite oder Sport mache. War ja auch immer angenehm, jemanden um sich zu haben, der sich um alles kümmert.«

Sie war erstaunt über ihre eigene Ehrlichkeit.

Da machte Saalfeld etwas, was zumindest für ihn ungewöhnlich war. Saalfeld legte seine Hand auf ihren Arm, gerade so, als wäre Sandra der Patient. Keiner war darüber mehr überrascht als der alte Mann selbst.

»Das ist nun einmal das Schicksal von so außergewöhnlich attraktiven Frauen wie Ihnen. Man lässt Ihnen keine Zeit. Keine Ruhe, sich selber kennenzulernen oder gar zu finden. Allein, dass Sie das erkannt haben! Damit sind Sie vielen einen großen Schritt voraus. Glauben Sie mir.«

Sie wusste nicht, was sie davon halten sollte. »Das ist jetzt schon der zweite Tipp, den Sie mir heute geben. Ich soll erst nicht zu lange mit den Kindern warten und mich dann endlich trauen, alleine zu sein? Das is ja mal ne Herausforderung.«
Nun lachte Saalfeld, woraus gleich wieder ein leichtes Husten wurde.
»Keine Angst, niemand verlangt von Ihnen, eine alleinerziehende Mutter zu werden. So zynisch bin selbst ich nicht.«
»Dann bin ich ja beruhigt.« Sandra stand auf.
»Wer ist denn nun Ihr Freund? Der Koch? Carlo? Schließlich geht Liebe durch den Magen?«
Wie ertappt blieb Sandra stehen.
»Nein, Inspektor Columbo, schon wieder daneben. Vielleicht habe ich ja einen Ihrer Ratschläge längst beherzigt? Gute Nacht! Schlafen Sie, das ist mein Tipp für heute. Etwas Besseres können Sie Ihrem Körper im Moment nicht gönnen. Schlaf ist immer noch die beste Medizin.«
Sie war verschwunden. Doch Saalfeld wusste, diesmal lag er alles andere als falsch. Er hatte ins Schwarze getroffen. Nun wartete die Nacht auf ihn. Das machte ihm Angst. Nachts konnte er nur noch selten schlafen, und das schon seit Jahren. Nie stand die Zeit so still wie in den stumpfen Stunden der Finsternis. Wenn man zu müde war, um zu lesen, aber viel zu wach, um die Augen zu schließen, half nichts. Man versuchte, nicht zu denken, und lud die Gedanken damit geradezu ein, erst recht wie bei einer Treibjagd durch den Kopf zu rasen. Er hatte alles probiert, Alkohol, Milch, nichts essen, viel essen, leichte Kost, schwere Kost, Sex, leichte Drogen, die Liste nahm kein Ende. Doch je mehr er ausprobiert hatte, desto weniger wollte ihm das Schlafen gelingen. Nun stand ihm wieder eine dieser Nächte bevor.

Sandra fand Carlo natürlich in der Küche, allein. Ein ungewöhnliches Bild, denn die letzten Tage, war der Herd immer das pulsierende Zentrum, das wärmende Herz des Hauses gewesen.
Sie wusste, der späte Abend war nicht der Grund, warum sich selbst dort jene bedrückende Stille breitgemacht hatte. Langsam hatte Sandra genug von der niedergeschlagenen Stimmung. Ihre Beziehungen hatten sich als brüchiger erwiesen, als sie gedacht hatten, aber standen sie deswegen schon am Abgrund? Wie hatte ihr Onkel immer gesagt? »Lieber ein Ende mit Schrecken als ein Schrecken ohne Ende!« Was hatte es denn für einen Sinn, wenn sie und Heiko, nur um sich zu schonen, weiter auf glücklich machten, während er fleißig links und rechts den vögelnden Gigolo gab. Sie wusste schon lange, dass er sie ständig betrog. Was sie ihm übrigens nicht einmal allzu übelnahm, denn ihre Liebe war schon lange abgekühlt.
Sie selbst musste sich nicht auf diese Art austoben und jeden Abend einen anderen im Bett haben. Ihr war nur klargeworden, dass sie einen ganz anderen Mann an ihrer Seite brauchte, einen, der ihr die Freiheit gab, sich selbst zu erfahren und zu verstehen. Einen echten Mann, der sich nicht nur mit ihr schmücken wollte und dabei selbst noch keinen Schimmer hatte, wer er war. Heiko würde noch eine ganze Weile brauchen, um das zu verstehen.
Auch Anna und Carlo konnten froh sein, dass die Karten auf dem Tisch lagen. Man musste wirklich nicht Miss Marple sein, um zu sehen, dass die beiden nicht zueinander passten. Sie wollte hoch hinaus, und er schien zufrieden mit dem, was er hatte. Sie war in der großen weiten Welt zu Hause und er in seinem geliebten München. Sandra mochte Carlo. Im Vergleich zu ihm war Heiko eine Lachnummer. Sie konnte nicht sagen, wie, aber das Gespräch mit Saalfeld

hatte sie in all ihren Gedanken und Gefühlen noch einmal bestärkt. Sie wusste, sie war auf dem richtigen Weg.
Müde und nachdenklich saß Carlo mit dem Rücken zum Herd vor seinem leeren Teller. Als er Sandra sah, fand er die Kraft für ein freundliches Lächeln. Sein interessantes Gesicht legte sich in Falten, und seine tiefliegenden Augen sogen sie auf, ohne dass ihm das bewusst war. »Geht's ihm wieder besser?«, fragte er.
»Besser ja, aber nicht gut. Aber er will mir nicht sagen, was er wirklich hat.«
»Ein sturer Bock ist das.«
Ohne Carlo vorzuwarnen, setzte sie sich auf seinen Schoß und küsste ihn. Anfangs nur kurz, aber als er sich nicht beschwerte, dazu war er viel zu überwältigt, noch einmal, und noch einmal umso länger und intensiver. Sie fühlte sich unglaublich wohl mit diesem schrulligen, liebevollen Bayern, egal ob es nun der beste Zeitpunkt war oder nicht. Kichernd fuhr sie mit ihrem Finger über seine Lippen und zeichnete sie nach. In seinem Gesicht gab es so erstaunlich viel zu entdecken. Es erzählte so viele Geschichten, auch wenn er kein Weltenbummler war, seine rauhe, männliche Haut schien von einer Weltumseglung gezeichnet oder von einer wochenlangen Wanderung durch die Alpen. Je näher sie Carlo war, desto mehr fühlte sie sich von ihm angezogen. Mit Heikos aalglatter Rasierwasserhaut hatte sie sich schon viel zu lange herumgeschlagen. Und gelangweilt. Heiko hatte die Haut eines Teenagers, Carlo dagegen die eines Mannes. Als sie gestern Tinas Haut liebkost hatte, da war der Unterschied zu Heiko überraschend gering. Als sie dann auf Tinas Drängen hin Carlo zu sich gezogen hatte, da war sie auf einmal ganz hin und weg gewesen von seinem starken Körper und seinem intensiven Geruch nach Zedern und Vanille. Sie hatte tatsächlich mit ihm geschla-

fen, obwohl sie ihn so gut wie gar nicht kannte. Und das Verrückte war, sie würde es wieder tun. Sandra wollte Carlo ganz für sich haben und genießen. Das spürte sie jetzt ganz stark, so intensiv, dass sie feucht wurde. Sie zog ihn noch näher an sich. Sie war kurz davor, sich so auf seinen Schoß zu setzen, dass sie ihn mit ihren Beinen in die Zange nehmen konnte. Jetzt, hier in der Küche, wollte sie gleich wieder mit ihm schlafen. Als Carlo in sie eingedrungen war, hatte sie Tina, hatte sie alle anderen Menschen vergessen. Das hatte sie so umgehauen, dass sie beinahe gleich in der Sekunde zum ersten Höhepunkt gekommen wäre. Zum Schluss waren es mindestens drei gewesen. Carlo hatte schon in den ersten Minuten ihrer Vereinigung alles in den Schatten gestellt, was ihr Heiko bei aller Mühe jemals gegeben hatte. Carlo und sie passten einfach so unverschämt gut zusammen, wie es zwei Menschen nur sehr selten taten. Und es wäre eine Schande, sich von dieser außergewöhnlichen Schwingung nicht weiter tragen und treiben zu lassen. Ob Carlo genauso vom Baum der Erkenntnis genascht hatte wie sie, konnte sie nicht sagen. Nur, so gerne sie jetzt gleich hier die Probe aufs Exempel gemacht hätte, sie wusste, das waren nicht der richtige Moment und der richtige Ort. Trotzdem flüsterte sie ihm ins Ohr. »Ich will mit dir schlafen, wieder und wieder.«

Abgesehen von Saalfeld gab es noch jemanden, der in dieser Nacht keinen Schlaf finden wollte. Elli hatte schlicht und einfach schon zu viel geschlafen, und nun war sie putzmunter. Was sollte sie jetzt machen? Ihre eigene kleine Party veranstalten? Bei den anderen, so befürchtete sie, war die Luft raus. Die hatten fürs Erste ausgefeiert. Ein Glas Rotwein, das war jetzt die Lösung! Flott sprang Elli aus dem Bett, zog sich Hose, Bluse und ihre geliebte Strickjacke an, um sich auf den Weg in die Speisekammer zu machen. Ein einsames Fläschchen würde sich bestimmt noch finden lassen.

Als sie an Saalfelds Zimmer vorbeiging, war sie zunächst überrascht, dass dort unter dem Türschlitz Licht durchblitzte. Hoffentlich ging es dem alten Mann wieder besser. Um niemand aufzuwecken, alle anderen schienen zu schlafen, schlich sie auf leisen Sohlen die Treppe hinunter. Trotz des Lichts war es in der Küche sehr still. Elli erwartete, Stimmen zu hören, aber Fehlanzeige. Doch als sie nichtsahnend um die Ecke bog, durfte sie miterleben, wie ihr Bruder äußerst leidenschaftlich Sandra küsste, sich regelrecht in sie vergraben hatte. Sie musste grinsen. Es war wieder einmal erstaunlich, wie nah Schmerz und Freude beieinanderlagen. Lenkten sich die beiden nur von dem ganzen Durcheinander der vergangenen Tage ab, oder bahnte sich da tatsächlich etwas an? Ihren Bruder kannte sie nicht gerade als rücksichtslosen Don Juan, der nach Lust und Laune herumknutschte.

Beinahe gleichgültig, als wäre es das Normalste der Welt, wanderte sie an dem Pärchen vorbei und kaperte eine offene Rotweinflasche samt Glas. »Den Hauptgang, den hab ich heute wohl verpasst?«, bemerkte sie süffisant.

Carlo war es mehr als unangenehm, dass ihn seine Schwester schon wieder in einer für ihn so untypischen Situation erlebte. Trotzdem setzte er seine neue Flamme nicht von seinem Schoß ab. Bei aller Scham konnte man schon fast meinen, bei Carlo auch eine Portion Stolz zu spüren. Noch weniger scherte sich Sandra darum, was Elli denken oder sagen mochte. Als sie sich schließlich doch von Carlos Lippen lösen konnte, strich sie sich eine Strähne ihres zerzausten Haares aus dem Gesicht. »Carlo hat uns allen wieder ein Hammer-Risotto gekocht! Aber jeder hat lieber für sich alleine gegessen.«

»Na, das überrascht mich aber«, meinte Elli und fügte hinzu: »Ehrlich gesagt, ich war auch mal froh, ungestört zu sein. Was macht unser kränkelnder Hausherr?«

»Vorhin war er erstaunlich fit. Der ist hart im Nehmen, trotzdem mach ich mir Sorgen. Sobald das Wetter besser ist, müssen wir deinen hübschen Doc holen.«

»Meinen hübschen Doc?« Elli grinste. »Ja, schade, dass er jetzt nicht hier ist.«

Die drei lächelten sich verschwörerisch zu.

»Viel Spaß bei der Nachtwache!«, sagte Elli und schlich mit einer halben Flasche Rotwein von dannen.

In der Halle wartete sie kurz, bis sich ihre Augen an die Dunkelheit gewöhnt hatten. Sie wollte kein Licht anmachen. Ihr gefiel die Stimmung. Manchen mochten die Finsternis und die Stille innen und das Getöse außen unheimlich vorkommen. Dazu die halbwegs fremde Umgebung.

Die Villa war in dieser Nacht alles andere als ein Urlaubsparadies. Elli aber fühlte sich pudelwohl, so wohl, als wäre das hier schon immer ihr Zuhause. Wenn sie an Wiedergeburt glauben würde, dann hätte sie in ihrem früheren Leben genau hier gewohnt und eine glückliche Zeit verlebt. Das hätte ihr durchaus gefallen, so um die vorletzte Jahrhundertwende gelebt zu haben, als sich das Leben noch ausschließlich um die wesentlichen Dinge gedreht hatte. Hatten die Tomaten genug Wasser? War die Wäsche schon trocken? Hatte man ausreichend Vorräte für den Winter? Elli träumte in letzter Zeit immer öfter von einem einfachen unspektakulären Leben, fernab der oberflächlichen, nervösen Hektik des 21. Jahrhunderts.

Sie stand wieder vor Saalfelds Zimmer. Diesmal klopfte sie

vorsichtig an die schwere Holztür und wollte gerade wieder gehen, als sie ein neugieriges »Ja bitte?« vernahm. Saalfeld saß aufrecht und hellwach in seinem Bett. Vor sich hatte er ein Buch, aber es war offensichtlich, dass er nicht wirklich las.

»Ich wollte nicht stören, aber ich habe gesehen, dass bei Ihnen noch Licht brennt, und wollte nur mal kurz …«

»Nachsehen, ob ich noch lebe? Da muss ich Sie enttäuschen. Ich erfreue mich bester Gesundheit.«

»Glückwunsch, das freut mich. Aber heute Nachmittag sah das noch ganz anders aus.«

»Was ist das hier eigentlich für ein Gutmenschenclub? Ständig macht sich jemand um mich Gedanken, anstatt mir einfach meine verdiente Ruhe zu lassen. Ich frage mich, was das soll?«

Elli ging auf ihn zu und legte ihm die Hand auf die Stirn. »Kein Fieber«, sagte sie trocken. »Sie sind also tatsächlich so ein unfreundlicher Brocken.« Sie drehte sich zur Tür. »Na dann, gute Nacht!« Elli hatte bereits die Hand am Türgriff, als sie hinter sich seine Stimme hörte. »Warten Sie. Sie haben recht. Verzeihen Sie meinen Ton.«

Elli neigte ihren Kopf zur Seite und drehte sich wieder um. »Setzen Sie sich doch!«, bat Saalfeld sie. »Leisten Sie mir ein wenig Gesellschaft. Bitte!«

Komischer Kauz, wunderte sich Elli. Sie nahm auf dem Stuhl an seinem Bett Platz.

»Hat das bei Ihnen Methode? Erst sind Sie unfreundlich, und dann zeigen Sie unter Umständen Ihre guten Manieren?«

Kurz hob Saalfeld die Augenbrauen, doch er ließ sich Ellis kritischen Ton gefallen. Er hatte automatisch mehr Respekt vor Elli, die selbst in ihrer Freizeitgarderobe eine beeindruckende Erscheinung war. Waren es bei Sandra die klaren jungen Augen, frisch wie ein Frühlingshimmel, der kindliche Kussmund und das von den Niederlagen des Lebens noch verschonte Puppengesicht gewesen, was ihn in den Bann gezogen hatte, so war es bei Elli dieser alles durchdringende Blick, der sich manchmal unter ihren skeptischen Augenlidern versteckte, und diese elegante Würde ihrer Bewegungen, fast wie bei einer Königin.

»Sie müssen zugeben, dass man für gewöhnlich nicht ein halbes Dutzend Fremde in seinem Ferienhaus antrifft?«, erklärte sich Saalfeld. »Sie mögen auch verstehen, dass sich meine Begeisterung über diesen Umstand in Grenzen hält. Verzeihen Sie mir also nochmals, wenn ich hin und wieder nicht gleich den richtigen Ton getroffen habe. Ich versichere Ihnen, dies ist eigentlich nicht meine Art.«

Elli schmunzelte. »Keine Sorge, ich habe schon Männer mit erschreckenderen Umgangsformen erleben dürfen.«

»Nun, dann bin ich vorerst beruhigt. Diese Bestenliste würde ich nur äußert ungern anführen.«

»Sie sind ja noch ganz schön wach, um nicht zu sagen aufgeweckt.«

Nun lachte Saalfeld sogar kurz. »Nein, senil bin ich noch nicht. Auch leide ich nicht an geistiger Umnachtung. Allerdings stehen die Nacht und ich seit langem auf Kriegsfuß. Als ich noch sehr viel gearbeitet habe, kam mir das durchaus gelegen. Mittlerweile aber denke ich sehnsüchtig an die letzte Nacht zurück, in der es mir vergönnt war, acht Stunden am Stück tief zu schlafen.«

»Woran leiden Sie, wenn ich fragen darf?«, versuchte Elli so unaufdringlich wie möglich zu sein.

Saalfeld allerdings war geübt darin, diese Frage zu übergehen oder als unwichtig abzutun. »Ach, lassen Sie uns doch von etwas Interessanterem reden. Was machen Sie denn in …« er überlegte, »… war es München, ja? Ich habe das

Gefühl, dass Sie einen sehr interessanten Beruf haben? Liege ich da richtig?«

Er war geschickt in der Gesprächsführung, das musste Elli ihm zugestehen. Sie fragte sich, wie er wohl ein Gespräch manipulieren mochte, wenn es für ihn um etwas ging?

»Wenn Architektin für Sie ein interessanter Beruf ist, dann ja.«

Unerwartet begeistert rief er aus: »Architektin! Bravo! Ich bin beeindruckt. Dann leben Sie meinen Traum. Eigentlich wollte ich auch Architekt werden. Dafür ist es jetzt wohl zu spät.«

Jetzt verstand Elli, warum Saalfeld dieses Haus gekauft hatte und woher der fundierte Geschmack kam, den man bis ins kleinste Detail spürte. »Und was sind Sie stattdessen geworden?«

»Um es vereinfacht zu sagen, ich verdiene mein Geld mit Geld.«

»Klingt einfach, stimmt. Ein Banker oder ein Kredithai aus der Unterwelt? Oder beides? Die Übergänge sind inzwischen ja fließend. Sind Sie deswegen in Italien?« Die Sache wurde spannend, fand Elli. Sie genoss einen weiteren Schluck Wein.

Saalfeld beobachtete sie dabei und fragte leise an, ob sie ihm auch ein Glas mitgebracht hätte?

»Unter Garantie hat unsere liebe Krankenschwester was dagegen. Und ich befürchte, sie hat allen Grund dazu. Es tut mir leid.«

»Wissen Sie, genau dann schmeckt es doch immer am besten. Wenn es verboten ist. Zeigen Sie Milde. Geben Sie mir auch eine Chance auf Schlaf. Ich versichere Ihnen, ein Glas Rotwein hat noch niemanden umgebracht. Lassen Sie es unser kleines Geheimnis sein!«

Elli sah sich um, gerade so, als könne sie jemand beobach-

ten, und schenkte Saalfeld einen gehörigen Schluck in sein Wasserglas ein.
»Ich erhebe mein Glas auf eine interessante Frau mit Klasse. Leider gibt es davon viel zu wenige.«
Natürlich fühlte sich Elli von seinen Worten geschmeichelt. Da er keinen Grund hatte, ihr unnötig Honig um den Mund zu schmieren, schenkte sie seinen Worten Glauben, wenigstens zum Teil, und nahm sein Kompliment gerne an.
»Sie handeln also mit Geld?«
»Mit Währungen, besser gesagt. Ich spekuliere mit Währungsschwankungen. Der kleine Unterschied zwischen dem Wert einer Währung gestern und heute hat mir lange Zeit ein schönes Leben ermöglicht.«
Sie war wenig beeindruckt. »So einer?« Mehr sagte sie dazu nicht.
»Bitte ersparen Sie uns das. Ich hatte heute schon meine Moralpredigt. Sie irren sich, wenn Sie meinen, die Welt stürze allein wegen mir ins Chaos.«
»Aber ganz unschuldig daran sind Sie auch nicht, oder?«
»Die Dinge sind nun mal, wie sie sind. Haben wir uns die Welt und die Zeit, in der wir leben, etwa ausgesucht? Glauben Sie tatsächlich, wenn ich nur noch mit fairem Biokaffee Handel treiben würde, dann wird das Spielkasino geschlossen? Ha, ganz im Gegenteil, dann nimmt einer von den ganz Jungen meinen Platz ein, für die sind Begriffe wie Moral und Ethik so lästig wie die Pickel, die sie gerade erst losgeworden sind.« Mit einem ernsten Gesichtsausdruck unterstrich er seine Worte. »Das können Sie mir glauben!«
»Sie haben wohl die Ehre mit Lutz gehabt? Ja? Keine Sorge, ich richte nicht sofort über Sie. Bei mir haben Sie immer noch eine zweite Chance.«
»Das ist äußerst großzügig von Ihnen. Aber ich denke, diesen Joker werde ich mir noch ein wenig aufheben.«

Kurz lächelten beide und gaben sich ihren Gedanken hin. Saalfeld hüstelte wieder etwas, und schon bereute Elli es, ihm den Wein gegeben zu haben. Doch es bestand noch kein Anlass zu Sorge. Saalfeld schien es besser zu gehen. Er fragte sie, was für Häuser sie baue? Villen, Krankenhäuser, Schulen oder alles auf einmal? Sei er gar schon einmal auf einem Flughafen gelandet, den sie entworfen habe?

»Da muss ich Sie enttäuschen. Wir reden hier eher von profanem Wohnungsbau, hin und wieder mal ein Einfamilienhaus. Wobei ich bezweifle, dass Sie jemals in einem davon gewohnt oder zumindest genächtigt haben«, amüsierte sich Elli.

»Unterschätzen Sie mich nicht, meine Liebe, ich bin schon in so manchem fremden Stadtteil aufgewacht.«

»Dann hoffe ich aber für Sie, dass Sie sich an die Frau erinnern und nicht an die Architektur des Schlafzimmers?«

»Um ehrlich zu sein, so manches Mal wäre mir ein geschmackvolles Haus lieber gewesen.«

»Ach, tun Sie mal nicht so gefühlskalt«, mokierte sie sich künstlich, doch sie mussten beide lachen.

Saalfeld war in Ordnung. Wenn sie sich länger kennen würden, dann könnten sie sicher so einigen Spaß miteinander haben. Ihr kam wieder das Geld in den Sinn. Sollte sie ihn darauf ansprechen? Sie zögerte. Zunächst unterhielten sie sich äußerst angeregt weiter über das Leben, Architektur, Kunst und auch über seine Frauen, wobei er sich als erstaunlich gesprächig erwies. Elli erfuhr zu ihrem Erstaunen, dass er die Villa Duchessa für seine einzige große Liebe gekauft hatte. Es sollte ihr gemeinsames Zuhause werden. Aber dann hatte ihnen das Leben in Form eines französischen Unternehmers ein Bein gestellt. Der hatte Saalfeld nicht nur mit seinem Charme und viel Zeit, sondern auch mit einer Weltreise auf einem Segelschiff ausge-

stochen. Die Frau seines Lebens, für die er damals alles aufgeben wollte, hatte ihn verlassen.
Seitdem hatte sich Saalfeld nie wieder wirklich verliebt. Einzig diesen Mauern gehörte fortan seine ganze Liebe. Und er bedauerte, dass er darin nie genug Zeit verbringen konnte. Auch wenn er immer nur wenige Wochen in Italien war, sorgte er dafür, dass die Villa stets in tadellosem Zustand gehalten wurde. Allein dieser einen Frau, seiner großen Liebe, zu Ehren. Oder der Idee, hier mit ihr ein anderes Leben zu leben.
»Vielleicht sollten Sie nicht so mit Ihrem Charme geizen. Charme kann einen Mann unwiderstehlich machen. Wäre doch zu schade, wenn diese wunderschöne Villa nicht sehr bald wieder die umsorgende Hand einer Frau erfährt. Anstatt so zu vereinsamen?«
»Sie scheinen tatsächlich ein besonderes Gefühl für dieses Haus zu haben?«, wunderte sich Saalfeld.
»Es gibt Orte, an denen fühlt man sich von Anfang an unwohl, und andere wiederum, an denen man sich sofort wie zu Hause fühlt. Nun, ich fühle mich hier sehr geborgen. Halten Sie mich für verrückt, aber mir kommt es fast vor, als sprächen die Räume und Wände zu mir. Ach, was rede ich? Ist wohl der Wein. Wie spät ist es denn?« Mit einem Mal kam sich Elli irgendwie lächerlich vor.
»Nein, reden Sie weiter. Das ist nämlich genau der Grund, warum ich dieses und kein anderes Haus gekauft habe. Weil es zu manchen, ganz besonderen Menschen zu sprechen scheint. Auch wenn mein Metier im Grunde die Zahlen sind und nicht Zaubertees und Horoskope, weiß ich, dass dies ein besonderer Ort ist. Wissen Sie was? Ich habe herausgefunden, dass hier schon zu Zeiten der Römer eine Kultstätte stand, eine Art Tempel. Irgendein ungebildeter mittelalterlicher Fürst hat die Tempelruine schließlich ab-

gerissen, weil er die wertvollen Steine für seine Burg oder was auch immer gebraucht hat.«

Elli war sichtlich überrascht. Ihre Gedanken verloren sich für einen Moment in den roten Lichtreflexen ihres Weinglases.

»Ob Sie wohl noch ein klitzekleines Gläschen für mich übrig haben?«, fragte Saalfeld kleinlaut. »Sie wollen den vielen Wein doch nicht etwa ganz alleine trinken? Das wäre unverantwortlich.«

Nach einem kurzen gespielten Protest erlaubte Elli ihm noch einen Schluck.

»Sehr nett von Ihnen, sich so um mich zu sorgen«, sagte sie.

»My pleasure! Stets zu Ihren Diensten!«

Sie prosteten sich zu und genossen beide den schweren Wein.

»Und Ihre große Liebe? Elli, wo finden wir die? In einem der Gästezimmer? Oder in der Isarmetropole?«

Etwas traurig hob Elli den Kopf. Ihr Blick wanderte durch den halbdunklen Raum, war aber eigentlich kurz in München und dann noch tiefer in der Vergangenheit. Schließlich sagte sie: »Die hab ich in den Betten seiner wissbegierigen Studentinnen verloren.«

»Oh, das bedauere ich sehr.«

»Halb so schlimm. So groß war die Liebe schon lange nicht mehr.«

»Dann beglückwünsche ich Sie, dass Sie diesen Schuft losgeworden sind. Ich bin mir sicher, die Männer werden bald Schlange stehen.« Er wunderte sich über Ellis Reaktion. »Sie schmunzeln?«

»Sagen wir so, vielleicht habe ich schon jemanden gefunden. Jemanden, der reif genug ist. Wir werden sehen. Ich werde Sie selbstverständlich auf dem Laufenden halten.«

»Ja, machen Sie das bitte. Darauf bestehe ich.«
»Aber Sie sollten auch nicht alleine bleiben! Das ist ungesund.«
Sofort zog Saalfeld sich wieder ein wenig zurück. »Wissen Sie, ich brauche nicht mehr viel. This ship has sailed! Mit mir allein komme ich hervorragend zurecht. Da bin ich bescheiden.«
Elli fand das nicht sehr glaubwürdig und noch dazu aufgesetzt. Kurz wartete sie, zögerte, dann sagte sie: »Bescheiden? Haben Sie deshalb fast zwei Millionen im Boden Ihres Wohnzimmers versteckt?«
Saalfeld riss die Augen auf. Der Small Talk war vorbei, an Schlaf nicht mehr zu denken.

Wenigstens hatte Heiko diesmal die ganze Nacht durchgeschlafen, ohne die hinterhältigen Träume, die mit vielen nackten Frauen anfingen, um dann in Psychoterror zu enden.
Im Haus war es absolut still. Kurz dachte Heiko an den alten Mann im Nebenzimmer, und es stellten sich ihm die Haare auf. Nur mal angenommen, er war die Ursache für die unheimliche Stille. Eben noch hatte Heiko sie genossen, jetzt fand er sie bedrückend, richtig gruselig. Die eisige Ruhe schien sich wie ein Leichentuch über ihn legen zu wollen. Wie von einer Nadel gestochen, sprang er aus dem Bett. In der Hoffnung wenigstens das Wetter hätte sich erbarmt, ging er zum Fenster und zog die müden dunkelroten Vorhänge auf. Er konnte sich gar nicht daran erinnern, sie gestern Abend zugezogen zu haben. Er drückte seine Nase ungläubig und niedergeschlagen am Fenster platt. Der tropische Monsun hatte sich verabschiedet, er war einem nicht weniger deprimierenden, intensiven nordi-

schen Regen gewichen. Von Entspannung oder gar Entwarnung konnte keine Rede sein.
Trotzig, als würde das irgendetwas verändern, wandte er sich vom Fenster ab. Er wollte das unverschämte Wetter, das es ohne Zweifel auf ihn abgesehen hatte, mit Nichtbeachtung strafen. Überhaupt schien sich alles gegen ihn verschworen zu haben. Schon war er bereit, den Morgen aufzugeben. Die Vorzeichen für den restlichen Tag standen schlecht. Dann erst fiel ihm auf, dass er alleine war. Von Sandra keine Spur. Immerhin war sie bis vor kurzem ja noch seine Freundin gewesen. Und offiziell getrennt hatten sie sich auch noch nicht. Aber vermisste er sie? Oder verlangte einfach nur die Macht der Gewohnheit nach dem kompletten Bild? Wie auch immer, ihre Seite des Bettes war unberührt. Noch so ein aufmunterndes Omen für den weiteren Tagesverlauf. Heiko hatte gute Lust, sich einfach wieder hinzulegen, die Augen zu schließen und in ein, zwei Stunden einen neuen Anlauf zu starten. Vielleicht sollte er dem Tag eine zweite Chance geben. Er schnaufte entmutigt aus. Wie wäre es eigentlich, wenn er noch einmal eine Chance bekäme? Wieso war ihm heute eigentlich kein Heiko-Tag vergönnt? Ein Tag, an dem ausnahmsweise mal alles so lief, wie er es sich wünschte. Er hatte die Bettdecke schon wieder in der Hand. An ihm sollte es nicht liegen, er wollte sich seinem Glück nicht in den Weg stellen. Doch er musste pinkeln und er hatte Durst. Aus Erfahrung wusste er, dass dies keine gesunde Kombination war. Dagegen musste er etwas unternehmen, ansonsten wäre der zweite Anlauf zu einem gelungenen Heiko-Tag schon von der Startlinie an zum Scheitern verurteilt gewesen. Er tat also den ersten entscheidenden Schritt zu einem positiveren Lebensgefühl und setzte sich auf die Toilette. Als dies geschafft war, fühlte er sich schon viel besser. Da er sich die Option auf eine weitere Runde

Schlaf noch offenhalten wollte, warf er sich nur kurz seinen seidenen Bademantel über, der auf jede Reise mitkam, und machte sich sogleich auf in die Küche, wo er auf ein großes Glas Orangensaft hoffte. Es mochte maximal sechs Uhr sein. Erneut fragte er sich, wo Sandra die Nacht verbracht haben könnte? Alle Optionen kamen ihm so absurd vor, dass er sich vornahm, sich lieber auf seinen Orangensaft zu konzentrieren. Die frischen Vitamine würden ihm die Kraft geben, jedem Hindernis, das sich ihm heute in den Weg stellen wollte, einen gehörigen Tritt in den Hintern zu geben. Hätte er gewusst, was in den nächsten Stunden wirklich auf ihn wartete, so wäre seinem forschen Tatendrang in der Sekunde die Luft ausgegangen. Noch aber stieg seine Laune mit jedem Schritt, den er sich der Küche näherte. Um seine neue mentale Stärke und die archaische Kraft seiner Muskeln zu spüren, spannte er beide Arme an und pumpte seinen Brustkorb auf. Mit breitbeinigem Gang und der Gewinnerpose eines Athleten aus den Dreißigern, es fehlte nur noch ein buschiger, gezwirbelter Bart, betrat er die Küche. Noch in derselben Sekunde fror er genau in dieser etwas eigenwilligen Haltung ein. Er sah Anna, die in ihrem durchsichtigen Nachthemd vor dem Kühlschrank kniete, in der einen Hand die Tür, in der anderen ein Flasche Orangensaft. Weniger erschrocken als amüsiert sah sie ihn an, und er wunderte sich kurz, warum sie ihre Lippen schürzte und fragend die Stirn runzelte. Dann wurde ihm sehr schnell bewusst, dass er immer noch dastand, als würde er zweihundert Kilo Gewichte über seinem Kopf balancieren, und dass gerade wegen dieser sportlichen Pose sein Bademantel offen stand und er leider darauf verzichtet hatte, sich eine Unterhose anzuziehen.

»Guten Morgen, Heiko, wie kann man dir denn helfen?«, fragte Anna spitzzüngig.

Für einen kurzen Moment erwog er, sich schlafwandelnd

zu stellen. Aber dann hätte er das durchziehen und quasi als halbnackter, schlafwandelnder Gewichtheber wieder in seinem Zimmer verschwinden müssen.

Mit Blick auf sein halb erigiertes bestes Stück fragte Anna, ob er wirklich in die Küche wolle. »Suchst du den Wellnessbereich, oder hast du dich verlaufen?«

Peinlich berührt, schloss Heiko seinen Bademantel und ging in die Offensive. »Einen Skianzug hast du auch nicht gerade an!«

Und er hatte recht, denn alles, was ihre süße Weiblichkeit verdeckte, die ihn schon einmal rasend gemacht hatte, war das kleine rosa Dreieck eines G-Strings, noch dazu halbdurchsichtige Spitze. Denn auch Anna hatte nicht damit gerechnet, so früh jemanden anzutreffen. Sie war in einer seltsamen Zwischenstimmung, noch halb im Schlaf, andererseits in einer hochsensitiven Unruhe, die keinen Schlaf zuließ.

»Reicht der Saft noch für uns beide?« Ihm wurde schnell bewusst, dass sich seine Worte irgendwie komisch anhörten. Trotzdem entspannte sich die Situation. Anna schenkte ihnen beiden jeweils ein Glas ein, und sie prosteten sich zum Spaß zu, so als hätten sie Wodka in Glas. Dabei sahen sie sich halb verunsichert, halb neugierig in die Augen. Und ohne etwas zu sagen, wussten sie, dass sie beide in diesem Moment daran dachten, wie es gewesen war, mit dem anderen zu schlafen. Ob sie wollte oder nicht, Anna musste sich eingestehen, dass es mit diesem verwirrten Ossi um vieles besser war, als sie es jemals für möglich gehalten hätte. Befriedigender sogar als mit den meisten Männern, mit denen sie sich das letzte Jahr, ausschließlich in London, eingelassen hatte.

Heiko seinerseits hätte auch nicht gedacht, dass sich hinter dem strengen Businesskostüm so eine hungrige Wildkatze verbarg, von der er einiges lernen konnte.

Doch keiner der beiden wagte es, dieses Thema anzusprechen. Vielmehr schien stumm ausgemacht, dass sie ihren wilden, hemmungslosen Fick, anders konnte man es nicht nennen, nie wieder erwähnen würden. Was Heiko in dieser Sekunde mit jedem Teil seines Körpers bedauerte.

»Schmeckt gut, der Orangensaft«, sagte er versucht beiläufig.

»Yeep«, sagte Anna und ging.

Wie gerne hätte Heiko sie jetzt gepackt und eine zweite Runde eingeläutet!

Stattdessen versuchte er sich mit einem zweiten Glas Orangensaft abzulenken oder doch wenigstens zu beruhigen.

Sandra kam ihm wieder in den Sinn. Die lag doch nicht etwa bei Carlo im Bett, neben Anna? Die drei hatten doch nicht wirklich? Heiko wagte gar nicht, weiter zu denken. Er stellte das halbleere Glas in die Spüle, irgendwie schmeckte das viel zu sauer. Wenn ihm jemand vor drei Tagen vorhergesagt hätte, dass er an diesem italienischen Urlaubsmorgen bei Dauerregen, ohne Frau, zwischen lauter Verrückten, abgeschnitten von der Außenwelt, mit leichtem Dauerständer und saurem Magen einsam in einer kalten Küche stehen würde, kein Zweifel, er hätte den nächsten Flug nach Thailand oder noch weiter weg gebucht.

Aber da war ja noch das Geld. Wie konnte er die zwei Millionen nur vergessen. Sein Kreislauf kam wieder in Schwung, frisches Blut strömte durch seine Adern. Vielleicht sollte er es einfach mal wieder anfassen? Mit seinen Händen durch den Haufen Geld wühlen. Sich daran aufladen. Das würde ihm sicher eine neue Perspektive geben. Manchmal war es spielentscheidend, einen neuen Blickwinkel auf eine verworrene Lage zu gewinnen. Und seine Lage schien ihm durchaus verworren.

Schon war er auf dem Weg zum Wohnzimmer. Doch als er

dort ankam, fühlte er sich wie ein Heißluftballon, dem in ein paar hundert Metern das Gas abgedreht wurde. Denn nicht unweit von der Stelle im Boden, unter der das Geld gebunkert war, stand das lange Sofa, auf dem niedergestreckt wie ein angeschossenes Nashorn Carlo lag und vor sich hin schnaubte wie ein müder Schiffsmotor. Dies wäre an sich noch kein zwingender Hinderungsgrund gewesen, nicht nach dem Geldschatz zu sehen. Dass allerdings seine kleine Sandra, einer zarten Lotosblüte gleich, in und um Carlo verschlungen dort lag, voller Hingabe, nun, das versetzte ihm einen gewaltigen Schlag.
Er stand nur zwei Meter weg von dem verträumten neuen Pärchen. Und als wolle er sich noch mehr foltern, als würden seine Wunden noch nicht weit genug aufklaffen, dankbar für jede weitere Prise Salz, trat er Schritt für Schritt näher an sie heran, bis sich plötzlich Sandras blumig wohliger Körpergeruch in seine vertrocknete Nase schlich und Heiko ein für alle Mal begriff, dass es zwischen ihm und Sandra tatsächlich und unwiderruflich aus war.
Sein Interesse an dem Geld hatte sich ebenso in Luft aufgelöst wie die Hoffnung auf eine zweite Chance für den Tag. Nicht nur heute, oder morgen, oder übermorgen, nein, da warteten noch einige üble Tage auf ihn. Und das Beste, das Schlauste, was er jetzt machen konnte, war, dem so schnell wie möglich ins Auge zu sehen. Wenn er jetzt auch noch anfing, seine Wunden zu lecken, dann konnte das seinen Todesstoß bedeuten.
Auf dem schweren Weg zurück zu seinem Zimmer bleute er sich das wieder und wieder ein, hämmerte es sich regelrecht ins Gehirn. An dem Eingang zu seinem Herzen würde er eine große Tafel aufstellen, die jeder Frau schon von weitem in großen Buchstaben klarmachen würde, dass hier für lange, lange Zeit geschlossen war. Und noch einen Ent-

schluss fasste Heiko: Beim ersten Anzeichen von Wetterberuhigung war er weg. Er würde das Gaspedal voll durchtreten, ohne Sandra, ohne Hörbücher, Rätselhefte und Kaugummis.
Er kam an Annas Zimmertür vorbei und blieb, ohne nachzudenken, stehen. Seine Hand war jetzt nur wenige Zentimeter vom Türgriff entfernt. Er könnte hineingehen und Anna zeigen, wie es aussah, wie es sich anfühlte, wenn er zur Abwechslung die Führung übernahm. Sein Körper hatte den Befehl, die Klinke herunterzudrücken, bereits gegeben, doch sein Kopf kam zur Besinnung, und er drehte sich reflexartig weg. Noch völlig unter Spannung schritt er weiter zu seinem Zimmer. Doch in der nächsten Sekunde wirbelte er erneut herum, stand wieder vor Annas Zimmer. Heiko klopfte mit der Fingerkuppe auf die braunlasierte Kassettentür. Schneller als erwartet, öffnete sich die Tür, und Heiko zuckte zusammen.
»Ja?« Anna stand genauso halbnackt vor ihm wie noch eben in der Küche.
Heiko wollte über sie herfallen, doch er brauchte all seinen Mut, um überhaupt ein Wort herauszubringen. »Können wir, also, na ja, können wir ein bisschen reden? Ginge das?«
Heiko traute seinen Ohren nicht. Wie kam er aus diesem Schlamassel wieder heraus? Er ruderte zurück. »Also, wenn du lieber alleine, also deine …«
»Komm schon rein!«, unterbrach ihn Anna.
Als sie die Tür hinter ihm geschlossen hatte, standen sie leicht hilflos im Raum. Heiko war überrascht, dass ihr Zimmer anders eingerichtet war als seines. Es war heller, die Möbel schienen etwas jünger, dafür teurer, der gleiche Stil, aber eine edlere Ausführung. Und an den Wänden hingen nicht wie bei ihm Landschaftsbilder, sondern lauter Aufnahmen von Bäumen. Außerdem waren Annas Sachen

überall verstreut, nicht schlampig, aber sie schien nicht wirklich an das Konzept Kleiderschrank zu glauben. Heiko wollte sich gerne setzen, aber der einzige Stuhl stand hinten am Fenster, und auch über ihn waren fein säuberlich gleich mehrere Hosen gelegt worden.
Anna hatte sich auf ihr Bett gesetzt, neben ihr ruhten wie in Heikos Zimmer unberührt ein Kissen und eine Decke. Sie schob Carlos Bettzeug zur Seite und sagte: »Bitte! Worüber willst du denn reden?«
Immer noch verunsichert, näherte sich Heiko dem Bett und setzte sich in Zeitlupentempo neben sie. Gab es einen noch verführerischeren Draufgänger?
»Was liegt dir denn auf dem Herzen?«, fragte sie ihn schon beinahe mütterlich. Um ehrlich zu sein, es lag vieles in der Luft, aber keine Spur von Sex.
Unnötig ernst fragte Heiko: »Was machen wir hier eigentlich?«
»Na, wir sitzen im Bett.«
»Du weißt, was ich meine. Wir alle, was passiert mit uns, hier in diesem Mausoleum?«
»Mausoleum ist übertrieben, findest du nicht?« Dann wurde sie nachdenklich. Sie zog ihre Beine an und stützte den Kopf auf ihre Knie. Beide starrten vor sich hin.
Schließlich sagte sie: »Ich weiß es nicht, ich kann es dir auch nicht genau erklären. Wie soll ich sagen? Lag wohl so einiges im Argen, bei uns allen. Und jetzt ist es herausgekommen. Tut mir leid für dich und Sandra, wirklich. Aber was möchtest du hören? Dass es so besser ist?«
»Besser?« Heiko war nicht wirklich begeistert, aber er wusste oder spürte, dass sie nicht ganz falschlag.
»Hält doch nichts mehr ewig. Ein paar gemeinsame Jahre, je nachdem. Mehr zu erwarten ist doch naiv.«
»Wir hatten da mal so einen Vortrag von einem Mathema-

tiker. Es ging um Wahrscheinlichkeiten, darum dreht sich bei Versicherungen fast alles. Aber das weißt du ja bestimmt. Jedenfalls hat er ständig die Zahl Sieben ins Spiel gebracht, ganz sachlich. Aber das ist eine faszinierende Zahl. Taucht immer wieder auf. Ich will dich nicht langweilen?«

Zu seinem eigenen Erstaunen hörte ihm Anna zu. Heiko entspannte sich ein wenig. »Er hat uns regelrecht gewarnt, dass sich unser Leben, dass wir uns alle sieben Jahre ändern. Auch unser Körper braucht grob sieben Jahre, um einen Großteil seiner Zellen zu erneuern. Alles auf Anfang. Wusstest du das? Das verflixte siebte Jahr! Da ist mehr dran, als wir glauben.«

Anna war das alles nicht unbedingt fremd, auch ihr war die Theorie schon mehrfach untergekommen. »Wie lange wart ihr, Entschuldigung, seid ihr zusammen?«

»Fünf Jahre. Wir waren zusammen. Imperfekt. Erste Vergangenheit.«

Sie mussten beide lachen. So viel zu dieser Theorie.

»Na ja, bei Carlo und mir waren es tatsächlich grob sieben Jahre.«

Jetzt sah Heiko sie verdutzt an. »Bei euch ist also auch Schluss?«

»Ja. Allerdings war mir das irgendwie schon länger klar als ihm. Geht ja auch von mir aus.«

»Hey, wir sind zu siebt in dem Haus hier gelandet! Is zwar nur ein Zufall, aber trotzdem sieben. Langsam wird's gruselig.«

»Is dir nicht kalt?«

Jetzt erst wurde Heiko bewusst, dass er schon fast mit den Zähnen klapperte. Und das im August! Schüchtern nahm er sich Carlos Decke und verkroch sich darunter. »Tut gut. Zu reden, meine ich. Danke, Anna.«

»Stimmt, vor allem, wenn man irgendwie im gleichen Boot sitzt.«
»Oder im gleichen Bett.«
»Na, du kannst ja beinahe witzig sein.«
Wie meinte sie das? Was war denn daran so überraschend? Er hatte noch einen Witz für sie parat. Ohne Vorwarnung gab er ihr einen Kuss auf die nackte Schulter. Eine satte Ohrfeige hätte ihn jetzt nicht überrascht. Doch Anna rührte sich nicht. Sie schloss nur die Augen. Er dachte sich, wenn er schon einmal dabei war, dann konnte er ihr noch einen Kuss geben. Wieder auf die Schulter, dann auf den fein gezeichneten Oberarm. Und da sie ihn immer noch nicht aus dem Zimmer geschmissen hatte, weiter vorne auf die Schulter und noch weiter oben auf ihr fein gezeichnetes Schlüsselbein.
Anna wusste selbst nicht genau, warum sie Heiko gewähren ließ. Erst recht nicht, warum sie ihm erlaubte weiterzumachen, warum sie lieber die Augen schloss und ihn nicht daran hinderte, unter ihre Decke zu kriechen und ihren Körper an immer mehr Stellen zu liebkosen, nun auch an den empfindsamen Stellen ihres komplett verwirrten Körpers. Wollte sie ihn tatsächlich noch einmal spüren, diesmal im nüchternen Zustand? Schon drang Heiko langsam, aber zielstrebig in sie ein, und ihr Körper gab sich ihm hin. Er stöhnte, und sie bebte, anfangs zögerlich, doch bald gingen immer heftigere Wellen durch ihren Körper. Ihr Becken hob und senkte sich im harmonischen Takt mit seinen härter werdenden Stößen. Plötzlich spürte sie, wie sich seine Hände in ihre Pobacken gruben, worauf sie ihre Beine um seine Hüfte schlang. Der Sex war befreiend und wurde immer intensiver. Beide balancierten bald in luftiger, schwindelerregender Höhe am Rand ihres Orgasmus. Doch sie zögerten ihn so lange wie möglich hinaus. Der Sex war die

eigentliche Erleichterung, nicht das Gefühl danach. Und es war hundertmal besser als reden.

Elli war nicht überrascht, dass sich das Wetter an diesem Morgen immer noch nicht ihner erbarmt hatte. Allerdings war sie überrascht, als sie an Annas und Carlos Zimmer vorbeiging und hörte, wie dort ein Pärchen versuchte, sein Stöhnen zu unterdrücken. Sollten die beiden sich tatsächlich wieder versöhnt haben und nach allem einen Neuanfang wagen? Als Carlo in diesem Moment die Treppe hochkam, fragte sie sich, wer bei Anna war. »Morgen, Carlo! Sag, was ist denn mit der Kaffeemaschine los?« Sie wollte ihn ablenken, ihm die verletzende oder zumindest unangenehme Situation ersparen.

»Servus! Hast du gut geschlafen? Was hat sie denn, die Maschine?«

»Dampft und pfeift, aber es kommt kein Kaffee.«

»Ich schau gleich nach.« Jetzt stand er müde vor ihr auf der Mitte der Treppe.

»Geh bitte, kannst du jetzt, ich hätt so gern eine Tasse. Kennst mich doch.«

Und da er seiner Schwester noch nie einen Wunsch ausschlagen konnte, machte Carlo wieder kehrt und begleitete Elli in die Küche.

Dort stand Sandra, freundlich wie immer, und nippte an einer dampfenden Tasse Kaffee.

Carlo blieb stehen und drehte sich verwirrt zu seiner Schwester.

Elli zuckte mit den Schultern und sagte: »Ich würd die Anna noch ein bisserl schlafen lassen.«

Carlo verstand noch weniger, deshalb fügte Elli an: »Bis sie wieder allein ist.«

»Aha.« Mehr sagte er nicht. Dabei kratzte er sich am Nacken, überlegte kurz und öffnete dann den Kühlschrank. »Dann mach ich uns eben ein Frühstück.«
Sandra stellte sich hinter ihn und gab ihm einen Kuss auf die Wange.
Schüchtern, aber ohne Reue blickte sie zu Elli und nahm sich dann den Wasserkocher. »Wenn unser Patient ordentlich geschlafen hat, dann könnte es ihm heute wieder etwas besser gehen.«
Elli stellte eine Tasse unter die Espressomaschine und drückte einen Knopf. Die Mühle ratterte los, und gleich darauf zischte das herrliche dampfende schwarze Lebenselixier aus der Düse. »Ich war fast die ganze Nacht bei ihm. Er konnte genauso wenig schlafen wie ich.«
Sandra drehte sich alarmiert um und sah Elli an. »Wie?«
»Ich glaub, es hat ihm gutgetan. Er ist ein sehr interessanter Mann. Allerdings hab ich das ungute Gefühl, dass es mehr braucht als etwas Schlaf, um ihn wieder gesund zu bekommen. Er hat ein, zwei sehr seltsame Bemerkungen gemacht.«
»Kannst du bitte den Tee kochen«, bat Sandra Carlo und machte sich auf zu Saalfeld.
Als sie gleich darauf, nach kurzem Klopfen, bei ihm am Bett stand, war er zwar guter Dinge, aber sein ständiges Hüsteln verriet, dass ihm weiterhin etwas hartnäckig zu schaffen machte. Doch wie üblich überspielte er das.
»Na, meine Lieblingskrankenschwester, bekomme ich denn heute gar keinen Tee?«
Sandra war beunruhigt. »Wenn Sie die ganze Nacht wach bleiben, dann nicht, nein.« Sie musste ihn ausschimpfen, und er ließ sich das gefallen. Anscheinend hatte Elli ihn in der Nacht weichgekocht, denn er war heute viel offener und weit weniger abweisend.

»Wenn es danach ginge, dann hätte ich all die letzten Jahre keinen Tee trinken dürfen.«
Wie aufs Stichwort schwebte genau in dieser Sekunde in beunruhigender Schieflage das Tablett mit allem herein, was eine perfekte Teatime verlangte. Carlo war ein Held mit dem Kochlöffel, aber das Kellnern fiel ihm außerordentlich schwer. Mit Mühe und Not hielt er das Tablett in der Luft.
Derweil scherzte Saalfeld weiter. »Oh, der Chefarzt!«
Es war direkt erstaunlich, wie viel Humor Saalfeld heute bewies. Doch Sandra konnte er nicht täuschen. Sie kannte diese Art von Humor leider nur zu gut. Es war nichts anderes als Galgenhumor. Typisch für Patienten, die sich auf ihre letzten Tage einstellten. Sie versuchten auf diese Art, aller Verzweiflung den Wind aus den Segeln zu nehmen.
Bei Sandra allerdings erreichte Saalfeld damit genau das Gegenteil.

Später beim großen Frühstück saßen sie wieder alle beisammen. Die Küche war der einzige halbwegs neutrale Boden, wo sie sich friedlich begegnen konnten. Für irgendwelche Kämpfe fehlte ihnen allen sowieso die Energie. Dennoch, der Weg zum Kühlschrank oder zur Kaffeemaschine zwang jeden dazu, den anderen ab und an in die Augen zu schauen. Hier ein unterkühltes »Hallo«, dort ein genuscheltes »Guten Morgen«.
Zum Glück war erstaunlich wenig Aggression zu spüren. Immerhin waren zwei Beziehungen zerbrochen, Gefühle und Eitelkeiten lagen blank. Doch sie rissen sich alle, soweit sie konnten, zusammen.
Lutz war wieder erstaunlich ruhig. Carlo und Sandra versteckten ihre Zuneigung, und dass es zwischen Anna und

Heiko wieder passiert war, das leugneten sie sogar vor sich selbst. Tina hatte zu ihrer alten, frechen Form zurückgefunden. Sie war die Einzige, die eine fröhliche Miene aufsetzte und hungrig vor sich hin schmatzte.
Carlo hatte eine große Pfanne mit herrlichen Rühreiern gemacht.
»Ich will, dass wir ihm das Geld geben, bevor wir alle abreisen. Wir sollten ihm nichts schuldig bleiben. Das hat keinen Stil«, sagte Anna plötzlich.
»Na dette klingt ja richtig edel! Aber wer sagt uns denn, dass det seine Kohle is?« Tina machte sich nicht die Mühe, Anna anzusehen, sondern widmete weiter ihre ganze Aufmerksamkeit ihrem Teller.
»Wem denn sonst? Vielleicht seiner Putzfrau?«, fragte Anna empört.
»Er weiß ja nicht mal, wer sein Haus vermietet. Selbst sein krimineller Neffe, oder was der war, hatte ja schon drei Schlüssel für uns, oder? Wer weiß, wer hier sonst noch aus und ein geht?«, schaltete sich Lutz ein.
Nur sehr ungern widersprach Heiko der Frau, mit der er eben noch den besten Sex seines Lebens gehabt hatte, aber er fand Lutz' Gedanken mehr als interessant. »Würde gut zu dem Betrüger-Neffen passen. Besser als zu dem Mann da oben jedenfalls.« Er deutete zur Decke.
»Der übrigens krank ist!« Sandra war sauer. Sie entwickelte eine regelrechte Wut auf Heiko. »Könnt ihr endlich mal mit dem Geld aufhören! Das ist doch völlig zweitrangig.«
Auch wenn Anna keine Ansprüche mehr auf Carlo anmelden wollte, strafte sie Sandra, die sich von Anfang an an ihren Carlo rangeschmissen hatte, mit einem bösen Blick.
»Die Sache totzuschweigen, davon wird er auch nicht gesund«, sagte sie eiskalt.
Selbst Tina zuckte kurz zusammen.

Mürrisch nahm nun auch Carlo Platz und stocherte in einem Joghurt herum. »Was haben wir mit seinem Geld zu schaffen? Des hat mir immer noch keiner erklärt?«
Anna wollte etwas sagen, doch sie vermied es, Carlo direkt anzusprechen.
»Es ist nun mal da. Von uns wird eine moralische Entscheidung verlangt, und die haben wir zu treffen, ob wir wollen oder nicht.« Genauso sah es Lutz und nicht anders. Er fand wieder zu seiner Form zurück.
»Moral, ha!« Bitter lachte Heiko in sich hinein.
Ausgerechnet Tina stimmte ihm zu. »Schwing dir mal nich zu so nem Apostel auf, Lutz, ja!« Auch zwischen ihnen beiden hatte sich Spannung aufgebaut. »Wir sind hier alle keine Engel. Ich will auch gar keiner sein. Ich brauch keine Moral.« Es war interessant, wann Tina reines Hochdeutsch sprach und wann sie lässig ihre Berliner Schnauze reinschlampte.
Sandra fühlte sich angegriffen. Tina wurde ihr langsam unsympathisch. »Das nehm ich dir nicht ab. Es geht sehr wohl um Moral! Und um Menschlichkeit.«
Wieder bezog Anna Stellung. »Sieh an, Tina, so einfach ist das? Bitte sehr! Angenommen, wir teilen das Geld untereinander auf?«
Während anderntags Heiko die treibende Kraft hinter dieser Diskussion gewesen war, verhielt er sich heute erstaunlich ruhig, um nicht zu sagen gleichgültig. Dafür war Lutz umso mehr bei der Sache. »Den Dieb bestehlen? Moralisch sehe ich da kein Problem.«
»Es geht jetzt aber nicht nur um Moral«, sagte Anna.
Tina nickte zustimmend. »Eben!«
Heiko versuchte Anna zu folgen. »Du meinst, die Frage ist: Würde er uns anzeigen? Würde er uns beschuldigen, Geld gestohlen zu haben, das es offiziell gar nicht gibt?«

»Hört auf! Hört endlich auf!« Sandra verlor die Beherrschung.
Im gleichen Moment fing es wieder an zu donnern.
Carlo erhob sich, als hätte er etwas zu verkünden. Was würde er sagen? Sandra in Schutz nehmen oder doch Anna? Er schickte einen enttäuschten Blick in Annas Richtung. Dann legte er kurz seine Hand auf Sandras Schulter, wie um sie zu beruhigen, und ging schließlich kopfschüttelnd zum Fenster. »Ich glaub das nicht. Ich glaub das alles nicht.«
Völlig ungerührt fuhr Anna fort. »Es wäre trotzdem Diebstahl. Das sollte jedem bewusst sein. Ob wir allerdings dafür juristisch zur Rechenschaft gezogen würden, das bezweifle ich.«
»Sind wir nicht schon den ersten Schritt gegangen? Mit den ersten Tausendern? Vorgestern?«, fragte Heiko ruhig.
»Ha! War doch deine Idee!«, erboste sich Tina.
Dann machte Carlo etwas, womit keiner von ihnen gerechnet hatte. Wütend trat er an den Tisch, griff in seine Hose und knallte ein großes Bündel Hunderter mitten auf die Holzplatte, zwischen Krümel, Tassen und Brotkorb. »Da habt ihr euer Geld. Macht, was ihr wollt, ich hab damit nix, überhaupt nix zu tun!« Ohne die Reaktion der anderen abzuwarten, verließ er die Küche.
Alle starrten auf die Scheine, die vor ihnen lagen. Über Geld zu reden war das eine, es vor sich zu sehen etwas ganz anderes, ob man nun genug davon hatte oder nicht.
»Tja.« Lutz fand als Erster die Sprache wieder. »So ne Überreaktion, das hilft uns auch nicht wirklich weiter.«
Für seine Aktion liebte Sandra den Münchner noch mehr. Er war anscheinend der Einzige, der sie verstand. Dann, Carlo hatte ihr Kraft gegeben, sagte sie, wieder ganz ruhig: »Ihr sucht doch alle nur nach einer Ausrede. Wie peinlich.« Sie stand auch auf, um nach Carlo zu sehen.

Selbst Anna fühlte sich kurz ertappt, denn insgeheim hatte sich tatsächlich von dem Gedanken verführen lassen, diesen unsäglichen Urlaub mit einer Viertelmillion Euro zu beenden. Natürlich würde das auch ihr Leben um einiges leichter machen.
Als könnte Tina Annas Gedanken lesen, sagte sie: »Machen wa uns nix vor. Sandra hat zwar recht, aber so viel Geld ist sehr verführerisch.«
»Du meinst, es macht bestechlich«, korrigierte sie Lutz schulmeisterhaft.
»Nenn es, wie du willst.« Tina verlor die Geduld.
»Schluss jetzt!« Anna platzte der Kragen. »Cut the crap! Wollt ihr das Geld oder nicht? Entscheidet euch!«
»Das müssen alle zusammen entscheiden«, sagte Heiko.
Tina bekam ein seltsames Leuchten in den Augen. »Is schon ein Haufen Asche! Det muss ich zugeben.«
»Eine halbe Million, damit können wir viel Gutes tun«, dachte Lutz laut und sah Tina an.
»Wie bitte?« Tina musste ganz schnell was klarstellen. »Icke hör wohl nicht richtig, wa? Du kannst ja mit deiner Kohle machen, was du willst. Aber allet andere, ja, und hör mir genau zu, det is meine Sache!«
Lutz war sprachlos. Von einer Sekunde auf die andere dämmerte ihm, dass es zwischen ihnen tatsächlich endgültig aus war. Wenn es auch nicht der Sex mit anderen war, der sie auseinandertrieb, das Geld schaffte es. »Aber Tina, ich wollte doch nur sagen, ich meine wir, du und ich …«
»Sorry, aber sag mal, wie blind bist du eigentlich? Wir? Wir haben keine Gemeinsamkeiten mehr, haben nicht die gleiche Idee von der Zukunft! Mann, du laberst doch immer nur rum! Verdammt!«, unterbrach Tina ihn brutal.
Lutz sprang hoch und baute sich vor ihr auf. Doch Tina schenkte ihm keine Beachtung.

»Hast du sie noch alle? Einfach so, ja? Von heute auf morgen?« Lutz war verzweifelt.
»Nix da von heut auf morgen. Det weißte ganz genau. Reiß dir mal zusammen!«
Tinas Ton, ihre plötzliche Gefühlskälte brachte ihn nur noch mehr in Rage. »Wir haben eine Krise, okay, aber Tina! Tina? Hey? Ich bin es! Der Lutz! Wir wohnen, wir leben zusammen? Was soll das denn jetzt?«
Tina blieb bei ihrer gnadenlosen Ehrlichkeit. »Ich hab's einfach satt. Du bist nich mehr der coole Typ, in den ich mir vor Jahren verliebt hab. Meine Güte, det is doch ganz normal!«
Anna und Heiko sahen sich unangenehm berührt an. Es war Zeit zu gehen, aber Lutz wollte das nicht zulassen.
»Bleibt hier, bleibt hier! Ihr seid meine Zeugen. Die Frau spinnt!«
»Jetzt sei einmal ein Mann und kein Loser!«
»Loser?«
»Ja, wat biste denn fürn Typ? Mit deiner idiotischen Magisterarbeit und deinen ständigen Verschwörungen?«
Anna und Heiko schafften es schließlich, aus der Küche zu verschwinden. Sie machten weder Lutz noch Tina Vorwürfe, immerhin sprachen sie das aus, was in ihren eigenen Beziehungen noch immer totgeschwiegen wurde. Kaum standen sie in der Halle, hörten sie den Streit der beiden immer mehr eskalieren.
»Du miese Schlampe!«
»Schlappschwanz!«
»Geh doch zu deinen Lesben!«
»Ja gerne, die können wenigstens was!«
Das ganze Haus hörte jetzt mit.
Anna und Heiko verzogen sich ins Wohnzimmer. Doch dort trafen sie ausgerechnet auf Carlo und Sandra – und fanden sich in einer äußerst peinlichen Situation wieder.

Carlo und Sandra standen seltsam ernst da. Was jetzt noch fehlte, war ein weiterer Beziehungsstreit, dachte Anna. Weder wollte sie hören, was sich Heiko und Sandra an den Kopf zu werfen hatten, noch hatte sie die Kraft, sich mit Carlo zu zanken.

Endlich brach Sandra das Schweigen. »Carlo wollte Saalfeld das Geld geben. Ohne jemanden zu fragen.«

Erstaunt sahen sich Anna und Heiko an. Heiko holte Luft, um sich zu beschweren, aber Sandra hatte noch mehr zu sagen.

»Aber es ist weg! Einfach weg.«

Heikos Bein fing an zu wippen. Anna schürzte ernst die Lippen.

»Wie weg? Ich versteh nicht?«, fragte Heiko nach.

»Na, einfach weg. Nicht mehr da, wo es sein sollte.«

»Ist doch nicht so schwer zu verstehen, oder?«, sagte Carlo patzig.

Hatte womöglich Saalfeld selbst, setzte Anna an, aber noch während sie sprach, wurde ihr bewusst, wie unwahrscheinlich das war.

»Wie denn?« Sandra hielt das für unmöglich. »Nicht in seiner Verfassung. Also nein. Beim besten Willen nicht.«

»Das hat einer geklaut. So schaut es aus!«

Noch bevor alle den Gedanken fassen konnten, kam aus der Küche ein Schrei. Eine Frauenstimme? Nein, es war Lutz, der sich wie eine Frau anhörte.

»Spinnen die?« Carlo wollte Tina und Lutz am liebsten sich selbst überlassen, aber die Geräusche hörten sich übel an.

Die drei anderen folgten ihm und mussten mit ansehen, wie Tina von Lutz am Ohr gezogen wurde, während sie mit Händen und Füßen auf ihn einschlug und ihn trat.

»Hör auf, verdammt! Hör auf!«, rief Lutz. Doch Tina war völlig außer sich.

Schwer zu sagen, wer angefangen hatte, aber klar war, dass die beiden sofort voneinander getrennt werden mussten, um Schlimmeres zu verhindern. Die Frauen hielten Tina fest, wobei sie alle Kräfte aufbringen mussten, um die wilde Furie einigermaßen unter Kontrolle zu bringen. Heiko und Carlo hatten es mit Lutz schon einfacher, aber dennoch konnte man sein Herz förmlich rasen hören.
Tinas Pupillen waren von roten Äderchen durchzogen. Im ganzen Gesicht und auch an ihren Armen hatte sie Stressflecken. Sie riss sich los und sprang Lutz an wie eine tollwütige Katze. Alle schrien wild durcheinander. Tina schien vom Teufel besessen. Heiko zog Lutz, der sich schützend die Hände vor das Gesicht hielt, weiter zurück, während Carlo nun direkt dazwischenging und schließlich seinen Körper wie eine Felswand vor Lutz aufbaute. Dabei kassierte er einen Wischer von Tinas irr herumfuchtelnder Hand, der sich gleich darauf als Kratzer herausstellte. Schon brannte es, und Carlos rechte Wange blutete, zwar nur leicht, doch Carlo war jetzt auch stinksauer. »A Ruah is!«, schrie er.
Wie aus einem geplatzten Luftballon war von einer Sekunde auf die andere wieder alle Wut und Kraft aus Tina entwichen.
In sich zusammengefallen, hockte Tina nun auf der äußersten Ecke der Sitzbank, den Kopf an die Wand gelehnt, die Augen geschlossen. Lutz stand am Waschbecken und spuckte, als hätte er einen Zahn verloren.
Ihnen allen fehlten die Worte, zu tief saß der Schock über die Eskalation. In diese Stille rief Elli aufgeregt nach Sandra. »Hilfe! Sandra! Schnell! Helft mir!«
In Saalfelds Zimmer beugten sich die beiden Frauen über das Bett. Sandra fühlte den Puls des alten Mannes, der reglos da lag. Dann hielt sie ihr Ohr an den Mund des Mannes.

»Ist er, ich meine ist …« Lutz war viel zu ängstlich, um seinen Gedanken zu Ende zu formulieren. Er stand genauso regungslos wie Carlo im Türrahmen.
»Nein, er lebt noch. Aber er hat das Bewusstsein verloren«, sagte Sandra. »Schnell! Er hat hohes Fieber, viel zu hoch. Wir müssen ihn sofort runterkühlen.«
»Carlo«, rief Elli, »wir brauchen Eiswürfel, schnell!« Sie ging ins Bad, um Handtücher zu holen.
Zögerlich trat Lutz näher an das Bett heran. Er wollte helfen, aber er wusste nicht, wie. Sandra warf die Decke zurück, und Lutz meinte fast sehen zu können, wie der Mann glühte.
»Verdammt, Lutz, sieh nach, ob du irgendwo ein Fieberthermometer findest!«
Noch immer bewegte sich Lutz wie in Zeitlupe. Er ging zur Tür, konnte seinen Blick aber nicht von dem kranken Mann wenden. Er war gebannt und erschüttert zugleich. Zutiefst bereute er, Saalfeld gestern so hart angegangen zu sein.
Jetzt erst sah man, dass Saalfelds Decke auf der Innenseite komplett durchnässt war. Offensichtlich hatte er schon länger geschwitzt und gefiebert.
»Er hat sich die ganze Zeit mit mir unterhalten, bis eben noch. Und mit einem Mal ist er verstummt. Er hat sich nichts, aber auch gar nichts anmerken lassen. Oh Gott!« Elli machte sich unglaubliche Vorwürfe. Hätte sie doch nur früher etwas bemerkt. Der Mistkerl war ein gefährlich guter Schauspieler. Den ganzen Morgen hatte er so getan, als würde es ihm ausgezeichnet gehen. Und sie war auf sein Spiel hereingefallen.
Sie legte eine frische, sehr viel dünnere Decke über seinen schlaffen Körper. Warum, in Gottes Namen, ließ er sich nicht helfen? Warum hatte er ihnen nicht gesagt, wogegen

sein Körper ankämpfte? Wie konnte man nur so unverantwortlich, eitel und stur sein?

»Ich bin mir sicher, dass er um die vierzig Grad hat, wenn nicht sogar darüber.«

»Ich, ich«, Elli suchte nach Worten, aber sie hatte für nichts eine Erklärung, »wie konnte ich nur …«

»Du kannst überhaupt nichts dafür!« Sandra legte ihre Hände auf Ellis Schultern. »Elli! Du hast keine Schuld. Glaub mir, du hättest nichts machen können! Das hilft jetzt gar nichts.«

Carlo kam mit einer Schüssel voller Eiswürfel.

»Nicht alle auf einmal. Wir brauchen später auch noch welche.« Sandra faltete zwei Handtücher und füllte sie mit dem Eis. Dann legte sie die beiden Beutel jeweils an die Leisten des kaum noch atmenden Saalfeld.

»Des hab ich noch nie gesehen?«, wunderte sich Carlo.

»Das ist auch riskant, aber unsere einzige Möglichkeit.« Sandra handelte hastig, aber konzentriert. »Medikamente wären besser, aber ich hab keine. Außerdem würden die nicht mehr schnell genug wirken.«

Mittlerweile hatte Elli mehrere Handtücher mit kaltem Wasser getränkt und wickelte diese Saalfeld um die Fuß- und Handfesseln. Als sie ihn anfasste, bekam sie Angst, weil er so irrsinnig heiß war. Sie bemerkte, dass Saalfeld kein Gramm zu viel am Körper hatte. Er sah vielmehr unterernährt aus. Was ihr Unterfangen noch gefährlicher machte, denn sein Körper verbrannte nun sehr viel Energie. Aber wie viel Kraft konnte sein schon so geschwächter Körper noch aufbringen? Elli erschrak, denn Saalfeld schien innerhalb der letzten Stunde um zehn Jahre gealtert. Immer wieder drängte sich ihr das Bild von ihrem sterbenden Vater auf. Carlo ging es genauso, das wusste sie. Sie spürte ihren Bruder.

Wie Elli aus den Augenwinkeln sah, waren nun auch die anderen im Raum. Sie merkte, wie ihr selbst schwindelig wurde, doch sie riss sich zusammen. Ihre Hände waren von den nassen Wickeln ganz kalt geworden.
Eben noch hatte sie sich einfühlsam und tiefgründig mit Saalfeld unterhalten, jetzt lag er beinahe leblos vor ihr. Ohne Vorwarnung.
Von hinten fragte Heiko vorsichtig, was sie da machten? Aber er bekam keine Antwort.
Keiner der anderen verließ den Raum. Anscheinend wollten sie sich nicht irgendwo im Haus verstecken, während ein paar Meter weiter ein Mensch um sein Leben kämpfte. Doch kämpfte Saalfeld wirklich? Elli wurde das Gefühl nicht los, dass sein Wille und mit ihm sein Geist den Raum verlassen wollten, dass Saalfeld sich seinem Schicksal ergeben wollte, er schlicht keine Lust mehr hatte, zu leben. Plötzlich verstand sie ihn. Alle seine Worte sah sie mit einem Mal in einem anderen Licht. Elli schüttelte den Kopf. Das konnte, das durfte sie nicht zulassen. »Wir müssen doch irgendwas tun können?«, sagte Anna hinter ihr. Die Frau, die sich in der harten Männerwelt des internationalen Big Business durchsetzte, weil sie alle Gesetze, alle Regeln, alle Tricks kannte und beherrschte, war es nicht gewohnt, so machtlos zu sein. Sie wurde immer nervöser. »Was ist mit dem Arzt? Versuch noch mal den Arzt zu erreichen!«, sagte Anna.
Als hätte Elli nicht genau das schon Dutzende Male versucht, auch gestern Nacht. Trotzdem reichte Elli Anna ihr Handy. Vielleicht gab es ihr das Gefühl, nicht komplett tatenlos dazustehen.
Sofort suchte und wählte Anna die Nummer von Elia. Sie ging zum Fenster, um wenigstens die dicken Mauern zu überwinden. Als das nichts half, öffnete sie das Fenster und

lehnte sich in den prasselnden Regen hinaus, das Telefon mit ihrem Oberkörper schützend. Jedoch, es war zwecklos.

Kalte, feuchte Luft schwappte mit einer großen Welle in den Raum und machte ihn sofort noch ungemütlicher. Allerdings konnte sie vielleicht helfen, Saalfelds Körpertemperatur zu senken. Elli stupste Sandra an. »Das Fenster?«

»Wie? Ach, ja. Gut, lasst es noch kurz offen. Wir müssen ihn unbedingt stabilisieren.«

Lutz stolperte herein. Wie das olympische Feuer hielt er ein altes Fieberthermometer in der Hand. »Im Wohnzimmer, in einer der Schubladen.«

Ohne ihn anzusehen, riss Sandra es ihm aus der Hand und schüttelte es kräftig. »Gut.«

Sandra kniff ihre Augen zusammen und las das Messergebnis. »Vierzig Grad! Mist!«

Carlos rannte los, um frisches Eis zu holen.

Heiko trat ans Fenster. Bei Sonnenschein wäre der Ausblick garantiert atemberaubend gewesen. Doch das, was sich ihm jetzt darbot, erinnerte ihn an eine Szene aus *Herr der Ringe,* in der die beiden kleinen Hobbits, verfolgt von todbringenden Reitern, in einem ölig schwarzen Wald stehen, durchtränkt von erbittertem Regen. »Das ist die Hölle, die pure Hölle«, sagte er nur zu sich.

Tina wollte eigentlich wieder gehen, konnte aber nicht. Sie konnte jetzt nicht allein sein. Sie hatte Angst und sie war nur noch ein Schatten ihrer selbst. Schon wieder war sie durchgedreht. Sie hatte geglaubt, dass sie diese beschämenden Ausbrüche endlich hinter sich hatte. Sie war so stolz gewesen, dass sie endlich eine Stufe weiter war, dass diese schrecklichen Aggressionen, die sie manchmal so plötzlich befallen konnten, kein Teil mehr von ihr waren. Was half denn all ihr Yoga, ihre Selbsterfahrungstrips, ihre eigene kritische Psychoanalyse, mentale Spiegelung, wenn sie am Ende doch immer da landete, womit sie schon als Teenager ihr ganzes Umfeld auf das Übelste verletzt hatte? Sie wollte keine Furie mehr sein. Keine ständig tickende, verhaltensgestörte Zeitbombe. Sie wünschte sich so sehr, dass ihr unbekümmertes Selbstbewusstsein, das sie nach außen vor sich hertrug, wahr würde. Und sie betete, dass dieser Mann nicht unter ihrer Obhut starb. Schon nahm ihr Puls wieder an Fahrt zu, pumpte Blut durch ihren Körper, der nicht wusste, wohin damit. Sie war kurz vor einer weiteren Panikattacke.

Anna hatte Elli das Handy zurückgegeben und auf einem Stuhl neben dem Bett Platz genommen. Diesmal war es ihr Bein, das nervös wippte. Heiko dagegen hielt den Kopf aus dem Fenster und ließ sich nass regnen, so, als wolle er sich von allem reinwaschen und aus einem bösen Traum erwachen.

Auch Lutz wurde mit der Situation emotional nicht fertig. Elli hoffte inständig, dass es endlich aufhören würde zu regnen und sie alle erlöst würden. Hoffnungen, Trennungen, Liebe, Rausch, Wahn und jetzt auch noch Tod. All das war in den ersten Tagen ihres Urlaubs passiert. Schreie, Tränen und Orgasmus all inclusive.

Während sie sich auf das Einzige konzentrierte, was sie im Moment für Saalfeld tun konnte, und zwar ihm neue, kalte Kompressen anzulegen, fragte sie sich, ob sie sich in Bezug auf Elia nicht auch idiotisch verhalten hatte. Gerade getrennt, nach Jahren der Entfremdung und der Enttäuschungen – endlich –, und schon wollte sie sich gleich wieder fallen lassen, ohne sich vorher überhaupt richtig gefangen zu haben?

Plötzlich schlug Saalfeld die Augen auf. Panisch, wie ein wildes Tier in der Nacht, auf das man ohne Vorwarnung

einen Scheinwerfer richtete, schaute er sich um. Instinktiv wich Elli einen Schritt zurück, fast als könnte sie sich verletzen. Selbst Sandra hatte sich erschrocken.
»Herr Saalfeld?«, fragte Sandra ängstlich.
Seine Augen zuckten hektisch hin und her. Er schien immer noch nicht zu wissen, wo er war.
Ein kalter Schauer jagte durch ihre Knochen.
Saalfeld versuchte etwas zu sagen, er bewegte angestrengt seinen Mund, doch es wollte nicht mehr als ein dünner Hauch über seine Lippen kommen. Stattdessen zog sich nun ein Spuckefaden von seinem Mundwinkel über die Wange.
Sandra wischte ihn vorsichtig weg und hielt ihr Ohr ganz nah an seine Lippen. Aber er konnte keine Worte formen, so entkräftet war er.
»Warten Sie, Herr Saalfeld. Wir können später reden, Sie müssen sich schonen. Ich gebe Ihnen jetzt etwas zu trinken. Sie haben hohes Fieber. Sie müssen unbedingt etwas trinken, Sie verlieren zu viel Flüssigkeit. Bitte! Blinzeln Sie zweimal mit den Augen, wenn Sie mich verstehen, ja? Bitte!«
Da Lutz und Anna sich dazugestellt hatten, sahen nun vier Köpfe auf den alten Mann herab und warteten auf ein weiteres Lebenszeichen. Mehr als ein Schmatzen brachte Saalfeld aber nicht zustande. Und auch seine Augenlider wurden wieder schwer.
»Warten Sie! Bitte! Sie dürfen nicht wieder einschlafen«, flehte Sandra ihn an und hielt ihm vorsichtig ein Glas Wasser an den Mund.
Saalfeld schien zu verstehen, denn er blinzelte sogar mehrmals. Trotzdem schaffte er nur wenige Tropfen, er kämpfte mit jedem Schluck. Sein Brustkorb senkte sich schwerfällig und in einem viel zu langsamen Rhythmus.

Lutz knabberte an seinen Fingernägeln herum und sah auffordernd zu Sandra, gerade so, als könnte sie Wunder vollbringen, als bräuchte sei nur ihre Hand auf die Stirn des alten Mannes zu legen, und schon wäre er wieder gesund.
Wie ein schlafwandelnder Geist erwachte Heiko wieder zu Leben. Ohne ein Wort zu sagen, schloss er das Fenster und ging mit seinen tropfend nassen Haaren aus dem Zimmer.
»Vielleicht sollten wir dich mit ihm allein lassen?«, fragte Elli.
»Nein! Bitte nicht!«, entgegnete Sandra. »Allein schaff ich das nicht. Bitte, ich brauch euch!«
»Aber wir können nichts tun!«, sagte Lutz.
»Bleibt hier, wenigstens ein paar von euch! Wir dürfen ihn nicht aufgeben!«
»Keiner wird ihn aufgeben. Nicht hier und nicht heute«, beruhigte Anna sie und nahm gleichzeitig Saalfelds rechte Hand. Auch Elli blieb, sie konnte zwar wenig ausrichten, aber es war die mentale Kraft, welche diesen Raum nicht verlassen durfte.
Sandra hatte noch einmal Saalfelds Temperatur gemessen. »Neununddreißig.« Etwas erleichtert atmete sie auf. »Besser, aber noch immer zu hoch.«
Wieder röchelte Saalfeld. »Tin…« Er holte Luft, schien sich wieder etwas zu fangen. Es war ein ständiges Auf und Ab. »Tina!«
Elli und Sandra sahen sich verwundert an. »Wollen Sie Tina sehen?«, fragte Elli.
»Ja. Ja, bitte!«
Tina, die immer noch auf dem Boden hockte, erhob sich langsam und trat zu Saalfeld. Keiner verstand, was vor sich ging.
Saalfeld musterte Tina, lange. Dann sagte er mit leiser Stimme: »Kann ich bitte mit Tina allein sein?«

»Entschuldige bitte, aber wie soll ich das verstehen? Das Geld ist weg?« Lutz war völlig aus dem Konzept. »Ich meine, es kann ja wohl nicht von alleine verschwinden? Oder? Wir haben es doch zusammen im Wohnzimmer, also ich, wie kann denn, geklaut, das müsste ja dann jemand von uns, wenn es wirklich weg ist, dann, dann ... also das kann doch nicht sein!«

Er stand in der Küche und hatte gerade von Carlo erfahren müssen, was er weder glauben konnte noch wollte. »Wie soll es denn verschwunden sein? Sind da etwa Wanderameisen eingefallen und haben sich etwas Taschengeld für die Weiterreise organisiert? Ja?«

Aber er bekam keine Antwort. Weder von Carlo, der statt eines Kaffees mal ein Wasser trank, noch von Heiko, der in einem italienischen Kochbuch oder Reiseführer herumblätterte, ohne wirklich darin zu lesen. Er war mit sich beschäftigt. Saalfelds hilfloser Kampf ging ihm näher, als er zugab. Vor allem führte es ihm eines knallhart vor Augen: Der Mensch ist klein und machtlos, und sein größter Feind ist die Zeit. Für das Leben gab es keine Generalprobe. Es war ständig Premiere. Irgendwie hatte Heiko immer gedacht, er wäre noch in einer Art Vorbereitungsphase. Er war nur mit seiner Zukunft beschäftigt gewesen, den Blick nach vorne gerichtet, auf die Jahre, wenn es dann richtig losgehen würde. Erst jetzt kapierte er, dass schon so verdammt viel an ihm vorbeigeflogen war. Jetzt, da er Sandra verloren hatte, da ein fremder alter Mann drohte vor seinen Augen zu sterben. Jetzt erst wurde ihm klar, wie knallhart, wie gnadenlos das Leben zuschlagen konnte und nach Lust und Laune Träume platzen ließ.

Lutz stand immer noch ebenso fassungslos wie verloren im Raum.

»Wir kommen hier alle noch in Teufels Küche, das ist euch

doch wohl klar?« Lutz ruderte mit den Armen in der Luft herum, was umso absurder wirkte, weil die anderen beiden sich stoisch ihren Gedanken hingaben.

Lutz konnte sich nicht beruhigen. »Verdammt! Geld finden ist eine Sache. Aber Geld klauen von einem alten Mann, der im Sterben liegt? Das ist ein ganz anderes Kaliber.« Er war jetzt kurz davor, einen der beiden zu packen und wach zu schütteln. »Unter uns ist ein eiskalter, ein mieser Dieb! Versteht ihr? Das können wir doch nicht zulassen!« Er schien endgültig seinen ohnehin geringen Glauben an die Welt und die Menschen zu verlieren. »Heiko!« Jetzt packte er ihn wirklich an den Schultern und schüttelte ihn. »Das kann man doch nicht, das darf man nicht verdrängen!«

Heiko blieb völlig passiv, wie eine Puppe.

Stattdessen meldete sich Carlo: »Sag a mal, was stört dich mehr, dass es einer von uns war oder dass es weg ist?«

»Was soll das heißen?«

»Das Geld ist und bleibt belanglos.«

»Ah, belanglos? Na dann wartet mal ab, wie belanglos es sein wird, wenn wir den offiziellen, mafiaverseuchten Stellen hier den Tod von Saalfeld bekanntgeben müssen und die von dem Geld erfahren.«

»Wie sollen sie bitte davon erfahren?«

»Von Geld erfahren die immer. Da mach dir mal keine Sorgen. Seid doch nicht so verdammt naiv.«

»Vielleicht hast du es ja, das Geld?«, meldete sich Heiko zu Wort.

»Spinnst du?« Lutz konnte nicht glauben, dass nun ausgerechnet er verdächtigt wurde. Er schlug sofort zurück. »Wie wär's denn mit dir? Klingt doch viel wahrscheinlicher! Wer wollte denn von Anfang an alles aufteilen?«

Heiko sah Lutz ernst an. »Mit dir zu teilen war sowieso Schwachsinn.«

»Eben, und deswegen haste dir einfach alles genommen, stimmt's?«
»Eigentlich sollte ich dir jetzt eine reinhauen!«
»So antwortet nur jemand, der sich ertappt fühlt«, triumphierte Lutz.
»Weißt du was, du alternativer Loser, du kannst mich mal!«
»Wenn man euch hört! Ihr zwei …!« Carlo fand keine Worte mehr. »Mir könnt schlecht werden!«
Lutz ging auf Carlo los. »Spiel hier mal nicht den Heiligen. Das nimmt dir langsam keiner mehr ab.«
»Pass auf, was du sagst, du Gnom, du verhungerter!«
»Von dir vollgestopftem Münchner lass ich mir gar nichts sagen.«
»Freundchen! Ich warn dich!«, raunzte Carlo.
»Geld ist dir ja soooo egal! Ha! Stattdessen kochst du immer nur wie so ein gestörter Psychopath vor dich hin, ach ja, und bumst nebenbei Heikos Alte und meine gleich noch dazu. Vielleicht ist das ja alles nur Show bei dir? Machst hier auf dicke Hose und sackst alle ein. Woher wissen wir eigentlich, dass du nicht das Geld hast.«
»Ah, jetzt ist also Carlo dran! Sag mal, merkst du gar nicht, was du für einen Stuss verzapfst? Was für eine gequirlte Scheiße?« Wenn Heiko sich jetzt aufregte, so hatte das wenigstens den positiven Effekt, dass er etwas von seiner Schwermut verlor.
»Jemand hat uns beklaut. Dabei bleibt es. Das kannst du wenden, wie du willst.«
»Uns?«, hakte Carlo misstrauisch nach.
Schnell korrigierte sich Lutz, Carlo wisse ganz genau, wie er das meine. Aber Lutz konnte es drehen, wie er wollte, der vieldeutige Versprecher stand merkwürdig im Raum und machte den Ankläger zum Verdächtigen. Denn eines war damit klar, zumindest gedanklich hatte Lutz das Geld

schon als ihres beziehungsweise seines angesehen. Ganz egal, ob der eigentliche Eigentümer zur gleichen Zeit ein Stockwerk über ihnen im Sterben lag.
»Du bist der verlogenste Heuchler von uns allen!«, sagte Heiko.
Sandra und Elli kamen in die Küche und wunderten sich, worüber die Männer aneinandergeraten waren.
»Ja, ratet mal!«, sagte Carlo.
Verärgert schimpfte Sandra, dass sie Heiko nur noch jämmerlich fände. Dass sie ihm damit unrecht tat, wusste sie nicht.
Heiko sah keinen Sinn mehr darin, es ihr zu erklären.

»Sie sind sehr hübsch!«
Tina wollte nicht darauf eingehen. »Geht es Ihnen besser?«
»Nun ja, sagen wir unter den gegebenen Umständen erstaunlich gut. Mein Tennismatch für heute Nachmittag muss ich wohl absagen. Aber zu einem guten Whiskey würde ich nicht nein sagen.«
»Ick werd ma sehen, was sich machen lässt!« Es beeindruckte sie sehr, dass er trotz seiner Lage den Humor nicht verlor.
»Sie kommen aus Berlin?«
»Hundert Prozent Kreuzberg, der Herr.«
»Was machen Sie, wenn ich fragen darf?«
Sie wunderte sich über seine Neugierde. Wie konnte es einen todkranken alten Mann interessieren, wer sie war und was sie machte? Aber sie war froh, dass er wieder lebendiger war. »Ich hab studiert, Theaterwissenschaften. Für'n Hintern. Jetzt hab ich nen eigenen Laden. So Sachen aus Indien.«
Saalfeld sah sie merkwürdig an. Unentwegt musterte er sie aus seinen hellwachen Augenwinkeln.

»Ich schätze, die Räucherstäbchen gehen am besten?«
»Gut geraten. Ja.«
»Was für eine geniale Geschäftsidee, etwas zu verkaufen, was die Kunden dann verbrennen.«
Erneut musste Tina lächeln. »Ja, ich hab kein Problem mit der Garantie, das stimmt.«
»Sie waren schon mehrmals in Indien, nehme ich an?«
Leicht verlegen fuhr sich Tina mit der Hand über die Stirn. Als würde sie mit ihrem eigenen Vater reden, so fühlte sie sich.
»Zu meiner Schande, nein. Aber es wird bald passieren.«
Es war absurd, eben noch hatte er lebensbedrohliches Fieber, und nun unterhielten sie sich gerade so, als säßen sie in einem Café.
»Sie dürfen nicht so viel reden! Mann, wir haben uns ganz schön Sorgen um Sie gemacht! Dette, äh, das dürfen Sie uns nich noch mal zumuten. Und auch nicht sich selber.« Zur Abwechslung schimpfte sie ihn jetzt mit mütterlichem Unterton.
Saalfeld schloss die Augen, nur für einen kurzen Moment, dann öffnete er sie wieder. Mehrmals musste er tief Luft holen, um seine Lungen wenigstens etwas zu füllen. An den Rändern seiner rot unterlaufenen Augen bildeten sich kleine Tränen.
»Wieso, verdammt noch mal, machen Sie so ein Geheimnis um Ihre Krankheit?« Tina wurde wieder wütend, sie konnte spüren, wie sich in ihr erneut ein Vulkan aufstaute. Sie sprang auf und nahm die Pillendose, die Lutz auf das Nachttischchen gelegt hatte. Es war ihr egal, dass Saalfeld jetzt jede Aufregung vermeiden musste. Bedrohlich wie eine Waffe hielt sie ihm die Pillen vor die Nase.
»Was ist das? Helfen die Ihnen? Wie viele brauchen Sie davon, wie oft?«

Nun fand er sogar die Kraft, ihr Gesicht zu streicheln. Kurz erschrak sie, doch dann erlaubte sie seinen knochigen, zittrigen Fingern, ihre Konturen nachzuzeichnen. Zwar machte es sie nervös, aber er war nicht aufdringlich, sondern schien sie zu betrachten wie ein Bild. Wie ein Bildhauer eine fertige Statue streichelte. Er lächelte selig. »Es ist erstaunlich. Sie sehen ihr so ähnlich. Unglaublich! Dieselben Rehaugen, die Stupsnase und diese hohen Wangenknochen. Sogar der gleiche freche Mund. Ich kann es nicht fassen.«

»Wovon reden Sie?«

»Von meiner Claire, der einzigen Frau, die ich je geliebt habe. Es ist, als stünde sie vor mir, jetzt, hier.«

Tina zog ihren Kopf zurück, blieb aber dennoch nah über ihn gebeugt. War es das Fieber? Fing es nun an, mit seiner Wahrnehmung zu spielen, und jubelte ihm Bilder aus der Vergangenheit unter?

»Schon gestern, in der Küche. Aber da war es mir noch nicht ganz klar. Erst vorhin, ganz plötzlich. Am Anfang hielt ich es nur für eine kleine Sinnestäuschung, wenn Sie so möchten. Aber mit jedem Satz, den Sie sagen, verfestigt sich das Bild. Selbst die Art, wie Sie Sätze sagen, die Pausen, die Sie setzen, es ist alles so ähnlich. Natürlich nur, wenn Sie nicht berlinern. Sie kam nicht aus Berlin. Tina, als hätte man Sie beide aus dem gleiche Stück Bernstein geformt.«

»Sie müssen schlafen.« Sie wusste nicht, was sie sonst hätte sagen sollen. Er tat ihr leid, offensichtlich war er nur noch halb in der Realität.

»Sie denken sicher, ich phantasiere. Ich bin mir im Klaren, dass ich hohes Fieber habe, alles andere wäre überraschend. Aber ich weiß, was ich sehe.«

»Wann haben Sie Claire zuletzt gesehen?« Tina änderte

ihre Taktik und wollte nun auf ihn eingehen. Vielleicht half ihm das.
»Vor so langer Zeit, vor über dreißig Jahre. Für sie, für uns habe ich damals diese Villa erworben. Glauben Sie mir, dass ich danach nie wieder eine Frau geliebt habe. Sie war mein verrückter Engel. Claire. Für sie hätte ich sofort mein ganzes Leben geändert.«
»Und wieso …«
»Weil das Leben eben manchmal so spielt. Sie war so eine faszinierende Frau.«
»Was ist aus ihr geworden?« Tina wurde nun neugierig. Es klang nach einer intensiven, aber traurigen Liebesgeschichte. Tina liebte solche Geschichten.
»Kann ich nicht sagen. Wir haben uns nie wieder gesehen. Nur einmal habe ich über Ecken gehört, dass sie wieder nach Düsseldorf gezogen ist. Mehr habe ich nie erfahren, wollte ich auch nicht.«
Plötzlich zog sich Tina abrupt zurück. In ihrem Kopf überschlugen sich die Gedanken. Alles begann sich wild zu drehen.
Saalfeld bemerkte das und fragte: »Ist Ihnen nicht gut?«
Doch Tina starrte nur blass vor sich hin.
»Nein, nein, das kann nicht sein! Das kann einfach nicht sein.« Sie betete vor sich hin, als müsste sie sich etwas ausreden.
»Tina?«
»Claire, aus Düsseldorf, Klara aus Düsseldorf, Hohenzollernstraße.«
»Ja, da haben ihre Eltern gewohnt. Woher?« Er machte eine lange Pause.
Tina wurde es eiskalt, denn er rührte sich nicht mehr. Aber sie wagte es nicht, ihm noch näher zu kommen.
Dann sagte er leise: »Sie kennen sie?«

Tina stand langsam auf, um Saalfeld nun doch in die Augen sehen zu können. Diesmal musterte sie sein Gesicht, jeden Zug, jede Falte, jede Wimper.
»Klara Simon ist, war meine Mutter.«

Panik durchzuckte Sandras Körper. Sie war in einen tiefen Schlaf versunken und wachte auf, ohne jedes Gefühl von Zeit. Draußen war es dunkel, und das ganze Haus schien bald vom nicht enden wollenden Regen durchnässt und aufgelöst zu werden. Sie wusste nur, dass sie länger geschlafen hatte als geplant. Eigentlich hatte sie überhaupt nicht richtig schlafen, sondern sich nur kurz ausruhen wollen. Man durfte Saalfeld auf keinen Fall so lange alleine lassen. Das war unverantwortlich. Sie sah auf ihre Uhr und erschrak erneut. Fast eine ganze Stunde hatte sie hier gelegen, während Saalfeld jederzeit wieder in die Bewusstlosigkeit hätte fallen können.
Aus der Küche war Gemurmel zu hören, vom Tonfall her und den Worten, die sie aufschnappte, drehte es sich wohl immer noch um das leidige Geld. Hätten sie es doch nur nie gefunden!
Aber dafür hatte sie jetzt keine Zeit. Sie musste zu Saalfeld. Als sie eintrat, sah sie Tina liebevoll seine Hand halten. Tinas Wärme und Zuneigung zu Saalfeld überraschte Sandra. Auch Saalfeld schien regelrecht gerührt. Was hatte Tina mit ihm gemacht?
»Hallo, ihr beiden. Wie fühlen Sie sich?«
Saalfeld konnte seine Hand kaum heben, dennoch schaffte er es, Tina mit zittriger Hand über die Stirn zu streicheln. Sie schien selig wie ein kleines Mädchen. Was für ein seltsam harmonisches Bild.
»Das ist eine Frage, die sich so einfach nicht beantworten

lässt, meine Liebe.« Er wollte noch etwas sagen, doch dann schluckte er, und sein Blick verfinsterte sich wie bei jemandem, der schlagartig spürte, dass er nicht Herr über seinen Körper war. Vom Drang zu husten völlig in Besitz genommen, hob sich sein Brustkorb, doch er konnte die nötige Kraft nicht mehr aufbringen. Und spukte plötzlich Blut.

»Nein!«, schrie Tina.

Sandra versuchte mit Tinas Hilfe, ihn etwas aufzurichten, damit er sich nicht an seinem eigenen Blut verschluckte. Von Tinas Schrei alarmiert, eilten auch die anderen herbei. Sandra wischte Saalfeld, der immer noch Blut hustete, die rote Spucke weg. Kurz sah sie zu den anderen auf, die hilflos und fragend dastanden. Dann sah sie wieder zu Saalfeld, zur völlig panischen Tina. Es war, als läge alle Verantwortung bei ihr. Noch nie hatte sie solche Angst verspürt. Im Krankenhaus hatte es auch oft kritische Situationen gegeben, in denen der Grad zwischen Leben und Tod hauchdünn war, doch dort war sie nie allein. Dort gab es immer einen Chefarzt, dort waren sie immer ein Team. Sie sah wieder zu den anderen. Dann lief ihr eine Träne über die Wange, und sie schüttelte langsam den Kopf. Sie konnte nichts tun.

In diesem Moment drehte sich Anna zu Carlo: »Carlo, mach was! Irgendwas!« Sie beschimpfte ihn beinahe. Nur, was sollte Carlo machen? Er war ebenso machtlos wie alle anderen. Wieder wurde Saalfeld von beißendem Husten ergriffen, zugleich schwitzte und zitterte er.

Tina nahm sein Gesicht zwischen ihre Hände, sah ihm tief in die Augen und flehte ihn an: »Du darfst nicht sterben! Nicht jetzt, Papa!«

Im gleichen Moment schloss Saalfeld die Augenlider. Tina brach zusammen und knallte mit voller Wucht auf den Boden.

Saalfeld lebte noch, auch wenn es nicht so aussah.
Tina lag nicht mehr auf dem blanken Holzboden, sondern auf einer Decke, die Lutz geholt hatte. Ihr Kopf ruhte auf einem kleinen Kissen. Elli hatte ihr vorsichtig Eiswürfel an die Schläfen gehalten und sie so wieder zurückgeholt. Doch sie war körperlich und seelisch am Ende. Sie war kaum ansprechbar und brauchte vermutlich ärztlichen Beistand. Lutz kniete neben Tina, mit der er sich noch vor wenigen Minuten bis aufs Messer gestritten und geschlagen hatte, und versuchte sie mit liebevollen Worten zu trösten.
»Tina, hör mir zu! Wir schaffen das, zusammen! Du bist doch die Stärkste von uns allen«, redete er beruhigend auf sie ein. Gleichzeitig dachte er über das nach, was sie vorhin gesagt hatte. Papa? Fing sie an zu phantasieren? Lutz wusste, dass Tina ihren Vater nie kennengelernt hatte, da ihre Mutter sich immer hartnäckig geweigert hatte, ihr seinen Namen zu nennen. Ihre Mutter schämte sich heute noch für ihren One-Night-Stand von damals. Tina hatte nie eine Chance gehabt und es vor Jahren endgültig aufgegeben, ihn zu suchen. Nur selten sprach sie darüber. Lutz hatte es bald nicht mehr gewagt, das Thema anzuschneiden, weil er wusste, dass es ihr jedes Mal wahnsinnig weh tat. Warum nahm sie ausgerechnet jetzt dieses für sie so unglaublich bedeutende Wort in den Mund? An Saalfelds Bett?
»Was willst du für deinen VW-Bus?«, fragte Carlo plötzlich.
Lutz verstand kein Wort. »Was soll die Frage?«
Ganz anders Heiko, er war auf einmal wie ausgewechselt, voller Entschlossenheit. Er ahnte, was Carlo vorhatte. »Ich komme mit!«
»Was habt ihr vor? Verdammt, was wollt ihr von mir?«
»Deinen VW-Bus. Wie viel?«, wiederholte Carlo.
»Jetzt sagt mir endlich, was los ist. Was wollt ihr mit meinem VW?«

»Endlich Hilfe holen«, sagte Heiko ganz ruhig.
»Mit meinem BMW ist das nicht zu schaffen, und Heikos Audi liegt zu tief. Mit deinem VW-Bus könnten wir es schaffen. Damit haben wir vielleicht eine Chance, den Baum von der Einfahrt zu rammen und ins Tal zu fahren.«
»Das ist doch Wahnsinn!« Lutz war von der Entschlossenheit der beiden überfordert.
»Wir müssen es versuchen!«, sagte Heiko bestimmt.
Carlo wurde ungeduldig. »Ich geb dir zehntausend. Der ist danach hundertprozentig schrottreif.«
»Ach was!« Lutz griff in seine Hosentasche und holte die Schlüssel hervor. »Das ist er eh schon. Vergiss das verdammte Geld.«
Kaum hatte Lutz das gesagt, da waren die beiden schon auf dem Weg zur Tür.
»Glaubst du wirklich, dass ihr da durchkommt?«, fragte Elli besorgt.
Carlo blieb stehen. »Wir müssen es einfach probieren!«
Wie zur Bestätigung hatte Saalfeld die nächste schwere Hustenattacke.
Anna war richtig stolz auf Carlo. Fast hätte sie ihm einen Kuss gegeben, aber sie wusste, dass es dafür zu spät war. Stattdessen wünschte auch sie ihm Glück.
Die Frauen waren mit Saalfeld beschäftigt. Elli stützte ihn, während Sandra ihm den Schweiß von der Stirn und die Spucke vom Mund wischte.
Lutz kauerte nach wie vor neben Tina und hielt ihre Hand. Sie starrte geradezu manisch in die Unendlichkeit.
»Tina, die anderen holen jetzt Hilfe. Es wird alles gut.« Fast war Lutz dankbar, dass sie nicht sehen konnte, wie sehr er sich selbst ängstigte. Er zitterte am ganzen Körper. Saalfeld hatte ja so recht gehabt. Lutz war kein Mann der Tat, er hatte nur hohle Worte zu bieten. Vor seinen Augen

kämpfte ein Mann um sein Leben, und Lutz konnte nichts dagegen unternehmen. Einem Fremden konnte man leicht die härtesten Worte an den Kopf werfen, ihm wünschen, dass er für all seine Taten zur Rechenschaft gezogen würde. Noch leichter ließ sich das niederschreiben, in die geduldige Tastatur tippen, in sein Enthüllungswerk. Aber im gleichen Raum zu sein, mit eigenen Augen zu sehen, ja sogar zu riechen, wie gnadenlos, brutal und unbeirrbar der Tod sein Recht einforderte, das war für Lutz unvorstellbar gewesen. Bis heute. Alle Theorie war wertlos geworden. Lutz schämte sich für sich und für alles, was er in den letzten Jahren gemacht hatte. Er hatte beinahe das Gefühl, selbst zu sterben.

Im Hintergrund hörte er Saalfeld leiden und vor Schmerzen stöhnen.

Das 21. Jahrhundert hatte die Menschheit endlich in eine friedlichere Welt führen sollen, aber es hatte sich schnell als mindestens ebenso gefährlich herausgestellt wie seine unter diesem Aspekt so enttäuschenden Vorgänger.

Nicht zuletzt deshalb hatte man auch in den wohlbehüteten Vorstädten der westlichen Welt damit begonnen aufzurüsten. Passend zu all den anderen intelligenten Abwehrmaßnahmen gegen den überall drohenden Terror und die ständigen Gefahren des fragilen, hochmodernen Lebens, gab es superintelligente Überwachungskameras, immer raffiniertere Sicherheitsschranken und die faszinierende Möglichkeit, Computer auf der ganzen Welt heimlich zu durchstöbern. Hightech überall.

Auch die Hausfrauen und Mütter wollten ihren Beitrag leisten und tauschten deshalb ihre gefährlich harmlosen Zweitwagen endlich gegen Autos aus, mit denen man je-

derzeit in die Offensive gehen konnte. Einem echten Offroader stellte sich wenig in den Weg. Der machte sich die Natur untertan.
Carlo und Heiko allerdings stellte sich einiges in den Weg. Wie oft hatte sich Carlo über die Ehefrauen lustig gemacht, die die gefahrenreiche Strecke von ihrer Villa in Bogenhausen bis zur Maximilianstraße nur im Porsche Turbo Cayenne auf sich nehmen wollten und dann beim Einparken mit ihren hochgezüchteten PS-Monstern stets verzweifelten.
Jetzt aber hätte er alles für genau so einen Geländewagen gegeben. Noch lieber wäre ihm der gute alte Unimog gewesen, der einzige Wagen, der selbst noch im Dschungel und tiefsten Schlamm die 45 Grad meisterte.
Aber alles, was ihm zur Verfügung stand, waren altersschwache siebzig Pferdestärken unter der Haube eines museumsreifen VW-Busses. Und vor ihnen breitete sich ein undurchdringliches, rabenschwarzes, überschwemmtes Inferno aus. Gleich am Anfang lag die umgestürzte Pinie. Carlo sah nur eine Möglichkeit. Sie mussten versuchen, den Baumstamm langsam mit dem Bus zur Seite zu schieben.
Doch die Zeichen standen schlecht für sie. Bevor sie den Baum überhaupt bewegen konnten, mussten sie erst einmal den Motor starten, und schon das wollte Carlo nicht gelingen. Der Motor röchelte zwar schwach, aber er schien mindestens genauso vom Regen durchtränkt wie der Rest der Welt. Erst als Heiko sein Glück versuchte, fand die Zündung die nötige Kraft, und sie fuhren auf ihr erstes Hindernis zu.
Langsam rollten sie immer näher an den Baum heran. Erst kratzten Nadeln und Zweige am verblichenen Lack und dem dünnen Blech, dann brachen die ersten kleinen Äste.

Geschickt manövrierend, fand Heiko eine Lücke, so dass sie jetzt mit dem großen VW-Logo auf der Kühlerhaube direkt den Stamm der Pinie berührten. Beide Männer beugten sich nach vorne und legten ihre Stirn an die nasskalte Windschutzscheibe, um zu sehen, wo genau der Wagen gegen den Baum stieß. Sachte stieg Heiko auf das Gaspedal, der Motor heulte immer stärker auf. Nur der sture Baum bewegte sich kein Stück vom Fleck. Der Stamm mochte noch so dünn und vom Wind gebrochen vor ihnen liegen, er war trotzdem viele hundert Kilo schwer. Heiko stieg immer fester in die Eisen, wohlwissend, dass sich gleichzeitig die Räder immer tiefer in den Kies gruben. Der Lärm war ohrenbetäubend.

Beide Männer waren bereits komplett durchnässt, vom Schweiß und vom Dampf im Auto. Dann bewegte sich der Baum. Endlich. Erst nur wenige Zentimeter, dann aber gab er mehr und mehr nach. Heiko wollte schon jubeln, als sich der Baum wieder verkeilte. Erneut standen sie bewegungslos auf der Stelle. Mit beiden Händen krallte sich Heiko fest an das große, horizontal angebrachte Lenkrad. Der Motor war am absoluten Limit. Plötzlich hämmerte Heiko wie ein Lastwagenfahrer den Rückwärtsgang rein und setzte abrupt zurück. Erneut ließ er den Motor aufheulen, schaltete brachial wieder in den Vorwärtsgang. »Festhalten!« Heiko rammte den Baum mit voller Wucht. Ein lauter Rumms, zerspringendes Glas, und das rechte Vorderlicht verabschiedete sich. Beinahe wären sie mit den Köpfen durch die Decke geknallt. Der Baum hatte sich bewegt, um einen ganzen Meter. Zu wenig. Heiko musste einen zweiten Anlauf nehmen. Und einen dritten und einen vierten. Immerhin hatte das linke Vorderlicht jeden weiteren Zusammenprall überlebt, der Rest der Vorderfront allerdings sah aus, als hätte jemand mit einem Vorschlaghammer darauf eingedroschen. Das war es, was Carlo mit schrottreif gemeint hatte. Dennoch, Carlo und Heiko jubelten, als hätten sie soeben Wimbledon gewonnen. Der Baum war aus dem Weg geräumt, und ihr Unimog für Arme ratterte die matschige Auffahrt hinunter.

Während Anna vom Fenster aus bangend den Ausbruchversuch der beiden verfolgt hatte, zuckte Lutz jedes Mal, wenn der Motor aufheulte und Metall und Glas gegen Holz knallten, resigniert zusammen. Dann klatschte Anna in die Hände und stieß ein lautes »Ja!« hervor. Die beiden hatten zumindest den Anfang geschafft. Aber auch sie wusste, dass sie viele Kilometer durch die Naturkatastrophe fahren mussten. Anna sah zu Saalfeld. Keine Spur der Besserung, im Gegenteil. Anna hatte Angst vor der Nacht und vor dem, was sie mit ihnen vorhatte. Ihr kam ihr eigenes Leben mittlerweile lächerlich vor, ihre oberflächlichen Ziele, ihre rücksichtslosen Pläne für die Zukunft. So konnte sie nicht mehr weiterleben. Sie gab sich ein Versprechen: Wenn sie alle die Nacht überstehen würden, dann würde sie ihr Leben ändern. Ihre Entscheidung, nach London zu gehen, würde sie noch einmal gründlich überdenken. Zwar würde sie Carlo trotzdem verlassen, für alles andere war es zu spät, aber London konnte nicht nur ihren Aufstieg, sondern auch ihren Untergang bedeuten. Mit einem Mal sah sie das glasklar.
Sandra trat zu ihr. Auch sie schien am Ende ihrer Kräfte. »Haben die beiden es geschafft?«
»Ja. Fürs Erste.«
»Kannst du bitte Elli helfen? Ich muss sehen, ob ich nicht irgendwelche Schmerzmittel für ihn finde. Sein Organismus kämpft an zu vielen Fronten gleichzeitig.«

Wortlos nickte Anna und ging zu Elli.
Als Sandra kurz darauf in ihrem Koffer nach ihrer kleinen Notapotheke kramte, wurde ihr schwindelig. Sie hielt sich am Stuhl fest und sah sich in ihrem Zimmer um, das ihr mit einem Mal fremd war. Was machte sie hier? Wer hatte sie hierhergebracht? Wozu? Jetzt schoss ihr alles durch den Kopf, alles, was sie gesehen, gespürt und erlebt hatte und was bis jetzt ziellos und ungeordnet in ihm umhergeschwirrt war. Carlo, Heiko, Saalfeld, Elli, nackte Körper, die Sonne, Blut, die Schreie, das Lachen, die neue Lebensfreude und der drängende Tod. Ihr Körper drohte vor Erschöpfung aufzugeben, da fand sie die kleine Dose mit den Schmerztabletten.
Wieder zurück an Saalfelds Bett, ließ sie sich nichts anmerken. Vielmehr überlegte sie, wie viele Tabletten sie ihm geben durfte? Saalfelds Zustand war so fragil und schwankend, dass selbst eine Tablette zu viel sein konnte. Das Risiko war groß, aber sie war bereit, es einzugehen.
Elli wurde schlagartig bewusst, dass die Frauen jetzt allein auf sich gestellt waren. Lutz zählte nicht. Er saß zusammengekauert mit Tina in der Ecke, wie ein hilfloser kleiner Junge. Für einen Moment erinnerte Elli sich an das fröhliche, unkonventionelle Pärchen, das vor wenigen Tagen aus dem bunten VW-Bus gestiegen war. Tinas freche Sprüche und er mit dem arroganten Stolz des Nihilisten. Jetzt sah sie zwei vollkommen andere Menschen vor sich. Vorsichtig nahm Elli neben Tina Platz. »Meine Liebe, du bist ja ganz kalt?« Jetzt erst bemerkte Elli, dass Tina zitterte. Zu Lutz sagte sie: »Bitte hol ihr eine Decke.«
Doch Lutz war zu abwesend.
»Lutz! Lutz! Hallo!«
Kurz erschrak er.
»Eine Decke. Für Tina schnell! Sie friert.«

Hektisch sprang er auf und war schon verschwunden.
Elli legte ihren Arm um die schwache Frau. »Mein Mädchen, bald scheint wieder die Sonne. Der Alptraum ist bald vorbei.«
Tina blieb weiter still.
»Glaub mir, wir sind alle fertig mit den Nerven. Aber wir halten durch, zusammen«, tröstete Elli sie weiter.
Mit zwei Decken und zwei Kissen dazu war Lutz wieder zur Stelle. Während die beiden Tina einpackten, senkte diese den Blick und sprach in den Boden. »Mein Vater, Saalfeld ist mein Vater.« Dann fing Tina fürchterlich an zu weinen.

Der zerbeulte VW-Bus eierte weiter ins Tal hinab. Der Baum hatte zwar den Kürzeren gezogen, aber als Abschiedsgeschenk der Vorderachse einen ordentlichen Schlag mitgegeben.
Vier Kilometer oder mehr hatten sie schon geschafft, doch bis zum nächsten Dorf war es noch ein weiter Weg. Zumindest unter diesen Umständen. An einem normalen Tag dauerte die Fahrt dorthin kaum länger als zwanzig Minuten, viel zu schnell bei der herrlichen Landschaft, die sich einem bot. Jetzt aber kamen sie kaum voran, weil Heiko zum einen die Hand vor den Augen nicht sah, so finster war es, zum anderen, weil die Straße kaum noch existierte. An zwei Stellen war sogar die komplette rechte Fahrspur weggebrochen. Aber immerhin, sie fuhren, nicht zuletzt, weil Heiko erstaunliches Geschick und eine schnelle Reaktionsfähigkeit bewiesen hatte.
Für einen kurzen Moment entspannten sich die beiden, als der Wagen ins Rutschen kam. Die Reifen fanden keinen Halt mehr und hörten auf zu reagieren. Sie schlitterten die Straße hinab. Bremsen war zwecklos.

Der Puls der beiden Männer beschleunigte sich, denn weiter unten wartete eine Kurve auf sie, danach lauerte ein Abhang. Und sie steuerten geradewegs darauf zu. Heiko ruderte wild mit dem Lenkrad herum, während Carlo sich mit seinen Beinen gegen den Fußraum stemmte und mit den Händen ins Armaturenbrett krallte. Dann, in allerletzter Sekunde, griffen die abgenutzten, profillosen Reifen wieder. Aber zu spät. Anstatt der Kurve zu folgen, schoss der Wagen geradeaus weiter und durchbrach mühelos eine eher nur symbolisch gemeinte, kniehohe Leitplanke aus dünnem Holzbalken und glitt mitten hinein in die Dunkelheit. Für einen Moment blieb die Zeit stehen.

Zum Glück stürzte der Wagen nicht in einen tiefen Abgrund, vielmehr steckten sie in einem Schlammloch.

Heiko lachte beinahe hysterisch auf. Sie waren dem Sensenmann doch noch einmal von der Schippe gesprungen. Carlo kurbelte das Fenster herunter, um zu sehen, wie weit sie von der Straße entfernt waren. Zehn Meter, schätzte er.

»Da ist die Straße!«, bedeutete Carlo in die tiefschwarze Nacht. »Fahr ja keinen Meter weiter vorwärts!«

Zwar hatte der Schlamm sie gerettet, aber dafür ließ er sie jetzt auch nicht mehr los. Die Reifen drehten durch. Es war zum Verrücktwerden. Heiko sah keine andere Chance und legte den Vorwärtsgang ein. Nur in diese Richtung griffen die Reifen.

»Nein! Nicht vorwärts!«, schrie Carlo.

Aber Heiko schien genau zu wissen, was er tat. Er bremste abrupt und wagte einen erneuten Rückwärtsversuch. So gut Heikos Idee auch war, es hatte nicht viel gebracht, außer dass sie jetzt noch näher an der Kante zum Abgrund standen. Und wieder drehten die Reifen durch.

Carlo sprang aus dem Wagen. »Ich schiebe!«

Das Schmerzmittel begann zu wirken. Eigentlich brauchte Saalfelds Körper die wenigen Reserven, die ihm geblieben waren, um Luft in seine Lungen zu pumpen und den Herzschlag aufrechtzuhalten, dennoch suchten seine glasigen Augen ruhelos den Raum ab, und mit kaum hörbarer Stimme sagte er: »Ti...na? T...ina?«
»Lutz, schnell, bring Tina her!«, rief Elli.
Das arme Ding war immer noch schwach auf den Beinen, doch als sie mitbekam, dass Saalfeld mit ihr reden wollte, durchzuckte sie ein Reflex, und sie stand gleich darauf ohne die Hilfe von Lutz am Bett, ganz nah. Die Köpfe von Vater und Tochter trennten nur wenige Zentimeter.
»Ich, ich hätte ... dir so viel ... so viel zu erzählen.« Jedes einzelne Wort war unendlich anstrengend für ihn. Es war dramatisch, dass er erst nach so vielen Jahren, jetzt, da er mit dem Tod kämpfte, zum ersten Mal seiner Tochter gegenüberstand. »Bitte, zeig mir deinen Hinterkopf, ... die Haare.«
Während sich die anderen ansahen, schien Tina genau zu wissen, worauf Saalfeld hinauswollte. Sie drehte sich um und zeigte ihrem Vater die kleine, versteckte Stelle, an der keine Haare wuchsen.
Saalfeld war zutiefst gerührt. »Wie ... wie bei mir.« Nun bestand kein Zweifel mehr. Sie war sein Kind. Er lächelte zufrieden, aber drohte erneut das Bewusstsein zu verlieren. Tina weinte leise. Seit sie denken konnte, suchte sie nach diesem Mann, der hier so hilflos vor ihr lag. So schwer es gewesen war, sie hatte sich damit abgefunden, dass sie nie erfahren würde, wer mit dafür verantwortlich war, dass es sie überhaupt gab. Seitdem fehlte ihr jede Orientierung. Ihr Koordinatensystem kannte keinen Zielpunkt, weil der Anfangspunkt nicht komplett war. Die meisten Menschen fragten sich, wo sie später einmal hingingen. Diese Men-

schen hatten den Vorteil, dass sie zumindest wussten, wo sie herkamen, wer ihre Eltern waren. Sie kannten ihren eigenen Ursprung. Tina hingegen verstand ihr eigenes Ich nur zur Hälfte, kannte nur einen Teil ihrer Herkunft. Sie verstand oft nicht, wer sie war, warum sie überhaupt da war. Oft fühlte sie sich wie hingeschissen. So hart es klang, aber es war die nackte Wahrheit.
Bis heute war ihre Mutter das Einzige, was sie mit der Welt verband. Und das war ein sehr dünnes Band, denn ihre Mutter hatte genug mit sich selbst zu tun. Ihre Mutter konnte selbst nicht sagen, wo sie hingehörte. Ihre Mutter war heute immer noch die völlig orientierungslose wunderschöne Fee, das verführerische Bücherwürmchen, in das Saalfeld, ihr Vater, sich damals wohl verliebt hatte.
Tina war schon früh ganz auf sich allein gestellt gewesen. Wie oft hatte sie sich unendlich allein auf dieser Welt gefühlt.
Und jetzt schenkte ihr das Schicksal endlich ihren Vater, beantwortete ihr die wichtigste Frage ihres Lebens, nur um ihn ihr in der nächsten Sekunde wieder zu entreißen.
Sie konnte ihre Tränen nicht länger verbergen. Es hatte keinen Sinn. Nichts hatte einen Sinn. Alles, das ganze Leben schien nur ein brutaler Witz, ein zynischer Zufall zu sein.
Ihr Schluchzen ging den anderen durch Mark und Bein.
Ihr Vater öffnete wieder die Augen. Er kämpfte. Er musste mit ihr, seiner Tochter, reden. »Ich, … hab es … nie, nie gewusst. … mir so leid.«
Tina küsste ihn auf die Stirn und sagte: »Is schon gut, Papa!«
»Ich …, immer«, es fiel ihm so unendlich schwer, selbst ein Wort zu formulieren, »so eine … Tochter wie dich gewünscht, … genauso eine, mein … Leben lang.« Dann schloss er wieder vor Erschöpfung die Augen, aber er war noch bei Bewusstsein.

Tina nahm auf dem Stuhl neben seinem Bett Platz und streichelte unablässig seine Hand. Saalfeld schien endlich etwas Schlaf zu finden. Wie ein kleines Mädchen legte sie ihren Kopf an seine Schultern. Kurz war sie glücklich, aber ebenso erschöpft und traurig.
Elli versuchte Tina zu trösten, indem sie ihr zu verstehen gab, dass sie nicht alleine war.
Sie betrachtete Vater und Tochter, die ein unglaublich friedliches Bild abgaben. Aber sie wusste, dass der Schein mehr als trügerisch war. Sie hoffte inständig, dass ihr Bruder sie alle erlösen würde. Er musste einfach Erfolg haben.

»Willst du mich umbringen?« Durchnässt bis auf die Knochen, wischte sich Carlo den Schlamm aus dem Gesicht. Er lag mit dem Rücken am Boden, im Dreck, und die Regentropfen schlugen ihm ins Gesicht. Er konnte fühlen, wie es nur wenige Meter hinter ihm weit hinunterging. Der Wind schien ihn regelrecht ins Tal hinabziehen zu wollen.
»Mit Gefühl! Du Hirsch!«, schrie er und stemmte sich erneut gegen den zerschossenen Kühler. Beim letzten Versuch, den Wagen aus dem Schlammloch zu befreien, hatte sich der Wagen kurz in die richtige Richtung bewegt, doch dann hatte er einen Ruck gemacht und war fast einen halben Meter nach vorne geschossen und hatte Carlo umgeworfen.
Heiko steckte den Kopf aus dem kleinen Seitenfenster heraus. »Tschuldigung, Tschuldigung!«, schrie er. »Bin abgerutscht. Aber das war gut!«
»Ja genau! Sehr gut«, fluchte Carlo in sich hinein. Wie der aktuelle Weltmeister im Schlammcatchen drückte Carlo mit seinem ganzen Körpergewicht gegen den braun verschmierten VW-Bus. Gleichzeitig rutschten seine Füße ständig ab, und er musste blind neuen Halt suchen.

Wieder bewegte sich der Wagen um wenige Zentimeter, dann sprang er ohne Vorwarnung gleich drei Meter rückwärts. Carlo platschte mit voller Wucht Gesicht voraus in den schwimmenden Morast, sein Kopf war direkt in einer Reifenspur gelandet. Bei aller Dramatik ihrer Lage konnte sich Heiko ein befreiendes Lachen nicht verkneifen.

Auch wenn er finster dreinschaute, auch Carlo war eher erleichtert als erbost. »Das nächste Mal schiebst du«, polterte er.

Sie waren wieder auf der Straße. Kurz nach der nächsten Kurve war die Straße besser ausgebaut, so dass sie etwas schneller vorankamen. Nur der Motor des abgekämpften, alten VW machte ihnen zunehmend Sorgen. Er schien aus dem letzten Zylinder zu pfeifen, und das laute Rattern war einer Mischung aus Röcheln und Blubbern gewichen.

»Entweder hat der Baum den Motorblock zerdrückt, oder du warst es«, sagte Heiko. »Ich tippe auf dich.«

»Es müsst eigentlich nicht mehr weit sein.«

Heiko warf Carlo einen kurzen Blick zu. Der Mann neben ihm hatte vorgestern seine Zukunft zerstört, und jetzt waren sie gemeinsam unterwegs. »Ich hoffe, Sandra kann den Mann so lange … stabilisieren!«

Carlo verstand, was Heiko eigentlich meinte. »Mensch Heiko, wie des alles gelaufen is. Das wollt ich nicht. Mir hat's selber die Schuh ausgezogen. Wenn des alles überstanden is, dann müssen mir das wieder in Ordnung bringen.«

»Da gibt's nicht mehr viel in Ordnung zu bringen.«

»Doch schon«, erwiderte Carlo, aber er wusste, dass Heiko wahrscheinlich recht hatte.

»Weißt du, Carlo, das haben sowieso nicht wir entschieden, sondern die Frauen.«

Carlo sah auf die Straße und schüttelte den Kopf. »Selbst wenn, wir hätten immer noch ›nein‹ sagen können. Die

Frauen haben zwar ihren eigenen Kopf, aber wir, ich mein, wir sind ja auch noch da. Wir sind selbst schuld.«
Heiko seufzte. »Ach schuld?« Ihm war längst klar, dass sich seine Maßstäbe verschoben hatten. »Woran denn? Dass Sandra sowieso nicht mehr mit mir zusammen sein wollte? Oder dass deine Anna selbst nicht mehr weiß, wer sie ist und was sie will?«
Carlo wollte protestieren, aber es stimmte ja irgendwie.
»Ich hab gedacht, ich hab's voll raus«, gestand Heiko. »Weiß, wie der Hase läuft. Aber nix, gar nix weiß ich!«
»Mir geht's genauso. Und ich befürcht fast, das wird sich so schnell auch nicht ändern.«
»Eigentlich müsste ich dir an die Gurgel springen.«
Carlo sah Heiko skeptisch an.
»Keine Angst. Irgendwie hat das alles auch was Reinigendes.«
»Reinigend? Meinst? So hab ich das noch nicht, ... also des is alles, wie soll ich sagen? Ein Schlag ins Gesicht.«
»Ja, stimmt. Aber irgendwie isses doch verrückt, dass es uns allen so geht. Wir sitzen im gleichen Boot. Irgendwie verbindet das auch. Tröstet sogar.«
»Ich brauch keinen Trost. Ich will mich nur verlassen können.«
»Egal, wie das alles ausgeht, aber vergessen, ne, vergessen werd ich das nie. Und wer weiß schon, wie wir das in ein paar Jahren sehen? Vielleicht lachen wir drüber? Zusammen? Was meinste?«
Carlo war überhaupt nicht wohl bei dem Gedanken. »Dein Humor möcht ich haben!«
Doch Heiko gefiel das Bild immer mehr. »Natürlich nur, wenn du wieder so gut für uns alle kochst.«
Endlich schmunzelte auch Carlo. »Also essen kannst du, das muss ich dir lassen.«

»Und ich bin ein super Chefkochassistent!«, sagte Heiko grinsend.
Heiko war nicht so leicht unterzukriegen, dachte Carlo anerkennend. »Wenn wir des hier schaffen, dann kochen wir zwei was auf, das hat die Welt noch nicht gesehen!«
Jeder Anflug von Optimismus sollte sofort wieder im Keim erstickt werden. Als sie um die nächste Kurve bogen, starrten sie auf einen breiten Bach, der über die Straße rauschte.
»Bingo!«, sagte Heiko.
Von der anderen Seite, eher gesagt dem Ufer, trennten sie mindestens zwölf Meter. Sie standen schon bis zur Achse im Wasser.
»Wie sollen wir jetzt bitte da rüberkommen?«, fragte Heiko.
»Schaut nicht gut aus. Zu tief.«
Vor allem aber deuteten große Holzstücke, die immer wieder aus dem Wasser herausschnellten oder hineingezogen wurden, darauf hin, dass ein Teil der Straße komplett weggespült worden war.
Plötzlich sagte Carlo mit eigentlich völlig unpassender Leichtigkeit: »Na dann, hilft nix. Wir müssen's probieren!«
Heiko sah ihn mit großen Augen an. Mit seinem lebensgefährlichen Übermut war ihm der Bayer im Moment voraus. »Du meinst, da durchfahren, egal was kommt?«
Carlo zuckte mit den Schultern. »Hast du eine bessere Idee?«
Die hatte Heiko leider nicht. Er war so ideenlos, so verdammt bedient von diesem ganzen Wahnsinn, so genervt von allem, was sich ihm nun schon seit Tagen in den Weg stellen wollte, dass er nur noch fragte: »Langsam, oder mit Anlauf?«
»Mit Gefühl!«, sagte Carlo.
Heiko fuhr langsam an. Auch wenn Heiko Feingefühl be-

wies, die Welt um sie herum scherte das herzlich wenig. Der Wind schüttelte ihr Auto, über ihnen ächzten hörbar laut die mächtigen Bäume, die dem heftigen Druck noch widerstanden, und der reißende Bach unter ihnen spielte sich auf, als wäre er der Amazonas zur Regenzeit. Vorsichtig manövrierte Heiko den geschwächten Kleinbus Radlänge um Radlänge weiter quer gegen den Strom. Mit jedem Meter versank der dabei tiefer im braunen Regenwasser, das nun die Radkästen umspülte und jederzeit drohte, den Motorblock abzuwürgen.

»Warum fahrt der Lutz koan Unimog!«, schimpfte Carlo.

Heiko verstand kein Wort. »Ich koche nur wieder mit dir, wenn du Deutsch lernst!« Sein Bein zitterte jetzt so sehr, dass man es am Gaspedal merkte.

»Was sagst?« Auch Carlo konnte seine Angst nicht mehr verbergen. Sein Mund stand weit offen, und er klammerte sich mit beiden Händen an die kleine graue Plastikschlaufe, die zuvor noch unbeachtet über der Tür gebaumelt hatte.

»Der Beckenbauer hat es ja schließlich auch geschafft!«, rief Heiko. Um sie herum war tosender Lärm. »Was?«

»Hochdeutsch zu lernen.«

»Soll ich lieber fahren?«, fragte Carlo.

»Ich hab alles im Griff!«, versuchte Heiko ihn zu beruhigen.

Genau in diesem Moment brach der VW-Bus ein, fast einen Meter tief, und kippte nach vorne. Von einer Sekunde auf die andere fand die braune Brühe ihren Weg in die Fahrerkabine und stand den beiden schnell bis zu den Knien. Der Motor röchelte ein letztes Mal, dann gab er auf. Doch der Wagen stand nicht still, aber er trieb in die falsche Richtung – mit dem Wasser hin zum Abhang.

»Raus! Wir müssen raus! Schnell!«, rief Carlo.

Heiko riss die Tür auf und stand auf der Fußleiste.

Die andere Straßenseite war noch mindestens fünf Meter entfernt. Zu weit, um zu springen. Aber das Wasser war zu tief, um einfach nur durchzuwaten. Auch Schwimmen war keine Option, denn ständig trieben Steine, große Äste, sogar ganze Stämme an ihnen vorbei. Sie hatten keine Zeit, zu überlegen, denn der Wagen driftete immer mehr ab. »Aufs Dach!«, schrie Heiko.

»Und dann?«

»Springen! Mit Anlauf.«

Heiko war verrückt, dachte sich Carlo. Aber sie hatten keine andere Chance. Heiko schaffte es schnell auf das Autodach, aber Carlo keuchte und fand einfach nicht den nötigen Schwung, um auf das Dach zu kommen. Gleichzeitig driftete der Wagen bedrohlich weiter in Richtung Abhang.

»Carlo! Hier!«, schrie Heiko und reichte Carlo die Hand. Mit Heikos Hilfe schaffte es Carlo schließlich auf das Dach. Erschöpft und mit todernster Miene sah Carlo Heiko an.

»Wer zuerst?«, fragte der, genauso abgekämpft.

Carlo hob die Hand. »Okay.« Dann nahm er, ohne groß zu zögern, Anlauf und sprang.

Damit hatte Heiko nicht gerechnet. Carlo hatte einfach die Augen zugemacht und war losgedampft. Aber sein Sprung reichte nicht aus. Wie ein Sack Kartoffeln platschte Carlo ins Wasser, immer noch gut drei Meter vom Ufer entfernt. Und das Wasser war tatsächlich tief. Es ging Carlo fast bis zur Brust und gab sich alle Mühe, ihn mitzureißen. Doch mit seinem massigen Körper war er im Vorteil, er stemmte sich dem Wasserdruck entgegen und kämpfte sich Schritt für Schritt zum Ufer.

Plötzlich wurde Heiko bewusst, dass er viel zu lange Carlo zugesehen hatte, anstatt endlich selbst zu springen. Der Wagen hatte zusätzlich an Fahrt gewonnen. Heiko ging ein paar Schritte zurück und nahm dann Anlauf. Heiko hatte Leichtathletik schon immer gehasst. Seine Beine waren zu schwer für einen Läufer, seine Arme zu kurz für einen guten Werfer und er zu faul für alles andere. Jetzt, genau in diesen Sekunden, bereute er zum ersten Mal seine Verweigerungshaltung. Hätte er wenigstens im Weitsprung mehr Einsatz gezeigt, dann hätte er sicher einen guten Sprung hinlegen können. Aber so verfehlte Heiko nicht nur den Absprung, sondern rutschte aus und trat ins Leere. Aus seinem rettenden Sprung wurde ein ungeschicktes Stolpern, und Heiko platschte mit rudernden Armen bäuchlings in die braune, kalte Brühe. Mit den Füßen den Grund suchend, schnappte er nach Luft. Kurz fand er Halt an einem Baum, der sich verfangen hatte, dann aber trieb ein anderer großer Ast direkt auf seinen Kopf zu. Reflexartig tauchte Heiko unter. Dabei fand er den Boden und hangelte sich quasi tauchend an allem, was er zu greifen bekam, in Richtung des rettenden Ufers.

Dort kroch Carlo erleichtert an Land, bis er bemerkte, dass Heiko verschwunden war. Schließlich sah er ihn, wie der panisch nach Luft schnappte. Carlo stampfte wieder ins Wasser, obwohl er sah, dass ein großer Stamm direkt auf sie beide zutrieb.

»Heeeeiiiko!«, brüllte Carlo und reichte ihm seine Hand.

Noch trennten sie gut zwei Meter. Mit aller Kraft kämpften sie sich beide aufeinander zu. Doch der Stamm kam immer näher. Als Heiko den Koloss auf sich zudonnern sah, packte ihn Todesangst, Adrenalin schoss durch seinen ganzen Körper, und er machte einen rettenden Satz nach vorne. Er landete halb in Carlos Armen. Um ein Haar hätte der Baum seinen Rücken zertrümmert. Gemeinsam schleppten sie sich ans Ufer. In Sicherheit fielen sie erschöpft zu Boden und sahen nur noch aus den Augenwinkeln, dass sich der

VW-Bus soeben mit einem großen Satz ins Tal verabschiedete.
Kurz dachte Heiko an Lutz, dann an die anderen im Haus. Schließlich drehte er sich, immer noch nach Luft schnappend, zu Carlo. »Danke! Danke, mein Freund!«
Carlo war ebenso am Ende, aber er versuchte aufzustehen. »Passt schon. Komm, wir müssen weiter!« Dabei rutschte er aus und landete wieder auf seinen Knien. Erst als sie sich gegenseitig stützten, konnten sie wieder stehen.
Dann sah Heiko das Licht.

Tina spazierte mit ihrem Vater durch den Garten der Villa. Rechts stützte er sich auf einen Spazierstock, und auf der linken Seite hatte er sich bei seiner Tochter eingehakt. Die aufsteigende Sonne wärmte ihre noch kühlen Wangen, und die Vögel begrüßten begeistert den viel zu selten gesehenen Hausherrn.
Es war dies der schönste Spaziergang, den Tina je erlebt hatte. Auch wenn die Worte ihres Vaters schwach und leise waren, so waren sie nicht minder wärmend. Tina konnte sich keine schönere Stimme vorstellen. Sie beide waren endlich eine Einheit, von nun an unzertrennlich. Wie im Garten Eden präsentierte sich ihnen die Flora, vor allem die Rosen streckten sich ihnen entgegen, gerade so, als wollten sie zuerst gestreichelt werden. Aber in der Luft lag der Duft von tausend Blüten. Und selbst die Kronen der Bäume breiteten sich aus, als wären sie Blumen. Die ganze Natur feierte mit Tina und ihrem Vater diesen unvergesslichen Festtag. Tina wusste nicht nur, wo sie herkam, sondern sie war gleichzeitig endlich angekommen, nach all den Jahren. Sie fand sich im Herzen und der Seele dieses Mannes wieder, der ihr gerade einen väterlichen Kuss auf die

Stirn gab. Es war ein Kuss, der alles wiedergutmachte, der ihr sagte, du wirst nie wieder allein sein, denn jetzt bin ich in deiner Welt und du in meiner. Das zerbrochene Amulett hatte seine zweite passende Hälfte gefunden.
Dann musste Saalfeld wieder husten.
Erst leicht, dann immer heftiger, dann so laut, dass es Tina in den Ohren dröhnte, so laut, dass sie schreien wollte.
In diesem Moment spürte sie, wie sie jemand wegzog. Sie öffnete die Augen und wusste sofort, wo sie war. Nicht im Garten, es schien auch keine Sonne. Nein, sie war an der Seite ihres todkranken Vaters eingeschlafen, und nichts, gar nichts, war überstanden. Ganz im Gegenteil. Der Tod machte sich breit. Jetzt wollte Tina erst recht schreien. Aber ihre Lippen waren wie versiegelt vom Salz ihrer Tränen.
Rapide schienen die Schmerzmittel nun wieder ihre Wirkung zu verlieren. Die Gnadenfrist für den betäubten Körper ihres Vaters lief ab, und er wurde erneut gepeinigt. Saalfeld hatte kein bedrohliches Fieber mehr, dennoch schwitzte und zitterte er von Kopf bis Fuß. Sandra legte ihm ein warmes Tuch auf die Stirn und massierte ihm die Schläfen. Vielleicht konnte sie ihm wenigstens so etwas Erleichterung von den Schmerzen verschaffen.
Als würde man so die Zeit unter Druck setzen können, stand Anna am Fenster und fixierte die Auffahrt. Schon zwei-, dreimal hatte sie gedacht, Carlo würde um die Ecke kommen, doch es waren nur Lichtreflexionen gewesen.
Elli war damit beschäftigt, in der Küche neue dampfende Tücher für Sandra aufzuwärmen.
Tina zitterte am ganzen Körper. Sie nahm die Hand ihres Vaters und faltete sie zwischen die ihren. In sich gekauert, hielt sie die Hände vor ihren Mund, gerade so, als würde sie beten.

»Ich gebe ihm noch mal Schmerztabletten, auch wenn sie nicht viel bringen«, sagte Sandra. Es war, als fragte sie Tina um Erlaubnis.
Saalfeld röchelte, schluckte schwer. Er wollte etwas sagen: »Nein, … keine Schmerzmittel mehr!«
Tina sah ihn flehend an. »Ich …«, sie wusste nicht was sie sagen sollte, »… Papa. Bitte!«
Plötzlich stand Lutz neben ihnen. Wie ein Beweisstück hielt er die unbeschrifteten Pillen hoch. Er war sauer. »Was ist mit den Dingern?«, schnaufte Lutz. »Wie viele? Wie viele brauchen Sie davon? Verdammt noch mal!«
Saalfeld war kurz erschrocken, dann wurden seine Augen wieder kleiner. »Keine.«
»Wie? Was soll das heißen?« Seine eigene Hilflosigkeit und diese Antwort machten Lutz aggressiv.
»Reiß dich zusammen!«, fuhr Tina Lutz an. Aber auch sie war verzweifelt. Wieso wollte sich ihr Vater immer noch nicht helfen lassen?
In diesem Moment kam Elli mit heißen Tüchern herein. Als Saalfeld sie sah, hatte er eine Bitte, die alle noch mehr verstörte. Er bat darum, kurz mit Elli allein sein zu können.
Allen voran verstand Tina am wenigsten, was passierte. Hatte sie etwas Falsches gesagt oder getan? »Aber …«
Ihr Vater unterbrach sie mit seiner kaum hörbaren Stimme. »Nur kurz, bitte, meine Liebe!«
»Maximal fünf Minuten«, stellte Sandra klar.
Dann war Elli mit Saalfeld allein.
»Ich muss Sie um einen Gefallen bitten«, sagte Saalfeld. Sein Vorhaben verlieh ihm etwas neue Kraft.
Auf der anderen Seite der geschlossenen Tür stand Tina. Die wenigen Minuten waren unerträglich lang. Wieso hatte ihr Vater sie weggeschickt? Er brauchte sie doch, gerade

jetzt! Ungeduldig kaute sie auf ihrer Oberlippe herum und starrte auf die Türklinke.
Während Sandra mit geschlossenen Augen neben einer alten, gerahmten Landkarte der Gegend an der Wand lehnte, lief Anna mit einer Zigarette in der Hand die Galerie auf und ab. Keiner sagte etwas.
Aus Saalfelds Zimmer drang kaum ein Geräusch. Nur ein paar Schritte.
Anna sah auf ihre Automatikuhr. Sie war bei zwei Uhr morgens stehengeblieben, das Uhrwerk musste dringend gereinigt werden. Ihre innere Uhr sagte, dass es mindestens schon eine Stunde später war. Sie drehte sich zum Fenster um. »Wenigstens lässt der Regen nach.«
»Ich geh jetzt wieder rein!«, sagte Tina. Im gleichen Moment ging die Tür wieder auf. Mit vorwurfsvollem Blick schob sich Tina an Elli vorbei und stürzte zu ihrem Vater ans Bett. Was auch immer er in diesen wenigen Minuten gemacht hatte, jetzt war er völlig erschöpft. Schwerfällig hob und senkte sich sein Brustkorb, und statt leiser Atemzüge schnitt Tina ein dünnes, wässriges Pfeifen durch die Ohren. »Papa?« Es war so unglaublich seltsam, ihn so zu nennen. Ihr fiel auf, dass sie nicht einmal seinen Vornamen kannte. Oder hatte sie ihn nur vergessen?
Seine rot unterlaufenen Augen öffneten sich leicht, und er drehte seinen Kopf in ihre Richtung. »Meine Kleine … Große!«
Hatte er ein Lächeln auf den Lippen? »Bitte, bitte um alles in der Welt! Wie können wir dir helfen?«, fragte Tina.
Ein schelmisches Lächeln kämpfte sich in seine Mundwinkel, und er sagte: »Rotwein …, ein Glas Rotwein, ja, das würde ich jetzt wahnsinnig gerne trinken!«
Tina drehte sich ungläubig zu den anderen um. Aber da die anderen keine Antwort für sie hatten, sah sie ihren Vater

wieder an und sagte: »Ich verspreche dir, Hunderte Rotweinflaschen trinke ich mit dir. Aber erst musst du wieder gesund werden!« Sie konnte ihre Tränen nicht zurückhalten.
Sandra stellte sich hinter sie und legte ihre Arme um sie. Es war eine Geste, die Trost spenden sollte. Dann legte sie Saalfeld wieder neue Tücher auf die Stirn, doch sie wusste, das war nur noch eine Schönheitskorrektur an einem traurigen Bild, das schon längst gemalt war.
Zwar setzten die Schmerzen seinem Körper an mehreren Stellen zu, aber Saalfeld machte trotzdem den Eindruck, als könnten sie ihm nichts mehr anhaben.
Tina weinte immer noch, aber leiser, mehr in sich hinein, und gab ihrem Vater besänftigende Küsse auf die Wange, als sie Elli wieder neben sich spürte.
Ohne große Worte, aber mit einem sanften Lächeln, über das ebenfalls eine Träne lief, reichte Elli Saalfeld ein wertvolles Kristallglas, fast randvoll mit tiefrotem Wein gefüllt.
Mit hauchdünner Stimme freute sich Saalfeld und sagte: »Ooooh der ... 98er Rothschild.« Und ließ sich den Wein dann vorsichtig, mit Ellis Hilfe, über die Lippen laufen.
Tina wollte schreien und brüllen, wollte Elli aufhalten, aber sie war wie erstarrt. Ihr Vater sah ihr in die Augen und sagte: »Es ist gut so.«
Plötzlich erschraken sie alle. Ein lautes Schlagen donnerte dumpf durch das Haus. Anna eilte aus dem Zimmer auf die Galerie und sah, wie Lutz den letzten Rest seines Laptops auf dem Treppengeländer zerschlug.
»Verdammt!«, schrie er. Er hasste seine hohlen Worte, seine vielen nutzlosen Seiten. In der gleichen Sekunde sackte er erschöpft auf den Treppenabsatz.
Anna ging wieder zu den anderen ins Zimmer: »Lutz hat seinen Computer zerschlagen?«

Den nächsten Schluck Wein bekam Saalfeld von Tina. Er schien erleichtert, in einer gewissen Weise sogar zufrieden, ja sogar glücklich. Er nahm Tinas Hand und klammerte sich mit einem Blick an sie, den sie nie wieder vergessen würde. Er sagte: »Nach langer Zeit habe ich endlich keine Schmerzen mehr.«
Dann legte sich die Nacht über sie alle, schwarz und zäh wie Öl, unbesiegbar. Und absolute Stille nahm sie gefangen.

Wie oft schon hatte die Menschheit geglaubt, die Welt würde untergehen? Wie viele Scharlatane hatten es ihr schon prophezeit? Und wie oft war man überzeugt, das Ende sei nah?
Doch bis jetzt hat sie es immer wieder geschafft.
In ganz Norditalien und den Südalpen hatte es so gnadenlos geschüttet, dass die Städte der Poebene sich auf eine gewaltige Flutwelle vorbereiten mussten. Hinzu kam der Sturm, er war mit einer ungeheuren Wucht durch die Wälder gezogen und hatte Tausende, wenn nicht Millionen von Bäumen entwurzelt. Die Natur würde viele Jahre brauchen, um sich von ihren eigenen entfesselten Kräften wieder zu erholen.
Den stolzen Hirsch, der plötzlich auf der Straße vor ihnen stand, schien das alles wenig zu beeindrucken. Er streckte sein mächtiges Geweih empor, schnaufte ihnen entgegen, an seinen Nüstern bildeten sich kleine Dampfwirbel, und trabte dann wieder in den Wald, den Berg hinauf.
Carlo und Heiko saßen nicht mehr im kalten Matsch, sondern in einem gepolsterten BMW-Geländewagen und waren dankbar, die letzte Nacht überlebt zu haben.
Schüchtern kämpfte sich das erste Tageslicht durch die sich

zögerlich auflösende tiefe Wolkendecke, und jetzt am frühen Morgen wurde das ganze Ausmaß der Zerstörung erst deutlich. An unzähligen Stellen war die Straße beschädigt oder zerstört. Es war schon fast ein Wunder, dass sie es geschafft hatten, all den Löchern und weggerissenen Stellen auszuweichen. Ständig kreuzten schlammige Bäche die Straße, doch es war schon weitaus weniger gefährlich als noch vor Stunden, als der Regen einfach nicht hatte enden wollen.

Letztendlich aber war dem Regen die Luft ausgegangen, ungefähr zur gleichen Zeit als Carlo und Heiko nach ihrem Höllenritt, erschöpft und nass bis auf die Knochen, bei dem alten hilfsbereiten Pärchen an der Tür geklopft hatten.

Jetzt saßen sie mit trockenen Hosen und Hemden, die sie sich bei ihnen geliehen hatten, im BMW des Dottore, der viel zu schnell fuhr.

Die Sonne wollte schnell aufgehen. Sie schien Italien doch nicht ganz vergessen zu haben. Vom kalten, feuchten Boden stieg modriger Dampf auf. Der Luxus des X5, die sportlichen, schwarzen Ledersitze und die Holzverkleidung, die weiche Federung, das selbstbewusste Surren des starken Motors, diese ganze Sicherheit hatte etwas Unwirkliches. Carlo und Heiko steckten ihre Strapazen noch immer in den Knochen.

»Und Herr Saalefelde hat Pillen bei sich?«, fragte der Doktor.

»Saalfeld«, korrigierte Heiko, »aber wir wissen nicht, was es für Pillen sind.« Kurz dachte er an seine Viagras. Er erschrak. Wie unglaublich weit weg war das alles, als er wie ein Gockel nackt durch die Villa stolziert war.

Sie passierten den Bach, der den Bus von Lutz verschlungen hatte, und auch die Kurve, die sie zur Geraden hatten machen wollen. Gut vierzig Meter tief wären sie geflogen.

Heiko wurde wieder eiskalt bei dem Gedanken. Schließlich kamen sie zu dem sperrigen Baum, den sie zur Seite gefahren hatten. Und dann zur Villa.
Das Erste, was sie sahen, waren die vier Frauen, die eng beieinander auf der breiten Steintreppe saßen. In der Mitte hockte Tina, eingerahmt von Elli und Anna, die beide ihren Arm um sie gelegt hatten. Das war kein gutes Zeichen.
Dennoch wollte der Dottore keine Zeit verlieren. Kaum hatte er den Wagen geparkt, da sprang er heraus und eilte zur Treppe. Erst bei Elli blieb er stehen. Er gab ihr einen Kuss, erleichtert, sie zu sehen, und wollte dann sofort mit Sandra weiter zu Saalfeld.
Doch Elli hielt ihn auf. Sie sah ihn ernst an, dann schloss sie die Augen. Sie trat einen Schritt auf ihn zu und legte ihren Kopf an Elias Brust. So, als wollte sie sagen: »Bitte fang mich auf!«
»Meine liebe Elli«, sagte er und streichelte sie.
Es war überstanden, und trotzdem hatten sie verloren.
»Scheiße! Verdammt!«, schrie Heiko und trommelte mit den Fäusten auf Carlos Brust ein.

Am Mittag hatte die Sonne wieder den kompletten Himmel zurückerobert. Als hätte es nie ein Unwetter gegeben, als wäre es nur ein schlechter Witz gewesen, stand sie fest an ihrem Lieblingsplatz und blendete sie alle.
Wie am Tag ihrer Ankunft saßen sie alle wieder auf der Terrasse. Sonst war alles anders. Sie waren andere Menschen geworden, ihre Beziehungen zueinander hatten sich verändert, nichts wollte und konnte mehr so sein, wie es noch vor wenigen Tagen gewesen war. Sie alle sahen das Leben mit anderen Augen. Die Villa hatte ihnen eine Lektion erteilt.

Der Amtsarzt war erstaunlich schnell gekommen und hatte ihnen attestiert, was sie längst schon wussten.
Saalfeld war eines natürlichen Todes gestorben. Auch wenn man eine Dose mit hochgiftigen Pillen gefunden hatte, so war es der ersten Untersuchung nach ein bösartiger Krebs, der Saalfelds Körper schon vor langer Zeit befallen und unbesiegbar dahingerafft hatte. Der Befund, den sie bei Saalfelds persönlichen Sachen gefunden hatten, bestätigte dies. Saalfeld musste davon gewusst haben, davon, dass er keine Chance mehr hatte.
Kurz vor dem Ende hatte er es Elli gestanden, hatte sie eingeweiht, weil sie ihm bei etwas helfen sollte. Er war in seine Villa gekommen, um dort allein zu sterben. Niemanden hatte er bei sich haben wollen, denn er hatte niemanden. Beinahe sein ganzes Leben lang war es so gewesen. Wieso hätte es am Schluss anders sein sollen? Sosehr er sich anfangs geärgert hatte, plötzlich mit einer Horde wilder Fremder im Haus zu sein, so dankbar war er am Schluss gewesen, in seinen letzten Stunden doch nicht allein zu sein. Er hätte eine unglaubliche Wut auf das Leben oder das Schicksal haben müssen. Nicht nur, weil es ihm so einen schmerzvollen Tod bescherte, sondern vor allem, weil ihm erst kurz vor seinen letzten Atemzügen eine Tochter präsentiert wurde. Doch, so hatte er Elli erklärt, man hätte ihm kein schöneres Geschenk zum Abschied machen können. Schon vor Monaten hatte er sich damit abgefunden, dass seine Zeit abgelaufen war. Den Gedanken, gegen diese Unumstößlichkeit anzukämpfen, hatte er schon längst aufgegeben. Dass ihm plötzlich eine Tochter gegeben wurde, war der größte Trost, den ihm das Leben schenken konnte. Es besänftigte ihn, mit allem, für immer. Dann hatte er Elli gebeten, für ihn ein Schreiben abzuändern und ein weiteres aufzusetzen.

Beide Schreiben hatte sie Tina vor einer halben Stunde gegeben. Elli wagte kaum, zu ihr hinüberzusehen.
Tina saß mit angezogenen Beinen weiter hinten im Garten, nicht unweit von der Stelle, wo sie tags zuvor ihre Yogaübungen gemacht hatte. Die beiden Briefe lagen noch immer ungeöffnet neben ihr auf ihrer dunklen Jeansjacke im Gras.
Keiner konnte sagen, wie Tina sich fühlen mochte. Lutz traute sich am wenigsten an sie heran. Sie tat ihnen allen unglaublich leid.
Schon wollte Elli aufstehen und zu ihr gehen, als sie sah, wie Tina den ersten Brief öffnete und zu lesen begann. Selbst Elli musste weinen.

Tina hielt die letzten Zeilen ihres Vaters in den Händen. Sie fror, obwohl die Sonne kräftig schien. Der Boden war noch immer feucht, und es schüttelte sie am ganzen Körper.
»Liebe Tina, Geschenk des Himmels. Auch wenn wir uns nur so unbeschreiblich wenige Stunden kennenlernen durften, erfüllt es mich mit dem größten Glück, dass wir uns überhaupt gefunden haben. Fast alles habe ich in meinem langen Leben erreicht, aber das einzig Wichtige war mir nie vergönnt: eine Familie. Leer, ohne Sinn und gescheitert habe ich mich die letzten Jahre gefühlt. Am schlimmsten war es geworden, als ich begriff, dass meine Zeit sich dem Ende zuneigte.
Erst in meinen allerletzten Stunden habe ich Dich erleben dürfen, Dein Lachen hören dürfen, war es mir vergönnt, Deinen Atem zu fühlen, Deine Gedanken zu spüren und in Dein Herz und Deine Seele zu sehen. Gott, oder welcher Kraft auch immer, gehört meine größte Dankbarkeit.
Mir ist, als hätten wir uns ein Leben lang gekannt. Nie hät-

te ich mir eine bessere Tochter als Dich wünschen können. Es beseelt und versöhnt mich, dass es Dich gibt.
Kein Vater könnte stolzer und glücklicher sein, als ich es bin und immer bleiben werde. Du hast meinem belanglosen Leben einen Sinn gegeben.
Bitte verzeih Deiner Mutter, dass sie uns nie zusammengeführt hat. Ich war nicht immer ein einfacher Mensch. Sie hatte gute Gründe. Sie hat Dir geholfen, diese faszinierende Frau zu werden, dafür gebührt ihr unendlicher Dank.
Hadere bitte nicht mit unserem Schicksal, es scheint uns nicht immer gerecht oder fair, nicht selten hart und brutal. Aber uns Menschen entziehen sich viele Dinge, die trotzdem genau so sein sollen und müssen, wie sie sind.
Du wirst für mich weiterleben. Und wo immer ich auch sein werde, ich werde von dort aus meine beschützende Hand über Dich halten.
Leider konnte ich Dir nie ein Vater im klassischen Sinn sein. Deshalb möchte ich mit den wenigen Mitteln, die mir noch bleiben, dafür Sorge tragen, dass es Dir wenigstens nie wieder an materiellen Dingen fehlen wird.
Ich bin zum letzten Mal eingeschlafen. Wann immer Du an mich denkst, so sei gewiss, Du hast einen glücklichen Menschen vor Augen.
In unbeschreiblich großer Liebe und Dankbarkeit! Dein Vater.«
Zitternd, aber nicht mehr vor Kälte, faltete Tina die Seiten mit den Worten ihres Vaters, verfasst in Ellis Handschrift, zusammen. Ihr war, als wäre ihr Herz stehengeblieben.
Einzigartige Schönheit. Das war es, was Elli dachte. Es waren die einzigen Worte, die Elli in den Sinn kamen, als sie Tina zusah. Tina war von einer einzigartigen Schönheit umhüllt. Die Tragik machte sie zu einem Wesen aus einer anderen Welt.

Auch die anderen kamen jetzt alle auf die Terrasse und schauten zu Tina hinüber.
»Was liest sie da?«, fragte Heiko.
»Einen Brief an sie, von ihrem Vater«, sagte Elli.
Dann stand Tina langsam auf und faltete auch das zweite Schreiben zusammen. Sie bemerkte, wie die anderen sie beobachteten, und ging auf sie zu.
Kaum war sie da, stellte sie sich vor Elli. »Er sagt, er sei glücklich! Glücklich?«
»Ich glaube ihm«, antwortete Elli. »Das wirst du auch. Vielleicht nicht heute, aber bald.«

Wie sich später herausstellte, war das zweite Schreiben sein Testament, das er schon vor längerer Zeit verfasst hatte. Ursprünglich sollte alles an diverse karitative Einrichtungen gehen. Das konnte es immer noch, wenn Tina es wollte, denn Saalfeld hatte Elli gebeten, seinen Letzten Willen zu ändern. Sein gesamtes Vermögen, es durfte sich gerne um einen dreistelligen Millionenbetrag handeln, sollte nun an Tina gehen, seine einzige direkte Verwandte. Elli Mangold war sein Zeuge. Bei vollem Verstand hatte er die letzte Unterschrift seines Lebens geleistet, glücklich und ohne Hilfe.
Tina tröstete das Geld wenig. Sie würde noch lange Zeit brauchen, um die letzten Tage zu verarbeiten. Als Erstes wollte sie unbedingt mit ihrer Mutter reden. Sie mussten wieder zueinanderfinden.

Bevor sie alle wieder abreisten, hatte Carlo noch einmal für sie gekocht. Es gab Tortellini mit Parmaschinken, Erbsen und etwas Sahne.

Nun, am späten Nachmittag, saßen sie alle wieder in der Küche beisammen. Aber dieses Mal war es anders als nach der wilden Nacht. Das Erlebte verband sie und gab ihnen gegenseitig Halt. Ganz offen sprachen sie über die Zukunft. Anna wollte immer noch nach London, aber unter anderen Vorzeichen. Sie wollte ihre Erfahrung nur noch ausgewählten Firmen zur Verfügung stellen, Firmen mit einem Gewissen. Sie hatte kein Problem damit, dass Sandra sich, um bei Carlo zu sein, nach einer Stelle in einem Münchner Krankenhaus umsehen wollte. Im Gegenteil, sie freute sich für die beiden.

Auch Heiko hatte damit seinen Frieden geschlossen. Er wollte zwar in Leipzig bleiben, aber er wusste trotzdem, er würde vieles in seinem Leben ändern. So wie Lutz sein Laptop mit seiner ganzen Arbeit zerschlagen hatte, die ihm plötzlich so nutzlos, so unzumutbar theoretisch vorgekommen war. Seine eigene Hilflosigkeit hatte ihm die Augen geöffnet.

Elli würde in Italien bleiben, bei Elia, der nie wieder ohne sie sein wollte. Sie wollte sich der Romanze hingeben, und Carlo versprach Elia, dass er ein Drei-Gänge-Menü aus ihm machen würde, sollte seine Schwester mit Tränen nach München zurückkommen.

Da stand Tina auf. »Nur kurz. Ich danke euch für alles, was ihr für mich und Saalfeld, also meinen Vater, getan habt. Was wir erlebt haben, kann man kaum beschreiben. Ich glaube, es hat uns alle verändert. Ich habe das Gefühl, neue Freunde gefunden zu haben.« Kurz sah sie zu Lutz. »Freunde, die mir sehr wichtig sind. Also, ich möchte dir, Elli, dieses Haus verkaufen zu einem symbolischen Freundschaftspreis, weil ich weiß, dass du es als Geschenk nie annehmen würdest. Du hast diese Villa von Anfang an geliebt. Nur unter deinen Händen wird sie wieder zu neuer

Blüte kommen. Ich selber habe keine Zeit und noch zu viel Angst vor diesen Wänden …«

»Halt!« Anna sprang auf und unterbrach sie. »Aber nur unter einer Bedingung. Ich finde, Elli sollte das Angebot nur annehmen, wenn wir alle schwören, dass wir uns hier nächstes Jahr, jedes Jahr, zur gleichen Zeit wieder treffen. Carlo wird uns bekochen, und wir werden uns erzählen, was das Leben mit uns gemacht hat. Für unsere Freundschaft und für Saalfeld.«

Sie sahen sich alle in die Augen. Dann erhoben sie, einer nach dem anderen, ihre Gläser.

Blieben noch die knapp zwei Millionen. Wer hatte sie geklaut? Keiner, denn es war Saalfeld, der Elli gebeten hatte, das Geld zu ihm zu bringen. Dann aber hatten sich die Ereignisse überschlagen. Nun wollte keiner mehr einen Anteil daran haben. Umso dankbarer und einverstanden waren alle für die Idee, damit eine kleine, gemeinnützige Stiftung zu gründen, unter der Führung von Lutz.

Tina gab Lutz einen Kuss auf die Stirn. Sie schloss die Augen und dachte an ihren Vater. Sie wusste, dass er bei ihr war.

Ein kenntnisreicher und augenzwinkernder Einblick in den Trubel der italienischen Kultur.

MARKUS EBERT

Wie man Italiener wird in 30 Lektionen

VON AMORE BIS ZABAIONE

Wenn man von einer Vespa mehrfach und hinterrücks angehupt wird, nur weil man sich erlaubt hat, an einer roten Ampel stehenzubleiben, dann ist man ohne Zweifel in Italien.

Markus Ebert hat vor Jahren in eine italienische Familie eingeheiratet, lebt heute in Turin und weiß aus erster Hand um die ganz eigenen Eigenheiten der Stiefelbewohner. Sein Versprechen in diesem Buch: In 30 Lektionen kann jeder ein waschechter Italiener werden – und die Italiener endlich verstehen:

Warum sie jeden verachten, der immer noch mit Socken in den Sandalen herumläuft; wie es sein kann, dass sie ihre Mittagspause auf einen Nachmittag am Strand ausdehnen; und warum das beste Olivenöl der Welt immer genau aus dem Heimatdorf stammt.

KNAUR

Ein turbulenter, lustiger und wahrer Roman über das Leben und darüber, dass jeder mal aus der Kurve fliegt, das Glück aber oft schon an der nächsten Ecke wartet.

CLAUDIUS PLÄGING

Meer geht nicht

ROMAN

Niemand würde wegen einer Krawatte durch ganz Europa fahren – niemand außer Jonathan. Doch er hat einen guten Grund: die Liebe zu seiner Freundin Friederike, die ihm die Krawatte für die anstehende Hochzeit geschenkt hat. Durch unglückliche Umstände landet das gute Stück im Altkleidercontainer, und Jonathan hat plötzlich statt einer Krawatte jede Menge Ärger am Hals. Kurzerhand überredet er seine wenig begeisterten Kumpel Tillmann und Frank, den geplanten Trip ans Meer einer waghalsigen Rettungsmission zu opfern. Dass dann auch noch die Anhalterin Pauline zu den dreien ins Auto steigt, macht die Sache nicht einfacher. Sie würde Jonathan übrigens niemals zwingen, eine Krawatte zu tragen.

KNAUR

JONATHAN TROPPER

Der Sound meines Lebens

ROMAN

Drew Silver hat die Nase voll von seinem Leben. Nachdem ihn seine Frau Denise vor Jahren verlassen hat, seine Tochter Casey nichts von ihrem nutzlosen Vater wissen will und seine Karriere als gefeierter Rockstar so lange her ist, dass sie ihm wie ein schöner Traum erscheint, hält Silver nichts mehr im Leben. Da kommt ihm das akute Aneurysma gerade recht, und er beschließt: Ich lasse mich nicht operieren. Doch die Rechnung hat er ohne sein Herz gemacht. Im Gegensatz zu seiner Arterie funktioniert es nämlich einwandfrei und will nicht nur allen beweisen, dass er gar kein so übler Kerl ist.

DROEMER